VERNON

DBC Pierre

VERNON

powieść

przełożył Zbigniew Batko

Warszawskie Wydawnictwo Literackie MUZA SA

Tytuł oryginału: **Vernon God Little**
Projekt okładki: *Piotr Łyczkowski*
Redakcja: *Anna Jutta-Walenko*
Redakcja techniczna: *Zbigniew Katafiasz*
Korekta: *Zespół*

ISBN 83-7319-587-4 (oprawa twarda)
ISBN 83-7319-591-2 (oprawa broszurowa)

Warszawskie Wydawnictwo Literackie
MUZA SA
Warszawa 2004

Akt I

Gówniana sprawa

1

W Martirio gorąco jak w piekle, ale gazety na werandzie są aż lodowate od wiadomości. Nigdy byście nie zgadli, kto stał przez całą wtorkową noc na drodze. Odpowiedź brzmi: stara, zołzowata pani Lechuga. Trudno powiedzieć, czy drżała ona sama, czy to ćmy i przesiane przez gałązki wierzb światło z werandy sprawiały, że jej skóra zdawała się trzepotać niczym żałobny całun na wietrze. Tak czy inaczej dopiero poświata brzasku ujawniła kałużę między jej stopami. Oto dowód, że normalność uciekła z wyciem z miasteczka. Prawdopodobnie na zawsze. Jak Boga kocham, że starałem się, jak mogłem, przyswoić sobie reguły tego świata, miałem nawet niejasne przeczucie, że człowiek może być wspaniały, ale w końcu stało się to, co się stało, i niełatwo teraz o przeczucia. Znaczy, o odpowiedź na pytanie: na czym polega to pieprzone życie?

Jest piątek, a ja siedzę w biurze szeryfa. Zupełnie jakbym siedział w szkole albo coś w tym stylu. Szkoła! – nawet mi o niej, kurwa, nie wspominajcie.

Siedzę między smugami światła padającymi przez drzwi i czekam, nagi, jeśli nie liczyć butów i wczorajszej bielizny. Wygląda na to, że jak na razie przymknęli tylko mnie. Nie żebym się przejmował, nie zrozumcie mnie źle. Nie miałem nic wspólnego z tym wtorkiem. Ale nie chcielibyście być tu dziś na moim miejscu. Pamiętacie pewnie Clarence'a Jakmutam, tego czarnucha, o którym pisali w gazetach zeszłej zimy. Psychola, który drzemał w tym samym biurze szeryfa z drewnianą boazerią, usadzony na wprost kamery. Według gazet świadczyło to o tym, jak mało go obchodziły efekty tego, co zrobił. Przez te „efekty" rozumieli chyba rany, jakie zadał swym ofiarom siekierą. Ten Clarence Jakmutam był ogolony gładko jak zwierzę, miał na sobie szpitalny strój, przypominający kaftan bezpieczeństwa, i okulary ze szkłami grubymi jak denka butelek, czyli takie, jakie noszą ludzie, którym pozostały już tylko dziąsła, bez jednego zęba. W sądzie zbudowali mu klatkę jak w zoo. Skazali go na śmierć.

Patrzę na moje najki, nie byle jakie – Jordan New Jack. Wyczyściłem je porządnie śliną, choć to trochę bez sensu, skoro jestem nagi. Palce mi się lepią. Jak Boga kocham, ten tusz przetrwa chyba Armagedon. Karaluchy i ten pieprzony tusz do odcisków palców.

Olbrzymi cień stapia się z mrokiem w końcu korytarza. Potem pojawia się jego właścicielka. W miarę jak się zbliża, światło padające z drzwi wydobywa z mroku to, co niesie w rękach: pudełko z barbecue, worek z moim ubraniem i telefon, przez który usiłuje rozmawiać. Jest flegmatyczna, spocona, jej oczy, nos i usta robią wrażenie stłoczonych w środku twarzy. Mimo że jest w mundurze, od razu rozpoznaję w niej Gurie. Dołącza do niej inny policjant, ale ona odprawia go machnięciem dłoni.

– Pozwól, że sama zrobię wstępne przesłuchanie – zawołam cię na końcowe oświadczenie. – Podnosi z powrotem telefon do ust i odchrząkuje. Głos ma teraz ostry, przenikliwy jak kwik.

– Hm. Nie uważam cię za kretyna, wyjaśniam tylko, że s t a s --t y s t y c z n i e Oddział Specjalny mógłby ograniczyć wydatki – piszczy tak wysokim głosem, że pudełko z barbecue upada jej na podłogę. – Śniadanie – burczy, schylając się. – Tylko sałata, kompletne gówno, przysięgam Bogu.

Na mój widok kończy rozmowę. Prostuję się na krześle w oczekiwaniu wiadomości, że przyszła po mnie matka, ale okazuje się, że jednak nie. Wiedziałem, że nie przyjdzie, na tyle jestem bystry. A jednak czekałem na to, pieprzony geniusz. Vernon Geniusz Little.

Gurie rzuca mi worek z ubraniem na kolana.

– Tędy.

Tyle, jeśli chodzi o matkę. Oczywiście będzie wyciskać współczucie z całego miasta, jak to ona. „No więc Vern jest po prostu z d r u z g o t a n y", będzie opowiadać. Mówi o mnie „Vern" tylko w gronie swoich przyjaciółek od porannej kawki, żeby pokazać, że jesteśmy sobie cholernie bliscy, choć tak naprawdę nasze stosunki są popieprzone jak cholera. Gdyby moja stara była opatrzona instrukcją, to na końcu byłoby napisane, że należy kazać jej się natychmiast odwalić, gwarantuję. Wszyscy wiedzą, że w ostatecznym rozrachunku to Jesus jest winien wtorkowej masakry, ale spójrzcie na nią! Już sam fakt, że pomagam w dochodzeniu, przyprawia ją o pieprzone nerwowe drgawki, syndrom Tourette'a, czy jak tam nazywają takie konwulsyjne ruchy, kiedy ręce latają człowiekowi na wszystkie strony.

Policjantka prowadzi mnie do pokoju, w którym jest tylko stół i dwa krzesła. Żadnego okna, tylko zdjęcie mojego przyjaciela Jesusa przyklejone na drzwiach od wewnątrz. Siadam na poplamionym krześle. Ubierając się, próbuję sobie wyobrazić weekend w mieście, te kapiące jednostajnie, zatęchłe chwile, które wyciekają przez szczerbate wiatraczki klimatyzatorów, te spaniele, które usiłują napić się z ulicznych zdrojów, ale zamiast tego obrywają wodą po nosie.

– Vernon Gregory Little? – Policjantka podsuwa mi pieczone żeberko. Częstuje mnie bez entuzjazmu; głupio skorzystać z zaproszenia, kiedy się widzi, jak lata jej przy tym szczęka. W końcu wkłada z powrotem żeberko do pudełka i bierze sobie inne.

– Hm, no więc zacznijmy od początku. Twoje stałe miejsce zamieszkania to Beulah Drive siedemnaście?

– Tak, proszę pani.

– Kto tam jeszcze mieszka?

– Nikt, tylko moja mama.

– Doris Eleanor Little... – Sos z barbecue kapie jej na identyfikator, na którym widnieje napis *Vaine Gurie, zastępca szeryfa*.
– I masz piętnaście lat? Trudny wiek.

Czy ona, kurwa, żartuje, czy co? Moje new jacki trą o siebie, jakby szukając wzajemnie moralnego wsparcia.

– Czy to długo potrwa, proszę pani?

Jej oczy otwierają się na moment szeroko. Potem zamieniają się w szparki.

– Vernon, rozmawiamy o współudziale w popełnieniu morderstwa. Potrwa to tyle, ile musi potrwać.

– No tak, ale...

– Tylko mi nie mów, że nic cię nie łączyło z tym Meksem. Nie mów, że nie byłeś jego jedynym przyjacielem, nie próbuj mi tego wmawiać nawet przez sekundę.

– Ale proszę pani, przecież musi być mnóstwo świadków, którzy widzieli więcej niż ja.

– Czyżby? – Rozgląda się po pokoju. – Nie widzę tu nikogo więcej, a ty?

Rozglądam się też, jak jakiś dupek. Idiotyczne. Jej oczy napotykają mój wędrujący wzrok i przykuwają go z powrotem do siebie.

– Vernonie Little, czy zdajesz sobie sprawę, dlaczego tu jesteś?

– Jasne. Chyba tak.

– Aha. No to pozwól, że ci coś wyjaśnię: moim zadaniem jest ustalenie prawdy. Zanim pomyślisz sobie, że to ciężka sprawa, przypomnę ci, że w sensie s t a s - t y s t y c z n y m życiem na tym świecie rządzą dwie główne siły. Możesz wymienić te dwie siły, które towarzyszą życiu na tym świecie?

– Eee... bogactwo i bieda?

– Nie bogactwo i bieda.

– Dobro i zło?

– Nie. Przyczyna i skutek. I zanim zaczniemy, chciałabym, żebyś wymienił dwie kategorie ludzi, którzy zamieszkują nasz świat. Możesz mi wymienić te dwie kategorie?

– Przyczyniarze i skutkowicze?

– Nie. Obywatele i kłamcy. Nadążasz, Vernon? Jesteś obecny?

Mam ochotę powiedzieć: „Nie, jestem nad jeziorem z pani pieprzonymi córkami", ale powstrzymuję się. O ile wiem, ona nawet nie ma córek. Teraz będę się zastanawiał przez cały dzień, co powinienem był powiedzieć. To naprawdę wkurwiające.

Policjantka Gurie odrywa od kości pasemko mięsa, które wślizguje się jej do ust, jak gówno na wstecznym biegu.

– Zakładam, że wiesz, kto to jest kłamca? Kłamca to p s y c h o - p a t a, ktoś, kto zamalowuje na szaro przestrzeń pomiędzy czernią i bielą. Moim obowiązkiem jest doradzić ci, żebyś nie tworzył tych szarości. Fakty są faktami. Albo też mamy do czynienia z kłamstwem. Słuchasz mnie?

– Tak, proszę pani.

– Mam nadzieję. Czy możesz mi opowiedzieć własnymi słowami, co wydarzyło się we wtorek rano, piętnaście po dziesiątej?

– Byłem w szkole.

– Jaka była lekcja?

– Eee... matma.

Gurie opuszcza kość, żeby przeszyć mnie wzrokiem na wylot.

– Jaką to ważną rzecz powiedziałam ci przed chwilą o czarnym i białym?

– Ja nie mówiłem, że byłem na tej lekcji...

Pukanie do drzwi pozwala zachować spokój moim najkom. Ktoś wtyka głowę do pokoju – fryzura na tej głowie wygląda jak wyrzeźbiona w drewnie.

– Jest tu Vernon Little? Dzwoni jego mama.

– W porządku, Eileena.

Gurie rzuca mi spojrzenie, które mówi: „Nie odprężaj się zanadto", i wskazuje kością na drzwi. Idę za drewnianowłosą do recepcji.

Byłbym kurewsko wdzięczny losowi, gdyby to nie dzwoniła moja stara. Mówiąc między nami, od dawna mam wrażenie, że zaraz po urodzeniu wsadziła mi nóż w plecy i odtąd każda jej odzywka mi o tym przypomina. Teraz, kiedy nie ma w pobliżu taty, który dzieliłby ze mną mój ból, nóż wchodzi coraz głębiej. Kulę się, kiedy patrzę na telefon, dosłownie szczęka mi opada. Wiem dokładnie, co powie tym swoim męczeńskim, upierdliwym głosem. Zapyta oczywiście: „Vernon, co u ciebie?". Na mur.

– Vernon, co u ciebie? – Pytanie spada na mnie jak ostrze tasaka.

– Wszystko dobrze, mamo – mówię cichym, głupawym głosem. Pobrzmiewa w nim podświadome błaganie, żeby nie była aż tak żałosna, ale na nią działa to jak widok kotka na jakiegoś pieprzonego brytana.

– Czy skorzystałeś dziś z toalety?

– Do diabła, mamo...

– No wiesz, znalazłeś się w takiej... nieprzyjemnej sytuacji.

Zadzwoniła nie tyle po to, żeby przekręcić ten nóż tkwiący w moich plecach, ile po to, aby zastąpić go jakąś pieprzoną dzidą albo czymś podobnym. Może nie warto o tym wspominać, ale kiedy byłem mały, zdarzały mi się różne nieprzewidziane katastrofy. Pominę tu różne obrzydliwe szczegóły, dość że moja stara połączyła ten fakt z nożem w moich plecach, tak żeby od czasu do czasu móc dźgnąć mnie nim boleśnie. Raz napisała nawet o tym do mojej nauczycielki, która miała swój własny repertuar sztychów, i nie uwierzycie, ale ta jędza powiedziała o tym całej klasie. Dacie wiarę? Myślałem, że trachnę orła. Mój nóż jest ostatnio jak rożen, i to w dodatku oblepiony całym tym szajsem.

– No wiesz, bo nie miałeś rano czasu – mówi tymczasem ona – więc martwiłam się, że może, no wiesz co...

– Wszystko w porządku, naprawdę. – Staram się być grzeczny, żeby nie uruchomiła całego zestawu tych swoich pieprzonych noży. Jestem w sytuacji zakładnika.

– Co teraz robisz?

– Wysłuchuję gadki Gurie.

– LuDell Gurie? Powiedz jej, że znam jej siostrę Reynę z kursów odchudzania.

– To nie jest LuDell, mamo.

– Jeśli to Barry, to Pam widuje go co piątek...

– To nie jest Barry. Muszę już iść.

– No więc samochód jeszcze nie jest gotów, a ja mam zamiar upiec całą furę ciasteczek dla Lechugów, więc przyjdzie po ciebie Pam. I słuchaj, Vernon...

– Tak?

– Siedź w samochodzie prosto, w mieście roi się od kamer.

Sztuczne pająki zaczynają łazić mi po krzyżu. Wiadomo, szare przestrzenie są niewidoczne na wideo. Nikt nie chciałby tu być w dniu, gdy ten cały szajs zostanie pokazany czarno na białym. Nie chcę powiedzieć, że czuję się winien, nie zrozumcie mnie źle. Co do tego jestem spokojny, rozumiecie? Pod moim przygnębieniem tli się spokój, płynący z przekonania, że prawda zawsze w końcu zwycięża. Dlaczego filmy mają szczęśliwe zakończenia? Bo naśladują życie. Wy to wiecie i ja to wiem. Ale moja stara nie ma tej pieprzonej świadomości.

Powłócząc nogami, wracam korytarzem na swoje poplamione krzesło.

– Vernon – mówi pani Gurie – przystępujemy teraz do przesłuchania, to znaczy do ustalenia paru faktów, młody człowieku. Szeryf Porkorney ma już co do wtorku pewne swoje wyobrażenia, więc możesz być wdzięczny losowi, że rozmawiasz tylko ze mną.

Wyciąga rękę po kolejne żeberko, ale w ostatniej sekundzie kładzie dłoń na pistolecie.

– Mnie nie było w sali gimnastycznej, proszę pani. Nawet nie wiedziałem, że coś się stało.

– Mówiłeś, że byłeś na lekcji matematyki.

– Powiedziałem tylko, że było to w czasie lekcji matematyki.

Patrzy na mnie z ukosa.

– Uczysz się matematyki pod salą gimnastyczną?

– Nie.

– Więc czemu nie było cię na lekcji?

– Pan Nuckles mnie wysłał z poleceniem i... coś mnie zatrzymało.

– Pan Nuckles?

– Nasz nauczyciel od fizyki.

– I on uczy matematyki?

– Nie.

– Hm. Ten obszar wygląda naprawdę szaro, panie Little. Cholernie szaro.

Nie macie pojęcia, jak bardzo chcę być w tej chwili Jean-Claude'em Van Damme. Wsadzić jej pieprzony pistolet w dupę i prysnąć z jej majtkami. Ale popatrzcie tylko na mnie: niesforny bury czub na głowie, rzęsy jak u wielbłąda. Rysy psiaka, tyle że powiększone, jakby Bóg robił mnie z pomocą szkła powiększającego. I od razu wiadomo, że w moim filmie zwymiotowałbym sobie na nogi i do dalszego prowadzenia rozmowy przysyłaliby mi pielęgniarkę.

– Mam świadków, proszę pani.

– Ach, tak.

– Widział mnie pan Nuckles.

– I kto jeszcze? – Wtyka ogryzione kości do pudełka.

– Masa ludzi.

– Czyżby? I gdzie są teraz ci ludzie?

Usiłuję sobie przypomnieć, gdzie oni są. Ale pamięć nie służy mózgowi – atakuje oko, z którego tryska łza, niczym jakiś napęczniały pocisk. Siedzę jak skamieniały.

– Otóż to – mówi Gurie. – Coś się nie pchają drzwiami i oknami? A więc, Vernon, pozwól, że zadam ci dwa proste pytania. Pierwsze: czy masz do czynienia z narkotykami?

– Nie.

Ściga wzrokiem moje źrenice, kiedy umykają po ścianie, i zagania je z powrotem, by patrzyły prosto w jej źrenice.

– Drugie: czy masz broń palną?

– Nie.

Zaciska usta. Wyciąga telefon z pokrowca przypiętego do pasa i zawiesza nad nim palec, nie spuszczając ze mnie oka. Potem naciska guziczek. Świergotliwy temat z serialu *Mission Impossible* słychać w całym korytarzu.

– Szeryfie – mówi Gurie. – Czy mógłby pan przyjść do pokoju przesłuchań?

Nie dzwoniłaby, gdyby miała w pudełku więcej żeberek. Konsternacja spowodowana brakiem mięsa skłania ją do szukania pociechy w czymś innym, już się połapałem. Teraz to ja jestem pieprzonym mięsem.

Po minucie otwierają się drzwi. Ukazuje się pas z bawolej skóry opinający klatkę z duszą szeryfa Porkorneya.

– To ten chłopiec? – pyta szeryf.

Tak jakby spodziewał się odpowiedzi: „Nie, kurwa, to Dolly Parton".

– Chętny do składania zeznań, Vaine?

– Nie można tego powiedzieć, szeryfie.

– Niech mnie pani z nim zostawi na chwilę. – Szeryf zamyka za sobą drzwi.

Gurie ciągnie swoje tłuste cycki przez stół i wycofuje się do kąta, jakby samo to czyniło ją nieobecną. Szeryf zionie mi w twarz nieświeżym cuchnącym oddechem.

– Wzburzeni ludzie są na zewnątrz, chłopcze. Wzburzony tłum osądza błyskawicznie.

– Mnie tam nawet nie było, proszę pana. Mam świadków.

Podnosi brwi, patrząc pytająco na Gurie. Jedno oko policjantki błyska w odpowiedzi.

– Ustalamy to, szeryfie.

Wyciągnąwszy ogryzioną kość z pudełka, Porkorney podchodzi do zdjęcia na drzwiach i obrysowuje nią twarz Jesusa, jego zlepione krwią pasma włosów, jego zgasłe oczy. Potem patrzy krzywo w moją stronę.

– Rozmawiał z tobą, prawda?

– Nie o tym, proszę pana.

– Ale byliście przyjaciółmi, sam to przyznałeś.

– Nie wiedziałem, że ma zamiar kogoś zabić.

Szeryf odwraca się do Gurie.

– Oglądała pani ubranie Little'a, prawda?

– Kolega to zrobił.

– Bieliznę?

– Gatki.

Porkorney myśli przez chwilę, zagryzając wargę.

– Proszę sprawdzić z tyłu, Vaine, dobrze? Wie pani, pewien typ działań może spowodować rozluźnienie zwieracza rury wylotowej.

– Wyglądają na czyste, szeryfie.

Wiem, do czego to wszystko, kurwa, zmierza. To typowe dla tego miasteczka, że nikt nie powie tego wprost. Staram się panować nad sobą.

– Proszę pana, nie jestem gejem, jeśli o tym pan myśli. Kolegowaliśmy się od dzieciństwa, nie mam pojęcia, jak to się stało, że on...

Bezbarwny uśmiech wykrzywia usta szeryfa pod wąsem.

– A więc jesteś, synu, zwykłym, normalnym chłopcem? Lubisz swoje samochody i swoje pukawki? I swoje... dziewczyny?

– Jasne.

– No dobra, w porządku – zobaczmy, czy to prawda. Do ilu utworów możesz dziewczynie włożyć więcej niż jeden palec?

– Utworów?

– Utworów, dziurek.

– Eee... do dwóch?

– Źle. – Szeryf parska pogardliwie, jakby właśnie odkrył pieprzoną teorię względności.

Kurwa mać. A skąd mam niby wiedzieć? Wsadziłem raz czubek palca do takiej dziurki, nie pytajcie, do której. Pozostało wspomnienie jak z rampy minimarketu po burzy – zapaszek rozmokłego kartonu i zsiadłego mleka. Jakoś mi się nie wydaje, żeby to na tym polegał cały przemysł porno. Było całkiem inaczej niż z inną znajomą dziewczyną, Taylor Figueroą.

Szeryf Porkorney wrzuca kość do pudełka, daje Gurie znak głową.

– Proszę to zapisać w protokole i nie wypuszczać chłopaka.

Wychodzi z impetem z pokoju.

– Vaine? – mówi jakiś policjant przez drzwi. – Włókna.

Gurie odzyskuje ludzki kształt.

– Słyszałeś, co mówił szeryf. Wrócę tu z innym policjantem, żeby wziąć od ciebie oświadczenie.

Kiedy cichnie szelest ocierających się ud, unoszę głowę i wietrzę w poszukiwaniu śladu jakiejś przyjemnej woni – zapachu gorącej grzanki, powiewu miętowego oddechu. Ale jedyne, co wyczuwam przez zapach potu i sosu z barbecue, to odór szkoły – ten, jaki wydzielają szkolni prześladowcy, kiedy wypatrzą gdzieś w kącie jakiegoś spokojnego prymusa. Zapach drzewa, które rżną, żeby zrobić z niego pieprzony krzyż.

2

Najlepsza przyjaciółka mamy ma na imię Palmyra. Wszyscy mówią jej Pam. Jest grubsza od mamy, więc mama czuje się dobrze w jej towarzystwie. Inne przyjaciółki mamy są od niej szczuplejsze. I nie są jej najlepszymi przyjaciółkami.

Pam przyszła właśnie do biura. W trzech powiatach słychać, jak ryczy na sekretarkę szeryfa.

– Gdzie on jest, na Boga? Eileena, nie widziałaś Verna? Ej, cudowną masz fryzurę!

– Nie za frywolna? – szczebiocze Eileena.

– Nie, skąd. W tym brązie ci do twarzy.

Spodobałaby się wam chyba Palmyra. Nie, żebyście od razu chcieli ją dymać czy coś w tym stylu. Ale jest w niej taki jakiś brak agresji, orzeźwiający jak zapach cytryn. Natomiast kocha jeść.

– Nakarmiliście go?

– Zdaje się, że Vaine kupiła żeberka – mówi Eileena.

– Vaine Gurie? Przecież ona jest na diecie Pritikina. Barry będzie musiał kupić ciężarówkę!

– Tralalala, na diecie! Przecież ona wcina bez przerwy to cholerne barbecue!

– O Boziu!

– Vernon jest tam w pokoju, Pam – mówi Eileena. – Lepiej poczekaj na zewnątrz.

Drzwi otwierają się z impetem i Pam, kołysząc się na boki, sunie wyprostowana, jakby miała książki na głowie. Chodzi o środek ciężkości.

– Vernie, jadłeś żeberka? Co dziś w ogóle jadłeś?

– Śniadanie.

– O Boziu, idziemy na barbecue. Nieważne, co jej powiesz, ona na pewno siedzi w Barze Be-Cue, wierz mi.

– Nie mogę, Pam. Muszę tu czekać.

– Bzdura. No chodź; szarpie mnie za łokieć. Z taką siłą, że muszę się zaprzeć nogami.

– Eileena, zabieram Verna. Powiesz Vaine Gurie, że ten chłopak nic nie jadł. Idziemy, bo zaparkowałam w niedozwolonym miejscu. I niech ona lepiej zrzuci parę funtów, bo jak się zobaczę z Barrym...

– Zostaw go, Pam. Vaine jeszcze nie skończyła...

– Nie widzę kajdanek, a dziecko ma prawo zjeść. – Głos Pam wprawia w drżenie wszystkie meble.

– Nie ja ustanawiam przepisy – odpowiada Eileena. – Ja ci tylko mówię...

– Vaine nie może go zatrzymywać, dobrze o tym wiesz. Idziemy – oświadcza Pam. – Cudowna ta twoja fryzura.

Westchnienie Eileeny odprowadza nas do drzwi. Strzygę uszami, chcąc złowić jakiekolwiek oznaki obecności Gurie lub szeryfa, ale biuro robi wrażenie pustego. To znaczy gabinet szeryfa. I w następnej sekundzie już pędzę do wyjścia w polu grawitacyjnym Palmyry. Mówię wam, z tą niezwykle nowoczesną kobietą nie ma dyskusji.

Na zewnątrz istna dżungla chmur zarosła słońce. Wydzielają zapach mokrej psiej sierści, który zawsze rozchodzi się tu przed burzą, czkającą bezgłośnymi błyskawicami. To chmury Losu. Mówią mi: spieprzaj z tego miasta, jedź do babci albo gdzie indziej, aż wszystko się uspokoi, aż cała prawda się wysączy, wypłynie na wierzch. Pozbądź się z domu dragów, rusz w podróż, ale zwykłą, bez prochów.

Powietrze drży nad bagażnikiem starego mercurego Pam. Ponure domostwa Martirio falują, pompy kiwakowe roztapiają się w upale i skrzą na całej długości Gurie Street. Tak, ropy, królików i ludzi o nazwisku Gurie jest pod dostatkiem w Martirio. Było to kiedyś drugie co do znaczenia miasto w Teksasie, zaraz po

Luling. Komu nie powiodło się w Luling, ten musiał przywlec się tutaj. Dziś najbardziej efektowną rzeczą są korki na przelotowej szosie w sobotnie wieczory. Nie mogę powiedzieć, żebym widział wiele miast, ale temu jednemu przyjrzałem się dobrze i wnioski są takie same: wszystkie pieniądze i całe zainteresowanie ludzi nabywaniem rzeczy skupiają się wokół centrum miasta, a potem rozchodzą się koncentrycznie jak zanikająca fala. Zdrowe dziewuchy w olśniewająco białych majtkach kręcą się w środku miasta, potem regiony szortów i bawełnianych koszul promieniście rozchodzą się ku jego obrzeżom, gdzie snują się rozczochrane panienki w luźnej fioletowej bieliźnie. Na peryferiach jest już tylko stary zapuszczony warsztat samochodowy, nie uświadczysz spryskiwaczy ani trawników.

– Boziu – mówi Pam. – Powiedz mi, dlaczego mogę spróbować tylko kurczaka z dodatkami?

No tak, kurwa. Nawet zimą jej mercury zajeżdża pieczonymi kurczakami, nie mówiąc już o takim dniu jak dzisiejszy, kiedy zamienia się w rozpalone łono demona. Pam przystaje, żeby wyjąć spod wycieraczek folie odblaskowe. Rozglądam się i widzę, że wszystkie samochody mają coś takiego. Widzę też przez mgiełkę upału, że Seb Harris jeździ na rowerze w głębi ulicy i sprzedaje te gadżety. Pam rozkłada swoje i krzywi się na widok napisu SKLEP HARRISA i sloganu „Więcej, Więcej, Więcej"!

– Popatrz – mówi. – Oszczędziliśmy na porcję kurczaka z sałatką.

Tkwiący głęboko we mnie pieprzony niepokój nie pozwala na pełną euforię. Pam wciska się do samochodu. Widać wyraźnie, że sercem jest już przy zamawianiu dodatków. Weźmie w końcu surówkę z białej kapusty, bo mama powiedziała jej, że to zdrowe. Rozumiecie, jarzyny. Ja potrzebuję dziś czegoś zdrowszego. Na przykład popołudniowego autobusu, który wywiózłby mnie z miasta.

Przejeżdża z wyciem ambulans i skręca za róg Geppert Street. Nie pytajcie mnie dlaczego, ale teraz nie potrafią uratować żadnego dziecka. Tak czy inaczej Pam przegapia ten róg, tradycyjnie zresztą, zawsze tak, kurwa, robi. Teraz będzie musiała cofnąć się o dwie przecznice i znów powie: „O Jezu, nic w tym mieście nie może być ustalone raz na zawsze". Reporterzy i operatorzy z telewizji włóczą się całymi stadami po ulicach. Schylam głowę i wypatruję na podłodze czerwonych mrówek. Pam nazywa je czerwońcami. Bez względu na to, jaka pieprzona fauna się jeszcze pojawi w tym stuleciu, ona musi wsiąść do tego samochodu i wysiąść z niego. Pieprzone Królestwo Przyrody, jak Boga kocham.

Dziś wszyscy w barze są ubrani na czarno, jeśli nie liczyć najków na nogach. Kiedy pakują nam kurczaka, namierzam poszczególne modele. Bo to miasto jest jak klub. Rozpoznaje się kolegów klubowych po obuwiu. Pewnych modeli wręcz nie sprzedaje się ludziom spoza klubu, to fakt. Przyglądam się tym czarnym sylwetkom o różnobarwnych stopach, uwijającym się dookoła, i nagle ni stąd, ni zowąd w starym radiu Pam Glen Campbell zaczyna śpiewać *Galveston*. To prawo natury: Pam ma tylko jedną kasetę – *The Best of Glen Campbell*. Zacięła się od razu, kiedy Pam włożyła ją pierwszy raz do odtwarzacza, a jednak chodzi. Fatum. Pam wtóruje piosenkarzowi zawsze w tym samym fragmencie – kiedy jest mowa o dziewczynie. Myślę, że musiała mieć chłopaka z Wharton, położonego bliżej Galveston niż nasze miasto. Podejrzewam, że nie ma piosenek o Wharton.

– Vern, jedz najpierw od spodu, zanim rozmięknie.

– To wtedy wierzch znajdzie się na spodzie.

– O rany!

Nurkuje w poszukiwaniu zapasowego pojemnika, ale nim zdąży przedrzeć się przez zwały chusteczek higienicznych, już trzeba skręcać w Liberty Drive. Dziś musiała zapomnieć o Liberty Drive.

Spójrzcie na te dziewczęta płaczące pod szkołą.

Galveston, oh Galveston…

Kolejny luksusowy wóz parkuje przed nami, w nim jeszcze więcej kwiatów, jeszcze więcej dziewcząt. Manewruje powoli, wymijając krwawe plamy na drodze. Jacyś obcy ludzie z kamerami cofają się, żeby mógł się wpasować w miejsce na parkingu.

I still hear your sea waves crashing...

Za dziewczynami, za kwiatami, stoją matki, a za matkami adwokaci, podstarzałe karły w tym całym zoo.

While I watch the cannons flashing...

Wzdłuż całej ulicy ludziska stoją w drzwiach domów, kompletnie załamani. Tak zwana przyjaciółka mamy, Leona, była załamana już w zeszłym tygodniu, kiedy od Penneya przysłali zasłonki do kuchni nie w tym kolorze, co powinni. To dla niej typowe, że nigdy nie jest w pełni zadowolona.

– O Boże, święty Boże, Vernie, spójrz, ile tych maleńkich krzyży... Czuję dłoń Palmyry na ramieniu, wstrząsa mną szloch.

Zdjęcie Jesusa, które wisi na drzwiach szeryfa, zrobiono na miejscu zbrodni. Został na nim utrwalony pod innym kątem, niż go zapamiętałem. Nie widać innych ciał, nie widać tych wszystkich wykrzywionych, niewinnych twarzy. Zdjęcie nie przypomina obrazu utrwalonego w moim sercu. Ten wtorek zalewa mnie jak jakiś pieprzony krwotok.

I clean my gun, and dream of Galves-ton...

Jesus Navarro urodził się z sześcioma palcami u obu rąk i to jeszcze nie był najbardziej niezwykły szczegół dotyczący jego osoby. Ten drugi też wyszedł w końcu na jaw. Jesus nie spodziewał się, że umrze we wtorek; okazało się, że miał na sobie jedwabne damskie majtki. I teraz, wyobraźcie sobie, ta dziewczęca bielizna jest głównym przedmiotem zainteresowania prowadzących dochodzenie. Jego stary twierdzi, że to gliny go tak ubrały. Że wycięli numer jak z *Akademii policyjnej*. Ale ja, kurwa, nie sądzę.

Wspomnienia tego poranka kłębią mi się w głowie. Pamiętam, jak wołałem do niego: „*Hej-zuus*, przyhamuj trochę!".

Przeciwny wiatr miota naszymi rowerami, kiedy jedziemy do szkoły, sprawia, że są tak ciężkie, jak ten ostatni wtorek przed wakacjami. Fizyka, potem matma, potem znów fizyka, jakieś głupie doświadczenia w pracowni. Piekło na pieprzonej ziemi.

Warkoczyk Jesusa zdaje się wirować w smugach światła. Mam wrażenie, że sam Jesus wiruje razem z koronami drzew uciekający- mi do tyłu. Zmienia się ten chłopak, jego indiańskie rysy pięknieją. Pieńki dodatkowych palców prawie zniknęły. Ale jest w dalszym ciągu niezdarny jak diabli i jego umysł jest też ociężały. Pewność naszej dziecięcej logiki uległa wypraniu, zostały tylko kamyki gniewu i zwątpienia, które trą o siebie przy każdej nowej fali emocji. Mój kumpel, który kiedyś zademonstrował najlepszą parodię Davida Lettermana, jaką widziałem w życiu, dał się porwać przypływo- wi hormonalnych kwasów. Śmiała piosenka i hormony zapachu musiały oczadzić jego mózg, zatruć go myślami, które ścinają się jak skisłe mleko, kiedy wyczuje je matka. Ale intuicja podpowiadała, że nie są to zwykłe hormony. Ma przede mną tajemnice, jakich przedtem nie miał. Robi się dziwny. Nikt nie wie czemu.

Widziałem taki program na temat dojrzewania, z którego wyni- kało, że sprawą kluczową w procesie rozwoju jest przejęcie mo- delowych zachowań od autorytetów, tak jak to się dzieje u psów. Od razu było widać, że ci, którzy robili ten program, nie znali ojca Jesusa. Albo na przykład mojego. Mój tato aż do samego końca był lepszy niż pan Navarro, choć wściekałem się, że nie pozwala mi dotykać swojej strzelby, tak jak ojciec Jesusa pozwalał jemu. Teraz przeklinam dzień, w którym w ogóle zobaczyłem tę strzelbę, i myślę, że Jesus także przeklina tę chwilę. Potrzebował innego wzorca, ale nie miał go. Wprawdzie nasz nauczyciel, pan Nuckles, spędzał z nim wiele czasu po lekcjach, ale nie jestem pewien, czy dla Jesusa cały ten cyrk pięknych słówek starego pedzia Nuck- lesa w ogóle się liczył. Rzecz w tym, że facet jest po trzydziestce, a człowiek dałby głowę, że wciąż siada na sedesie do sikania.

Spędzał masę czasu z Jesusem, w domu, w samochodzie, przemawiając do niego cichym głosem, ze spuszczoną głową, jak ci troskliwi, kochający rodzice, których pokazują w telewizji. Raz widziałem, jak się obejmowali, pewnie tylko tak po bratersku, sam nie wiem. Nie wnikałem w to, naprawdę. Rzecz w tym, że w końcu Nuckles wysłał go do psychologa. Z Jesusem stało się od tego czasu coś złego.

Lothar „Olama" Larbey przejeżdża obok nas półciężarówką swojego starego i wywala jęzor na mojego kumpla. „Pieprzony glinokop!" – woła.

Jesus spuszcza głowę. Czasem docinam mu na temat jego niemodnych starych jordanów i jego cholernego „alternatywnego" stylu życia, jak nazywają to nowe, pleniące się zjawisko. Dawniej, kiedy byliśmy królami wszechświata, kiedy brud na butach był ważniejszy niż same buty, jego charakter pasował do niego tak idealnie jak elastyczna skarpetka do stopy. Rozrabialiśmy jak szaleni ze strzelbą jego ojca, terroryzowaliśmy stare puszki od piwa, arbuzy i inne śmiecie. Było tak, jakbyśmy stali się mężczyznami, zanim zdążyliśmy nabyć się chłopcami, zanim staliśmy się tym, czym teraz, kurwa, jesteśmy. Czuję, że zaciskają mi się usta, kiedy myślę o tym, jak dziwne jest życie, i patrzę, jak mój kumpel pruje na rowerze obok mnie. Oczy mu błyszczą, błyszczą mu tak od czasu, jak zaczął chodzić do tego psychologa. Widać od razu, że właśnie zagłębił się w te swoje pieprzone filozoficzne rozważania.

– Pamiętasz, jak w zeszłym tygodniu mówiliśmy na lekcji o tym Wielkim Myślicielu?

– O tym jakimś Manualnym Kancie?

– Tak, o tym, co powiedział, że nic się nie dzieje, dopóki człowiek nie zobaczy, że to się dzieje.

– Pamiętam tylko, że zapytałem Naylora, czy słyszał kiedyś o Manualnym Kancie, a on odpowiedział: „Używam tylko automatycznego". O mało nie zesraliśmy się, kurwa, ze śmiechu.

Jesus cmoka głośno.

– Kurcze, Vermin, ty myślisz tylko o sraniu. O sraniu, gównie i o zapaszku dziewczynek. A to poważna sprawa, bracie. Manualny Kant wymyślił zagadkę o kotku – jeśli masz pudełko z kotkiem w środku i w tym samym pudełku jest otwarta butelka z trującym gazem albo czymś podobnym, co lada chwila zabije tego kotka...

– A czyj to kotek? Właściciele pewnie są wkurzeni.

– Kurwa, Vern, ja mówię poważnie. To jest naprawdę filozoficzne zagadnienie. Kotek jest w pudle, ma lada chwila umrzeć, i Manualny Kant pyta, czy można go już nazwać martwym w sensie technicznym, jeśli ktoś go nie ocali.

– Nie prościej byłoby rozdeptać tego pieprzonego kotka?

– Tu nie chodzi o wykończenie kotka, dupku.

Jesusa łatwo ostatnio wnerwić. Jest bardzo zasadniczy i konkretny.

– W czym, kurwa, rzecz, Jeez?

Pochmurnieje i odpowiada, jakby wykopywał z siebie każde pojedyncze słowo łopatą.

– No bo skoro nic się nie zdarza, dopóki tego nie widzisz, to czy to coś się zdarza, jeśli wiesz, że ma się zdarzyć, ale nikomu o tym nie mówisz?

W chwili gdy jego słowa docierają do moich uszu, pojawia się raptownie wśród drzew podobna do mauzoleum sylwetka szkoły w Martirio. Przejmujący ziąb wwierca się we mnie jak robak.

3

Za późno, kurwa. Kiedy zobaczysz królika, on automatycznie zobaczy cię też. I musicie wiedzieć, że jest to naturalne. To samo dotyczy Vaine Gurie, którą wypatrzyłem na drodze przed moim domem. Nad jej patrolowym wozem wiszą burzowe chmury.

– Zatrzymaj się, Pam! Wysiądę tutaj...

– Nie przejmuj się, jesteśmy prawie w domu.

Pam niełatwo zatrzymać, kiedy już ruszy z miejsca.

Moja chata jest obłażącym z farby drewnianym domostwem w długim szeregu podobnych obłażących z farby drewnianych domostw. Zanim człowiek wypatrzy ją wśród wierzb, najpierw dostrzeże pompę sąsiadów. Nie wiem, jak jest u was, ale my tutaj dekorujemy swoje pompy. Mamy nawet konkurs na najładniejszą dekorację. Nasze pompy są jak modliszki, z głową i z kończynami. Olbrzymia modliszka pompuje, pompuje i pompuje w piach do sąsiadów. Miejscowe panie ozdabiają je, czym mogą. W tym roku nagrodę dostała pompa Godzilla przy Calavera Drive.

Kiedy Pam hamuje, widzę na ulicy reporterów i jakiegoś nieznajomego opartego niedbale o samochód zaparkowany w cieniu wierzby Lechugów. Facet odchyla gałązkę, żeby zobaczyć, jak przejeżdżamy. Uśmiecha się, nie wiem dlaczego.

– Ten gość sterczy tu od rana – mówi Pam, zezując w stronę wierzby.

– To jakiś zwykły przyjezdny czy facet z mediów? – pytam.

Pam potrząsa głową, zatrzymując się przed moim domem.

– To nietutejszy, tyle tylko wiem. Ale ma kamerę wideo...

Jeb, jeb, jeb, stuka modliszka w czterosekundowych odstępach, tak jak to robiła przez całe moje życie. Gaz, hamulec, gaz, hamulec. Pam przybija do przystani, jakby samochód był promem. Jeb, jeb, gaz, hamulec. Uwiązłem w tym mechanizmie Martirio. Po przeciwnej stronie ulicy zasłony w oknach Lechugów są szczelnie zaciągnięte. Pod dwudziestym stara pani Porter gapi się przez siatkowe drzwi, razem z Kurtem, czarno-białym psem średniej wielkości. Kurt zasługuje na poczesne miejsce w pieprzonym Przedsionku Sławy dla Szczekaczy, ale od wtorku nie wydał z siebie głosu. To niesamowite, jak psy potrafią wszystko wyczuć.

Jakiś cień pada na samochód. To cień Vaine Gurie.

– I kogo my tu mamy? – mówi, otwierając drzwi.

Głos dobywa się gdzieś z głębi jej gardła, jak u papugi. Chciałoby się sprawdzić, czy ta kobieta też ma język podobny do małej rękawicy bokserskiej.

Mama przemyka przez werandę z tacą tradycyjnych mdłych ciasteczek. Prezentuje dziś wersję Wystraszony Jeleń. Tak samo wyglądała wtedy, kiedy widziałem po raz ostatni żywego tatę, choć wersja Wystraszony Jeleń może wyrażać wszystko, od zdenerwowania, że gdzieś się zapodziała rękawica kuchenna w kształcie żaby, aż po prawdziwy Sądny Dzień. Ale jej rękawica jest na miejscu, pod tacą. Mama zbiega po stopniach, mija naszą wierzbę, pod którą stoi jej ławeczka życzeń. Taka ławeczka to nowość, ale to cholerstwo już zdążyło się zapaść jednym końcem w ziemię. Nie zwracając na to uwagi, moja stara podbiega w lansadach do samochodu Pam.

– Siemasz, koleś – mówi do mnie tonem à la elegancik z Chattanoogi, jaki pojawił się u niej wtedy, kiedy po raz pierwszy dałem jej do zrozumienia, że mam ptaka.

Czuję, jak mi się ten sukinkot kurczy. Odchylam się do tyłu, na próżno, bo matka dopada mnie, ślini całego, smaruje szminką i cholera wie, czym jeszcze. Pewnie łożyskiem. I cały czas uśmiecha się tym uśmiechem, który niby człowiek skądś już zna, ale nie może sobie przypomnieć skąd. Odpowiedź: z filmu, w którym matka odwiedza rodzinę i na końcu muszą jej wyrywać nożyczki z ręki.

– Hm. – Vaine wkracza w środek. – Niestety, ten twój koleś zwiał z przesłuchania.

– Mów mi Doris, Vaine! Ja jestem prawie Gurie, tak się przyjaźnię z LuDell, Reyną i wszystkimi.

– W porządku. Pani pozwoli, pani Little, że powiem, jak sprawy stoją...

– Te ciasteczka aż piszczą, żeby ich skosztować... Vaine?

– Niestety, nie ja ustanawiam prawo, proszę pani.

– Wejdź przynajmniej do domu, nie ma sensu się denerwować, przecież możemy się jakoś dogadać – mówi mama.

Sztywnieję. Nie życzę sobie, żeby Gurie węszyła w moim pokoju i w ogóle. W moim pieprzonym schowku i tak dalej.

– Niestety, Vernon będzie musiał jechać ze mną – mówi Gurie.

– A potem będziemy musieli przeszukać jego pokój.

– O Boże, Vaine, przecież on nie zrobił nic złego, z a w s z e robi, co mu się każe...

– Jasna sprawa. Jak dotąd nie zrobił nic, tylko kłamał, a kiedy mu zaufałam i zostawiłam go samego, zwiał. I wciąż nie możemy z niego wyciągnąć niczego na temat tragedii.

– Jego nawet tam nie było!

– Nam powiedział co innego. Powiedział, że był na lekcji matematyki.

– To była p o r a lekcji matematyki – poprawiam ją.

Jak Boga kocham, chyba to sobie wypiszę na czole.

– Więc nie musisz się denerwować – mówi Gurie. – Skoro nie masz nic do ukrycia.

– Ależ Vaine, w wiadomościach mówili, że sprawa jest zamknięta, wszyscy już znają przyczynę.

Gurie mruga nerwowo.

– Wszyscy mogli poznać s k u t e k, pani Little. A co do przyczyny, zobaczymy.

– Ale w w i a d o m o ś c i a c h mówią...

– W wiadomościach mówią różne rzeczy, proszę pani. Fakty wyglądają tak, że w tym kraju zaczyna brakować worków na ciała, i ja na przykład jestem zdania, że nie mógł tego zrobić pojedynczy uzbrojony człowiek bez żadnego wspólnika.

Mama odstawia ciastka i kuśtyka w stronę swojej ławki życzeń. Na chwilę traci równowagę, bo ławka ugrzęzła jednym końcem w piachu. Pieprzona, zmienia co tydzień pozycję, jakby miała to gdzieś zakodowane we łbie.

– Naprawdę nie wiem, dlaczego akurat j a muszę to wszystko znosić. My mamy świadków, Vaine, ś w i a d k ó w!

Gurie wzdycha, zniecierpliwiona.

– Proszę pani, sama pani wie, jak łatwo pozyskać tak zwanych świadków. Może pani syn wiedział. Może nie. Fakty są takie, że uciekł, zanim skończyliśmy przesłuchanie, a jeśli ktoś ma żelazne alibi, po prostu nie robi takich rzeczy.

Dokładnie tyle czasu zajmuje Pam wygramolenie się z mercury'ego. Odciążone nagle podwozie reaguje stęknięciem ulgi. Mrówki łażące po siedzeniu strzelają jak z katapulty.

– To ja go zabrałam, Vaine. Chłopak dosłownie umierał z głodu.

Gurie krzyżuje ręce na piersiach.

– Proponowałam mu przecież coś do jedzenia…

– Daj spokój, dieta Pritikina to dla dorastającego chłopca żadne jedzenie. – Jedno spocone oko Pam mruga do Gurie. – Jak ci idzie, Vaine, z tą dietą Pritikina?

– Ach, w porządku. Hm.

Pam przyszpiliła ją jak żuczka. Wymięty nieznajomy z kamerą, który stoi pod wierzbą Lechugów, patrzy mi prosto w oczy, potem przenosi wzrok na Vaine. Ma wciąż na twarzy ten niewróżący nic dobrego, kredowy uśmiech, który, nie wiem dlaczego, wydaje mi się krzywy. Gurie nie zwraca na niego uwagi. Rejestruje go tylko kątem oka. Facet ma na sobie brązowe ogrodniczki i do tego biały smoking, jak ten cały ulubieniec mamy Ricardo Moltenbomb, czy jak mu tam, ten, co to miał karła w filmie *Fantastyczna wyspa*. W końcu wychodzi krokiem pingwina na drogę i mocuje kamerę na statywie. Wygląda na turystę albo reportera. Reporterów można dziś rozpoznać tylko po nazwiskach – czy zauważyliście, jakie popieprzone są nazwiska waszych lokalnych reporterów? Na przykład Zirkie Hartin, Aldo Manaldo i inny podobny szajs.

– A więc – mówi Gurie, ignorując Moltenbomba – zabieramy dzieciaka do miasta.

Dzieciaka, kurwa.

– Chwileczkę – mówi mama. – Jest coś, co powinnaś wiedzieć. Vernon cierpi na pewną... dolegliwość. – Wymawia to słowo tak, jakby chodziło o raka.

– Do cholery, mamo!

– Vernon, przecież wiesz, że masz ten problem!

O Jezu, o kurwa, niech to szlag! Czuję, jak moje wystające górne zęby rosną mi na kilometr. Moltenbomb chichocze na drodze.

– Zajmiemy się nim – mówi Gurie, wycierając rękę o udo.

Popycha mnie biodrem w stronę podjazdu. Można to uznać za czynną napaść, jeśli ktoś ma półdupki jak jakieś pieprzone kule do rozbijania murów.

– Ale on nie zrobił nic złego! On ma tylko kliniczną przypadłość!

Kliniczną przypadłość, w dupę mać!

W chwilę później do gry wkracza Los. Świst mknącego eldorado Leony Dunt niesie się echem po całej ulicy. Ten samochód to piekielna macica na kółkach. Wypełniają go szczelnie dwie inne tak zwane przyjaciółki mamy, Georgette i Betty. One zawsze po prostu wpadają. Do wtorku pani Lechuga była przywódczynią tej paczki; teraz jest niedysponowana aż do odwołania.

Leona Dunt pojawia się tylko wtedy, kiedy ma ochotę pochwalić się co najmniej dwiema rzeczami, tak aby człowiek poznał swoje miejsce w szeregu. Brakuje jej jakichś pięciu rzeczy do Lechugów, więc my jesteśmy dla niej ligą młodzików. Czy wręcz embrionów. Pominąwszy to, że ma uda i dupsko jak krowa i prawie żadnych cycków, Leona jest nawet ładną blondyną o miodopłynnym głosie, który wypolerowała sobie na portfelu swego ostatniego męża. To jej zmarły mąż, a nie ten pierwszy, który odszedł od niej. Leona nigdy nie mówi o tym, który odszedł.

Georgette Porkorney jest najstarsza z całej paczki: to stary, zasuszony myszołów z włosami jak polakierowany dym z papierosa. Mówimy jej po prostu George. Teraz jest żoną szeryfa, choć wolałbym sobie ich nie wyobrażać w akcji. Co ważne, nosi na grzbiecie takiego ptaszka-pasożyta, jak te nosorożce, które pokazują w telewizji, a ptaszek ten nazywa się Betty Pritchard i jest jeszcze jedną tak zwaną kumpelą mamy.

Betty ma osowiałą twarz, łazi wciąż za człowiekiem i powtarza: „Wiem, wiem". Jej dziesięcioletni synalek ma na imię Brad. Ten mały sukinkot zepsuł mi PlayStation i nie chciał się do tego przyznać. I nie można mu, kurwa, nic powiedzieć, bo cierpi na potwierdzone przez autorytety lekarskie z a b u r z e n i a, co ma taką wagę jak dożywotnia przepustka z pierdla. Natomiast ja mam tylko p r z y p a d ł o ś ć.

A więc Los wyciąga swoją kartę w chwili, gdy Leona błyska drucianymi oprawkami okularów, zatrzymując się za wozem patrolowym. Ricardo Moltenbomb, odbiglowany reporter, robi efektowny półobrót, a potem uskakuje niczym toreador, gdy tona mięcha z cellulitis wtacza się na piaszczysty spłachetek ziemi, który nazywamy naszym trawnikiem. Teraz dopiero widać, że cały ujęty w choreograficzne układy świat mojej mamy jest podtrzymywany przez system nerwowy z waty cukrowej. I widać, jak się ta wata roztapia.

– Siemasz, Vaine! – woła Leona.

Idzie przodem jako najmłodsza; nie ma jeszcze czterdziestki.

– Cóż to, Vaine? – woła Georgette Porkorney. – Mój stary miał cię dość na komisariacie?

Mama chwyta przynętę.

– Vaine przeprowadza rutynową kontrolę, dziewczęta. Może wstąpicie na wodę sodową?

– Znów jakieś kłopoty, Doris? – pyta Leona.

– O rany – mówi mama. – Te ciastka się pocą. Przecież to nie są żywe stworzenia, żeby się pociły.

Vaine Gurie odchrząkuje, żeby coś powiedzieć, ale w tym momencie podchodzi do niej Moltenbomb ze swoją kamerą i z uśmiechem aligatora.

– Parę słów do kamery, pani kapitan?

Wokół nich zbiera się publiczność złożona z Pam, Georgette, Leony i Betty. W palcach Georgette pojawia się papieros. Smętna gęba Betty wykrzywia się w jeszcze bardziej ponurym grymasie.

– Chyba nie będziesz palić przed kamerą, George? – Betty cofa się o krok.

– Ćśśś – mówi Georgette. – To nie ja jestem w telewizji, tylko ona. Nie wkurzaj mnie, Betty.

Gurie zaciska wargi. Nabiera powietrza i patrzy spode łba na reportera.

– Po pierwsze, proszę pana, jestem zastępczynią szeryfa, a po drugie, dla uzyskania informacji powinien się pan skontaktować z rzecznikiem.

– Ale ja robię reportaż o tle wydarzeń – mówi Moltenbomb.

Gurie mierzy go wzrokiem od stóp do głów.

– Jasna sprawa. A jest pan z...

– Z CNN, proszę pani. Eulalio Ledesma, do usług. – Słońce odbija się jasnym refleksem w złotym zębie. – Świat czeka na wieści.

Gurie chichocze i potrząsa głową.

– Świat jest daleko od Martirio, panie Ledesma.

– Dziś świat to Martirio, proszę pani.

Wzrok Gurie umyka w stronę Pam, która rozdziawia usta jak dzieciak w reklamówce hot dogów. Jarzy się napis TV.

– Twój Barry pęknie z dumy! – mówi.

Zastępczyni szeryfa patrzy krytycznie po sobie.

– Ale przecież ja nie mogę tak wystąpić...

– Jesteś bez zarzutu, Vaine, wal śmiało – zachęca ją Pam.

– Jasna sprawa. Hm. A właściwie, to co ja mam powiedzieć?

– Spokojnie, ja panią wprowadzę – mówi pan Ledesma.

Zanim Gurie zdąży zaprotestować, rozstawia swój statyw, celuje w nią obiektywem i wysuwa się do przodu. Jego drewniany głos nabiera głębi i płynności.

– Po raz kolejny przywdziewamy żałobną szatę, szatę, która ulega niszczącemu działaniu gwałtownie zmieniającego się świata.

Dziś wszyscy porządni obywatele Martirio w środkowym Teksasie zadają wraz ze mną pytanie, jak uzdrowić Amerykę?

– Hm. – Gurie otwiera usta, jakby znała pieprzoną odpowiedź.

Nie, Vaine, chwila, on jeszcze nie skończył.

– Zaczynamy na linii frontu, od tych, których rola w pokłosiu tej tragedii zmienia się nieustannie, czyli od przedstawicieli prawa. Oto zastępczyni szeryfa, Vaine Gurie. Czy w tych nowych okolicznościach stosunek miejscowej ludności do pani jakoś się zmienił?

– No cóż, taką sytuację mamy tu po raz pierwszy – mówi Gurie. Pieprzenie w bambus.

– Ale czy ludzie częściej proszą o radę lub o moralne wsparcie?

– S t a s - t y s t y c z n i e, proszę pana, jest w tym mieście więcej doradców i adwokatów niż funkcjonariuszy prawa. I tak jak oni nie egzekwują prawa, tak my nie udzielamy porad.

– Społeczność Martirio stanęła przed wyzwaniem; czy to ją w jakiś sposób jednoczy?

– Jasna sprawa, otrzymaliśmy pewne wsparcie, przysłali nam posiłki z policji w Luling i psy ze Smith County. Jakiś komitet społeczny z Houston przysłał nam nawet karmelki domowej roboty.

– Oczywiście odciążając panią w ten sposób, żeby mogła pani poświęcić więcej czasu tym, którzy przeżyli.

Ledesma przywołuje mnie ruchem ręki.

– Proszę pana – mówi niepewnie Gurie. – Ci, którzy przeżyli, żyją. Moje zadanie to znaleźć przyczynę tragedii. Miasto nie spocznie, dopóki nie zostanie ustalona przyczyna tego, co się stało. I dopóki problem nie zostanie rozwiązany.

– Ale chyba sprawa została zamknięta?

– Nic nie dzieje się bez przyczyny, proszę pana.

– Chce pani powiedzieć, że ludzie powinni jej szukać w sobie? Uświadomić sobie być może jakąś okrutną prawdę o swojej roli w tej tragedii?

– Chcę powiedzieć, że musimy znaleźć sprawcę.

Iskierki zapalają się w oczach Ledesmy. Bierze mnie za ramię i wciąga w pole widzenia kamery.

– Czy to ten młody człowiek jest sprawcą?

Wargi Gurie wykrzywiają się jak skropione octem ślimaki.

– Hm. Ja tego nie powiedziałam.

– A więc dlaczego amerykański podatnik miałby płacić pani za to, żeby go pani zatrzymała, zaraz pierwszego dnia, tego dnia, w którym zaczęła się jego być może dożywotnia trauma? Nadciągają inni reporterzy. Pot występuje na twarz Gurie.

– To na razie wszystko, panie Lesama.

– Proszę pani, to jest sprawa publiczna. Sam Pan Bóg nie wyłączy tej kamery.

– Niestety, nie ja ustanawiam prawo.

– Ten dzieciak złamał prawo?

– Nie wiem.

– Zatrzymuje go pani tak na wszelki wypadek?

– Hm.

Żona szeryfa marszczy brwi tak, że prawie dotyka nimi cycków. Czyli opuszcza je bardzo, bardzo nisko. Ledesma obrzuca ją spojrzeniem, a jego język miele niezmordowanie. Gurie próbuje wymknąć się cichcem, ale on mierzy do niej z kamery jak ze strzelby.

– Czy może nam pani podać nazwisko szeryfa, który powierzył pani prowadzenie tej sprawy?

Z tego, jak mówi zwykle o swoim mężu Georgette Porkorney, można by wywnioskować, że jej stary gówno ją obchodzi. Ale teraz się przejęła. Telefon wyskakuje z torebki wśród zamieci chusteczek higienicznych.

– Bertram? Vaine jest w telewizji.

Po sekundzie dzwoni telefon w kieszeni Gurie.

– Tak, szeryfie? Nie, proszę pana, przysięgam Bogu. Bandera Road? O dwie przecznice stąd. Psy? Tak, szeryfie, już się robi.

Ledesma chowa kamerę i patrzy, jak Vaine idzie, powłócząc nogami, do samochodu, pokonana. Potem, gdy zaraz po błysku pompy rozlega się grzmot, odwraca się do mnie i puszcza oko jak na zwolnionym filmie. Musi to być efekt zwolnionego ruchu, biorąc pod uwagę, jak kurewsko szybkie jest mrugnięcie. Staram się nie uśmiechać. Czuję, że zaraz walnę kupę rozmiarów pieprzonego Teksasu.

– Musisz mi o wszystkim opowiedzieć – mówi bezgłośnie Ledesma, celując we mnie krótkim, grubym palcem.

Kiwam tylko głową i idę za moją staruszką na werandę, razem z Leoną, George i Betty. Mama zaprasza je gestem do środka, a potem wraca do siatkowych drzwi, żeby zobaczyć, czy stara pani Porter, bezdzietna pani Porter, pozostająca na uboczu, poza światłem reflektorów, wciąż gapi się zza swoich drzwi. Owszem, gapi się, ale udaje, że nie. Kurt zaś, jej pies, gapi się otwarcie. On nie musi nic udawać.

Ostatnią rzeczą, jaką widać, zanim opadnie roleta, jest Palmyra, która idzie, kolebiąc się, po naszym podjeździe. Mijając Gurie, dźga palcem w plamę koło odznaki.

– Och, Vaine, masz tu sos z barbecue.

W czarno-białym świecie wszystko, co znajduje się w moim pokoju, może świadczyć przeciw mnie. Tuman skarpetek i bielizny poznaczonej śladami sekretnych marzeń. W komputerze wymagająca usunięcia z dysku lista odwiedzanych stron, na przykład erotyka z udziałem kalek, zdjęcia, które drukowałem dla starego Silasa. No bo on nie ma komputera. Silas to stary, schorowany naiwniak – aż przykro mówić, naprawdę. Handluje z nami, płacąc piwem i fajkami za zdjęcia, no wiecie, jak to jest. Karbuję w pamięci, że powinienem wyczyścić dysk, czyli, jak by powiedział pan Nuckles, dokonać wirtualnego zabiegu higienicznego. Omiatam pokój spojrzeniem. Na łóżku leży sterta brudów z zeszłego tygodnia; pod nią schowany katalog mamy z damską bielizną. Muszę go odnieść do jej pokoju. Mam cholerną nadzieję, że nie będzie próbowała otworzyć go na stronie 67. Wiecie, jak to bywa. Jest jeszcze moja szafa wnękowa, z pudełkiem po najkach na dnie. W pudełku są dwa dżojnty i trochę LSD. Nie zrozumcie tego źle: przechowuję je tylko dla Taylor Figueroi.

Mętne jak mulista woda światło przebija się przez mrok za oknem. Jego nikłe migotanie przyciąga wzrok; zaczynam się wpatrywać w masę kwiatów i misiów, jaka pojawiła się na werandzie Lechugów. Teraz weranda wygląda jak królestwo księżnej Debbie, czy jak się tam nazywała ta zmarła księżna. Wszystko zrzucone na stos, nierozpakowane. Wiadomo, że Lechugowie sami za to wszystko zapłacili. Nikt przecież nie przysłałby niczego Maxowi, taka jest smutna prawda. To po prostu żałosne.

Przetrawiam cały tragizm sytuacji w swoim zamienionym w galaretę mózgu. Lechugowie na przykład muszą przysyłać sobie misie. A wiecie, dlaczego? Bo Max był sukinsynem. Już samo myślenie o tym sprawia, że czuję, jak rżnie mnie piła potępienia, i tylko czekam, jak dopadną mnie rozwścieczone psy, przeżują na miazgę moją pieprzoną duszę i wyrzygają ją prosto do czeluści piekielnych. Ale jednocześnie stoję i łzy napływają mi do oczu, kiedy myślę o Maksie i o wszystkich kolegach z klasy. Prawda to niszcząca siła. Jest tak, jakby wszyscy, którzy kiedyś przeklinali zabitych, stanęli teraz w jednym szeregu, żeby głosić chwałę tych aniołków. Uświadamiam sobie, że świat śmieje się codziennie swoją dupą, a potem kłamie bezczelnie, kiedy wypada z niego gówno. Zupełnie jakbyśmy byli wszyscy na jakiejś diecie Pritikina złożonej z pieprzonych kłamstw. Cóż to za pierdolone życie!

Podnoszę zesztywniały rąbek podkoszulka do oczu i próbuję wszystko uporządkować. Widzę, jak wszyscy są wnerwieni, i wiem, że powinienem uprzątnąć ten cały bajzel, ale czuję się naprawdę jak ostatnie gówno. Potem przychodzi nagle olśnienie: uświadamiam sobie, że kiedy człowiek coś sobie zaplanuje i próbuje sobie wyobrazić, ile mu to zajmie czasu, okazuje się, że tyle właśnie daje mu Los, nim pojawi się kolejna rzecz do zrobienia.

– Vern? – woła mama z kuchni. – Ver-non!

4

V er-non?
    – Czego? – odkrzykuję.

Mama nie odpowiada. To typowe dla wszystkich matek; one tylko sprawdzają ton twojego głosu. Jak je potem pytasz, co powiedziałeś, to nawet, kurwa, nie wiedzą. Tylko brzmienie musi być właściwe, czyli odpowiednio głupie.

    – Ver-non.

Zamykam szafę i schodzę do kuchni, gdzie przy śniadaniowym blacie rozgrywa się znajoma scena. Oprócz mamy, która krząta się przy piekarniku, jest tu Leona. Na dywanie w saloniku siedzi Brad Pritchard, który udaje, że nikt nie widzi jego palca w dupie. Wszyscy udają, że tego nie widzą. No i popatrzcie, jacy są ludzie. Nie chcą brukać cukierkowego obrazu rzeczywistości, nie powiedzą: „Brad, wyjmij ten pieprzony palec ze swojego cholernego odbytu", wolą udawać, że palca tam nie ma. Podobnie całe miasto stara się ignorować bolesne ukłucia żałoby, jaka je ogarnęła. Ale nie mogą ich uniknąć, to jasne. Żal legł im na piersiach nieznośnym ciężarem. Jedyny dodający otuchy widok to Pam, rozwalona jak na plaży na starej sofie taty stojącej w ciemnym kącie pokoju. Batonik sterczy jej z rowka między wymionami.

Przechodzę na drugą stronę śniadaniowego barku, gdzie Leona tokuje i puszy się bez przerwy; musi odebrać mamie wszystkie tematy, więc jej głos ślizga się nieustannie w górę i w dół.

    – Och, jak ślicznie, Doris, och, jak wspaniale – pieje niczym syrena w morskiej pianie.

Wreszcie, kiedy mama jest już całkiem stłamszona, wyciąga najmocniejszą kartę.

– Ej, a mówiłam ci, że będę miała służącą?

Usta mamy ściągają się boleśnie.

– O!

A teraz wstrzymajmy oddech. George wydmuchuje cienką smużkę dymu na Betty; obie udają, że oglądają coś w telewizji. Ich superłagodne uśmiechy biorą się ze świadomości, ile jest na świecie rzeczy do kupienia. Mama uwija się przy piecu. Ma ochotę wetknąć pieprzoną głowę do piekarnika, jeśli jej tych rzeczy nie przybędzie. Liszka potu pełznie jej w dół nosa. Kap – na brązowe linoleum.

– A tak – mówi Leona. – Zaczyna pracę, kiedy wrócę z Hawajów.

Cały dom oddycha z ulgą.

– O rany, znów macie wakacje? – pyta mama.

Leona odrzuca włosy do tyłu.

– Wiesz, Tod nie chce, żebym sobie odmawiała przyjemności, dopóki jestem m ł o d a.

– Cholera, nie mogę uwierzyć... – odzywa się George z salonu.

Oznacza to koniec przechwałek.

– Wiem, wiem – mówi Betty.

– Wydaje się, że nie może już być gorzej, a tu nagle – trach!

– No właśnie, cholera.

– Sześć funtów, ani uncji mniej, a widziałam ją nie dalej, jak w zeszłym tygodniu. Sześć funtów w ciągu tygodnia!

George okrągłym ruchem dłoni owija swoje słowa w trąbkę dymu z papierosa. Betty opędza się od nich.

– To ta jej dieta, te wszystkie węglowodany – mówi Leona.

Pam burczy ponuro gdzieś w głębi.

– Wiem – odpowiada Betty. – Dlaczego ona się nie trzyma grupy Strażników Wagi?

– Skarbie – mówi George – Vaine Gurie ma szczęście, że jeszcze może się wcisnąć w swoje cholerne szorty. Nie wiem, czemu ona w ogóle próbuje się odchudzać.

– Barry jej zagroził – wyjaśnia Pam. – Ma miesiąc na zrzucenie sadła albo on ją rzuci.

George układa usta w dziobek i zadziera głowę, tak że słowa fruną górą do Pam.

– Tu trzeba zapomnieć o Pritikinie, ona musi zastosować dietę Wilmera.

– Ależ Georgette – odzywa się z kuchni mama. – Ten cały Wilmer u mnie w ogóle nie skutkuje. Przynajmniej jak na razie.

Leona i Betty wymieniają spojrzenia. George pokasłuje cicho.

– Nie sądzę, żebyś ściśle przestrzegała reguł, Doris...

– No wiesz, ciągle się nie poddaję... Ach, czy już wam mówiłam, że kupuję podwójną lodówkę?

– Ho, ho – mówi Leona. – Ten Specjalny Model? W jakim kolorze?

Mama spuszcza wzrok.

– Migdałowo-migdałowy.

Popatrzcie na nią: zarumieniona i lśniąca od potu, zgarbiona pod szopą swoich brązowych włosów, w swojej brązowej kuchni. Jej organy wewnętrzne pracują w zdwojonym tempie, usiłując przerobić żółć na mleczny koktajl truskawkowy. Na zewnątrz widać, jak jej jałowe brązowe życie ropieje i gnije bezużytecznie wokół fikuśnej czerwonej kokardy przypiętej do sukni.

– Mamo? – odzywam się spod drzwi schowka z brudami.

– A, jesteś, idź i zapytaj tego człowieka z telewizji, czy chciałby się napić coli. Tam musi być ze trzydzieści stopni.

– Tego odstawionego jak Ricardo Moltenbomb?

– On jest znacznie młodszy niż Ricardo Montalban, prawda, dziewczęta? I przystojniejszy...

– Pff – wzrusza ramionami Pam.

George wychyla się z krzesła, żeby nawiązać kontakt wzrokowy z mamą.

– I chcesz zaprosić do domu całkiem obcego mężczyznę, ot tak sobie?

– Ależ Georgette, przecież my tu w Martirio słyniemy z gościnności...

– Aha – prycha George. – Nie widziałam tu zbyt wielu dziarskich młodzieńców od czasu, jak ten autobus się rozkraczył.

– Tak, ale teraz to zupełnie co innego.

Wszystkie kobiety oprócz Pam wymieniają spojrzenia, zaciskając wargi. George odchrząkuje cicho.

Brad Pritchard kończy ze swoim tyłkiem. Teraz ulega innemu nawykowi, znajdując nowe ważne powody, żeby zacząć dłubać w nosie. Wychodząc z kuchni, przyciągam jego uwagę i najpierw pokazuję na swój tyłek, a potem oblizuję palec.

– Ma-amo – sklamrzy.

Beulah Drive aż puchnie od upału. Idę do kiosku z lemoniadą, który prowadzą jakieś dzieciaki spod dwunastki. Żądają za informacje na temat reportera pięćdziesięciu centów, więc maszeruję z powrotem i po drodze zaglądam do czerwonej furgonetki zaparkowanej pod wierzbą Lechugów. Rozpłaszczam nos na tylnej szybie. Pomiędzy siedzeniami widzę pojemnik na drugie śniadanie z połówką zbrązowiałego jabłka. Na podłodze leżą jakieś zwoje kabli. Obok zaczytana stara książka *Zrób to w mediach*. Potem dostrzegam głowę Ledesmy spoczywającą na parze starych buciorów. Leży nago, wyciągnięty na brezentowej płachcie, powieki ma opuszczone, mięśnie twarzy napięte. W chwili gdy mój wzrok pada na niego, otwiera czujnie oczy.

– O, niech to szlag! – Opiera się na łokciu, trze oczy. – Mistrzu, podejdź no do drzwi.

Klepię misia, który zawieruszył się na trawniku Lechugów, i podchodzę z boku do samochodu. Drzwi się otwierają, uderza mnie w nozdrza zapach potu. Facet, grubo po trzydziestce, ma twarz jak z wosku. Zaczynam podejrzewać, że spodobał się mojej starej, ale nie jestem całkiem pewien.

– Mieszka pan w furgonetce? – pytam.

– Czsz... w motelu zabrakło miejsc. To dla mojego Ameksu duża ulga.

Gdy sięga po ubranie, na podłogę sypie się grad szklanych fiolek.

– Mama powiedziała, że może pan do nas wejść na colę.

– Skorzystałbym chętnie z łazienki. I może znalazłoby się coś do zjedzenia?

– Mamy ciasteczka radości.

– Ciasteczka r a d o ś c i?

– Tak się nazywają.

Ledesma zgarnia garść fiolek z podłogi i upycha je w kieszeniach, naciągając na siebie ogrodniczki. Przygląda mi się uważnie bystrymi, czarnymi oczami.

– Twoja mama jest dziś w stresie.

– To jeden z jej lepszych dni.

Śmieje się chrapliwie, jakby miał atak astmy, i wali mnie w ramię. Tak jak to kiedyś robił mój ojciec, kiedy był przyjaźnie usposobiony. Wracamy drogą i przez podjazd, ale Ledesma zatrzymuje się przy ławeczce życzeń, żeby poprawić spodnie w kroku. Potem potrząsa głową i patrzy na mnie.

– Vern, jesteś niewinny, prawda?

– Aha.

– Nie wiem, czemu mi to przyszło do głowy, czsz... Nie mogę się opędzić od myśli, że ten cały szajs wali ci się na głowę jak grad. Co za pieprzone życie!

– Mnie pan to mówi...

Kładzie mi rękę na ramieniu.

– Chciałbym ci pomóc.

Patrzę w milczeniu na swoje buty. Szczerze mówiąc, takie intymne chwile nie są w ogóle moją specjalnością, zwłaszcza jeśli przed chwilą widziałem faceta nagiego. Mam wrażenie, jakbym był postacią z jakiegoś pieprzonego filmu telewizyjnego. On to chyba wyczuwa. Zabiera rękę, znów poprawia spodnie w kroku i opiera się o ławeczkę, która niebezpiecznie się przechyla.

– Psiakrew – mówi, prostując się. – Nie ma tu jakiegoś kawałka równej ziemi?

– Jest, za domem towarowym.

Śmieje się.

– Powinieneś opowiedzieć swoją wersję, mały wielki człowieku, jak ci tam na imię. Świat uwielbia przegranych.

– A co z tym materiałem, który zrobił pan przed chwilą z Vaine Gurie?

– Czsz... Nie włączyłem kamery.

– Pan się lepiej wynosi z miasta.

– Wyświadcz mi łaskę: jak przegrany przegranemu.

– Pan jest przegrany?

Kiedy to mówię, otwierają się drzwi frontowe domu pani Porter i wysuwa się węszący nos Kurta.

– Na tym świecie są sami przegrani i psychole – odpowiada Ledesma. – Tacy psychole jak ta policjantka z tłustym dupskiem. Zastanów się nad tym chwilę.

Nie zastanawiam się długo. Człowiek musi się trząść w telewizji, takie jest pieprzone prawo natury. Musi się trząść i być przez cały czas załamany. Wiem to na pewno i wy też byście wiedzieli, gdybyście zobaczyli moją starą, jak ogląda sprawozdania z rozpraw. „Popatrz, jaki on jest obojętny, poćwiartował dziesięciu ludzi i zjadł ich wnętrzności, i nie okazuje żadnych emocji". Ja osobiście nie widzę logiki w tym, żeby człowiek musiał się trząść, skoro jest niewinny. Powiedziałbym nawet, że ci, którzy nie jedzą ludzkich wnętrzności, powinni być bardziej obojętni. Ale nie, przekonałem się, że sędziowie oglądają widocznie te same programy co moja stara. Jeśli się nie trzęsiesz, jesteś, kurwa, winny.

– No nie wiem – mówię, skręcając w stronę werandy.

Ledesma zwalnia.

– Nie doceniasz widzów, Vern, oni chcą, aby sprawiedliwości stało się zadość. Daj im to, czego chcą.

– Ale przecież ja nic nie zrobiłem.

– A kto to wie? Decydują o tym ludzie, bez względu na fakty czy ich brak. Jeśli nie staniesz w pełnym świetle i nie nakreślisz swojego paradygmatu, ktoś nakreśli go za ciebie.

– Swojego czego?

– Pa-ra-dygmatu. Nigdy nie słyszałeś o zmianie paradygmatu? Dam ci przykład: widzisz człowieka, który dobiera się do tyłka twojej babci. Co o nim myślisz?

– Sukinsyn.

– Właśnie. Potem się dowiadujesz, że był tam jadowity pająk i że ten człowiek go złapał i wyrzucił, ratując w ten sposób życie babci. I co teraz myślisz?

– Bohater.

Od razu widać, że nie zna mojej babci.

– No i masz przesunięcie paradygmatu. Sam czyn tego człowieka się nie zmienił, zmieniła się informacja, na podstawie której go osądzałeś. Teraz chciałbyś mu uścisnąć dłoń.

– Raczej nie.

– Mówię obrazowo, dupku – śmieje się, okładając mnie pięściami po żebrach. – Fakty mogą się wydawać czarno-białe, zanim trafią na ekran telewizora, ale zespoły profesjonalistów przekopią się przez całe góry szarości, żeby je przedstawić. Tu potrzeba odpowiedniego wyeksponowania, jak przy wprowadzaniu produktu na rynek; więzienia są pełne ludzi, którym nie udało się odpowiednio „ulokować" na rynku.

– Chwila, ja mam świadków.

Ledesma wchodzi po stopniach werandy.

– Jasne, i policjantkę z tłustą dupą bardzo to interesuje. Opinia publiczna pójdzie za pierwszym psycholem, który wskaże cię palcem. Jesteś bezbronny jak niemowlę, ważniaku.

Wchodzimy przez skrzypiące drzwi do chłodnej kuchni. Jest tu mama, wszystko wytarte do sucha rękawicą w kształcie żaby, na policzku ma okruchy ciastka radości. Inne stare rury siedzą w głębi, udają, że zachowują się naturalnie.

– Moje panie! – mówi Lally, szczerząc zęby. – To tak się tu pławicie w komforcie, kiedy ja męczę się na zewnątrz jak jakiś niewolnik?

– Och, panie Smedma – odzywa się mama.

– Eulalio Ledesma, proszę pani. Wykształceni ludzie mówią mi Lally.

– Napije się pan coli, panie Lesma? Woli pan dietetyczną czy bezkofeinową?

Mama uwielbia, kiedy zachodzą do naszego domu ważni ludzie, lekarze i tak dalej. Rzęsy jej trzepoczą jak zdychające muchy.

Lally winduje zadek na wysoki kuchenny stołek, rozsiada się wygodnie.

– Dziękuję, dla mnie tylko woda i może jedno ciasteczko. Właściwie, to mam dla pań pewną ekscytującą wiadomość, jeśli to panie interesuje.

– Obudźcie mnie, jak skończy – mruczy z kąta Pam.

Lally wyciąga swoje szklane flakoniki napełnione czymś, co wygląda jak siuśki.

– Wyciąg z żeń-szenia syberyjskiego. – Wciska mi do ręki jeden pojemniczek i mruga. – To lepsze niż viagra.

– Chi, chi – chichoczą kobietki.

– A więc, Lally – mówi mama – śpisz w samochodzie czy jak?

– W tej chwili owszem, wszystkie motele pomiędzy Martirio i Austin są pełne. Słyszałem, że niektórzy mieszkańcy miasteczka udzielają gościny, ale jeszcze na takiego nie natrafiłem.

– Hm, no cóż... – Mama patrzy w głąb przedpokoju. – To znaczy...

– Doris, chyba nie pozwolisz Vernonowi pić tego paskudztwa?

No i proszę, to znów George z tą swoją metodą odwracania uwagi i zmiany tematu. Mam mieszane uczucia. To znaczy, jestem zadowolony, że Georgette udaremniła mojej staruszce próbę zaproszenia Ledesmy do naszego domu. Ale teraz uwaga wszystkich przenosi się raptownie na mnie.

– Och, to nieszkodliwe – mówi Lally. – I bardzo dobre na stres.

George patrzy, jak bawię się flakonikiem. Oczy się jej zwężają, co jest kurewsko złym znakiem.

– Tak jakbyś był naprawdę zestresowany, Vern. Masz już jakąś pracę na lato?

– Nie – odpowiadam i wypijam żeń-szeń. Ma smak gówna.

44

– Słyszałaś, Doris, syn Harrisów kupił ciężarówkę, forda. Zapłacił gotówką. Wszyscy chłopcy, jakich znam, załatwili sobie pracę na lato. I oczywiście wszyscy się o s t r z y g l i.

– To nie je ford – odzywa się Brad z podłogi.

– Bradley – mówi Betty – wolałabym, żebyś nie mówił „nie je".

– Wal się, kurna.

– Nie mów do mnie w ten sposób, Bradleyu Everetcie Pritchard!

– O co, cholera, chodzi? Powiedziałem przecież „kurna", do jasnej cholery!

Spluwa, wierci się na dywanie, potem podchodzi do Betty i uderza ją w brzuch.

– B r a d l e y!

– Kurna, kurna, KURNA!

Ja siedzę cicho. Lally patrzy na mnie, widzi, że utkwiłem tęskne spojrzenie w przedpokoju.

– Dzięki za pomoc, ważniaku, może twój pokój będzie się lepiej nadawał do pracy. – Zwraca się do mamy. – Mam nadzieję, że to nie jest problem: Vern zgodził się skolacjonować pewne dane dla mnie...

– Żaden problem, Lally – mówi mama. – Szybko, Vern! Słyszycie, dziewczęta? Vern pomaga Lally'emu, kolekcjonuje dla niego dane!

Czmycham z salonu jak wystraszony szczur.

– To jedyna robota dla chłopaka z takim wyglądem – mówi George. – Moim zdaniem ta fryzura nie budzi zaufania. I te buty też nie. Takie same miał ten psychol Meks...

Pieprzyć ją. Kopię w stertę brudów i zatrzaskuję za sobą drzwi mojej sypialni. Wobec tego, jak się wszyscy wokół mnie zachowują, rozważam całkiem serio, czy nie ewakuować się przez schowek na brudy i nie mówiąc nic nikomu, wskoczyć do autobusu do babci. I po prostu zadzwonić później albo co. Cały świat wie przecież, że to Jesus jest sprawcą tej pieprzonej tragedii. Ale ponieważ nie żyje i nie mogą go, kurwa, za to zabić, muszą sobie znaleźć osła ofiarnego. Tacy są ludzie. Ja sam marzę, żeby móc powiedzieć, jak to po kolei wyglądało w ten wtorek. Ale mam związane ręce. Muszę myśleć o honorze rodziny. I muszę chronić swoją mamę, teraz, kiedy jestem głową rodziny i tak dalej. W każdym razie ktokolwiek wskaże na mnie palcem tylko dlatego, że przyjaźniłem się z tym chłopakiem, będzie tego kiedyś gorzko żałował. Popłyną łzy pieprzonego żalu, kiedy prawda wyjdzie triumfalnie na jaw. A prawda wychodzi na jaw zawsze, dobrze o tym wiecie. Wystarczy obejrzeć jakikolwiek pieprzony film.

Wciąż słyszę ich głosy przez drzwi mojej sypialni, słyszę, jak gadają niby kiepscy aktorzy, dokładnie tak samo.

– To czas wielkich wyzwań dla wszystkich – mówi Lally.

– Wiem, wiem.

– A Vaine naciska zbyt mocno – mówi Leona. – Czy ona nie wyczuwa, jak wszyscy są zrozpaczeni?

George odkasłuje.

– To mój stary naciska Vaine. Dał jej miesiąc, żeby poprawiła swoją statystykę, albo ją odstawi.

– To znaczy, że ją zwolni z policji? – pyta mama. – Po tylu latach?

– Gorzej. Zrobi z niej prawdopodobnie asystentkę Eileeny.

– O Boże – mówi Leona. – Ale przecież ta Eileena to ktoś w rodzaju... recepcjonistki. To takie podrzędne stanowisko, jak Barry'ego!

– Gorzej – chichocze ponuro Pam.

Zapada na chwilę cisza. To znaczy, wszyscy wzdychają. Potem odzywa się mama:

– No tak, to ważny miesiąc dla Vaine. I trudno powiedzieć, żeby jej dobrze szło, kiedy się patrzy, jak sobie poczyna z Vernonem i w ogóle.

Lally cmoka.

– Może psy rzucą jakieś światło...

– Psy? – pyta Leona.

– Specjalne psy gończe ze Smith County.

– No tak, ale co tu teraz dadzą psy? – zauważa mama.

– Czy mogę pani mówić Doris? – zwraca się do niej Lally. Głos obniża mu się o jeden ton. – No więc widzisz, Doris, ludzie pytają, jak ktoś przy zdrowych zmysłach mógł urządzić taką krwawą łaźnię. Zaczynają się zastanawiać, czy to nie sprawa narkotyków. Jeśli pogłoski o tropie narkotykowym się potwierdzą, to specjalnie wytresowane psy wywęszą to w mgnieniu oka.

– To dobrze – wzdycha mama. – Chciałabym, żeby sprowadzili je tu jak najprędzej i położyli kres tym śmiesznym oskarżeniom Vernona.

Biorę dragi z pudełka po butach i wkładam je do kieszeni. Od dżojntów poci mi się dłoń. Kurt ujada za oknem.

5

Właściwie w pogłoskach o starym panu Deutschmanie nie było mowy o tym, że naprawdę dymał jakieś uczennice. Prawdopodobnie tylko je obmacywał i tak dalej. Nie zrozumcie mnie źle, to też byłoby paskudne. Deutschman był kiedyś kierownikiem szkoły czy coś takiego, takim prawym, porządnym i dumnym facetem, w czasach, kiedy nie przymykali ludzi za takie sprawki. Może jeszcze zanim pojawiły się w telewizji różne talk-shows, w czasach, kiedy można było człowieka zniszczyć obmową. Prawdopodobnie strzygł się dawniej w tym eleganckim zakładzie fryzjerskim przy Gurie Street, gdzie jest ekspres do kawy i tak dalej. Ale już się tam nie pojawia. Teraz przemyka chyłkiem przez dolinę za rzeźnią do tamtejszej fryzjerni przyfabrycznej. A tak, zakłady mięsne mają swojego własnego fryzjera, który strzyże w soboty. Tego ranka jest u niego tylko pan Deutschman i ja. I mama.

– Niech pan nie słucha Vernona, w tamtym zakładzie strasznie zdzierają.

Szal na głowie i ciemne okulary mają ją prawdopodobnie czynić niewidzialną. Niewidzialną kobietą z nerwowymi tikami. Ja natomiast mam najbardziej czerwony T-shirt, jaki widzieliście w życiu, podkoszulek, który ma już jakieś sześć cholernych lat czy coś koło tego. Nie chciałem go wkładać. Matka decyduje o tym, co mam włożyć, pakując całą resztę do brudów.

– No, proszę śmiało, proszę pana, odrosną.

– Do diabła, mamo...

– Vernon, to dla twojego dobra. Musimy ci też znaleźć jakieś porządne buty.

Pot zaczyna mi ściekać rowkiem w tyłku. Światła są wyłączone, tylko jedna jasna smuga pada ukośnie przez drzwi na zieloną posadzkę. Powietrze cuchnie mięsem. Muchy trzymają straż przy dwóch przedpotopowych krzesłach fryzjerskich stojących na środku; biała skóra zbrązowiała, popękała i stwardniała jak plastik. Sprawdzam oparcia pod ręce. Siedzę na jednym z krzeseł, pan Deutschman na drugim; jego ręce poruszają się pod pelerynką. Robi wrażenie zadowolonego, że musi czekać. Na zewnątrz słychać gwizdek; orkiestra dęta zakładów mięsnych zbiera się na wyżwirowanym podwórzu. „Braaap, barp, bap", zaczyna się próba. Jedna z doboszek, którą widzę przez drzwi, ma chyba z osiemdziesiąt tysięcy lat, kiedy maszeruje, pośladki klapią jej o uda. Uciekam spojrzeniem w stronę stojącego w rogu telewizora.

– Popatrz, Vernon, on nie ma rąk ani nóg, ale wygląda bardzo schludnie. I ma p r a c ę, no spójrz, nawet inwestuje na giełdzie.

Jakiegoś młodziaka w telewizji pytają, jak to jest, kiedy ma się taki niesamowity talent. Chłopak wzrusza ramionami i mówi:

– A czy inni nie mają?

Fryzjer tnie głównie powietrze. Przepołowiona mucha odwala kitę.

– Był tu Barry. Mówił, że może to mieć związek z prochami.

– No tak, szprotami – mówi pan Deutschman.

– Z prochami albo że była jeszcze jedna strzelba.

– Jedna szczelna. Ja słyszałem, że miał na sobie damskie majtki; pan coś o tym słyszał?

W sumie parszywy dzień. Wolałbym, żeby mnie przy tym nie było, gdyby znaleźli jakieś dragi. Siedzę z dwoma skrętami i z dwiema porcjami kwasu w kieszeni; jeśli wierzyć Taylor, cholernie ostry towar – mózg człowiekowi wyleci nosem, jak weźmie jedną taką żelatynową perełkę. Próbowałem to gdzieś upchnąć po drodze, ale Los był dla mnie niełaskawy. Los jest ostatnio cały czas przeciw mnie, kurwa.

Spakuję plecak i noga, oto co zrobię, zgorzkniały i samotny, jak jeden z tych facetów, co to się ich widzi w telewizji. Zamelinuję gdzieś dragi Taylor i prysnę. Pójdzie mi lepiej niż wczoraj wieczorem, kiedy w pobliżu był Lally, a dookoła biwakowali ludzie z mediów całego świata. Zdążyłem odejść na cztery kroki od werandy, a już mnie zwęszyli. Teraz myślą, że wynoszę to świństwo w swoim plecaku. Ostatnia noc była długa, długa, mówię wam, i aż wibrowała od upiorów i rozmyślań. Od myśli, że powinienem działać.

– Idzie Vaine z psami – mówi fryzjer. – Muszę jej powiedzieć, że tu potrzeba Oddziału Specjalnego z automatyczną bronią, bo tylko oni mogą roznieść tych bandytów na strzępy, a nie jakieś stare kundle.

Ciach, ciach, ociosuje mi głowę. Patrzę na podłogę, czy nie leżą tam uszy.

– Mięso jest lepsze niż te całe dogi – mówi Deutschman.

– Siedź spokojnie, Vern – mówi mama.

– Muszę coś zrobić.

– Harris mógłby cię przyjąć do pracy w sklepie.

– Że co?

– No wiesz, dać ci pracę. Seb Harris kupił sobie nawet ciężarówkę!

– Ja nie o tym mówię. Zresztą tak się składa, że ojciec Seba jest właścicielem sklepu.

– No a ty jesteś teraz głową rodziny. Liczę na ciebie. Wszyscy chłopcy, których znam, mają jakąś pracę.

– Jacy na przykład, mamo? Którzy?

– Na przykład Randy i Eric.

– Randy i Eric nie żyją.

– Vernon, ja tylko mówię, że jeśli chcesz dowieść, że jesteś dorosły, to najwyższy czas, żebyś zmądrzał i zrozumiał, jak funkcjonuje świat. Bądź mężczyzną.

– Dobra, dobra.

– I nie popisuj się przed wszystkimi. Żeby się nie skończyło tak jak ostatnio, kiedy znalazłam te twoje majtki.

Ręka Deutschmana podskakuje pod pelerynką.

– Mamo, do jasnej cholery!

– No, śmiało, przeklinaj swoją matkę.

– Ja nie przeklinam.

– Mój Boże, gdyby był tu twój ojciec...

– O, jest już Vaine – mówi fryzjer.

Obracam się gwałtownie z krzesłem i zdzieram pelerynkę przez głowę.

– No, wal śmiało, Vernon, jazda, upokarzaj swoją matkę po tym wszystkim, co przeżyła.

Pieprzyć ją. Wypadam na zewnątrz, na słońce. Kadłub ciężarówki ze Smith County miga gdzieś za maszerującą orkiestrą. Martirio można traktować jako pieprzony żart, ale lepiej nie zadzierać z chłopcami ze Smith County. Smith County ma, cholera, pancerne samochody. Grzmią puzony, w trąbkach i rożkach odbija się mój falujący, płynny i coraz mniejszy obraz, kiedy znikam w krzakach na końcu podwórza.

Ostra trawa siecze mi twarz, kiedy pnę się po zboczu, jastrzębie szybują w powietrzu, ale kurz jest zbyt znudzony, by się wzbijać. Jeden obłoczek zawisł na niebie nad moim pustym i zdesperowanym ciałem. Matka nie pobiegnie za mną. Zostanie tam, gdzie jest, powie chłopakom o wszystkich moich paskudnych tajemnicach, tak że kiedy mnie znów zobaczą, będą się mogli znacząco uśmiechać. Niech mnie pocałują w dupę. Nie ma w tej całej aferze żadnych prochów, to pieprzenie w bambus. Jesus nie miał nigdy forsy. Czy zauważyliście, jak to miasto przekształca się w Historiogród? Według naukowców, w całym mieście powinno być dziesięć skwilionów komórek mózgowych, ale kiedy tylko człowiek beknie przed swoimi dwudziestymi pierwszymi urodzinami, wszystkie te komórki potrafią wyprodukować tylko dwie myśli: że albo to, kurwa, z powodu ciąży, albo prochów. Pieprzyć to, wynoszę się stąd. Kiedy zaczynam się wściekać, życie staje się proste. Wiem, co robić, i robię to, kurwa. Całujcie mnie w pieprzoną dupę.

Zdradzę wam coś, czego się dowiedziałem. Tacy dręczyciele jak moja stara spędzają właściwie pierwsze godziny po przebudzeniu na podłączaniu się do olbrzymiej sieci, zupełnie jak pająki. Taka jest prawda. Biorą wszystkie słowa, jakie tylko są we wszechświecie, i umieszczają je w twoim nożu. W rezultacie bez względu na to, jakie słowo człowiek wypowie, każde odczuje na tkwiącym w nim ostrzu. Na przykład: „O rany, widzisz ten samochód?". „No właśnie, ma taki sam kolor jak ta marynarka, którą obrzygałeś podczas bożonarodzeniowych jasełek, pamiętasz?". Zorientowałem się, że rodzice mają nad tobą przewagę dzięki temu, że zarządzają bazą danych dotyczących twojej głupoty i twoich mrocznych tajemnic, zawsze gotowi do walki. Potną cię w ułamku pieprzonej sekundy, nie łudź się, zrobią to, zanim zdążysz użyć swojej wyśnionej artylerii. A kiedy ich to znudzi, kiedy zetrą już cały polor i blask ze swego dziecka, zaczynają to robić ot tak, dla pieprzonej draki.

Staję jak wryty. Słychać warkot na szosie za zakrętem. To czerwona furgonetka, która ciągnie za sobą po zboczu długi ogon poderwanych z ziemi kłębów bawełnianego puchu. Jak sklerotyczny starzec, z tych, co to już nie pamiętają, co dla nich dobre, rzucam okiem na swój T-shirt. W tej samej chwili dostrzega mnie Lally, zatrzymuje się z piskiem opon i opuszcza szybę, naciskając ją z góry dłonią. Mechanizm stuka w tym samym rytmie co moje serce: tik, tik, tik.

– Ej, ty, ważniaku!

Macham mu ręką, jakbyśmy byli w dziale lodówek w jakimś pieprzonym minimarkecie. Powinienem rzucić dragi tam, gdzie stoję, ale psy są za blisko. Od razu by wyczuły. Zresztą w rzeczywistości nie jestem taki zdecydowany, w każdym razie nie wtedy, kiedy cały mój gniew wyparuje. To mnie, kurwa, zabija. Żeby rzucić teraz te dragi, trzeba by Van Damme'a.

Lally zaprasza mnie gestem do samochodu.

– Widzisz tych gliniarzy? Przyjechali tu prosto od ciebie. Wskakuj.

Fiolki z żeń-szeniem brzęczą na podłodze, kiedy gnamy na skróty w stronę domu.

– Gdzie się podziała reszta twojej głowy?

Lally marszczy brwi w lusterku. Widać, że lusterko jest specjalnie przekrzywione.

– Nie pytaj – mówię.

– Szedłeś dokądś?

– Do Surinamu.

Śmieje się.

– Jak się tu dostałeś? Nie widziałem rano samochodu przed domem...

– Przyszliśmy pieszo.

Powinienem właściwie powiedzieć, że samochód mamy jest w warsztacie. Ale on wcale nie jest w warsztacie. Został zamieniony na nowy dywan w salonie, ten, w który Brad wyciera palce.

– Jak myślisz, czego chcą gliny?

– Szukają mnie.

Lally cmoka i potrząsa głową.

– Nic się nie posunęli, ani o krok. Posłuchaj mojej rady: mogę skręcić materiał do zachodu słońca i jeszcze wieczorem puszczą go na antenę. Vern? Myślę, że pora powiedzieć swoją wersję. Przedstawić twoją prawdziwą, autentyczną historię.

– Może i tak – mówię, osuwając się nisko na siedzeniu.

Czuję, że Lally mnie obserwuje.

– Nie musisz nawet być na wizji, mogę cię dać z offu, na tle zdjęć kolegów i rodziny. Kamera jest załadowana, bracie. Powiedz tylko słówko.

Słyszę jego propozycję, ale siedzę w milczeniu, marząc, żeby to Marion Nuckles opowiedział mu swoją cholerną historię. On wie, że jestem czysty, on tam był. Nie mogę uwierzyć, że mam wziąć to wszystko na siebie – ja, który muszę strzec rodzinnych sekretów – a on stoi z boku i milczy. Ciekaw jestem, co on chce zataić?

Wraz z fałszywą nutą przyzakładowej orkiestry zostajemy wypluci na Beulah Drive w zamieci wirujących suchych liści. Od rana zdążył wyrosnąć wokół pompy miniaturowy targ. Na jednym straganie sprzedają firmowe fartuszki do barbecue, takie jak fartuszek Pam. Obok jacyś faceci z mediów kupują karmelki z Houston, płacąc dolca za sztukę. Jeden ze sprzedawców karmelków z ponurą miną wkłada fartuszek, a sprzedawcy fartuszków ponuro przeżuwają karmelki. Robię minę à la Wydymana Małpa. Taką minę ma człowiek, kiedy życie dookoła zapieprza, aż gwiżdże, a człowiek stoi w miejscu jak skamieniały. Na przykład wokół pompy zdążyło wyrosnąć całe centrum handlowe, a ja wciąż mam te same problemy, z jakimi zaczął mi się dzień. Patrzę w dół, zgarniam nogą fiolki z żeń-szeniem.

– Częstuj się – zaprasza Lally.

– Co mówisz?

– Wypij trochę żeń-szenia, wzmocnij się.

Kiedy to mówi, stwierdzam, że żeń-szeń ma tę samą barwę siuśków co perełki z kwasem, które trzymam w dłoni. Psy nigdy nie wywęszą go przez żeń-szeń. Sięgam po fiolkę, ale w tym momencie Lally hamuje raptownie, żeby nie przejechać misia zabłąkanego pod wierzbą Lechugów. Tracę równowagę, skręty wypadają mi z ręki.

Lally wyłącza silnik, patrzy na dżojnty, podnosi jednego z podłogi, wącha i uśmiecha się. Potem patrzy na mnie.

– Ha, trzeba było po prostu powiedzieć, że nie chcesz się dzielić.

– Właściwie to nie są moje.

– W każdym razie długo się nimi nie nacieszysz – mówi, patrząc ze zmarszczonymi brwiami w lusterko.

Odwracam się gwałtownie i widzę na Beulah Drive, o jedną przecznicę za nami, nos ciężarówki ze Smith County. Pieprzone kosmate mrówki zaczynają mi się wiercić w brzuchu.

– Daj mi to – mówi Lally.

Unosi się lekko i wpycha dżojnty pod rozprute pokrycie siedzenia.

– Dzięki, zaraz wracam.

Pędzę przez trawnik jak na skrzydłach, wpadam do domu i biegnę do swojego pokoju. Zdejmuję kapsel z fiolki z żeń-szeniem. Biorę perełki Taylor i wsypuję je do buteleczki. Rozpuszczają się natychmiast w żeńszeniowych sikach, kapsel wraca na miejsce. Wkładam fiolkę do pudełka po butach, obok klucza do kłódki, i chowam pudełko z powrotem do szafy. Kiedy wychodzę non-szalanckim krokiem na werandę, pot ulgi chłodzi mi ciało. Widzę w nadjeżdżającym samochodzie Vaine Gurie, mamę i policjanta ze Smith County. Targane powietrzem z nawiewu włosy falują im jak wodorosty, tylko fryzura mamy bardziej przypomina wzburzone anemony. Lally siedzi spokojnie w cieniu wierzby Lechugów. Myślę sobie, że ostatecznie okazał się równym facetem, ten cały Lally. „Porządny chłop z kościami", jak by to określił ten cholerny, tak kiedyś wygadany pan Nuckles.

Los znów wyciąga swoją zwykłą kartę. Obok pompy przejeżdża, sunąc płynnie, eldorado Leony, wypełnione zapleśniałymi, bez-płodnymi łonami i głęboko skrywanymi, gorzkimi pragnieniami. Mama więdnie na ich widok. Ach, ta pieprzona synchronizacja i wyczucie rytmu u tych kobiet są, muszę przyznać, zdumiewające; zupełnie jakby miały jakiś radar do wykrywania skandali albo coś w tym rodzaju. Wypieniają się z samochodu jak mydliny z pral-ki w sitcomie, oprócz Brada, który zostaje na tylnym siedzeniu. Widzę, że wcina hamburgera. Betty Pritchard zaczyna łazić po trawniku jak jakaś pieprzona kura.

– Chyba muszę iść do łazienki. Z tym zakażeniem to nigdy nie wiadomo.

Leona i George zajmują strategiczne pozycje pod naszą wierzbą.

– Jak się masz, Doris? – machają do matki.

Chcę czmychnąć z powrotem do domu, ale Vaine wydobywa się z kabiny policyjnego samochodu szybciej, niżby się człowiek spodziewał.

– Vernon, pozwól no tu, z łaski swojej.

– Znowu w dołku, Doris? – pyta z nadzieją Leona.

– Nie, nie, to nic takiego, dziewczęta – odpowiada mama.
– Wstąpcie na karmelki.

– Nie mamy za dużo czasu – zaznacza Leona. – O trzeciej przychodzą robić nam patio.

– No tak, a ja myślałam, że to przyjechali z moim Specjalnym Modelem – mówi mama, pomykając przez zapiaszczony podjazd.

– Zobaczyłam samochód i myślałam, że wreszcie przywieźli tę nową lodówkę...

– Mamo? – wołam.

Ale ona nie słyszy.

George otacza ją ramieniem i znikają we wnętrzu domu.

– Kochana, nic dziwnego, że go tak nękają, skoro upiera się przy tym swoim wyglądzie. Przecież ta fryzura jest okropna.

Roleta w drzwiach opada. Głos mamy oddala się i zanika w mroku.

– No przecież nie mogłam go zmusić, wiesz, jacy są chłopcy...

– Vernon – mówi Gurie. – Chodź, przejedziemy się kawałek.

Próbuję wyczytać z jej twarzy jakąś nieodkrytą jeszcze prawdę, zapowiedź przeprosin. Nic takiego nie widzę.

– Mnie tam nawet nie było, proszę pani.

– Jasne. Ale trudno wobec tego wytłumaczyć, skąd wzięły się tam odciski palców, które znaleźliśmy, prawda?

Wyobraźcie sobie samochód szeryfa ze Smith County ze mną w środku: siedzę cicho, jedziemy drogą, mijając trzy drewniane domy. Chrząszcze brzęczą wśród wierzbowych gałązek, nie zważając na nic. Modliszka stukocze za zrobionymi ze stołów kuchennych straganami, ustawionymi w wysokich trawach okalających Martirio i ciągnących się aż do Austin. Nagle za szybą pojawia się Brad Pritchard; nos zadarty ku niebu, palec wskazuje na buty.

– Air maxy – oznajmia. – Nowe.

Stoi z zamkniętymi oczami, czekając, że poślę mu pieprzony pocałunek, wybuchnę płaczem albo coś w tym rodzaju. Dupek.

Podnoszę nogę do okna.

– Jordan New Jack.

Krzywi się lekko, po czym pokazuje na moje najki:

– Stare – wyjaśnia cierpliwie. Potem pokazuje na swoje. – NOWE.

Ja pokazuję na jego buty.

– W cenie samochodu Barbie. – Potem na moje. – W cenie średniego odrzutowca pasażerskiego.

– A wcale że nie.

– A właśnie, kurwa, że tak.

– Przyjemnego pobytu w pierdlu.

Idzie powłóczystym krokiem przez trawnik, potem w kilku susach przesadza stopnie werandy. Pojedynczy podniesiony palec bieleje we frontowych drzwiach mojego własnego domu aż do chwili, gdy opada roleta. Potem, w momencie gdy ruszamy, roleta znów jedzie w górę. Z domu wybiega moja stara i pędzi ku nam drogą.

– Kocham cię, Vernon! Zapomnij o tym, co było; nawet m o r - d e r c y są kochani przez swoich najbliższych.

– Do diabła, mamo, nie jestem mordercą!

– Wiem, mówię tak tylko p r z y k ł a d o w o.

Lally rzuca mi spojrzenie ze swojej furgonetki, wykonując gest, jakby kierował na mnie obiektyw kamery.

– Powiedz choć słówko! – woła.

Mama stoi bezradnie na drodze, z podbródkiem przyciśniętym do szyi. Krzywi usta, jakby za chwilę miała się rozpłakać. Ten widok wywołuje we mnie ból, który przewierca mnie na wskroś, aż do trzewi. Odwracam się w stronę Lally'ego i widzę przez tylną szybę, jak podchodzi do niej i kładzie jej rękę na ramieniu. Jej ciężka głowa przechyla się ku jego dłoni. Lally podsuwa przedramię, żeby otarła o nie łzy, potem prostuje się i patrzy z powagą, jak samochód ze mną w środku znika w perspektywie ulicy.

Nie wytrzymuję. Rzucam się do otwartego okna po stronie Gurie i wrzeszczę, ile sił w płucach:

– Z r ó b to, Lally, p o w i e d z im c a ł ą p i e p r z o n ą prawdę.

W areszcie panuje dziś wieczorem kwaśny zaduch. Powietrze jak między tyłkiem a gatkami. Gdzieś w głębi brzęczy telewizor; nasłuchuję, czy w wiadomościach nie będzie jakiejś wzmianki o mojej niewinności, ale dobiega moich uszu tylko dżingiel

prognozy pogody. Nienawidzę tego motywu muzycznego. Potem w korytarzu huczy czyjś głos. Słychać zbliżający się odgłos kroków.
– Nie mów mi tylko, że zeżarłaś te hamburgery. Tak, jasne, teraz kolej na Rewolucyjną Dietę dra Piprztyckiego. Tyle było szumu wokół tego całego Przetykina, a teraz, niech mnie szlag, dieta hamburgerowa? Przecież w tym pełno pieprzonych protein, nie? Co? No bo nie masz dla mnie żadnych innych wiadomości, poza tym, że rośnie ci to pieprzone dupsko...

Facet zatrzymuje się przed moją celą. Światło padające przez kratki obrysowuje jego pieprzoną antypatyczną mordę z mnóstwem zębów. Barry E. Gurie, kierownik aresztu – głosi identyfikator na piersi. Widzi, że nie śpię, przyciska telefon do szyi.

– Nie trzepiesz tam chyba kapucyna, Little? Nie marszczysz od rana do nocy freda, co?

Śmieje się obleśnie jak jakaś cholerna Miss Universe, która właśnie obciągnęła swojemu kochasiowi albo coś w tym rodzaju. Nawet z tej odległości jego oddech wali człowieka w twarz jak cegła, a potem ześlizguje się w dół, pozostawiając po sobie woń cebuli i smalcu. Co za odrażająca ludzka kreatura, jak Boga kocham! Jeśli wszyscy, którzy zajmują się tą koszmarną sprawą, są takimi sukinsynami, to pora najwyższa wiać z tego miasta. Może nawet z Teksasu. Przynajmniej dopóki się wszystko nie wyjaśni. Nawet ucieczka do babci nic by, kurwa, nie dała, sądząc po tym, jak się ludzie teraz wobec mnie zachowują.

Barry kontynuuje swój obchód; resztę nocy spędzi przed telewizorem. Leżąc na pryczy, pogrążam się w ważnych i jednocześnie przerażających rozmyślaniach o mojej przyszłości. Pamiętacie taki stary film *Przeciw wszystkim*, z tą laleczką, która mieszkała w domu przy plaży w Meksyku? Mógłbym uciec właśnie tam. Mogłaby mnie odwiedzić mama, kiedy sprawa trochę przyschnie. Oto pojawia się, szlochając z radości, stara Doris Little z zaczerwienionymi policzkami; mogłaby ją zagrać Kate Bates, ta, która grała w *Misery*. Łzy dumy napływają mi do oczu na myśl o wspaniałym oczyszczeniu i dalszym przyzwoitym, uporządkowanym życiu. No i widzicie? Teraz przed młodym Vernonem świetlana przyszłość, doczekał się pełnej rehabilitacji. Teraz kupuje matce glinianego osiołka albo któreś z tych utensyliów do sałatek, z których pani Lechuga robi taką wielką sprawę. Sprzedawca zapytałby mnie pewnie: „Chcesz taki sam model jak pani Lechuga czy wersję *deluxe?*". Punkt przewagi nad panią Lechugą. Rozumiecie? Taki mam plan, zdecydowanie. Lubię tamtejsze jedzenie, *burritos*, cappuccino i takie różne. Mówią, że tam jest tanio – do diabła, naprawdę mogłoby być fajnie. Przecież ludzie muszą naprawdę żyć w takich domach nad morzem.

Ale pesymista we mnie mówi: „Chłopcze, zapomnij o wakacjach, to, o czym myślisz, to jest tort z bombą w środku". Ten mój wewnętrzny pesymista ma nowojorski akcent, sam nie wiem dlaczego. Ignoruję jego głos. Zastanowienia wymaga sprawa jakiejś laleczki; nigdy, muszę przyznać, nie widziałem, żeby facet uciekał samotnie. Najlepiej nadawałaby się Taylor Figueroa. Uczy się teraz w Houston, w college'u czy w czymś takim, bo jest trochę starsza ode mnie. Ale to ona jest tą laską do wzięcia. Czuję powiew wilgotnego powietrza od krat i w mojej wyobraźni jest to zapach jej hormonów, który wionie spod rąbka jej spódnicy. Wezmę tę dziewczynę do Meksyku, przekonacie się. Teraz, kiedy dojrzałem, kiedy zapakowali mnie do pudła i tak dalej. W szkole nie przystawiałem się do niej, choć raz nawet się prawie umówiliśmy. Mówię „prawie", bo jak to ja, miałem ją już na widelcu i odpuściłem. Po prostu człowieka nikt nie uczy, kiedy ma się zachować jak sukinsyn. Była impreza dla starszych klas, na którą mnie nie zaprosili, a Taylor tam była, z tą swoją twarzą delikatną jak jedwabne majteczki i z wielkimi wilgotnymi oczami. W pewnej chwili wyszła z imprezy i klapnęła ciężko na tylne siedzenie buicka zaparkowanego przed kościołem, gdzie akurat stałem ze swoim rowerem. Była wykończona. Zawołała mnie. Miała głos lepki jak świeżo ugryzione ciastko. Wypadły jej na ziemię obok samochodu jakieś dragi. Podniosłem je. Poprosiła, żebym je dla niej przechował, gdyby zemdlała albo coś podobnego. No i zatrzymałem je, jak wiecie. Mówię wam, była naćpana jak stodoła. Zaczęła powtarzać moje imię i wiercić się na tylnym siedzeniu. Nie mam pojęcia, kto jeździ pieprzonym buickiem w naszej szkole, ale ktokolwiek to jest, „dowartościowała" mu to tylne siedzenie. Pomogłem jej rozpiąć i nieco opuścić szorty, tak żeby – jak powiedziała – „mogła oddychać", choć nie miałem pojęcia, że to tamtędy się oddycha. Brązowe włosy umyte w koloryzującym balsamie Welli sięgały jej pośladków, liżąc ciało w miejscu, gdzie wyzierały szare bawełniane stringi, rozszczepione niebo zroszone kropelkami codzienności. Była wykończona, ale przytomna.

No więc zgadnijcie, co zrobił wasz pieprzony bohater – strzelajcie. Vernon Gonada Little wszedł na imprezę i posłał jej najlepszą przyjaciółkę, żeby się nią zajęła. Nigdy nie włożyłem jej nawet palca do majtek, mimo że byłem na tyle blisko, żeby zarazić się chorobą „poliż i powąchaj", która wykańcza mnie do dzisiaj. Te pieprzone, niedające spokoju zakamarki pomiędzy brzegami elastycznych fig a udami, bijąca w nozdrza woń bawełny i morelowej bułeczki, śmietankowego sera i sików. Ale nie, do cholery, ja wszedłem na salę. Wparadowałem tam nawet jak jakiś ważniak, jakiś doktor z telewizji, cały, kurwa, opanowany, dojrzały i tak dalej. To mnie teraz zabija, bo przecież miałem ją tam wtedy na widelcu. Próbowałem się jeszcze z nią zobaczyć, ale Los zamknął sprawę ostatecznie, jak zawsze, kiedy człowiek głupio traci taką fantastyczną okazję. Znalazło się miliard powodów, żebym nie mógł jej odnaleźć i nawet z nią pogadać. Tyle o Taylor Figueroi.

A jednak dzisiaj moja ręka zamienia się w jej usta. Każde muśnięcie mojego ptaka przybliża mi jej bawełniane majtki, wyzwala jej owocowe wonie i wykańcza mnie. Owocowe wonie Meksyku, jeśli tylko znajdę jakiś sposób. Kiedy oddaję się tym marzeniom, korytarzami rozchodzą się, niczym zaraza, wstęgi przytłumionych telewizyjnych fanfar ogłaszających wiadomości. Jakiś aresztant wybucha chrapliwym śmiechem.

6

Dotykał żeś torby? Zostawił żeś obciski palców?
O takie rzeczy pyta mnie pan Abdini. Nie mam pojęcia,
jak brzmi jego pełne imię i nazwisko.
- Odciski? Ee... chyba tak.
Nawet bez przymusu spotykania się z takimi osobnikami jak on,
czuję się dziś wystarczająco podle.
Abdini jest gruby, masywny jak kowadło, ale twarz ma jakby
wymiecioną; prawdopodobnie jest to efekt impetu, z jakim nawija.
Jest moim obrońcą. Wyznaczył go sąd. Wydaje mi się, że nikt
prócz niego nie pracuje tu w niedzielę. Wiem, że dziś nie wypada
mi już mówić o tym, że gdzie indziej jest całkiem inaczej i w ogóle,
ale tak po cichu możemy sobie powiedzieć, że Abdini jest produk-
tem całych stuleci szybkiego gadania i szachrajstwa. Rykoszet
Abdini: „Bing, ping, ping!". Ubrany jest na biało, jak ambasador
Kuby albo ktoś w tym rodzaju. Powinni go wsadzić za same buty,
co nie znaczy, że te buty są moim największym problemem. Jego
buty są moim najmniejszym pieprzonym problemem, a wiecie
dlaczego? Bo kiedy zbierze się paczkę białych gamoni, różnych
piekarzy i tak dalej, i zrobi się z nich ławę przysięgłych, a potem
postawi się przed nimi gadułę, którego wytrzasnęli Bóg wie skąd,
to jest wielce prawdopodobne, że nie kupią nic z tego, co on
mówi. Mogą uznać, że to szmondak, ale oficjalnie nie wolno im
nic z r o b i ć, ponieważ w dzisiejszych czasach należy udawać, że
wszystko jest w porządku. A więc po prostu nie kupią tego, co
powie. Tyle z tego wszystkiego skapowałem.

A zatem, pan Jakiśtam pieprzony Abdini Cośtam stoi zlany potem w mojej celi i szykuje się prawdopodobnie, żeby powiedzieć: „A zatem". Przebiega wzrokiem teczkę z aktami, którą trzyma w rękach i w której jest wszystko na mój temat. Cały czas przy tym pomrukuje.

– Powiedz mi, co się zadarzyło.

– Słucham?

– Powiedz, co się zadarzyło w szkole.

– No więc ja wyszedłem z klasy, a kiedy wróciłem...

Abdini podnosi rękę.

– Wyszłeś do toalety?

– No tak, ale nie chodziło o...

– To bardzo ważne, syczy, gryzmoląc coś w papierach.

– Nie, ja...

Strażnik stuka w drzwi.

– Cśśś – mówi Abdini, klepiąc mnie po ramieniu. – Zaproponuję zwolnienie za kaucją. Nie rozrabiaj dzisiaj za bardzo. Spróbujemy numeru z kaucją.

Barry'ego nie ma dziś rano. Inny strażnik odprowadza nas i wypuszcza tylnymi drzwiami gabinetu szeryfa, a potem boczną uliczką za Gurie Street. Abdini powiedział, że nie będzie dziś w sądzie żadnych mediów, ponieważ jestem młodociany. Zresztą, dodał, wszyscy są na pogrzebach. „Opcja o ograniczonej atrakcyjności", jak by powiedział ostatnio nagle oniemiały pan Dupek Nuckles. Jest piekielnie gorąco; to niezwykłe jak na początek lata. I spokój, jakby człowiek wstrzymał oddech, choć na Gurie Street czuje się nadal zapach bawełnianych sukienek i dzieciarnia biega dookoła zraszaczy. Typowe dla niedziel, ale ze łzami wzbierającymi w tle. Przychodzą wraz z falą smutku.

O trzy domy od biura szeryfa stoi były miejski burdel, jeden z najpiękniejszych budynków na Dzikim Zachodzie. Dziewczynki zniknęły, teraz obok znajduje się budynek sądu. Jedyną dziwką jest Vaine Gurie, ta wielka beczka pieprzonego śmiechu. Czeka na nas na tyłach sądu. Brwi ma dziś wysoko uniesione. Prowadzą mnie po jakichś schodach i przez prawie puste korytarze, w końcu strażnik umieszcza mnie w małym korralu, okolonym drewnianą barierką. Można tu nawet udawać zucha, jeśli ma się swoje najki, swoje spodnie od Calvina Kleina, swoją młodość i prawdziwą niewinność. Tym, co człowieka dołuje, jest zapach. Sąd śmierdzi jak pierwsza klasa w szkole; człowiek rozgląda się mimo woli za dziecięcymi malowankami. Nie wiem, czy urządzili to tak specjalnie, żeby człowieka pognębić i spłoszyć. Pewnie stosują nawet specjalne odświeżacze powietrza do sal sądowych i pierwszych klas, po to, żeby trzymać wszystkich w ryzach. Jakiś „Winosol" czy coś podobnego, tak że w szkole człowiek czuje się, jakby już był w sądzie, a kiedy trafi do sądu, ma wrażenie, że znalazł się znów w szkole. Nastawiasz się na malowanki, ale zamiast tego widzisz kobietę z odpiłowaną maszyną do pisania. To sąd, bracie. Kurwa jego mać.

Rozglądam się, widzę, że wszyscy przekładają papiery. Mama nie mogła przyjść, co nie jest nawet takie złe. Przekonałem się, że organy władzy nie rozpoznają noża. Nóż tkwiący w twoich plecach jest niewidzialny, dlatego tak wygodny w użyciu. Rozumiecie, na czym to polega? Właśnie to, że wszyscy wiercą ci tym nożem w plecach, mówiąc po prostu „cześć" lub coś, co brzmi równie niewinnie, skłania człowieka do popełniania najbardziej ponurych zbrodni i przyprawia o chorobę, jestem absolutnie pewien. Sądy posrałyby się ze śmiechu, gdybym próbował im powiedzieć, że ktoś może wiercić ci nożem w plecach, skomląc żałośnie jak piesek z kalendarza. A dlaczego by się śmiały? Nie dlatego, że nie widziałyby noża, po prostu wiedzą, że nikt inny tego nie kupi. Stajesz przed dwunastoma zacnymi ludźmi i każdy z nich ma w sobie taki psycho-nóż, który ich najbliżsi mogą przekręcić, kiedy im tylko przyjdzie fantazja. I żaden z nich się do tego nie przyzna. Zapomnieli już, jak się sprawy mają naprawdę, i przestawili się na konwencję z filmów telewizyjnych, w których wszystko musi być oczywiste. Daję głowę, że tak jest.

Kobieta przy oberżniętej maszynie do pisania rozmawia przez barierkę ze starym strażnikiem.

– O Boże, to fakt. Dostałyśmy taki sam katalog, ja i moje córki.

– Żartujesz! – kręci głową strażnik. – Taki sam? – Odrobina śliny ukazuje się na jego wargach. Oznacza to, że widzi oczami wyobraźni to, o czym ona mówi. Oblizuje się, wyobrażając sobie to coś przez chwilę, po czym dodaje: – Nie zapominaj, że sędzia ma też córki.

– To fakt – mówi maszynistka.

Odwracają się, żeby przebić mnie sztyletami spojrzeń. Sztylety maszynistki są pewnie owinięte w chusteczki higieniczne, więc nie ma na nich gówna. Wpatruję się w swoje najki. Skończyły się pieprzone żarty. Widać od razu, że system sprawiedliwości nie został stworzony dla takich jak ja. Stworzono go dla bardziej wyrazistych typów, takich, jakich widuje się w filmach. No nie, jeśli dziś się wszystko nie wyjaśni, jeśli mnie wszyscy nie przeproszą i nie odeślą do domu, to wpłacam kaucję i uciekam za pieprzoną granicę. *Przeciw wszystkim.* Rozpłynę się w chłodzie nocy, zobaczycie, kurwa, czy nie, popędzę na przełaj z ćmami, z moimi naiwnymi wnioskami i moimi majtkowymi snami.

– Proszę wstać – mówi woźny.

Jasnooka pani z krótkimi siwymi włosami i dwuogniskowymi okularami wślizguje się za najwyższy stół. Sędzia Helen E. Gurie, głosi stojąca przed nią tabliczka. Obrotowe krzesło grzechocze usłużnie, kiedy przewodnicząca sadowi się na nim. Boski Tron.

– Vaine – mówi sędzia – jak rozumiem, to pani prowadzi tę sprawę?

– Hm. Mamy podejrzanego, Wysoki Sądzie.

Abdini wstaje.

– Wynosimy o występne przysłuchanie, Wysoki Sądzie.

Pani sędzia zerka na niego sponad okularów.

– Wstępne przesłuchanie? Chwileczkę, zwracam wam obojgu uwagę na przepisy Teksańskiego Kodeksu Rodzinnego; tu chodzi o nieletniego. Vaine, mam nadzieję, że przestrzegała pani procedur, jakie znajdują zastosowanie w tym wypadku.

– Hm.

– Dlaczego nie ma w aktach protokołów z przesłuchań?

W tym momencie z trzaskiem otwierają się za mną główne drzwi. Do sali wsuwa się szeryf Porkorney. Zdejmuje kapelusz. Vaine sztywnieje.

– Liczyłam na to, że najpierw znajdą się mocne dowody – mówi.

– Liczyła pani, że znajdą się dowody? Że po prostu przyfruną? Jak długo ten młody człowiek przebywa w areszcie?

– Hm...

Vaine błyska okiem w stronę szeryfa. Porkorney stoi przy drzwiach, ręce założone na piersi, twarz kamienna.

– Boże święty! – Sędzia Gurie chwyta jakiś papier. – Chce pani wnieść formalne oskarżenie? – Zdejmuje okulary i wbija spojrzenie w Vaine. – A jedyne, co pani ma, to odciski palców?

– Muszę wyjaśnić, Wysoki Sądzie, że...

– Wątpię, czy uda się pani przekonać ławę przysięgłych zestawem odcisków palców. Nie będziemy ich nawet oglądać.

– Mamy więcej niż jeden zestaw, Wysoki Sądzie.

– Nie ma znaczenia, ile pani ich ma, wszystkie pochodzą z tego samego dowodu rzeczowego, ze sportowej torby. No nie. Może gdyby to była broń...

– Wysoki Sądzie, do opinii publicznej dotarły wczoraj wieczorem nowe informacje, które jak mi się wydaje...

– Sąd nie jest zainteresowany tym, co się pani wydaje, Vaine. Kiedy uda się pani rozwikłać ostrym końcem kijka tę splątaną sprawę, chcielibyśmy usłyszeć, co pani w i e n a p e w n o.

– No więc ten chłopiec kłamał i uciekł w połowie przesłuchania... hm...

Sędzia Gurie składa ręce jak nauczyciel w pierwszej klasie.

– Vaine Millicent Gurie, przypominam pani, że ten chłopiec nie jest tu jeszcze sądzony. Biorąc pod uwagę dane, które mam przed sobą, jestem skłonna zwolnić pani podejrzanego i odbyć długą rozmowę z szeryfem na temat jakości postępowania, którego finał mamy tu teraz w sądzie.

Patrzy na Vaine, świdrując wzrokiem każdy jej zakamarek i każdy otwór. W głębi sali szeryf zaciska wargi. Wkłada na głowę kapelusz i wychodzi z hałasem. Nie wiem, jak jest u was, ale my tutaj okrutne lekcje od życia odbieramy z zaciśniętymi ustami.

Abdini wstaje.

– Sprzeciw!

– Ciszej, panie Abdini, mamy innego adwokata w rezerwie – mówi pani sędzia.

Gurie podnosi brew.

– Wysoki Sądzie, ta nowa informacja, no wie Wysoki Sąd...

– Nie, nie wiem. Jak na razie wiem bardzo niewiele.

Maszynistka i Gurie wymieniają spojrzenia. Wzdychają. Stary woźny sądowy odwraca się ku mnie raptownie, marszcząc brwi.

– Nie widziała tego jeszcze – mówi półgłosem strażnik za moimi plecami.

Wszyscy zaciskają wargi.

– Co się tu dzieje? – pyta przewodnicząca. – Czy ten cały sąd wpadł w jakiś czwarty wymiar? Czy ja nie nadążam?

– Wysoki Sądzie, wyszły na jaw pewne nowe fakty – sprawdzamy je teraz dokładnie.

– A zatem zwalniam podejrzanego do czasu, kiedy przedstawi mi pani konkrety. I spodziewam się przeprosin za to całe zamieszanie.

Przeszywa mnie elektryczny dreszcz nadziei, podniecenia i zwykłego, nagiego strachu. Myślicie, że zamierzam czekać, aż tak zwany wymiar sprawiedliwości zbierze się do kupy? Takiego wała. Z Martirio odchodzą co dwie godziny autobusy do Austin albo do San Antonio. Bankomat z pięćdziesięcioma dwoma dolarami, które wpłaciła na moje konto babcia jako honorarium za koszenie trawnika, jest o jedną przecznicę od stacji autobusowej Greyhounda. Czyli o pięć przecznic stąd.

Maszynistka wzdycha i jeszcze mocniej zaciska wargi. Potem przechyla się przez barierkę i przykłada stuloną dłoń do ucha przewodniczącej. Sędzia Gurie słucha ze zmarszczonymi brwiami. Wkłada okulary i patrzy na mnie. Potem na maszynistkę.

- Kiedy będzie gotowy protokół? Około południa?
Maszynistka, uosobienie prawości, kiwa głową; jedno oko umyka
jej w stronę Vaine. Przewodnicząca sięga po młotek.
- Sąd zbierze się ponownie o czternastej.
Bum.
- Proszę wstać! - mówi strażnik.

W chwili kiedy w sądzie ogłaszają przerwę na lunch, zahartowani
przez okrutne życiowe doświadczenie mężczyźni, mężczyźni ze
stali, którzy nieśpiesznie nabywają wiedzę o świecie, szorstcy
weterani brutalnych i zwycięskich walk, palą prawdopodobnie
w samotności papierosy w swoich celach. Oni pewnie nie muszą
rozmawiać ze swoimi mamami.
- Chodzi mi o to, Vernon, czy masz oddzielne pomieszczenie,
czy ulokowali cię z innymi - no wiesz, z innymi m ę ż c z y z n a m i?
Barry stoi przy telefonie, uśmiecha się obleśnie, oczy ma wytrzesz-
czone jak dwie kozie cipy. Pewnie Eileena też unosi wysoko brwi,
na ile pozwala jej drewniana fryzura. Nie wiem, jak u was, ale my
tutaj demonstrujemy swoje wysokie morale, unosząc wysoko brwi.
- No bo wiesz - ciągnie mama - słyszy się o miłych chłopcach,
porządnych, zawsze tego... no i o tych zatwardziałych kryminali-
stach, którzy zawsze tego tych miłych chłopców i...
Po Bóg wie ilu latach życia w tym wolnym kraju nie potrafi
nawet powiedzieć po prostu: „Czy jakiś dożywotniak spruł ci już
dupę?". To żałosne. Oto kobieta, która na widok psów pieprzących
się na ulicy zaciąga zasłony i zaczyna operować półsłówkami.
A jednocześnie, o ile mi wiadomo, wtyka co wieczór w tyłek pieprzony gumowy szlauch, żeby sobie zrobić przyjemność. Mówię
wam, komedia.
Jej głos unicestwia moją ledwie wykluwającą się twardość,
wymiata ją jak pieprzony kłaczasty kurz z zakamarków sypialni.
Co za porąbane życie! Wzywa mnie światło padające przez okno,
kałuża rozpuszczających się na chodniku lodów, wyobrażenie

ronionych gdzieś blisko łez. Letnie suknie, przewiewane rześkim powietrzem, Meksyk, tam daleko. Ale to wszystko nie dla mnie. Ja jestem skazany na przyglądanie się, jak Eileena wyciera, już po raz drugi odkąd tu przyszedłem, krzesło szeryfa.

Mimo woli zastanawiam się, czy to krzesło zawsze wymaga takiej troski, a jeśli tak, to czemu jeszcze nie zostało wytarte doszczętnie i nie zniknęło. Potem zauważam, że w pokoju jest telewizor. Eileena od czasu do czasu rzuca okiem w tamtą stronę.

Nadają południowe wiadomości. Słychać fanfary i werble, potem pojawia się w dalekim planie twarz jakiegoś dupka za tylną szybą oddalającego się wozu policyjnego ze Smith County.

– Vernon, mam z tobą do pogadania – mówi mama.

– Muszę już iść.

– Słuchaj, Vernon...

Pstryk. Wlepiam oczy w ekran. Wietrzyk szeleści celofanem na misiowisku Lechugów, podwiewa kosmyk włosów na głowie Lally'ego. Pompa skrzypi rytmicznie w tle jego komentarza:

„Ta dumna społeczność wychodzi zdecydowanym krokiem z ponurego cienia wtorkowej masakry w związku z aresztowaniem nowej postaci uwikłanej w zabójczą sieć przyczyny i skutku, skutku, który rzucił to niegdyś spokojne miasteczko na kolana".

– Nie widzę, żebym klęczał – mówi Barry, odchylając się z krzesłem.

„Swoim sąsiadom Vernon Gregory Little wydawał się zwykłym, może nieco niezdarnym nastolatkiem, chłopcem, który nie zwrócił- by na siebie niczyjej uwagi, idąc ulicą dowolnego miasta. Takim się wydawał do dziś...".

Ekran wypełniają szokujące, rozkołysane obrazy z miejsca zbrod- ni, pociemniałe niebo, worki ze zwłokami wśród smug rozmazanej krwi, zalane łzami twarze zawodzących kobiet, nitki śliny ciągnące się jak ser na pizzy. Potem pojawia się moje szkolne zdjęcie, na którym uśmiecham się szeroko.

„Zauważyłam, że ten chłopiec się zmienia" – mówi George Porkorney. Widać papierosy schowane za krajarką do sałatek owocowych stojącą na śniadaniowym blacie. „Zaczął nosić takie ekstrawaganckie obuwie, uparł się, żeby ostrzyc głowę na skin-heada…".

„Wiem" – mówi gdzieś w tle Betty.

W kadrze Leona Dunt. Jej torebka powinna być dwa razy większa, jeśli zważyć, jak wielkimi literami wypisane jest na niej słowo Gucci. „Ojejku, a robił wrażenie takiego spokojnego chłopca".

W tle rozbrzmiewają ponure chaotyczne dźwięki ksylofonu, kamera chybotliwie sunie korytarzem w stronę mojego pokoju. Lally zatrzymuje się przy moim łóżku, staje przed obiektywem.

„Opisano mi Vernona Little'a jako samotnika, chłopca, który miał niewielu naprawdę bliskich przyjaciół, który wolał gry komputerowe – i książki".

Kamera nurkuje złośliwie w stronę sterty brudów leżącej na łóżku. Wysuwa się spod niej katalog z bielizną.

„Nie znajdziemy jednak w biblioteczce Vernona Little'a ani Steinbecka, ani Hemingwaya – jego literackie upodobania to raczej coś takiego…". Wertowane stronice trzepoczą na ekranie, pikantne zdjęcia ciał znów pobudzają w moich żyłach krążenie tych haniebnych soków. Potem dochodzimy do strony 67. Wertowanie ustaje. „Niewinny szczegół – pyta Lally – czy przerażający objaw zaburzeń seksualnych, na które wskazywałyby wtorkowa zbrodnia?". Zdeformowane dźwięki skrzypiec dołączają do ksylofonu. Najazd kamery na ekran mojego komputera: folder *Prace domowe*. Klik. Pornograficzne zdjęcia z kalekami, które trzymam na dysku dla starego Silasa Benna.

„O Boże – mówi mama. – Nie miałam pojęcia".

Lally siedzi obok niej na moim łóżku, brwi układają mu się we współczujące A.

„Czy można zaliczyć i panią, jako matkę Vernona, do ofiar tej tragedii?".

„Tak, chyba jestem jedną z ofiar. Naprawdę tak myślę".

„A jednak utrzymuje pani, że Vernon jest niewinny".

„Mój Boże, dla matki dziecko jest zawsze niewinne – przecież nawet m o r d e r c y są kochani przez swoich najbliższych".

Następuje jakieś pieprzone „przesunięcie paradygotu". Lally pozwala, by obraz pozostał dłużej na ekranie. Nawet Barry wie, że to już koniec. Wzdycha i mówi:

– Pora zejść na dół.

Prowadzi mnie w stronę drzwi, ale ja odwracam się w oczekiwaniu ciosu, który, jak wiem, jest nieuchronny. Byłoby całkiem inaczej, gdybym nauczył się wcześniej mówić, gdybym był bystrzejszym, bardziej normalnym chłopcem. Ale wyglądało to tak, że dopiero gdy miałem prawie siedem lat, udało mi się wymówić słowo Alamo. Dlatego też malowanka, którą dałem mamie, kiedy miałem pięć lat, nie miała żadnego tytułu. Była na niej tylko kupa patykowatych ciał i morze czerwonej juchy.

„A więc jak widzieliście, był to normalny chłopiec, niemal pod każdym względem".

– Proszę wstać!

Woźny sądowy okrąża mój komputer i pudło z jakimś innym szajsem, które stoi na podłodze w sali rozpraw. Katalog mamy z majtkami ma swój oddzielny stolik. Jest tu nawet moja stara malowanka, ale moje pudełko po najkach najwyraźniej ich nie zainteresowało. Przesycone ozonem powietrze nabrało jakiegoś niezdrowego zapaszku.

– Panie Abdini – mówi przewodnicząca – pański klient rozumie zapewne, że został postawiony w stan oskarżenia. Zwracam panu uwagę na różne warianty postępowania, które mogą tu znaleźć zastosowanie.

Abdini przechyla głowę.

– Tak, Wysoki Sądzie?

– Zmierzamy do sformułowania aktu oskarżenia. Pora chyba, żeby zaczął pan działać.

– Proszę pani – mówię – całą sprawę może wyjaśnić jeden telefon do moich świadków, do nauczyciela i do...

– Ćśśś – syczy Abdini.

– Panie mecenasie, proszę poinformować swego klienta, że on tu jeszcze nie jest sądzony. Podkreślam też, że nie jest sprawą sądu wyręczać w robocie szeryfa. – Przewodnicząca milczy chwilę, po czym zwraca się do Vaine: – Czy sprawdziła pani alibi świadków?

– Niestety, ostatni świadek, panna Lori-Bethlehem Donner, zmarła dziś rano, Wysoki Sądzie.

– Rozumiem. A co z nauczycielem chłopca?

– Marion Nuckles nie wspomniał ani słowem o tym, gdzie był chłopiec w czasie tragedii.

– Nie wspomniał czy pani nie pytała?

– Jego lekarze twierdzą, że może nie odzyskać mowy do końca marca przyszłego roku. Nie można było z niego wycisnąć więcej niż kilka słów.

– Do diabła, Vaine! I co to były za słowa?

– Druga strzelba.

– O Boże święty.

Vaine kiwa głową, zaciskając wargi. Nie może się, kurwa, powstrzymać, żeby na mnie nie zerknąć, i robi to w końcu.

– Wnosimy o zwolnienie za kaucją, Wysoki Sądzie – odzywa się Abdini.

– No właśnie – mówi Gurie. – Wysoki Sądzie, ten chłopiec uciekł, zanim jeszcze zaczął mieć kłopoty...

Abdini wyrzuca ręce w górę.

– Ale ten młody człowiek ma rodzinny dom i mnóstwo rzeczy, które go w tym domu trzymają, dlaczego miałby uciekać?

– To niekompletna rodzina, Wysoki Sądzie. Nie wiem, czy samotna kobieta potrafi okiełznać kilkunastoletniego chłopca.

Nie widziała pieprzonego noża wbijanego w moje plecy.

– To prawdziwy dramat – mówi sędzia. – Każde dziecko potrzebuje męskiej ręki. Czy nie ma sposobu, żeby skontaktować się z ojcem?

– Hm, ojciec prawdopodobnie nie żyje, Wysoki Sądzie.

– Ach tak. A matka chłopca nie mogła dziś przyjść do sądu?

– Nie, Wysoki Sądzie, zepsuł jej się samochód.

– No tak – mówi sędzia Gurie. – Tak, tak, tak. – Rozpiera się na swoim tronie i składa dłonie w wieżyczkę. Potem zwraca się do mnie: – Vernonie Gregory Little, nie zamierzam tym razem oddalać twojego wniosku o zwolnienie za kaucją. Ale nie zamierzam cię też zwalniać. W świetle przedstawionych tu faktów i ze względu na moją odpowiedzialność przed społecznością miasta odsyłam cię do aresztu na czas badań psychiatrycznych. Jeśli biegli psychiatrzy zaopiniują, że należałoby cię zwolnić, rozpatrzymy twoją prośbę w późniejszym terminie.

Bum! – stuka młotek.

– Proszę wstać! – mówi woźny.

W areszcie rozbrzmiewa dziś muzak. Dobija mnie i grzebie obok moich zamordowanych kolegów. Piosenka idzie tak: *I beg your par-den, I never promised you a rose garden*.

Kiedy robi się gorąco, zawsze powracają te stare pieprzone kawałki, zawsze słychać je gdzieś w tle, w wersji mono. Taki los. Zauważcie: kiedy coś się zaczyna dziać w życiu człowieka, kiedy się zakochuje albo coś w tym stylu, natychmiast przylepia się do niego jakaś melodyjka. To melodyjki Losu. Uważajcie na to paskudztwo.

Leżę na pryczy i wyobrażam sobie, jak tę piosenkę grają na stacji Greyhounda. W telewizyjnym filmie mojego życia będę gniewnym, szorstkim i zagubionym chłopakiem, zgorzkniałym i samotnym, nad wiek dojrzałym, z ciągnącą się za nim smugą doświadczeń. Chłopakiem, który wskakuje do autobusu z napisem „Meksyk". Pszszszsz! Opryskliwy stary kierowca otwiera drzwi i uśmiecha się, jakby znał jakąś tajemnicę, jakby wiedział, że wszystko się w końcu ułoży. Chłopak podnosi nogę, żeby wsiąść. Gitara zwisa mu nisko na biodrze. Wiejska jasnowłosa dziewucha w levisach siedzi sama w połowie autobusu; pewnie ma pod spodem niebieskie bawełniane majtki. Bikini albo stringi. Prawdopodobnie bikini. W niej nie ma żadnej szorstkości. Rozumiecie mnie? To jest ten rodzaj strategicznej wizji, która odróżnia nas od zwierząt.

Dzwoni moja stara, ale nie mogę zmusić wyobraźni, żeby się zajęła jej osobą. Muszę jeszcze trochę pomarzyć do pieprzonej środy. W środę ma mnie zobaczyć spec od głowy. Przeżyłem dwa i pół dnia z ołowianą duszą Jesusa towarzyszącą mi gdzieś w cieniu i trzy rozciągliwe jak guma noce rozbrzmiewające metalicznym, urywanym grzechotem, akompaniamentem dla jego śmierci. A w końcu stanę przed psychiatrą i będę musiał robić miny. Nie mam pojęcia, czy lepiej udawać wariata czy normalnego, czy co. Gdybym chciał się odwołać do scen z psychiatrami z seriali telewizyjnych, to będzie się kurewsko trudno na cokolwiek zdecydować, bo oni tylko wciąż powtarzają każde cholerne słowo, jakie człowiek wypowie. Jak powiesz: „Jestem załamany", to oni zaraz: „A więc mówisz, że jesteś załamany". Jak się wtedy zachować? W tym ostatnim tygodniu dowiedziałem się jednego: że zdrowy człowiek powinien chłonąć wszystko jak meksykański naleśnik *burrito*. A ja czuję się w ten wtorkowy wieczór, w równy tydzień po strzelaninie, jak pieprzona chrupka kukurydziana.

Słyszę brzęk kluczy Barry'ego, który idzie korytarzem: dzyń, dzyń. Zatrzymuje się przy moich drzwiach, zagląda przez kratkę, nie widzę go, słyszę tylko oddech i to pobrzękiwanie kluczami. Wie, że czekam, aż powie mi, że jest do mnie telefon. Ale on odchodzi parę kroków, a potem wraca, powłócząc nogami.

– Little? – mówi w końcu.

– Tak, Barry?

– Dzwoni zastępczyni szeryfa. Nie trzepiesz tam chyba kapucyna, co? Nie walisz całą noc konia, rozmyślając o tym całym Meksie? He, he, he...

Niech go, kurwa, najjaśniejszy szlag trafi. Prowadzi mnie na górę do telefonu, a ja marzę o tym, żeby wepchnąć mu jego pałkę w pieprzone dupsko. Choć pewnie i tak by nic nie poczuł.

Zawodzący saks z telewizyjnej prognozy pogody rozbrzmiewa w biurze; jego dźwięki podnoszą mnie na duchu. Biorę słuchawkę – w tle beztroski chichot Leony, na pierwszym planie tłuste babska rozprawiają o cudzych pieniądzach. Dżingiel prognozy pogody słychać i u nich. Mam w słuchawce pieprzone stereo. Potem słyszę zgrzytliwy jak odgłos hamowania głos mojej starej:

– Vernon, wszystko w p o r z ą d k u?

Odbieram jej siąkania i smarkania tak, jakby wsadzała mi język do ucha, jak mrówkojad czy podobny stwór. Chce mi się rzygać i wrzeszczeć jednocześnie, możecie to sobie, kurwa, wyobrazić? Dobrze wiem, o co jej chodzi: mało, że siedzę w pierdlu, to jeszcze mogę być w a r i a t e m. Jakaż by to była dla niej gratka, gdybym j e s z c z e o k a z a ł s i ę w a r i a t e m! Wtedy problemem było-by tylko to, że wcześniej zmarnowała swoje najlepsze, budzące współczucie zagrania i że teraz musiałaby podrapać sobie cycki albo zrobić coś w tym stylu, żeby oddało to w pełni Narastającą Tragedię Jej Pieprzonego Życia. Z czystej grzeczności wysłuchuję maksymalnej liczby smarknięć, zanim się odezwę.

– Jak mogłaś mi to zrobić, mamo?

– Powiedziałam tylko p r a w d ę, Vernon. Zresztą powiedz mi, młody człowieku, jak t y mogłeś zrobić to wszystko m n i e?

– Przecież ja nic nie zrobiłem.

– Wiesz, słynni aktorzy smarują sobie oczy pastą do zębów, żeby płakać przed kamerą. Wiedziałeś o tym?

– Że co?

– Mówię ci to po prostu, żebyś wykorzystał ten sposób w sądzie, gdyby powstało wrażenie, że jesteś zbyt obojętny. Sam wiesz, na jakiego obojętnego możesz wyglądać.

– Mamo, nie rozmawiaj więcej z Lallym, dobrze?

– Zaczekaj chwilkę. – Odwraca twarz od słuchawki. – W po-rządku, Leona, to są ci od lodówki. – Słychać gwar pytań o godzi-nę, potem głos mamy wraca. – No nie, to po prostu śmieszne, czekałam na was całymi dniami!

– Dobranoc, mamo.

– Zaczekaj. – Przyciska słuchawkę do ust i szepcze: – Chyba najlepiej nie wspominać o, o...

– O strzelbie?

– No tak, pewnie będzie najlepiej, jak to zostanie między nami.

Strzelba mojego taty. Gdyby przynajmniej matka pozwoliła mi ją trzymać w domu! Ta pieprzona strzelba przyprawiała ją o drgawki. Musiałem ją przechowywać z daleka od domu, na terenie publicznym. Nuckles na pewno wiedział, że tam jest. A Jesus pewnie jej używał jako asa w rękawie, pewnie o niej napomknął, żeby nauczyciel przestał za nim łazić, zasugerował mu, że jest tam cały ukryty arsenał. Ale potem Jesus zginął. Zabrał z sobą informacje, kontekst, całą naszą chłopięcą niewinność. Zabrał z sobą prawdę.

Została tylko moja broń, ze wszystkimi przypadkowymi odciskami palców. Została i czeka.

Akt II

Jak spędziłem letnie wakacje

7

Tabliczka na drzwiach psychiatry głosi: „Dr Goosens". Co za idiotyczne nazwisko! Doktor Gąsior! Ktokolwiek to wymyślił, trafił, kurwa, w dziesiątkę! Po drodze miałem całą furę pomysłów, jak udawać wariata; kombinowałem, że można by pojechać Kopniętym Psem albo Wystraszonym Jeleniem, tak jak to robi moja matka. Pomyślałem nawet, że mógłbym w ostateczności popuścić w portki albo coś w tym stylu. To taki mój wstydliwy sekret. Nawet rozluźniłem trochę zwieracz, na wypadek gdyby miało do tego dojść. Ale teraz, w chłodnym świetle dnia, mam tylko nadzieję, że jestem dostatecznie schludnie ubrany.

Budynek psychiatryka stoi poza miastem. Jest to wielka bania klinicznych woni tkwiąca wśród piachów. Recepcjonistka ze spiczastymi zębami i głosem jak brzęczenie roju pszczół, schwytanego w pułapkę z kalki technicznej, siedzi za pulpitem w poczekalni. Na jej widok dostaję pieprzonych dreszczy, ale strażnicy więzienni zdają się jej w ogóle nie zauważać. Korci mnie, żeby zapytać ją o nazwisko, ale powstrzymuję się. Wyobrażam sobie, że odpowiedziałaby: „Nazywam się Graunley Stelt". Albo „Achtung Beed". Albo usłyszałbym coś równie porąbanego. To typowe dla psychiatrów: zawsze zatrudniają kogoś takiego, że kiedy człowiek dowie się choćby jednego szczegółu, wpada w kompletny popłoch. Jeśli nie jesteś jeszcze świrem, wchodząc do szpitala, to będziesz nim na pewno po spotkaniu z taką pieprzoną recepcjonistką.

Buuu – buczy interkom na jej biurku.

– Nie dostała pani mojego maila? – pyta męski głos.

– Nie, panie doktorze – odpowiada recepcjonistka.

– Proszę cały czas sprawdzać pocztę. Nie ma sensu modernizować urządzeń, skoro pani ich nie sprawdza. Wysłałem trzy minuty temu maila, żeby dać mi kolejnego pacjenta.

Kobieta przebiega palcami po klawiaturze, patrzy ze zmarszczonymi brwiami na monitor, potem na mnie.

– Pan doktor przyjmie cię teraz.

Moje najki piszczą na czarno-zielonym linoleum, kiedy wchodzę w drzwi i do pokoju oświetlonego jak supermarket. Przy oknie stoją dwa fotele, obok nich stara wieża stereo, na niej notebook. W głębi gabinetu stoi szpitalne łóżko na kółkach, z przewieszonym przez poręcz ręcznikiem. Jest też doktor Goosens, okrąglutki, miękki, z dużym tyłkiem, gładki jak animowany robal Disneya. Uśmiecha się sympatycznie i gestem zaprasza, żebym usiadł w fotelu.

– Proszę mi przynieść dokumentację pacjenta, Cindy.

Żebyście widzieli moją pieprzoną minę! C i n d y! Dobiło mnie to. Tylko czekam, aż kobitka odpowie: „Super, Wayne" i wpadnie w podskokach do gabinetu, w krótkiej tenisowej spódniczce albo w czymś podobnym. Ale tak się nie dzieje, nie w chłodnym świetle dnia. Recepcjonistka wchodzi, szurając nogami, w skarpetkach i sandałach, i wręcza teczkę Goosensowi. Lekarz przewraca papiery, czeka, aż Cindy wyjdzie.

– Vernon Gregory Little. Jak się dzisiaj czujesz, chłopcze?

– Chyba dobrze. – Moje najki trą o siebie nerwowo.

– No to w porządku. Jak ci się wydaje, dlaczego tu jesteś?

– Pewnie sąd uznał, że jestem wariat albo coś takiego.

– A ty rzeczywiście jesteś? – pyta, gotów zachichotać, jakby było całkiem oczywiste, że nie jestem.

Gdyby sąd uznał mnie za świra, mogłoby mi to pomóc, ale kiedy patrzę na doktora Gąsiora, mam ochotę powiedzieć mu, jak się czuję naprawdę. A czuję się tak, jakby wszyscy po kolei zapędzali mnie w ślepy zaułek swoimi pieprzonymi paradygotami.

– Nie mnie o tym sądzić – mówię.

Najwyraźniej mu to nie wystarcza – patrzy na mnie i czeka na coś więcej. Napotykam jego wzrok i nagle czuję, jakby przeszłość zaczęła uchodzić mi ze świstem przez gardło w postaci lawiny pełnych goryczy słów

– Najpierw wszyscy mieli mi za złe, że przyjaźnię się z Meksykaninem, do tego jakimś dziwnym. Ale ja się go trzymałem, bo uważałem, że przyjaźń to rzecz święta, a potem wszystko diabli wzięli i teraz mnie w to wrabiają, teraz ponoszę za to karę, przekręcają wszystkie najdrobniejsze, niewinne fakty, żeby mi udowodnić moją winę...

Goosens podnosi rękę i uśmiecha się łagodnie.

– W porządeczku, zobaczymy, co się nam uda ustalić. Proszę cię, bądź nadal szczery: jeśli się otworzysz i wykażesz dobrą wolę, nie będziemy mieli żadnych problemów. A teraz powiedz mi, jak odbierasz to wszystko, co się stało?

– Jestem kompletnie rozbity. Zdruzgotany. I wszyscy nazywają mnie teraz psycholem, a ja wiem, że to oni są psycholami.

– A jak ci się wydaje, dlaczego to robią?

– Potrzebują osła ofiarnego, chcą koniecznie kogoś powiesić.

– Kozła ofiarnego? A ty uważasz, że cała ta tragedia to coś niepojętego, że nie ma tu winnych?

– No nie, chodzi mi tylko o to, że Jesusa, mojego kumpla, w ogóle o nic osobiście nie obwiniają. A to on strzelał, ja byłem tylko świadkiem i nie miałem z tym nic wspólnego.

Goosens przygląda się uważnie mojej twarzy i zapisuje coś w papierach.

– W porządeczku. A co możesz mi powiedzieć o swoim życiu rodzinnym?

– Normalne.

Goosens trzyma pióro nieruchomo i patrzy na mnie. Wie, że trafił na robaka, który gryzie mnie najboleśniej.

– Z dokumentacji wynika, że mieszkasz z matką. Co możesz mi powiedzieć o waszych relacjach?

– Och, są normalne.

Czuję, jak cały ten temat wyciska mi z dupy wielką pecynę. Leży toto na podłodze, pulsując i połyskując śluzem. Goosens odchyla się do tyłu, żeby uniknąć ciężkiego odoru mojego pieprzonego rodzinnego życia.

– Nie masz braci? – pyta przebiegle, odsuwając się w kierunku wschodnim. – Żadnych wujków ani innych krewnych płci męskiej, którzy mieliby na ciebie wpływ?

– Raczej nie.

– Ale miałeś przyjaciół...?

Wbijam wzrok w ziemię. Lekarz siedzi przez chwilę w milczeniu, po czym wyciąga rękę i kładzie mi ją na kolanie.

– Wierz mi, sprawa Jesusa, cała ta sprawa, głęboko mną poruszyła. Jeśli możesz, powiedz mi, co się zdarzyło tego dnia.

Staram się uchylić przed strzałami paniki, jaka ogarnia człowieka, kiedy wie, że zaraz zacznie krzyczeć.

– Wszystko się zaczęło, zanim wróciłem do klasy.

– A gdzie byłeś? – pyta Goosens.

– Nauczyciel wysłał mnie z notatkami i coś mnie po drodze zatrzymało.

– Vernon, nie jesteś na sali sądowej, bądź bardziej precyzyjny.

– Musiałem skorzystać z ubikacji, kiedy wracałem do klasy po załatwieniu sprawy, z którą wysłał mnie pan Nuckles.

– To była szkolna ubikacja?

– Nie.

– Wysikałeś się poza szkołą? – Odchyla się, jakby sama ta informacja mogła mu opryskać twarz.

– Nie chodziło o sikanie.

– A więc oddałeś stolec poza szkołą? W czasie tej tragedii?

– Czasami nie mogę nad tym zapanować.

Milczenie wypełnia te czterdzieści lat, jakie Los daje mi, abym rozpoznał doniosłość spraw. Van Damme'owi nigdy by się to nie przydarzyło. Herosi nigdy nie srają. Oni tylko pieprzą i zabijają.

Oczy Goosensa rozbłyskują.

– Czy powiedziałeś to w sądzie?

– Ale skąd.

Mruga i zaplata ręce na brzuchu.

– Wybacz mi, ale czy obecność świeżego stolca, zlokalizowanego poza miejscem zbrodni, nie eliminuje cię automatycznie z grona podejrzanych? Można przecież precyzyjnie określić czas jego oddania.

– Pewnie tak jest.

Można powiedzieć, że Goosens oddaje mi przysługę. Ma tylko wyciągnąć ze mnie informacje dla sądu, ale oto gotów jest zaryzykować i przy okazji ujawnić mi pewne rewelacje. Zaciska wargi, jakby chciał nadać temu wszystkiemu odpowiednią wagę. Potem jego oczy przygasają.

– Słyszałem, że nie za bardzo nad sobą... panujesz?

– Nie ma o czym mówić – odpowiadam, rysując czubkiem buta kółka na podłodze.

– Czy to zostało jakoś zdiagnozowane? Jako osłabienie zwieracza albo podobny defekt?

– Nie. Zresztą już mi się to prawie nie zdarza.

Goosens przeciąga językiem po górnej wardze.

– W porządeczku, a więc powiedz mi jeszcze coś: czy lubisz dziewczęta, Vernon?

– Jasne.

– Możesz jakąś wymienić?

– Taylor Figueroa.

Zagryza wargę i zapisuje coś w papierach.

– Czy miałeś z nią kontakt fizyczny?

– Tak jakby.

– Co najlepiej z tego zapamiętałeś?

– Chyba jej zapach.

Goosens marszczy brwi, pochyla się nad teczką i robi kolejną notatkę. Potem prostuje się.

– Czy czułeś kiedyś pociąg do innego chłopca, Vernon? Albo do mężczyzny?

– A skąd.

– W porządeczku. Zobaczmy, co się da ustalić.

Wyciąga rękę w stronę aparatury i naciska klawisz Play. Słychać bojowy werbel, na początku subtelny, potem coraz potężniejszy, w końcu groźny jak pomruk niedźwiedzia wychodzącego z gawry albo wchodzącego do niej – a w tej pieprzonej gawrze siedzisz ty.

– Gustav Holst – mówi Goosens. – *Planety, Mars.* Taka muzyka budzi w sercach chłopców wzniosłe uczucia.

Podchodzi do łóżka i strzepuje je dłonią. Utwór-paradygot nabiera szalonego tempa.

– Rozbierz się i połóż się tutaj.

– Ro-zebrać się?

– Oczywiście. Żeby dokończyć badania. My, psychiatrzy, jesteśmy przede wszystkim normalnymi lekarzami. Nie myl nas z psychologami, z którymi masz do czynienia na co dzień.

Zakłada gogle, jakich używają spawacze; światło przechodzące przez szkła zabarwia mu policzki. Zdjęcie moich calvinów kleinów zabiera mi trochę czasu, bo nie chcę, żeby z kieszeni wysypały się drobne. Mimo że wszystkie moje drobne są w plastikowym woreczku w biurze szeryfa. Dęciaki pohukują rytmicznię z magnetofonu, ponure i zakręcone, z werblami w tle, kiedy włażę na łóżko. Goosens wskazuje na moje majtki.

– Zdejmij to.

Przychodzi mi do głowy, że taki powiew na tyłku, przy świetle jaskrawym jak w supermarkecie, powinni czuć tylko nieboszczycy. Ja jestem pieprzonym nagim zwierzęciem. Ale nawet nagie zwierzęta potrzebują zwolnienia za kaucją. Zwłaszcza nagie zwierzęta tego potrzebują.

– Połóż się na brzuchu – mówi Goosens. – I rozłóż nogi.

Ta-t-t-t, TA-TA-TA – muzyczne piekło towarzyszy dotknięciu dwóch palców na plecach. Lekarz wodzi nimi wzdłuż mojego ciała, potem chwyta mnie dłońmi za oba pośladki.

– Rozluźnij się – szepcze, rozwierając je. – Czy myślisz teraz o Taylor?

TA-TA-TA, TA-T-T-T!

– Czy o czymś innym?

Przyśpieszony oddech, ruchliwe palce badają zaciskający się pierścień wokół mojej dziurki. Stek wściekłych przekleństw ciśnie mi się na usta. Powstrzymuje mnie tylko myśl o kaucji.

– Panie doktorze, to chyba nie w porządku – mówię głośno.

Co za pieprzony sukinsyn, klnę w duchu. Powinienem mu wsadzić w oko nogę od stołu, żeby kwiczał jak związany wieprz. Jean-Claude by to zrobił. James Bond by to zrobił, nie odstawiając nawet koktajlu. A ja tylko popiskuję, jak jakiś krasnoludek. Goosens w ogóle przestał zwracać na to uwagę. Zimny palec wdziera mi się do środka równocześnie z kulminacją *Marsa*. I to ja kwiczę jak związany wieprz.

– W porządeczku, punkt dla Jesusa. Rozluźnij się, następne badanie w ogóle nie boli, nie bądź zakłopotany, jeśli cię trochę pobudzi.

Bierze parę stalowych szczypiec do sałaty, poprawia gogle i przysuwa twarz do mojej dupy.

– Nie wydaje mi się, kurwa – mówię drżącym głosem, zrywając się gwałtownie z łóżka. Goosens odskakuje, ręce trzyma podniesione jak chirurg.

Sięga powoli po ręcznik wiszący na poręczy łóżka i wyciera środkowy palec. Wielkie roziskrzone oczy gapią się zza gogli. Tempo, w jakim wciągam na siebie pieprzone ciuchy, jest całkiem inne od tempa, w jakim ubieram się zwykle w zimowy poranek, żeby iść do szkoły. Nie zapinam koszuli, nie zawiązuję sznurowadeł. Nie oglądam się, kurwa, za siebie.

– Zastanów się, Vernon – mówi Goosens. – Zastanów się dobrze, czy warto tracić szansę zwolnienia za kaucją. – Przerywa, żeby westchnąć, i potrząsa głową. – Pamiętaj, że są tylko dwie możliwości w twojej sytuacji: być wspaniałym, dzielnym chłopcem albo więźniem.

Muzyka ściga mnie jak smagnięcia bata, kiedy, potykając się, gnam przez poczekalnię. Atakowany ponurymi dźwiękami muzyki wciąż słyszę głos pieprzonego doktora Goosensa.

– Okej. W p o r z ą d e c z k u...

Siedzę pod chmurą własnego nastroju w głębi więziennej karetki, jak sfinks, jak *sphinxter*, wciąż mam w uszach chamski rytm muzyki Gustava Gąsiora Holstera. Nie pomaga mi to bynajmniej wymazać z pamięci tego konowała i jego pieprzonego bandyckiego ataku na moją dupę. Staram się nie myśleć, co napisze w swoim raporcie. Patrzę po prostu na widoki przesuwające się za oknem. Martwe, porzucone graty pstrzą drogę powrotną do miasta: zapomniany wózek sklepowy, szkielet sofy, pod drzewem stoi rozwalony telewizor bez zwykłych głupot na ekranie. Pompy dźgają pejzaż brudnymi paluchami, ale my mijamy to wszystko obojętnie, ignorując niebo i przestrzeń, nie zwracając uwagi na prostą linię drucianych zasieków podzwaniających wzdłuż granicy z Meksykiem.

Meksyk. Kolejny odłożony na stos kupon, który wykupiłem, kiedy tylko zacząłem nieco panować nad swoim pieprzonym życiem. Rozejrzyjcie się trochę po tym życiu, a zobaczycie jedynie podobne kupony innych ludzi poprzypinane dookoła: co zrobią, j e ś l i, co zrobią, k i e d y. Żarliwe oczekiwanie jakiejś zasranej szansy, która się nigdy nie pojawi.

– Mały – mówi jeden ze strażników – chyba nie walisz tam gruchy, co? – Kończy zdanie rechotem, którego nauczył się od tłustodupego Barry'ego. Daję głowę, że ci faceci powtarzają w kółko i wszędzie ten sam żarcik, pewnie Barry daje jakieś pieprzone lekcje po robocie albo coś takiego. Docierają do mnie strzępy ich rozmowy.

– Aha. Vaine Gurie zwróciła się do powiatu z prośbą, żeby przysłali Oddział Specjalny.

– Za plecami szeryfa?

– Aha. Tego samego dnia Barry podniósł stawkę ubezpieczenia.

– Mówił ci to?

– Tuck mi powiedział.

– Ten Tuck, jak mu tam, z kostnicy? A co on wie o ubezpieczeniu Barry'ego?

– Tuck sprzedaje te cholerne polisy. Rzucił Amwaya i teraz wciska ludziom pieprzone polisy.

– Nie gadaj.

Czuję, że znów się czegoś dowiedziałem. Tego mianowicie, że o wiele głupsi od człowieka ludzie mają nad nim władzę. No bo popatrzcie, jak to jest. Nie jestem wprawdzie żadnym pieprzonym geniuszem ani nic, ale takie głąby decydują o każdym moim mrugnięciu. Zaczynam wręcz myśleć, że może tylko takie matoły są bezpieczne na tym świecie – ci, którzy idą bezmyślnie za stadem, nie zastanawiając się nad niczym. A ja? Ja się zastanawiam nad każdym pieprzonym drobiazgiem.

Kiedy siedzę, a później leżę, chodzę po celi, a potem znów siadam, czekając na następną rozprawę, czas, ten agent Losu, kurewsko zwalnia. Czwartek pożera środę i ostatnie tchnienie Jesusa zasysa dziesięć dni w przeszłość, ciągnąc za sobą milczenie Nucklesa, jakby go tam w ogóle nie było, jakby prawda była wyłącznie m o i m cieniem. Na domiar złego dzwoni mama, żeby powiedzieć, że u Lally'ego zamówili kolejny reportaż z Martirio. To typowe dla Losu, że tam, gdzie wkracza on do akcji, czas zwalnia, a najdziwaczniejsze pieprzone stwory mają na imię Cindy. Uświadamiam sobie jedno: że gdy dostrzegam i rozpoznaję te pieprzone sztuczki Losu, jest jeszcze gorzej. Co więcej, teraz, przekazując wam te swoje zaskakujące przemyślenia, rzucam na was swoistą klątwę. Bo gdy już wiecie o ich istnieniu, pozostaje wam tylko czekać, kiedy was dotkną.

Dzień, w którym mam stanąć przed sądem, jest gorący, powietrze gęste jak zupa. Wyczuwam obecność psów w całym mieście, widzę, jak chłodzą się pod zamontowanymi w oknach klimatyzatorami. Pozwalają, by stare koty przechodziły im tuż przed nosem, koty pozwalają na to starym szczurom, a szczury są prawdopodobnie zbyt, kurwa, spocone, żeby im się w ogóle chciało gdziekolwiek przechodzić. Jestem właściwie jedynym, który idzie na lekcję, chciałem powiedzieć na rozprawę.

– Proszę wstać.

Sąd aż kipi w ten piątek od westchnień i zaduchu rozgrzanych ubrań. Wszyscy gapią się na mnie. „O Boziu", jak by powiedziała Pam. Pam przyjdzie pewnie później, ale mama nie może dzisiaj przyjść. W tłumie twarze zniekształcone wspomnieniem czarnej krwi i poszarzałej skóry. Krewni tych, co padli. Pan Lechuga miota w moją stronę promieniami śmierci, a przecież nie jest nawet prawdziwym ojcem Maksa. Jest tu też mama Lorny Speltz; wygląda jak błotna żółwica. Smutek nadchodzi falami, nie jest mi żal siebie, ale ich, zmaltretowanych i zdruzgotanych. Dałbym wszystko, żeby ich oddruzgotać.

Vaine nie ma, jej miejsce zajmuje odpicowany facet w czerni i w białej koszuli.

– Panie Gregson, rozumiem, że występuje pan w imieniu obywateli stanu Teksas? – pyta go przewodnicząca Gurie.

– Zgadza się, Wysoki Sądzie, także na szczeblu sądu okręgowego.

Pieprzony cwaniak.

Sędzia bierze raport Goosensa i macha nim w stronę oskarżyciela.

– Mam tu raport o stanie psychicznym podsądnego.

– Zdecydowanie sprzeciwiamy się zwolnieniu za kaucją, Wysoki Sądzie.

– Na jakiej podstawie?

Prokurator z trudem powstrzymuje uśmiech.

– Mówiąc obrazowo, ten chłopiec wziął na plecy za duży bagaż, żeby mógł z nim pływać. Obawiamy się, że utonie i nigdy go już nie zobaczymy!

Przez salę przebiega śmieszek. Zatrzymuje się na pani sędzi, która ze zmarszczonymi brwiami wpatruje się przez chwilę w papiery Goosensa, po czym zwraca się do Abdiniego.

– Czy są jakieś inne wnioski obrony w sprawie kaucji?

Abdini przestaje się wiercić przy swoim stoliku i podnosi wzrok.

– Chłopiec ma rodzinę, zależy mu na…

– Wiem to wszystko – macha ręką przewodnicząca. – Miałam na myśli nowe okoliczności, jak na przykład stan układu wydalniczego, o którym jest wzmianka w tym raporcie.

– Aha, kwestia toalety… – mówi Abdini, jakby do siebie.

– Za pozwoleniem, Wysoki Sądzie – odzywa się Gregson.

– Sprzeciwiamy się wyręczaniu przez Wysoki Sąd obrony.

– Doskonale. Obrona najwyraźniej nie została poinformowana, więc czynię to niniejszym.

– Ponadto, Wysoki Sądzie, chcielibyśmy przedstawić oświadczenie niejakiego Mariona Nucklesa – dodaje Gregson.

Sędzia unosi wysoko brwi. Cała sala wstrzymuje oddech.

– Słyszałam, że nie będzie składał żadnych oświadczeń do marca przyszłego roku!

– Jest to zapis słów zarejestrowanych przez kamerę na miejscu zbrodni, Wysoki Sądzie. Przekazał nam to reporter CNN, w interesie publicznym.

Skurwysyn Lally. Ciekaw jestem, jakiego nieszczęśnika załatwia tym razem.

– O tak, media niewątpliwie dbają o interes publiczny. Czy świadek potwierdza alibi podsądnego? – pyta przewodnicząca.

– Nie w naszym krótkim materiale, Wysoki Sądzie. Nasz zapis dotyczy ewentualności, że była tam jeszcze inna broń. Wszyscy się, jak przypuszczam, zgodzimy, że rzuca to nieco inne światło na kwestię zwolnienia za kaucją.

Sędzia Gurie wkłada okulary i sięga po dokument. Przebiega go oczami, marszcząc brwi, potem odkłada papier i patrzy na prokuratora.

– Broń, z której strzelano, została znaleziona od razu. Czy chce pan powiedzieć, że może tu wchodzić w grę jeszcze inna?

– To bardzo możliwe, Wysoki Sądzie.

– Czy ma pan tę broń?

– Jeszcze nie, ale policja jej poszukuje.

Sędzia wzdycha.

– No cóż, jest oczywiste, że żaden z panów nie widział raportu psychiatry. Wobec braku niezbitych dowodów będę się opierać na tym raporcie.

Zapada pełne napięcia milczenie, mierzone w dziesiątkach tysięcy lat. Publiczność dzieli swą uwagę pomiędzy mnie i przewodniczącą, żonglując cały czas umiejętnością zachowywania pozorów przyzwoitości i klasy, co pozwala im chłonąć wszystko i jednocześnie nie wyglądać na świadków wypadku, którzy czerpią przyjemność z przyglądania się masakrze. A robią to za pomocą brwi.

Sędzia Gurie siedzi przez chwilę w milczeniu, potem toczy wzrokiem po sali. Sala zamiera.

– Panie i panowie, myślę, że czas powiedzieć: dość tego! Mamy tego potąd, jesteśmy wręcz oburzeni tym nieustannym zakłócaniem spokoju, którego mamy wszakże prawo się domagać.

Wybuchają brawa; jakiś dupek pokrzykuje nawet jak telewizyjna publiczność. Tylko czekać, jak zaczną skandować: Gu-rie! Gu-rie! Gu-rie!

Przewodnicząca przerywa, żeby poprawić sobie kołnierz.

– Moja dzisiejsza decyzja uwzględnia odczucia zarówno rodzin ofiar, jak całej społeczności miasta. Stwierdzam ponadto, że daleki od zamożności, choć stabilny status materialny podsądnego gwarantuje, iż jako współsprawca tej zbrodni stawi się on przed sądem.

Maszynistka patrzy gdzieś wysoko ponad moją zagrodą, prawdopodobnie żeby podkreślić, jak cudowne są jej własne durne bachory. Żaden z nich nie siedzi dziś w pierdlu, o nie, proszę szanownych państwa.

– Vernonie Gregory Little – kontynuuje sędzia – wobec dolegliwości opisanej w tym raporcie i uwzględniając wnioski obu obrońców, zwalniam cię z aresztu...

– Moje dzieci, moje biedne, martwe dzieci – zawodzi jakaś kobieta w głębi sali.

Fala wzburzenia wstrząsa salą niczym gwałtowne torsje.

– Spokój! Proszę dać mi d o k o ń c z y ć! – mówi pani sędzia.

– Vernonie Little, zwalniam cię i począwszy od poniedziałku, powierzam jako pacjenta niehospitalizowanego pieczy doktora Olivera Goosensa. Odmowa poddania się zaordynowanej przez doktora terapii będzie skutkować ponownym aresztowaniem. Zrozumiano?

– Tak jest, Wysoki Sądzie.

Pani sędzia pochyla się nad stołem i zniża głos.

– I jeszcze jedno: gdybym ja była obrońcą, wzięłabym poważnie pod uwagę sprawę tego... wypróżnienia.

– Dziękuję, Wysoki Sądzie.

A niech mnie szlag! Przedzieram się przez ciżbę i wypadam z budynku sądu na słońce, ot tak po prostu. Dziennikarze roją się wokół mnie jak muchy dookoła zaschniętego gówna. Rozsadzają mnie emocje, ale nie takie, o jakich marzyłem. Zamiast prawdziwej radości czuję coś jak fale, impulsy z rodzaju tych, które każą człowiekowi wyczekiwać zapachu prania w dżdżystą sobotę, czy może akcję hormonów, które podstępnie skłaniają człowieka, aby powiedział: „Kocham cię". Nazywają to, kurwa, poczuciem bezpieczeństwa. Uważajcie na ten szajs. Te fale niszczą w człowieku cholerną wolę walki. Poczułem nawet falę wdzięczności dla sędzi – niech ją szlag trafi. No bo sędzia Gurie była dla mnie dobra, ale czy musiała się rozwodzić nad tymi jelitami? Nie wydaje mi się, kurwa.

„Jak możemy znaleźć twoją kupę?" – będą pytać.

„Moje gówno jest tam, w jamie za krzakami – no tam, tuż obok tej cholernej strzelby, której wszyscy szukacie".

Szczerze mówiąc, sama ta broń to jeszcze nic takiego. Pieprzonym problemem są moje odciski palców na niej. Rozmyślanie o tym wywołuje całą serię kolejnych fal. Postanawiam je zignorować, dla własnego bezpieczeństwa. Nie można sobie pozwalać na żadne fale, skoro przed świtem człowiek ma się znaleźć w Meksyku.

Mercury stoi z otwartymi drzwiami, siejąc mrówkami po całej Gurie Street. Pani Binney, kwiaciarka, musi niemal zatrzymać swojego cadillaka, żeby móc przejechać obok. Pani Binney nie macha dziś ręką. Udaje, że mnie nie widzi. Przygląda się za to Abdiniemu, uwodzącemu na schodach dziennikarzy, a potem mknie dalej ze świeżym ładunkiem darów na werandę Lechugów.

– My szczęśliwi, że możemy być w domu i ciągnąć normalne życie dziecka – mówi Abdini, jakby był mną albo jakbyśmy byli jakimiś pieprzonymi braćmi czy kimś w tym stylu. – I w dalszym przeciągu prowadzimy dochodzenie, co się zderzyło tego strasznego dnia.

Muszę powiedzieć, że czegoś się w sądzie dowiedziałem. Tego mianowicie, że wszystko toczy się tam jak w telewizyjnych zajawkach, tu strzęp jakiegoś filmu, tam szczypta jakiegoś programu. Takiego na przykład, w którym dziecko ma nowotwór i wszyscy mówią o tym półgębkiem. Albo takiego, w którym niedowarzony policjant rozważa, czy brać łapówki, czy zdemaskować przekręty swojego burkliwego partnera. Choć ja osobiście nie zalecałbym, żeby odgrywać coś w rodzaju tego drugiego filmu; wszyscy tam na końcu wpadają, nawet burmistrz. I nie pytajcie mnie, kurwa, który serial lubię najbardziej. Czy „Najgłupszych Dupków Ameryki", czy jakiś inny. Na przykład „Ally McBela".

Mercury buntuje się pod sandałami Pam. Pewnie dlatego, że ona naciska oba pedały jednocześnie.

„Nie ma sensu ten hamulec, skoro twoje stopy są gdzieś daleko, po drugiej stronie samochodu" – powie ci, jeśli poruszysz ten temat. Ja poruszyłem tylko raz. „Można równie dobrze wyrzucić ten cholerny pedał przez okno".

Coraz więcej ludzi z kamerami, w miarę jak posuwamy się po Gurie Street. Już widzę oczyma wyobraźni telewizyjne kadry: ujęcie mojej baraniej głowy w oknie mercury'ego.

– Ale co ci tam dawali jeść? – pyta Pam.

– Normalne żarcie.

– Jakie na przykład? Wieprzowinę z fasolą? Dostawałeś deser?

– No nie.

– O Boziu.

Skręca na podjazd pod Barem Be-Cue. W filmie telewizyjnym Pam jedno jest dobre: zawsze wiadomo, jak się skończy. To jest takie życie, jakiego bym pragnął, życie, jakie zostało nam, kurwa, obiecane. Przymglony ciąg obrazów, od czasu do czasu migną jakieś majtki, wszystko wieńczy happy end. Tak jak jeden z tych filmów, w których trener dziecięcej drużyny baseballowej zabiera chłopaka na obóz i tam uczy go szacunku dla samego siebie, widzieliście to pewnie, w tle cały czas brzdąkanie elektrycznego fortepianu, miękkie jak zalążki nasion. Kiedy rozbrzmiewał ten fortepian, oznaczało to, że ludzie się obejmują albo że jakaś kobieta uśmiecha się promiennie gdzieś nad jeziorem. Rany, jak fantastyczne mogłoby być moje życie z odpowiednią muzyką w tle! A tymczasem w kadrze za szybą mam Liberty Drive, a w tle rozbrzmiewa *Galveston*. Mijamy miejsce, w którym Max Lechuga wydał ostatnie tchnienie. Wypowiedział kilka słów, ale nie można ich było dosłyszeć. Zaczynają mnie piec oczy, więc żeby przestać o tym myśleć, zagaduję:

– Mama w domu?

– Czeka na lodówkę – mówi Pam.

– Żartujesz.

– Bądź dla niej miły, wiele przeszła. Przecież to nic złego, że czeka.

– To będzie długie czekanie.

Pam wzdycha tylko.

– Za parę dni skończysz szesnaście lat. Nie możemy dopuścić, żeby coś popsuło twoje urodziny.

Moszczę się wygodnie w tym starym, znajomym ciepełku życia rodzinnego ze wszystkimi niuansami zapachów. Nie było mnie zaledwie tydzień, ale wszystkie stare przyzwyczajenia zdają się już należeć do przeszłości. Pierwsze, co robię, kiedy skręcamy w Beulah Drive, to sprawdzam, czy stoi tam samochód Lally'ego. Próbuję go też wypatrzyć w grupie reporterów czyhających na drodze, ale w tym momencie pod misiowisko Lechugów podjeżdża nowy minibus motelu Seldome. Jacyś ludzie wyglądają z okien, robią zdjęcia, skłaniają głowy. Potem samochód odjeżdża w stronę targowiska pod pompą-modliszką. Miejsce pod wierzbą, w którym parkował Lally, jest puste.

– Weź te frytki dla mamy – mówi Pam z ustami pełnymi paluszków.

– Nie wejdziesz?

– Jadę teraz grać w bilard.

Bilard jest zdaniem Pam bardzo zdrowy.

Gromada dziennikarzy biegnie za mną aż do frontowych drzwi. Wślizguję się do środka, przekręcam klucz, potem po prostu stoję, wdychając znajomą woń keczupu i pasty do podłogi. W domu panuje cisza, słychać tylko dźwięk z telewizora. Idę, żeby położyć frytki na blacie, ale kiedy wchodzę do kuchni, słyszę jakieś hałasy w końcu korytarza. Jak skomlenie chorego psa. Potem dociera do mnie głos.

– Czekaj, jestem pewna, że trzasnęły drzwi.

To mama.

– Boże, ooch, och, Lalito, Lally, zaczekaj!

8

Doris, zdaje się, że przywieźli Specjalny Model! – To Betty Pritchard.

Moje zmartwiałe serce nie zdążyło nawet podjąć od nowa akcji, a już zjawiły się te kobiety. Lodówka? Nie sądzę, kurwa. Georgette Porkorney ciężkim krokiem wychodzi na werandę kuchennymi drzwiami. Mama zawsze zostawia te drzwi otwarte. Nawet teraz, kiedy Lally dmucha ją na górze.

– Patrzcie! – mówi Georgette. – Podjechali do Nancie Lechugi!

– Wiem, w i e m! D o r i s!

Moje najki aż tężeją ze wstydu. Gapię się na obrazek wiszący przy drzwiach pralni. Klown z pieprzoną parasolką roni jedną wielką łzę. Mama nazywa to sztuką.

– Cześć, Vern – mówi Leona, biorąc ukradkiem frytkę. – Obżarstwo pod wpływem stresu?

Zapomniałem o frytkach mamy. Ściskam torebkę w pieprzonej ręce. Kładę frytki na blacie śniadaniowym obok kartki z życzeniami, na której dzieciak z kreskówki mówi: „Koham Cię!". Zaglądam do środka i widzę wiersz miłosny od Lally'ego dla mamy. Można się dziś zarzygać na śmierć.

Kiedy wszyscy gromadzą się w jednym miejscu, w dobrym punkcie obserwacyjnym, mama wychodzi ze swojego pokoju i drobiąc, idzie w naszą stronę w różowym, przezroczystym szlafroczku. Ciągnie się za nią smuga jakiegoś obcego mi zapachu.

– O! Jak się masz, skarbie, nie spodziewałam się ciebie.

Ściska mnie, ale kiedy to robi, jej lewy cycek wypada na wierzch i trąca mnie w ramię.

– Doris, oni wstawiają tę lodówkę do Nancie! – zauważa Betty.

– O rany, jakie to podniecające – mówi Leona. – I niesamowite, bo nawet nie zamierzałam się zatrzymywać! Mój nowy konsultant instaluje mi dziś urządzenia do gimnastyki. No i muszę jeszcze kupić sobie buty...

Trzy samochwały. Chełpliwe babska. Mój dom zamienia się nagle w jakiś pałac Baconham. A przyczyna tego całego zamieszania wchodzi właśnie do pokoju, ma na sobie niebieski szlafrok ze złotym haftem i nowe timberlandy na bosych stopach. Rozkłada szeroko ramiona.

– Anioły Martirio!

George i Betty prószą orzechowymi wiórkami swojego chichotu na karmelowy śmiech Leony; uniesione brwi mamy są wisienką ulokowaną na wierzchu tego deseru. Nikt nie zapyta, dlaczego Lally zaczął nagle dymać moją matkę; prawda została przykryta śmietanką kłamstw i udawania. Nie mam, kurwa, pojęcia, dlaczego ludzie uwielbiają mówić, że wszystko jest świetnie, kiedy nic nie jest, kurwa, świetnie. To, że w mojej łazience znalazła się szczotecz-ka do zębów Lally'ego, nie jest wcale świetne. Tymczasem on, idąc przez kuchnię, unika mojego wzroku, jakbym był, kurwa, nikim, zerem. Otwiera fiolkę z żeń-szeniem, miętosi swoje jaja i nie przestaje szczerzyć zębów.

– Pośpiesz się, Doris – ponagla George. – To twój Model Specjalny, idź tam i coś im powiedz!

– Ale ja nie jestem ubrana.

– Może pojadę do Houston – odzywa się Leona. – Kupić sobie jakiś strój gimnastyczny...

To jej nowy rekord, czwarta rzecz, jaką sobie kupi. Mama uśmiecha się tylko promiennie i z powrotem wtula się w ramiona Lally'ego.

– Niech to szlag, Doris, ja pójdę im powiedzieć – mówi George.

– Spójrz, przecież oni już wyładowują to cholerstwo.

Wyglądam przez kuchenne okno i widzę, że rzeczywiście przed domem Lechugów stoi samochód od JC Penneya. Pod tylnym kołem leży przygwożdżony do ziemi miś.

– Ale poczekaj chwilę... – uspokaja ją mama.

Był kiedyś taki koń, który potrafił liczyć. Wszyscy myśleli, że on taki kurewsko zdolny, wystukiwał odpowiedzi kopytem i zawsze były prawidłowe. Okazało się, że gówno, że wcale nie potrafi liczyć. Po prostu stukał, dopóki czuł napięcie publiczności. Kiedy dochodził do właściwej liczby, wszyscy się rozluźniali i on to wyczuwał, i przestawał stukać. W tej chwili Lally reaguje na napięcie panujące w pokoju zupełnie jak ten koń, który liczył na estradzie.

– Czsz... Model Specjalny? – pyta. – Wiesz, kochanie, po tym, jak się tak długo pieprzyli z dostawą, zadzwoniłem do nich i odwołałem zamówienie. Przepraszam cię, pojedziemy do San Antonio, i tak miałem jechać po żeń-szeń.

– O Jezu.

– Ale ty zamówiłaś migdałowo-migdałowy, prawda? – pyta George. – I popatrz: oni wyładowują migdałowy Specjalny Model i wnoszą do domu Nancie!

– Co za dzień! – wzdycha Leona.

Jej twarz traci wszelki wyraz; Leona próbuje wessać z powrotem swoją czwartą przechwałkę. Ale jest za późno, kochana.

Mój wzrok pełznie mozolnie po śniadaniowym blacie, omiata rachunek za prąd wetknięty za słój z ciasteczkami i wędruje do salonu, czepiając się każdego, choćby najmniejszego źdźbła ludzkiej godności. Wchodzi Brad, w nowiutkich timberlandach. „Łup!", walą pieprzone drzwi. Z zadartym nosem sunie prosto do telewizora. Usiądzie na dywanie i będzie bezgłośnie poruszał wargami, odnotowując każdy pik w programie Springera, mogę się założyć.

Twarz mi się wydłuża. Tak wygląda moje dojrzewanie, to jest moja pieprzona walka o świadomość i poczucie wzniosłości. Stek kłamstw, cellulitis i pieprzone „Koham".

Odwracam się, żeby iść do swojego pokoju, ale Lally łapie mnie za głowę. Udaje, że mierzwi mi pieszczotliwie włosy, ale właściwie to mnie siłą zatrzymuje.

– Chodź, mały ważniaku, pogadajmy.

– Jasne – mówi mama. – Porozmawiajcie sobie o swoich męskich sprawach. A ja zrobię zupę według nowego przepisu, dietetyczną, i poczęstuję dziewczęta.

– Cóż to? – pyta Leona. – Czyżbyś wróciła do diety Strażników Wagi?

– Nie, do Strefy – mówi mama.

Kiedy Lally prowadzi mnie, poszturchując, w ciemny kąt salonu, jest mi już wszystko jedno. Siadam w tym końcu sofy, w którym zwykle sadowi się Pam, najbliższym podłogi. On rozsiada się na drugim, wyższym końcu i ze zmarszczonymi brwiami przygląda się moim butom.

– To nie do opisania, co przeszła przez ciebie twoja matka. Wyobrażasz sobie, co by było, gdybym nie pomógł się jej pozbierać? Rozsypałaby się w drobne kawałeczki.

Czy on, kurwa, żartuje, czy co? Jest tu dopiero od tygodnia, a zachowuje się tak, jakby był moim ojcem. Wpatruję się w dywan, który niknie mi sprzed oczu.

– Stwierdzenie, że to było wielkie wyzwanie, to łagodnie powiedziane, Vern.

Wstaję z sofy.

– To twój cholerny problem.

– Co to ma być? – Chwyta mnie za ramię.

– Odpieprz się – mówię.

Uderza mnie otwartą dłonią.

– Nie bluźnij, kurwa.

Hałas przyciąga uwagę Brada, który podjeżdża do nas na tyłku. Lally zaciska palce na moim ramieniu.

– Jaką chcesz kawę, Lalito? – woła mama.

– Gorącą i słodką, jak moja kobieta.

Lally posyła Bradowi uśmiech i puszcza do niego oko. Wyobrażam sobie, co mógłbym im obu zrobić z ich pieprzonymi dupami, gdybym złapał lampę stołową i zerwał z niej abażur. Lally przyciąga mnie do siebie i mamrocze cicho:

– Słyszę, że mówi się o broni. A ty słyszałeś coś o jeszcze jednej strzelbie?

Stoję i milczę.

Przygląda mi się przez chwilę, potem podnosi wysoko brwi.

– Przypomnij mi, żebym zadzwonił do doktora Goosensa.

Czeka na moją reakcję, ale ja pozostaję obojętny. Odczekuje jeszcze chwilę, potem sadowi się z powrotem na sofie i zaczyna zdrapywać nalepkę Dallas Cowboys, którą mój tata przykleił do oparcia.

– Nie jest jeszcze za późno na zmianę paradygmatu, Vern. Prawdę mówiąc, jeśli paradygmat nie ulegnie przesunięciu, cała historia umrze śmiercią naturalną. Nikt wtedy nie wygra. Czekam na sygnał, że mam robić całą serię reportaży, drążyć tę sprawę. Że będę mógł przekopać się przez to wszystko, poznać całą siatkę zdarzeń. Możemy odwrócić twoją sytuację o trzysta sześćdziesiąt stopni.

– Naucz się, kurwa, matematyki.

– No popatrzcie! – Mama wchodzi z kawą. – Dwanaście lat i ma sto milionów dolarów! Prawdziwy e-mailioner, spójrzcie, chłopcy!

W telewizji leci program *Najmłodsi milionerzy Ameryki*. Kobiety płyną do telewizora niczym obłoczki pierdnięć.

– Pestka – mówi Brad. – Mam swój pierwszy miliard w plecaku.

– Zuch, Brad! – woła George.

Oczy wszystkich obecnych biegną do ekranu jak grzesznicy do pieprzonego kościoła.

„Został milionerem, zanim ukończył dziesięć lat – mówi reporter. – Ricky jest teraz na dobrej drodze do zdobycia drugiej setki milionów dolarów". Wymawia słowo „dolarów" tak, jakby umoczył swój pieprzony język w syropie albo czymś podobnym. W cipce albo czymś w tym rodzaju. Ricky sterczy przed kamerą jak jakiś fiut, na tle samochodu marki Lamborghini, którego nawet nie umie prowadzić. Kiedy go pytają, czy czuje się wspaniale, wzrusza ramionami i mówi: „Przecież wszyscy czują się wspaniale".

– Co za niewiarygodny chłopiec – mówi mama. – Jego mama jest na pewno wniebowzięta.

– Miliard dolarów – wzdycha Leona. Podwija stopę jak mała dziewczynka i nachyla się do Brada, żeby szepnąć mu głośno do ucha: – Pamiętaj, kto cię woził samochodem, kiedy jeszcze byłeś biedakiem!

Pokój zaczyna wypełniać miłe ciepełko. W końcu oczy wszystkich zwracają się ku mnie. Odsuwam się od Lally'ego i idę do wyjścia.

– Nie oglądasz *Milionerów*? – pyta mama.

Nie wiem, co powiedzieć. Puszczam tylko bąka i powłócząc nogami, idę do Meksyku, przez swój pokój.

– Daj spokój, ważniaku – woła Lally. – Ja tylko żartowałem.

Pozwalam, żeby jego słowa spadły z łoskotem na dywan za moimi plecami.

– O rany, to widać Nancie musiała kupić nową lodówkę – mówi Leona, kiedy wchodzę do holu.

Leona jest dobra w takim podtrzymywaniu rozmowy. Chyba wszystkie te stare rury są w tym dobre, z całym swoim pieprzonym, zaprogramowanym gruchaniem, westchnieniami i podobnym szajsem. Jedno warto wiedzieć: takie baby nie wytrzymują milczenia.

Zamykam drzwi sypialni i przez chwilę stoję nieruchomo, dokonując przeglądu dziur zrobionych przez Vaine Gurie w moim bajzlu. Odtwarzacz i płyty są na miejscu. Chwytam składankę starego Johnny'ego Paychecka i wkładam ją do szuflady, podkręcając wzmacniacz na ful. Ubrania fruną z szafy do mojego plecaka marki Nike. Ląduje w nim nawet marynarka, bo przecież nie wiadomo, jak długo będę poza domem. Na pudle po butach widzę notes z adresami i stetson taty. A w moich szpargałach starą kartkę urodzinową od mamy, ze zdjęciem piesków o dość głupkowatym wyglądzie. Wywołuje to falę smutku, ale nie może mnie powstrzymać.

Kiedy jestem już spakowany, robię przerwę, żeby, podsłuchując pod drzwiami, zlokalizować poszczególne głosy w salonie.

– Do diabła, nie! – mówi George ze swojego zwykłego miejsca.
– Nancie wciąż prowadzi ubezpieczenia Hanka.

– Nie wiem, dlaczego kręcą z wypłatą z polisy Tylera – mówi mama. Wyczuwam, że idzie do kuchni, prawdopodobnie po ciasto. – Przecież minął już rok.

– Kochana, oni muszą mieć ciało, dobrze o tym wiesz – mówi George.

Chwytam swój plecak, podnoszę okno i skaczę na zacieniony trawnik pod domem. Ląduję dokładnie naprzeciw okien pani Lechugi, ale jej zasłony są wciąż szczelnie zaciągnięte, a ludzie z mediów oblegają dom od strony podjazdu. Starannie zasuwam za sobą okno, a potem biegnę pod największą wierzbą w stronę płotu. Naprzeciwko mieszkają jacyś zamożni ludzie, w każdym razie ich pomalowany dom wygląda bogato. A to oznacza, że w odróżnieniu od pani Porter spędzają mniej czasu na podpatrywaniu sąsiadów przez siatkę w drzwiach. Bogactwo, musicie to wiedzieć, czyni człowieka mniej wścibskim. Przełażę przez ogrodzenie. Ich przyczajony po drugiej stronie kot napędza mi strachu, parskając głośno. Przemykam przez ich trawnik, kieruję się w stronę Arsenio Trace, ostatniej ulicy po tej stronie miasta. Wszędzie panuje spokój, jeśli nie liczyć jakiegoś obszarpańca, który próbuje sprzedać melona. Odwracam się od niego, nasuwam kapelusz na oczy i idę wielkimi krokami w stronę miasta, całkiem normalnie, a nawet z lekka utykając, w rytmie wyśpiewywanej przez zraszacze melodyjki: *Mek-syk, Mek-syk, Mek-syk, psyk, psyk, psyk.*

W oddali ukazuje się kompleks trzypiętrowych budynków, piaszczysta droga przechodzi w betonową, jakby dla ich uhonorowania. Tłum zbiera się pod motelem Seldome, pewnie liczą na to, że uda im się zobaczyć jakieś telewizyjne gwiazdy. Słyszę, że jest tu Brian Gumball, prowadzi program na żywo. Ale nie zatrzymuję się, żeby to sprawdzić. Pod motelem skwierczy mięso na stoiskach z jedzeniem, ale ja zadowalam się myśleniem o *enchiladas*, które na mnie czekają po drugiej stronie granicy. Zakładam, że Taylor lubi *enchiladas*, choć nigdy jej o to nie pytałem. To jedna z tych rzeczy, o które powinienem był ją zapytać, ale tego nie zrobiłem. Cyk. Uderza mnie teraz to, jak niewiele właściwie powiedziała mi Taylor tak bezpośrednio: może ze dwadzieścia dziewięć słów w całym moim pieprzonym życiu. I osiemnaście z nich było w jednym zdaniu. Naukowiec z telewizji nie dałby mi większych szans, jeśli idzie o nakłonienie dziewczyny z college'u do spontanicznej ucieczki z takim piętnastoletnim łajzą jak ja. Z kimś, z kim cała znajomość zamykała się w dwudziestu dziewięciu słowach. Ale tacy już są naukowcy z telewizji. Niedługo zaczną człowieka namawiać, żeby w ogóle nie jadł mięsa.

Przy rogu Gurie Street lśni w słońcu parking Willarda Downa z używanymi samochodami, choć trochę przygasł od czasu kampanii reklamowej pod hasłem: „Down – znaczy ceny w dół!". W końcu zaniechano tej kampanii ze względu na małego Delroya Gurie. Błysk czerwieni przykuwa moją uwagę. To samochód Lally'ego z przyklejoną do szyby nalepką, na której widnieje napis: 1700 dolarów. I kolejna niespodzianka: Los umieszcza Vaine Gurie w pizzerii naprzeciw mojego banku. Siedzi przy oknie, pochylona nad dużym klinem pizzy. Takie usadowienie się przy samym oknie nie jest zbyt mądrym pomysłem jak na kogoś, kto ukrywa fakt, że nie przestrzega diety. Pizzeria jest pełna obcych. Przystaję i grzebię w moim plecaku, obserwując Vaine kątem oka. Co dziwne, kiedy tak na nią patrzę, ogarnia mnie smutek. Gruba stara Vaine faszeruje swoją wewnętrzną próżnię pustką. Jej strategia wygląda następująco: najpierw odgryza sześć wielkich kęsów, aż napcha usta tak, że mało nie pękną jej policzki, a potem uzupełnia ewentualne luki mniejszymi kęsami. Jest to jedzenie paniczne. Tu na ulicy stoję ja ze swoją tęsknotą za Meksykiem, tam siedzi obżerająca się w ramach diety jak prosię Vaine, jeszcze jeden marny, pieprzony żywy worek smarków. Patrzę na swoje najki. Potem znów na Vaine, obojętną, smutną i jakby przyczajoną. Cóż to za pieprzone życie!

Nie mogę ryzykować i iść teraz do bankomatu. Odwracam głowę i ruszam na stację Greyhounda. Mogę sprawdzić rozkład jazdy, przeczekać, aż teren się oczyści. Rozpalone powietrze drży i faluje, w głębi ulicy migają dwa stetsony. Mijam jadłodajnię Dirka ze specjalnościami zakładu wymalowanymi na szybie; w środku widać parę stałych, wiernych klientów pochylonych nad talerzami z kaszą. Pies w progu nawet nie patrzy na mnie, kiedy go mijam. Podnosi tylko brew, no wiecie, jak to pies.

Wchodzę ociężałym, niedbałym krokiem do poczekalni. W środku jest kilka osób, nie ma jednak żadnej ślicznoty, żadnej wiejskiej dziewuchy ani nikogo takiego. Chcąc wtopić się w tło, staję w kolejce do kasy za dwiema Meksykankami. Rozmawiają po hiszpańsku. Bardzo mnie to rajcuje, to i ostry zapach ich ubrań. Zaczynam sobie wyobrażać swój nowy dom przy plaży, z bielizną Taylor rozwieszoną na palmach, z jej majteczkami i tak dalej. Bikini w słońcu. Albo stringi. Prawdopodobnie bikini.

Szukam językiem śliny w ustach i obserwuję starego mężczyznę w głębi poczekalni, wertującego „Martirio Clarion", naszą tak zwaną gazetę. Ma wory pod oczami, skóra na jego twarzy obwisa, jakby miał implanty z ołowiu. Mówią, że tak uwidacznia się charakter. Ale wiadomo, że to nie charakter, tylko uczucia. Erozja spowodowana falami rozczarowania i smutku. Jedno, czego się nauczyłem, obserwując ludzi w ciągu ostatnich kilku dni, to to, że takie fale płyną przeważnie w jednym kierunku; gromadzi się je na przestrzeni całego życia, aż wreszcie ostatnia pieprzona fala sprawia, że człowiek krzyczy.

Czuję się całkiem dobrze, stojąc tak w kolejce i rozmyślając. Gazeta w rękach mężczyzny otwiera się na stronie z moim zdjęciem. „Winien?" – pyta nagłówek. Powietrze w poczekalni lodowacieje. Strzelam oczami na wszystkie strony; przysiągłbym, że widzę przelotnie trumnę Jesusa, którą wtaczają na kółkach do poczekalni, żeby wysłać ją autobusem do San Antonio. Zamykam oczy, a kiedy je znów otwieram, trumny nie ma. Ale w głębi duszy spodziewam się ją zobaczyć w każdej chwili. Trumnę albo jakiś inny pieprzony szajs. Wiecie, jaki jest Los.

Cal po calu posuwam się za Meksykankami do kasy. Cała moja odwaga sczezła. Postanawiam odezwać się do kasjera z nowojorskim akcentem; jeśli ktokolwiek będzie mnie później szukać, kasjer odpowie: „Nie, widziałem tylko jakiegoś malca z Nowego Jorku". Kobiety załatwiają sprawę i odchodzą. Kasjer przestaje klepać w klawiaturę i podnosi wzrok. Otwieram usta, ale on nie patrzy na mnie, tylko gdzieś ponad moim ramieniem.

– Siemasz, Palmyra – mówi.

Pada na mnie cień Pam.

– Do diabła, Vernie, a ty co tu robisz?

– Eee... szukam roboty.

– Boziu, nie możesz przecież pracować o pustym żołądku... No chodź, idę właśnie do was i miałam wpaść po drodze do baru na barbecue...

Kurwa mać. Cała poczekalnia patrzy, jak Pam ciągnie mnie za rękę niby jakiegoś cholernego smarka. Mężczyzna z gazetą trąca łokciem swojego sąsiada i pokazuje na mnie palcem. Czuję, jak pętla tego pieprzonego miasta zaciska mi się na szyi.

9

P sy wykryją też broń i inne przedmioty – mówi szeryf w telewizji.
– A kiedy odnajdziemy strzelbę, pozostanie już tylko porównać odciski palców.

– I jeśli będą pasowały, sprawa jest zamknięta? – pyta reporter.

– Jasne.

Mama wyłącza telewizor w biegu, przemykając do kuchni.

– Boże, Vernon, nie idź na kiermasz w tych butach, słyszałeś, co mówią ludzie. P r o s z ę c i ę. Nie wierzę, że nie ma w całym mieście tych całych tumbledownów w twoim rozmiarze.

– Timberlandów, mamo.

– Mniejsza z tym. Słuchaj, idzie tu pastor. Ja wiem, że to nie jest najlepsze zajęcie, ale jak mówi Lally, najważniejsze, żeby pokazać ludziom z miasteczka, że chcesz czynić dobro.

– Ale ja niczego nie zrobiłem, do cholery!

– Vernon! – upomina mnie Lally. – Nie kłóć się z matką.

Jest dziś odbiglowany, krawat i tak dalej. Nie wiadomo, skąd wziął to pieprzone ubranie.

Chcę, kurwa, umrzeć, wrócić do paki, do tego ciepełka, jakie wytwarzają Barry i jego zespół porąbanych jajcarzy. Ostatnia noc w domu była długą i naprawdę kurewską nocą. Aby ją „odkorkować", Kurt zaczyna znów szczekać. Dałbym głowę, że ta pętla ujadania, która opasuje co noc całe miasto, zaczyna się od pieprzonego Kurta i kończy na nim. Nie wiem, w jaki sposób taka dupa wołowa jak on mogła zostać prezesem tego szczekającego kręgu. Przecież Kurt nie jest żadnym mistrzem w łapaniu szczurów ani nic.

Lally wypija żeń-szeń i wtula twarz w ramię mamy.

– Hej – mruczy – pamiętasz, co ci mówiłem? Jeśli dostanę ten cykl reportaży, zapełnimy cały dom Specjalnymi Modelami.

Mama zaciska wargi.

– Nie wiem, co się stało z tym zamówieniem, ale na razie wygląda na to, że lodówkę ma Nancie. Zresztą gdybyś zobaczył jej starego grata, to zrozumiałbyś, dlaczego. Mają tyle forsy z tych ubezpieczeń i do dziś trzymali tę swoją starą, zapleśniałą lodówkę.

– Ćśśś – uspokaja ją Lally. – Przecież mamy nowy telefon. Teraz nie musisz nawet podnosić słuchawki!

Krew mnie zalewa na to wszystko. Moja stara nigdy nie była taka rozkoszna z tatą. Choć Bóg świadkiem, że dawał z siebie wszystko, żeby jakoś sobie radzić w tym pieprzonym świecie. Pewnie to nie wystarczało. W dniu, w którym zarobił pierwszy tysiąc dolarów, sąsiedzi musieli zarobić dziesięć tysięcy. Zaplanuj sobie, człowieku, że zdobędziesz melona, a okaże się nagle, że potrzebujesz miliarda. Podrasowałem swój komputer i okazało się, że to za mało. Bez względu na to, ile masz, nigdy ci, kurwa, nie wystarcza, tego jednego się w życiu nauczyłem.

Kaznodzieja mija werandę i przeciska swoje miękkie cielsko przez drzwi kuchenne.

– Ta święta sobota pachnie ciasteczkami radości – grzmi.

Mogę przysiąc, że pastora Gibbonsa Pan nasz obdarzał i, kurwa, obdarza szczodrze jak cholera.

– Są gorące i pachnące, pastorze.

Mama ściąga serwetkę z tacy z pesymistycznie wyglądającymi ciastkami i podaje je tak, jakby to były jej cycki dwadzieścia lat temu. Nowe timberlandy Gibbonsa szorują ze skrzypem po linoleum.

– Jesteś dziś moim zastępcą? – zwraca się do mnie wielebny z uśmiechem, chwytając łapczywie ciasteczko.

– Jest do dyspozycji pastora – mówi Lally. – Da z siebie wszystko.

– Wspaniale, postawię go przy stoisku z pieczywem; spodziewamy się dziś zgromadzić dziesięć tysięcy dolarów na nowe centrum medialne.

Lally przyjmuje pozę tatusia z nowych odcinków serialu *Domek na prerii*.

– To miasto nauczyło się trochę o poczuciu duchowej wspólnoty, pastorze.

– Komitet do Spraw Tragedii zdziałał cuda, żeby z tej katastrofy wyniknęło także coś pozytywnego – mówi Gibbons. – Chodzą słuchy, że jedna ze stacji telewizyjnych chce nas nawet pokazać w programie ogólnokrajowym. – Zapatrzony do tej pory w nieskończoną przestrzeń skupia teraz wzrok na twarzy Lally'ego. – Czy to nie będzie pańska stacja, panie Ledesma?

Twarz Lally'ego rozjaśnia uśmiech zdziecinniałego boga.

– Z pewnością dam panu trochę czasu antenowego, pastorze, proszę się nie martwić. Świat będzie należał do pana.

– O Boże. – Gibbons robi minę jak nieśmiały *padre* z tego starego programu o szpitalu polowym. – No dobrze, Vernon – mówi, popychając mnie w stronę drzwi. – Pan Bóg pomaga tym, którzy pomagają sobie.

– Do zobaczenia, Vern – mówi mama.

Lally odprowadza nas do drzwi. Kiedy znikamy z oczu mamie, łapie mnie za ucho i targa mocno.

– To jest krok naprzód, chłopcze, nie zawal sprawy.

Sukinsyn. Syn całego stada suk. Jadąc do Centrum Nowego Życia, rozcieram obolałe ucho. W samochodzie pastor, z nosem przyklejonym do szyby, słucha radia. W ogóle się do mnie nie odzywa. Mijamy dom Leony Dunt z fontanną od frontu. Jej śmieci znów są wystawione cztery dni wcześniej. Specjalnie, żeby można było się przyjrzeć tym wszystkim torbom z butików i kanciastym pudłom, karbowanej bibułce i wstążkom. Jak Boga kocham, można by jej sprzedać gówno, byleby było eleganckie opakowane.

Na rogu Liberty Drive szpanują w swoich T-shirtach bracia Lozano. Jeden ma na piersiach napis: „Przeżyłem Martirio" z ukośną plamą czerwieni. Na podkoszulku drugiego są dziury i napis: „Pojechałem do Martirio i zarobiłem tylko te kilka dziur". Pastor Gibbons cmoka z dezaprobatą i kręci głową.

– Dwadzieścia dolarów – mówi. – Dwadzieścia dolarów za zwykły bawełniany podkoszulek.

Opuszczam się na siedzeniu, ale Emile Lozano i tak zdążył mnie zobaczyć.

– Ej, Vermin! Vermin Little! – wrzeszczy i wymachuje rękami, jakby pozdrawiał jakiegoś pieprzonego bohatera albo kogoś w tym rodzaju.

Brwi pastora podjeżdżają wysoko w górę. Dzięki ci, pieprzony Emile. W końcu odczuwam ulgę, widząc tory kolejowe, biegnące równolegle do drogi, którą podjeżdżamy do Centrum Nowego Życia. Szczerze mówiąc, radio mnie teraz wkurza. Mówią tam właśnie, jak to sieć barów barbecue wspiera kampanię na rzecz sprowadzenia Oddziału Specjalnego. Robi się wielka wrzawa wokół sprawy poszukiwań drugiej strzelby. Nie mówią, gdzie konkretnie prowadzą poszukiwania, nie mówią, że sprawdzają szczególnie dokładnie na polu Keetera ani nic takiego. Gdyby zamierzali szukać koło posiadłości Keetera, pewnie by o tym powiedzieli.

Centrum Nowego Życia to po prostu nasz kościół. Dzisiaj skwer przed kościołem i parking zostały zamienione w karnawałowy jarmark, przypomina mi to również dzień prania bielizny pościelowej, która trzepocze w słońcu. Na chorągiewkach, które malowaliśmy przed laty w szkółce niedzielnej, słowo *Jezus* zostało zastąpione słowem *Bóg*. Pomagam pastorowi rozładować samochód i zanieść wszystko na stragan z ciastkami, który stoi tuż przy torach kolejowych. Pastor instaluje mnie tam jako sprzedawcę i – wyobraźcie to sobie – muszę włożyć pieprzoną komżę. Vernon Gucci Little w swoich niemodnych Jordan New Jackach i w pieprzonej komży. Po dziesięciu minutach przetacza się za moimi plecami poranny pociąg towarowy i gwiżdże jak oszalały. Kiedy nie stoję tutaj w tej pieprzonej komży, nigdy nie gwiżdże.

Nie wyobrażacie sobie, jak bardzo wypełnioną mam głowę planami zniknięcia. Sęk w tym, że zostałem przyłapany przez Pam na stacji autobusowej, więc pewnie będą czyhać, aż znów pokaże się tam moja twarz. Prawdę mówiąc, mogli zainstalować jakiś pieprzony przycisk alarmowy albo coś takiego. Na Wypadek, Gdyby Pojawił się Vernon. Prawdopodobnie przycisk jest połączony z tyłkiem Vaine Gurie. Albo z fiutem Goosensa. Oznaczało to, że będę musiał dostać się do strefy międzystanowej, złapać jakąś ciężarówkę do Surinamu albo natrafić na kierowcę, który nie oglądał wiadomości – ślepego i głuchego. Jeśli wierzyć w to, co mówi Pam, pełno takich dookoła.

W miarę jak słońce wznosi się na niebie i pali coraz mocniej, napływa coraz większy tłum. Widać wyraźnie, że ludzie robią, co mogą, żeby nie wyglądać na zmęczonych i przygnębionych. A zmęczone i przygnębione jest ostatnio całe miasto, i nie pomagają ciasteczka radości. Muszę powiedzieć, że nie rzucają się na nie specjalnie. Wszyscy zachowują wobec nich bezpieczny dystans. Albo też, jak się domyślam, wobec mnie. Pan Lechuga odwrócił nawet swoje stoisko przy namiocie, gdzie sprzedaje losy loteryjne. Po pewnym czasie zjawia się Lally z moją starą. Właściwie jeszcze ich nie widać, ale gdzieś w oddali słychać maminą płytę Burta Bacharacha. Jej dźwięki przebijają się przez ponury nastrój jak ołówek przez płuco. Nikt inny nie kupiłby takiej płyty, daję za to, kurwa, głowę. Tego muzycznego sufletu z tymi wszystkimi chórkami wyjącymi *Something big is what I'm livin for* i z jednostajnym, musującym i ogłupiającym rytmem, który najbardziej odpowiada jej gustom. Typowe brandzlowanie muzycznym oszustwem z czasów ich młodości, kiedy w każdym kawałku musiała być trąbka, co brzmiało tak, jakby muzycy wypierdywali te piosenki.

– Cześć Bobbie! Jak się masz, Margaret!

Moja stara wypada jak burza z wynajętego samochodu Lally'ego. Ubrana jest w kraciasty top, spod którego wyziera wałek tłuszczu na brzuchu. Domyślam się, że już skończyła z żałobą. Na nosie ma jaskrawoczerwone okulary przeciwsłoneczne. Jak Boga kocham, brakuje jej tyko pieprzonego pudla na rękach. Próżnia w jej tyłku nie zasysa jej już włosów i nie układa w hełm trwałej: teraz opadają jej swobodnie w niesfornych kosmykach.

Lally podchodzi do mojego stoiska i bierze ciastko radości.

– Ile utargowałeś?

– Cztery pięćdziesiąt – odpowiadam.

– Nawet uśmiechy na tych ciastkach nie są takie jak trzeba. No jazda, Vern, przyciągnij jakoś klientów, to nie są jedyne ciastka na świecie.

„Dzięki ci, kurwa", chciałbym odpowiedzieć, ale milczę. Sądząc po tym, jak przebija mnie sztyletami swego nienawistnego spojrzenia, można by pomyśleć, że jednak odpowiedziałem. W końcu odchodzi leniwym krokiem.

– Piękna komża – rzuca jeszcze przez ramię.

Mama ociąga się.

– Idź, Lalito. Spotkamy się przy grillu. – Przebiega oczami po tłumie, potem podchodzi do mnie chyłkiem jak szpieg. – Wszystko w porządku, Vernon?

To moja dawna mama. Wbrew mojej woli wypełnia mnie uczucie ciepła.

– Chyba tak – odpowiadam.

Tak się u nas mówi, kiedy chce się powiedzieć: „Nie".

Poprawia mi kołnierzyk.

– Wiesz, chciałabym tylko, żebyś był szczęśliwy. – Tak się u nas mówi, kiedy chce się powiedzieć: „Gówno prawda". – Gdybyś tylko mógł zdobyć jakąś pracę – wzdycha – zarobić trochę pieniędzy, wszystko byłoby znów dobrze, na pewno. – Ściska mi rękę.

– Mamo, z tym całym Eulaliem w domu? Proszę cię...

– Nie możesz mi odmawiać tej odrobiny szczęścia po tym wszystkim, co się zdarzyło! Zawsze mi mówiłeś, żebym była n i e z a l e ż n a, no więc jestem, potwierdzam swoją i n d y w i - d u a l n o ś ć jako kobieta.

– Po tym wszystkim, co on mi zrobił?

– Po tym, co o n zrobił t o b i e? A co t y zrobiłeś m n i e? Lally jest kimś szczególnym, ja to czuję. Kobieta w i e takie rzeczy. Właśnie powiedział mi o pewnej niezwykłej firmie inwestycyjnej – ponad dziewięćdziesiąt procent zysku, gwarantowanego. Tyle proponują i on powiedział o tym m n i e , a nie Leonie ani nikomu innemu.

– Mówisz tak, jakbyśmy mieli pieniądze do zainwestowania.

– Mogę przecież wziąć nową pożyczkę. To jest aż dziewięćdziesiąt p r o c e n t!

– Będziesz kombinować z tym wciskaczem kitu?

– Och, kochanie, jesteś po prostu z a z d r o s n y. – Matka oblizuje palec i rozmazuje ślinę, wycierając jakąś urojoną plamę na moim policzku. – Przecież wiesz, że wciąż kocham cię najbardziej, naprawdę...

– Wiem, mamo: nawet mordercy...

– Cześć Gloria! Cześć Cletus!

Cmoka mnie w policzek i odchodzi dumnie w stronę wschodnich stoisk, wlokąc za sobą w pyle moją duszę. Nawet mnie nie pyta, co mówią o tym pieprzone prawa natury. Widuje się przecież w telewizji renifery i niedźwiedzie polarne i człowiek po prostu wie, że te zwierzaki nie przerzucają się od wściekłości do smutku w kontaktach ze swymi pieprzonymi bliskimi.

Nagle serce mi zamiera. Po prostu staje, cholera, jak wryte. Czuję, że umieram. Bo oto nieopodal, niespełna pięć kroków ode mnie, przechodzi pani Figueroa – mama Taylor. Boże, ona też jest piękna! Brzeg jej dżinsów rzuca cień na skórę, co oznacza, że w pasie jest trochę luzu. Sama wypukłość pośladków podtrzymuje dżinsy. Nie tak jak u mojej starej, która potrzebuje specjalnej, kawaleryjskiej uprzęży. Usta zaciskają mi się jak dziura w tyłku, gdy próbuję powiedzieć coś, co jej zaimponuje, i wydobyć od niej numer telefonu Taylor. Potem przypominam sobie o swojej pieprzonej komży. Kiedy znów podnoszę wzrok, matce Taylor zachodzi drogę fryzjer z zakładów mięsnych. Zmierza właśnie leniwie do stoiska z piwem, odwalony, kurwa, jak na pogrzeb. Po drodze zahacza o moje stoisko.

– Przepraszam panią – mówi do mnie.

Pani Figueroa śmieje się, żeby mnie ostatecznie dobić. Potem znika. Fryzjer spostrzega jakiegoś znajomka, stojącego przy straganie z piwem.

– Zbieram ekipę – woła – która pomoże policji znaleźć tę strzelbę. Jeśli jesteś zainteresowany, Cleet, to wyruszamy za jakąś godzinę.

– Gdzie się spotykamy?

– Przy zakładach mięsnych. Weź z sobą dzieciaki, po zakończeniu poszukiwań będzie grillowanie. Zamierzamy przeszukać okolice domu Keetera, podobno ten nauczyciel, Nuckles, mówił coś o ukrytej tam broni, zanim mu odbiło.

Niebezpiecznie. Muszę pędzić na pole Keetera. Rozglądam się za jakimś okienkiem sposobności, ale wszędzie widzę zasłony i zapory w postaci Lally'ego, mamy i tego cholernego pastora. A potem dostrzegam ich rzeczywiście: z Betty Pritchard i bez Betty Pritchard. Przy stoisku Leony z szampanem i daleko od stoiska Leony z szampanem. Dostaję w tym upale zimnych dreszczy, trzęsie mnie przez całą godzinę, a potem drugą. Każdy dodatkowy centymetr wydłużających się cieni jest dla mnie kolejnym krokiem w stronę mojego pieprzonego grobu. Nadchodzi Georgette Porkorney. Betty wychodzi jej naprzeciw, mijają moje stoisko.

– Spójrz, jaki on jest apatyczny – szepcze George. – Jeśli się nie weźmie w garść, mogą z tego wyniknąć jakieś kłopoty...

– Wiem. Zupełnie jak z tym... małym Meksykaninem.

George przystaje, patrzy na Betty, nagle się reflektując.

– „Apatyczny" to chyba nie jest właściwe słowo, kochanie, w świetle tego, co się stało.

– Wiem...

Ulgę przynosi mi tylko widok Palmyry, która mierzwi mi włosy i wsuwa do ręki herbatnika. W końcu o drugiej pastor wchodzi do namiotu z panem Lechugą.

– Dziękujemy wam wszystkim za wsparcie naszego jarmarku – grzmią głośniki.

Grupki ludzi ciągną w stronę namiotu. Po drugiej stronie skweru widać mamę, Lally'ego, George i Betty, którzy popijają darmowego szampana przy stoisku Leony. Samej Leony nie widać, ale wiadomo, że tam jest, bo mama odrzuca głowę do tyłu, kiedy się śmieje.

– A teraz – mówi Gibbons – nadeszła wreszcie ta chwila, na którą wszyscy czekaliśmy: losowanie Wielkiej Nagrody!

Ludzie zwracają się w stronę namiotu. Moje okno się otwiera.

– Hej, koleś – wołam do przechodzącego malca; to jeden z tych, co to nie mogą domknąć japy na aparacie, zupełnie jakby mieli w ustach pieprzoną kratkę od grzejnika. – Chcesz godzinę popracować?

Dzieciak zatrzymuje się, mierzy mnie wzrokiem.

– W takiej śmiesznej kiecce nie chcę.

– To nie jest kiecka, głupku. Zresztą nie musisz tego wkładać, po prostu przypilnujesz trochę tych ciastek.

– Ile płacisz?

– Nic, weźmiesz sobie procent od sprzedaży.

– Stały czy proporcjonalny?

– Proporcjonalny do czego?

Ten bachor ma, kurwa, najwyżej dziesięć lat!

– Do ilości sprzedanych ciastek – uśmiecha się chytrze.

– Dam ci osiemnaście procent, stałe.

– Żartujesz? Za te głupie ciastka? A zresztą kto to słyszał o jakichś ciastkach radości. Ja nigdy nie słyszałem o żadnych ciastkach radości. – Odwraca się, żeby odejść.

– A oto los, który wygrywa – mówi Gibbons. – Zielony, numer czterdzieści siedem.

Niemrawy szmerek podniecenia przebiega przez namiot. Chłopiec zatrzymuje się i wyciąga zmięty różowy los z kieszeni. Patrzy na niego, mrużąc oczy, tak jakby papierek mógł zmienić kolor na zielony. Potem słyszę głos mamy:

– O Boże! Tutaj, pastorze, ja mam zielony czterdzieści siedem!

Kobiety i Lally skupiają się wokół niej, gruchają, sapią i popychają ją w stronę namiotu. Rany, ależ jest podrajcowana! Moja stara jeszcze nigdy w życiu niczego nie wygrała.

– Koleś! – wołam żelazną szczękę.

– Dwadzieścia dolców za godzinę – rzuca przez ramię.

– Co ty myślisz, że ja jestem jakiś Bill Gates?

– Dwadzieścia pięć albo nic z tego.

– Oto szczęśliwa zwyciężczyni – mówi pastor. – Wygrywa tę znakomitą, upragnioną lodówkę, hojny dar od państwa Lechugów z Beulah Drive, którzy ufundowali go mimo żałoby, w jakiej są pogrążeni.

Głosu mojej starej więcej już nie słychać. Prawdopodobnie zamilkła na zawsze. Natomiast odzywa się Leona.

– O rany! – woła.

– Trzy dychy – mówi szczeniak – za jedną kalendarzową godzinę. To moje ostatnie słowo.

Jestem całkowicie zdany na łaskę tego pieprzonego grubego kurdupla, który mógłby łowić langusty swoją pieprzoną gębą. A raczej byłbym, gdybym musiał wrócić i zapłacić mu. Ale ja nie wrócę. Dziś wytrę dokładnie strzelbę, podejmę moją „rezerwę ucieczkową" z banku i wypierniczam z tego miasta. Naprawdę.

– Jest dziesięć po drugiej – mówi malec. – Do zobaczenia za godzinę.

– Chwileczkę, na moim zegarku jest piętnaście po.

– Jest, kurwa, d z i e s i ę ć po. Albo jest tak, jak mówię, albo nici z naszej umowy.

Mniejsza z tym. Ściągam z siebie komżę i wpycham ją do pudła pod stołem, potem biegnę schylony wzdłuż toru kolejowego w stronę zazielenionego końca Liberty Drive. Ściga mnie rozbrzmiewający echem głos wielebnego Gibbonsa.

– A skoro mowa o lodówkach, to czy słyszeliście dowcip o króliku?

Oglądając się przez ramię, widzę mamę, jak biegnie, zapłakana, do toalet za Centrum Nowego Życia. Ale nie mogę sobie pozwolić na żadne machanie ręką. Muszę złapać rower i pruć do Keetera. Przy rogu Liberty Drive, pod nową tablicą postawioną przed Hospicjum Miłosiernego Serca, roi się od obcych. Tablica obwieszcza: „Już wkrótce! Ośrodek Kongresu La Elegancia". Jakiś starzec spogląda ponuro z werandy hospicjum. Wciągam głowę w ramiona i zaczynam przebiegać ulicę, ale słyszę, że woła mnie nieznajomy facet.

– Little!

Przyśpieszam, ale on znów woła:

– Little, nie chodzi o ciebie!

Gość jest pewnie dziennikarzem. Odrywa się od grupki kręcących się reporterów i podchodzi do mnie.

– Ten czerwony samochód, który parkował pod waszym domem, nie wiesz, gdzie się podział?

– Wiem. Stoi na parkingu Willarda Downa.

– Chodzi mi o gościa, który nim jeździ...

– O Eulalia z CNN?

– Tak, o faceta z Nacogdoches; nie widziałeś go przypadkiem?

– Eeee... z Nacogdoches?

– No tak, o tego mechanika.

Facet wyciąga z kieszonki koszuli pogniecioną wizytówkę. Jest na niej napisane: „Eulalio Ledesma Gutierrez. Szef Działu Serwisowego, Care Media, Nacogdoches".

Nieznajomy kręci głową.

– Ten sukinsyn jest mi winien pieniądze.

– O Eulalio, jo! Lalio, jo! Lalio, teraz i ty masz, kurwa, problem!
– tak podśpiewuję sobie, jadąc w stronę pola Keetera.

Czuję, że Jesus jest ze mną, w owiewającym mnie wietrzyku, szczęśliwszy niż zwykle, nie taki śmiertelnie martwy, może dlatego, że w końcu mam chwilę wytchnienia. Zamierzam zadzwonić pod numer podany na wizytówce i wyjaśnić paskudną tajemnicę pana Ju-hu-lalio. A kiedy w domu zjawi się ten reporter, żeby odebrać swoją forsę, wszyscy odkryją pieprzoną prawdę. To zaś oznacza, że mogę opuścić miasto spokojny o moją starą. Ta wizytówka jest jedynym orężem, jakiego potrzebuję. To w sądzie dowiedziałem się, że człowiek musi dysponować jakąś bronią.

Słupki do suszenia prania i maszty antenowe w Crockett Park wiją się jak schwytane węże. To okolica, w której nosi się luźną bieliznę. Mieszka tu na przykład pan Deutschman, który był dawniej człowiekiem prawym i przyzwoitym. To tu się właśnie mieszka, jeśli ktoś należał k i e d y ś do tych nie najgorszych. Mieszkają tu ludzie, którzy zadręczają się wzajemnie i czyszczą gaźniki w swoich samochodach. Crockett Park różni się od okolicy, w której mieszkam ja; bliższy jest śródmieściu, gdzie wszystkie ciemne sprawki pakuje się do butelek i szpuntuje. I trzyma się, aż pieprzona butelka eksploduje, po czym wszyscy czekają, czyja wybuchnie w następnej kolejności. Myślę, że tu, w Crockett Park, panuje uczciwość z zapaszkiem. Uczciwość z zapaszkiem i czyste gaźniki.

Ostatni automat telefoniczny stoi przy przeżartym rdzą metalowym ogrodzeniu na rogu posiadłości Keetera, na najodleglejszym krańcu miasta. Jeśli człowiek mieszka w Crockett, to jest to właściwie jego telefon prywatny. Dalej rozciąga się pusta połać ziemi, aż do skarpy Balcones, tak daleko, jak można sięgnąć wyobraźnią. Pięćdziesiąt jardów dalej, przy drodze do Johnson stoi tablica „Witamy w Martirio". Ktoś przekreślił liczbę mieszkańców i dopisał nad nią: „Dane ruchome". To jest właśnie Crockett. Uczciwość z zapaszkiem i poczucie humoru.

Opieram rower o parkan i podchodzę do telefonu. Jest dwadzieścia dziewięć po drugiej. Muszę pamiętać, że metalowa gęba na stoisku zacznie za godzinę robić szum. Wycieram słuchawkę o spodnie – jest to coś, co człowiek robi na tym krańcu miasta odruchowo – i wykręcam numer CMN w Nacogdoches. *CMN – CNN*, rozumiecie? Pieprzony Lally. Nowojorczyk, kurwa jego mać.

Telefon odbiera jakaś starsza kobieta.

– Hal-lo?

– Dzień dobry. Czy u państwa pracuje niejaki Eulalio Ledesma? Słyszę, że kobiecie odebrało na chwilę dech.

– A kto mówi?

– Eee... Bradley Pritchard z Martirio.

– Mam tylko to, co mi zostało w portmonetce... Słyszę brzęk monet wysypywanych na stół. Wyczuwam, że to nie będzie krótka rozmowa.

116

– Proszę pani, ja niczego od pani nie chcę, ja tylko chciałem...

– Siedem dolarów i trzydzieści centów, nie, całe osiem dolarów to wszystko, co mam, na jedzenie.

– Nie chciałem pani niepokoić, proszę pani, myślałem, że to numer do pracy.

– No tak, „Care" – zamówiłam te wizytówki dla Lalo. „Care Media Nacogdoches", taką wymyślił nazwę. Mówiłam Jeannie Wyler, że to nie byle co, musieliśmy wynieść moje łóżko do przedpokoju, żeby zrobić miejsce na biuro i jakoś zacząć.

Doznaję mieszanych uczuć. Jakby Lally spadł w przepaść skuty łańcuchem z moją babcią.

– Przepraszam, że panią niepokoiłem.

– Szefa i tak nie ma w tej chwili.

– Wiem, bo jest tutaj, musiała go pani ostatnio widzieć w telewizji.

– To bardzo niesmaczny żart, młody człowieku. Jestem niewidoma od trzydziestu lat.

– Jest mi naprawdę przykro, proszę pani.

– A t y go widziałeś? Widziałeś mojego Lalo?

– Szczerze mówiąc, zatrzymał się u... u moich znajomych.

– O Boże, niech znajdę jakieś pióro...

Znów coś brzęczy i grzechocze po tamtej stronie. Stoję i zastanawiam się, jak człowiek może czytać i pisać, kiedy jest ślepy. Domyślam się, że trzeba wyryć litery, żeby można je było odczytać palcami, na przykład w glinie albo czymś podobnym. Powiedzmy, w serze. I nosić ten ser cały czas przy sobie.

– Wiem, że to gdzieś tu niedaleko – mówi kobieta. – Powiedz Lalo, że zabrali wszystko, nie czekali ani sekundy na spłatę samochodu, a teraz Wylerowie wnieśli do sądu sprawę o ich kamerę. Możesz to sobie wyobrazić? A mówiłam mu, żeby od razu zabrał się do naprawiania. Takich kamer nie naprawia się z dnia na dzień, powiedziałam jej to. Szkoda tylko, że to wszystko idzie na moje konto...

Znajduje w końcu swój ser; podaję jej mój numer telefonu. Moja wcześniejsza radość całkiem stopniała wobec powagi sytuacji.

Żegnam się z moją rozmówczynią i jadę w stronę skarpy, żeby odszukać broń. Jesus towarzyszy mi duchem. Milczy. Zmieniłem bieg Losu i to legło na mnie ciężkim brzemieniem.

Zarośla przy drodze do Keetera są dziwne, kolczaste i splątane, prześwity nigdzie nie przekraczają piętnastu jardów. Niewiele żywych istot zapuszcza się aż tak daleko na tereny Keetera. Ja i Jesus byliśmy jedynymi znanymi mi śmiałkami. Po raz ostatni widziałem go żywego właśnie koło Keetera, z bardzo dużej odległości.

Cała ta ziemia, pustkowie liczące sobie pewnie wiele mil, należy do Keetera. Keeter założył przy drodze warsztat naprawczy „Keeter: części zamienne i naprawy". Jest to po prostu kupa złomu leżącego w piachu. Warsztat nie jest już nawet czynny. Kiedy w miasteczku mówi się „Keeter", myśli się przeważnie o ziemi, nie o warsztacie. Można tu czasem zobaczyć jakieś woły albo jelenia, ale głównie poniewierają się puszki po piwie i inny szajs. To skraj kosmosu małego miasteczka. Chłopcy z Martirio poznają tu smak strzelania z broni palnej, smak dziewcząt i piwa. I nie da się zapomnieć ostrza wiatru, które tnie pustkowie Keetera.

W samym środku posiadłości jest zagłębienie w ziemi o średnicy sześćdziesięciu jardów, pokryte plątaniną drutów i krzakami. Przy najbardziej stromym zboczu znajduje się stary szyb kopalniany. Nazywamy go jamą. Przykryliśmy wlot drzwiami obitymi blachą, założyliśmy kłódkę i tak dalej. Tu była nasza kwatera główna w tych beztroskich latach. To tu wysrałem się wtedy, w dniu tragedii, jeśli chcecie wiedzieć. I to tu schowałem strzelbę.

Jest druga trzydzieści osiem po południu. Gorąco i parno, stada chmur gnane wiatrem suną nisko nad ziemią. Zbliżam się do jamy na jakieś dwieście jardów i słyszę uderzenie młota. Coś się porusza w zaroślach przede mną. To stary Tyrie Lasseen, który prowadzi warsztat, wbija w ziemię jakieś kołki. Ma na sobie garnitur i krawat. Dostrzega mnie, zanim zdążę się schować.

– Wszystko w porządku, synu? – woła. – Nie dotykaj niczego, bo to niebezpieczne.

– Jasne, panie Lasseen. Tak sobie tylko łażę...

– Radziłbym ci tu jednak nie łazić. Lepiej wracaj na drogę.

Tyrie to ten typ Teksańczyka, który bez przerwy powtarza wszystkim, żeby spieprzali. Powłócząc nogami, robi trzy kroki w moją stronę i ociera pot z ciemienia. Jego oczy wyglądają tak, jak kawałki drutu kolczastego splecionego z końskim włosiem, usta ma niedomknięte. Bush senior robił podobną minę – zawsze niby trochę nieobecną – i też opuszczał lekko żuchwę. Zupełnie jakby słuchali ustami albo coś w tym rodzaju.

– Idę tylko do drogi do San Marco, proszę pana, i nie będę tu niczego dotykał.

Pan Lasseen stoi i słucha ustami; język wije mu się w środku jak wąż. Potem z jego ust wydobywają się skrzypiące dźwięki; wiatr unosi je w dal.

– Do San Marco? Synu, nie radziłbym ci iść tędy do drogi do San Marco. Radziłbym ci wrócić na drogę do Johnson i obejść tamtędy.

– Ale rzecz w tym...

– Najlepiej, gdybyś zawrócił na drogę do Johnson. Radzę ci to zrobić i nie węszyć tu więcej; to jest teraz teren zamknięty. – Jego szczęka opada jeszcze niżej; Tyrie chce słyszeć, czy jeszcze ktoś się tu nie zabłąka. Pokazuje palcem w stronę miasta. – No, idź już stąd.

Wiatr gna zielsko drogą, dzwonią pordzewiałe blachy, a ich zgrzytowi towarzyszy ujadanie psów. Zostaje mi tylko jedna szansa, by dotrzeć do strzelby. Kiedy Lasseen bezpiecznie znika mi z oczu, skręcam gwałtownie ze ścieżki i pędzę łukiem na przełaj z powrotem do jamy. Krzaki są tu bardziej karłowate, poprzerastane wysokimi trawami i usiane szczątkami sprzętów domowych. O mało nie wpadam z rozpędu w gniazdo porzuconych w poszyciu muszli klozetowych, które wyglądają jak jakieś bilardy elektryczne dla wegetarian. Kiedy przejeżdżam wśród nich slalomem, widzę nieco dalej czapeczkę firmową Baru Be-Cue. Wiatr przynosi strzępy rozmów.

– Nikt nie dba o przyrodę – mówi jakiś chłopak.

– Tu nie chodzi o przyrodę, Steven, tu może być ta strzelba.

To ekipa poszukiwawcza z zakładów mięsnych. Uświadamiam to sobie, zanim jeszcze zacznie grać orkiestra. Kładę rower na ziemi i kulę się wśród muszli, próbując oszacować odległość pomiędzy mną a psami zbliżającymi się od strony miasteczka. Dzielą mnie od nich jakieś trzy, cztery minuty marszu. Dzieciaki powoli otaczają moją pozycję. Schylam się jak najniżej.

– Bernie? – odzywa się cichy głosik.

– Co?

Moje nerwowe napięcie jest tak wysokie, że omal nie padam trupem, porażony prądem.

Odwracam głowę. Za moimi plecami przykucnęła pod krzakiem Ella Bouchard. Dziewczyna z Crockett, która chodziła ze mną do podstawówki. Wierzcie mi, wolelibyście jej, kurwa, nie znać.

– Cześć, Bernie – mówi, podsuwając się bliżej.

– Cśśś! Chcę tu trochę odsapnąć. O Boże...

– Wygląda na to, że się chowasz, tak mi się przynajmniej wydaje...

– Ella, to naprawdę ważne, żeby nikt mi nie przeszkadzał w tej chwili, rozumiesz?

Uśmiech zamiera na jej twarzy. Przygląda mi się wielkimi, niebieskimi oczami, które wyglądają jak oczy lalki.

– Chcesz zobaczyć mój biegun południowy?

Jej zakurzone kolana rozchylają się nieco, błyskają majtki.

– O kurde, Ella, daj spokój, dobrze? Do diabła!

Razem z tymi słowami wypuszczam z płuc nadmiar powietrza, jak Demokrat, czy jak mu tam było. Ale mimo wszystko patrzę. To u mnie odruchowe, słowo daję. Widzę bawełnę, poznaczoną szarymi pręgami, wygląda to niczym lądowisko dla jakichś pieprzonych samolotów.

– Mogę sobie tu zostać... Bernie?

Z powrotem zaciska nogi.

– Cśśś! A poza tym nie jestem żaden Bernie, ty durna.

– A właśnie że Bernie albo coś podobnego do Bernie.

– Posłuchaj, nie możesz się ze mną umówić? Czy nie moglibyśmy się spotkać kiedy indziej?

– Jak chcesz naprawdę i mówisz poważnie, to może i tak. Na przykład kiedy?

– No nie wiem, po prostu kiedyś tam, w przyszłości.

– Słowo?

– Słowo.

Czuję jej oddech owiewający mi twarz, soczyście owocowy oddech, gorący i esencjonalny jak siki. Odwracam się do niej plecami, żeby dała mi spokój i odczołgała się, ale ona się nie rusza. Czuję, że gapi się dalej.

– No co jest, kurwa? – pytam, odwracając się do niej.

Uśmiecha się do mnie blado.

– Kocham Cię, Bernie.

Potem, z głośnym tupotem plastikowych sandałów, znika, szeleszcząc błękitną bawełnianą sukienką. Jest pięć po trzeciej. Zauważcie, że kiedy sytuacja jest naprawdę gówniana, człowiek sprawdza czas odruchowo.

– Okej, chłopcy, zatrzymajcie się tu i zjedzcie pozycję numer jeden ze swojej żelaznej porcji – woła jakaś kobieta. – Z paczuszki oznaczonej czerwoną nalepką, tylko z tej z czerwoną nalepką!

– Nie idźcie tam, chłopaki – słyszę głos Tyriego Lasseena w oddali. – Tam jest stary szyb, trzymajcie się od niego z daleka.

Czuję ulgę przenikającą całe moje ciało, kiedy Tyrie tak ich ostrzega. Potem rozlega się nieco bliżej gwar innych głosów.

– Mówiłam ci, Todd – zrzędzi jakaś kobieta – żebyś się załatwił, zanim wyszliśmy z zakładu. Przykucnij za którymś z tych krzaków, nikt nie będzie widział.

Słychać, jak palant odpiskuje coś w odpowiedzi, na co kobieta mówi:

– Tu ci znikąd nie wytrzasnę, to nie jest supermarket, jak pewnie zauważyłeś.

Nawiasem mówiąc, nie mamy w Martirio żadnego supermarketu. Zauważcie, jak ludzie zawsze sypią takimi ciętymi

odpowiedziami, kiedy w pobliżu są media. Biorą pierwsze pieprzone słówko, jakie im podejdzie, na przykład „supermarket".

– Skorzystaj z tych muszli, które tam leżą – radzi piskliwie jakiś
dupek, udając dziewczynę.

– A tak – mówi kobieta – widziałam tu gdzieś jakieś muszle,
może tak będzie ci łatwiej...

– Chwila! – woła Ella Bouchard. – Lepiej nie podchodź do tych
muszli, tam śpią w środku węże.

– O Boże! – wykrzykuje kobieta. – Zaczekaj, Todd. Lepiej
pójdę z tobą.

Idą z trzaskiem w stronę mojego gniazda. Wstaję z ziemi
i podnoszę rower, niedbale, jakbym był w minimarkecie w dziale
lodówek albo w podobnym miejscu.

– To ten psychol! – odzywa się szczeniak.

– Ćśśś, Todd, nie bądź głupi – mówi kobieta. Potem zwraca się
do mnie: – Chyba nie mam na liście twojego nazwiska, czy w Barze
Be-Cue przydzielili ci jakiś kolor?

– Eee... zielony? – ryzykuję.

– Nie może być zielony, może być tylko jeden z kolorów z ich
logo. – Wyciąga telefon. – Zadzwonię do pani Gurie i sprawdzę
listę. Jak się, mówisz, nazywasz?

– E, tego... Brad Pritchard.

– Brad Pritchard? Ale my już tu mamy jednego Brada
Pritcharda...

Słychać jakieś wilgotne szelesty z krzaków, jakby pies jadł sałatę,
po czym wyłazi z nich na palcach Brad z plastikowymi torbami
z minimarketu nałożonymi na nowe timberlandy. Nosem celuje
w chmury. To coś całkiem nowego: zmusić aresztanta, żeby szukał
swojej własnej strzelby.

– Vaine? – mówi kobieta do telefonu. – Potrzebujemy chyba pomocy.

Wskakuję na rower i z całej siły naciskam na pedały. Chmura
kurzu wzbija się nad polem.

Dziewczęta chichoczą, grzechocze torba z ekwipunkiem reportera telewizyjnego; kiedy tak gnam jak wicher, słyszę Brada

Pritcharda, jak mówi, naśladując głosik durnej Elli: „Hej, Bernie, chcesz zobaczyć mój biegun południowy?".

Wzniecam małe trąby powietrzne, prując do miasta. Nie mam innego wyboru, jak tylko gnać w stronę pieprzonej drogi. I to migiem. Rzucam rower na ziemię przed bankomatem na Gurie Street. Kocham mój rower, ale ciskam go, kurwa, na ziemię. Nie jest to jakiś specjalny model, ale mocna, solidna maszyna, należał do mojego dziadka już wtedy, kiedy miasteczko miało tylko dwie ulice. A teraz rzucam go po prostu. Życie zawsze ma dla człowieka coś takiego w zanadrzu, to wam gwarantuję.

Wkładam kartę do bankomatu i wystukuję kod – 6768. Serce wali mi i skacze po całym ciele, kiedy czekam na wyświetlenie się sumy za koszenie trawników babci. Po dziesięciu latach wskakuje na ekranik komunikat:

Stan konta: 2 dolary 41 centów.

10

Nie mam wyboru: muszę pruć do domu i złapać coś, co dałoby się zastawić albo sprzedać. Jest dziesięć po czwartej, kiedy docieram na miejsce, z nadzieją że nikogo nie będzie. Że dom będzie pusty. Akurat. Wypożyczony samochód Lally'ego stoi od frontu. Wchodzę jak duch kuchennymi drzwiami. Początkowo w środku panuje cisza. Potem słychać pukanie do drzwi frontowych. Z góry spływa ciężka woń perfum. Zastygam w bezruchu.

– Ćśśś, Vernon, ja otworzę. – Mama przemyka przez hol jak chomik.

– Do-ris?

Za moimi plecami otwierają się drzwi kuchenne. Do domu wślizguje się Leona, potrząsając włosami.

– Ćśśś – syczy mama. – Lally śpi.

No proszę. Kiedy tacie zdarzyło się zdrzemnąć na sofie po kilku piwach, wkładała buty na wysokim obcasie i specjalnie stukała, chodząc po kuchni, żeby go obudzić. Przysięgam. Udawała, że robi coś, co wymaga takiego łażenia i stukania, choć w rzeczywistości nie robiła nic. Kręciła się tak w kółko bez żadnego powodu, zamiast mu po prostu powiedzieć: „Wstawaj". To było po tym, jak mnie uderzył i jak atmosfera w domu się zwarzyła.

Z góry dociera jęk sprężyn. Mama otwiera po cichutku drzwi frontowe, w progu stoi reporter, któremu Lally wisi z forsą.

– Dzień dobry pani, czy zastałem Eelio Lemedę?

– Lally'ego? Owszem, jest, ale chwilowo niedysponowany. Z kim mam przyjemność?

– Zaczekam, jeśli pani pozwoli.

– Powinien za chwilę zejść.

W głębi domu słychać szum spuszczanej wody. Trzaskają drzwi łazienki i Lally schodzi ciężko na dół.

– Vanessa, nie widziałaś mojej torby z lekami?

– Nie, Lalito, a zresztą wydaje mi się, że te twoje rzęsienie już się skończyły.

Jakaś pieprzona Vanessa? Patrzę na nią pytająco. Widzę jedno: że jej twarz jaśnieje dumą i wygląda jak brzoskwinia, jak wtedy, gdy moja matka je lody w towarzystwie jakichś ważnych osób. Poza tym trzepocze rzęsami dwa razy szybciej niż zwykle.

– V a n e s s a? – pyta Leona.

Mama oblewa się rumieńcem.

– Później ci wyjaśnię.

Chowa ostatni monit z elektrowni za słojem z ciasteczkami, a potem idzie zająć się Lallym, który ma na sobie tylko szlafrok, tak że niewiele brakuje, żeby widać było jego fiuta, jak mu się telepie przy chodzeniu. W każdym razie przez pieprzony mikroskop elektroniczny zobaczyłoby się go na pewno. Idzie do kuchni, prezentując pełny garnitur zębów, po drodze łapie za tyłek Leonę, która zręcznie robi unik.

– Lally – mówi mama. – Ktoś czeka na ciebie na zewnątrz.

– Na mnie? – Uśmiech zamiera mu na ustach.

W moim sercu wzbiera radość. Kiedy Lally zwraca się ku drzwiom, odciągam mamę na bok.

– Idź, zobacz, kto przyszedł do Lally'ego, prędko! No idźże!

– Vernon, co w ciebie, na Boga, wstąpiło? To jego prywatna sprawa.

– Wcale nie, mamo. Szybko, to naprawdę ważne.

– Och, Vernon, uspokój się, na miłość boską.

Błyska najsłodszym uśmiechem w stronę George i Betty, które stukając obcasikami, wchodzą do kuchni, pogrążone jak zwykle w rozmowie.

– Kochana, nie ma mowy – mówi George. – To, że on jest akcjonariuszem, nie znaczy, że musi od razu kupować ten cały śmieszny Oddział Specjalny Vaine. Możesz to sobie wyobrazić? Ona nie może zapanować nawet nad własnym sadłem, a co dopiero nad całym oddziałem uzbrojonych ludzi!

– Wiem, wiem.

Próbuję tak manewrować moją starą, żeby podeszła do drzwi i stała się świadkiem kompromitacji, ale jej obcisłe spodnie nie czynią jej ani trochę lżejszą – ani drgnie.

Lally otwiera drzwi.

– No nie! Przyszedłeś po swoją należność?

– Owszem, gdybyś mógł... – odpowiada facet.

– Masz tu pięćdziesiąt dolców... i stokrotne dzięki.

Teraz mama chwyta mnie za ramię i – niech to szlag – ciągnie mnie do kąta.

– Vernon, nie mów babci, ale musiałam wyciągnąć te pieniądze za strzyżenie trawnika, żeby pomóc Lally'emu. Jego kamera wykasowała mu kod z karty kredytowej. Wpłacę te pieniądze z powrotem, jak tylko dostanę pożyczkę.

– Mamo, ja p o t r z e b o w a ł e m tych pieniędzy...

– Vernon, wiesz przecież, że odsetki od tych pieniędzy miały być przeznaczone na opłacenie twoich studiów.

– Rzeczywiście! Odsetki od pięćdziesięciu dolarów to naprawdę kupa szmalu!

– Ja wiem, że to niedużo, ale tylko tyle mam. Od własnej matki.

Lally kończy załatwianie sprawy z reporterem, ale nie wchodzi z powrotem do domu, pieprzony. Stoi na werandzie i wrzeszczy:

– Proszę zaparkować na podjeździe, wielebny, dziewczęta za chwilę wyjdą.

Zostawia drzwi otwarte i idzie z dumnie zadartą głową do kuchni, mijając mnie obojętnie.

– Lally, zapomniałam ci powiedzieć – mówi mama – że dzwoniła do ciebie jakaś pani, chyba z telewizji.

– Pani?

Ręka Lally'ego podryguje nerwowo w okolicach krocza.

– Aha. Miała bardzo starczy głos – powiedziała, że jeszcze zadzwoni.

– Nie przedstawiła się?

– Powiedziała tylko, że dzwoni z twojego biura. Kazałam jej zadzwonić później.

Lally mruga do mnie. Powieka drga mu nerwowo. Potem obejmuje mamę wpół i mówi:

– Dzięki, Vanessa, jesteś niezastąpiona.

– V a n e s s a? – dziwią się panie.

Mama puchnie z dumy.

– Na razie nie mogę wam nic powiedzieć, prawda Lalito?

– Wystarczy powiedzieć – mówi Lally – że na ludziach z telewizji jej wczorajszy występ przed kamerą zrobił duże wrażenie. Niczego nie obiecują, ale jeśli zastosujemy odpowiednią strategię, będziemy ją wszyscy mogli podziwiać o wiele częściej.

– Ale dla was, dziewczęta, pozostanę zawsze waszą dawną Doris, wiecie, że tak w głębi duszy nie zmienię się ani na jotę.

Patrzę na Leonę. Bezgłośnie otwiera i zamyka usta, nie znajdując przez chwilę słów, po czym odzywa się:

– O rany, to niesamowite. Nie wiem, czy wam mówiłam, że mój korepetytor od dialogów wysyła właśnie moją kasetę demo do telewizji? Jak tylko wrócę z Hawajów... To niesamowite, nie uważacie?

Mama tuli się do Lally'ego. Po raz pierwszy w życiu ma głęboko w dupie przechwałki tej starej klabzdry Leony.

– Vanessa Le Bourget – mówi Lally do ucha mojej starej. – Bur-żej – powtarza śpiewnie, zupełnie jak ten skunks z telewizyjnych kreskówek, który wciąż próbuje wydymać kota.

Mama o mało się nie zesra, kiedy to słyszy. Leona o mało nie pęknie, tak wrzeszczy. A Lally aż puchnie. Niech se puchnie.

– Nie mogę się doczekać, kiedy przedstawię cię ekipie w Nowym Jorku. Pokochasz tych facetów!

– Nie bądź taki niecierpliwy, Lalito, wszystko w swoim czasie. Na razie masz tu, co trzeba, choć jest to tylko twoja maleńka w tym maciupkim miasteczku.

– Maciupkim, to prawda – w tej dziurze nie ma nawet baru, w którym można by zjeść sushi.

– Nie tak, jak w Nacogdoches – mówię.

– Nacog-doches? – pyta Betty.

Lally posyła mi wściekłe spojrzenie.

– *Błenas tardies* – grzmi pastor, pojawiając się nagle w drzwiach, jakby był jakimś pieprzonym Meksem.

Błenas tardies, kurwa jego mać.

– Prosimy, pastorze – mówi Lally. – Zrobić panu drinka?

Teraz już nie patrzy w moją stronę. Ma nowy obiekt, na którym musi się skupić.

– Nie, dziękuję – odpowiada Gibbons. – Muszę zawieźć tę lodówkę do ośrodka medialnego. To wspaniały dar, nie wiem, jak wam wszystkim dziękować.

– Vernon, może wytłumaczysz się pastorowi, dlaczego opuściłeś dziś stoisko – mówi Lally.

Mam wrażenie, że powietrze aż się krystalizuje od napięcia.

– Rozbolał mnie brzuch.

– Jasne – mówi Lally. – Chociaż ktoś, kto jest zwolniony za kaucją w sprawie o morderstwo, zrobiłby może lepiej, gdyby...

– Ja nie jestem oskarżony o morderstwo, tylko o współudział w morderstwie dokonanym przez Jesusa Navarro, do kurwy nędzy!

Lally nachyla się i puka mnie w głowę.

– Hamuj trochę!

Krew się we mnie burzy. Mama zaczyna wrzeszczeć, wyrywa się kobietom, które usiłują ją posadzić na sofie.

– Co za agresja w tym chłopcu – mówi George. – Nic dziwnego, że doszło do tragedii, skoro tyle w nim agresji.

– No właśnie. Zupełnie jak w tym... No, w tym drugim chłopaku.

Krew uderza mi do głowy, jestem u kresu mojej pieprzonej wytrzymałości. Wyciągam z kieszeni wizytówkę Lally'ego i podnoszę ją wysoko.

– Słuchajcie wszyscy – mówię. – Zadzwoniłem dziś do biura waszego *Julalia* i wiecie, kto odebrał telefon? Jego ślepa mamuśka, której właśnie komornik opróżnił z mebli mieszkanie, bo synalek nie spłacał rat za samochód.

Oczy Lally'ego robią się czarne jak węgiel.

– Teraz czeka ją rozprawa w sądzie z powodu kamery, którą ukradł. Czy wiecie, że tak naprawdę on jest mechanikiem precyzyjnym i ma warsztat w sypialni swojej mamy w Nacogdoches?

– Och, błagam – mówi Lally.

Łapie się za jaja, ale tym razem zapomina puścić.

Spoglądam na kobitki ponad barem. Zadzierają nosy pod sam sufit. Moje rewelacje to miód na ich serca. Rozjuszony jak odyniec przybieram dramatyczną pozę.

– Myślicie, że kłamię? Mogę się założyć, że jego matka zaraz tu zadzwoni i będzie się o niego dopytywać. Zadzwoni na pewno. Będziecie mogły ją zapytać.

Tu na mojej twarzy pojawia się uśmiech, a wiecie, dlaczego? Bo Lally blednie jak papier. Wszyscy patrzą, jak idzie w głąb pokoju, wycierając ręką twarz.

– To jakaś bzdura. Diabeł przemawia przez tego chłopaka. – Lally zaczerpuje powietrza i rozkłada szeroko ramiona. – Kto słyszał kiedykolwiek o reporterze dorabiającym jako mechanik, ręka w górę. – Wszyscy kręcą przecząco głowami. – I po co miałbym to robić?

– Przecież zarabia więcej na reportażach – prycha mama. – Nie musi zajmować się naprawami sprzętu, mając takie pieniądze.

– Uważam sprawę za zamkniętą.

– Chwileczkę – mówię. – Ja nie powiedziałem, że on dorabia tym czy tamtym. On jest po prostu mechanikiem i ma w Nacogdoches poważne kłopoty. Spójrzcie, to jest jego wizytówka, no proszę.

– Szanowne panie – odzywa się Lally – to śmieszne. Czy wiecie, ilu Ledesmów Gutierrezów jest w tym kraju? I czy widziałyście kiedyś, żebym naprawiał telewizory?

– Nie – odpowiadają zgodnie.

– A widziałyście mnie w telewizji jako reportera?

– Jasne – przytakują, zachęcając gestami pastora, żeby włączył się do rozmowy. – Byłyśmy w telewizji z tobą.

– Dzięki – mówi Lally. Odwraca się i wbija we mnie wzrok. – A teraz, biorąc pod uwagę to wszystko, co właśnie usłyszeliśmy, i szczerze mówiąc, dla twojego własnego dobra, wezwę policję.

– Och nie, Lally, proszę! – jęczy mama.

– Przykro mi, Vanessa, ale niestety to mój obowiązek. Ten chłopiec potrzebuje natychmiastowej pomocy.

I wtedy, w chwili gdy świat usuwa mi się spod nóg, Los wycina mi kolejny numer. Dzwoni telefon. Matkę aż zatyka. Wszyscy zastygają w bezruchu.

– Ja odbiorę – oznajmia Lally.

– Chyba nie – mówię, dając nura w stronę telefonu. – Mamo, odbierz ty.

Moja stara wstaje, skulona, z sofy. Błyszczy jej nos i skóra wokół oczu. Idzie, powłócząc nogami, do stolika z telefonem, niczym uosobienie poczucia winy. Po drodze rzuca Lally'emu błagalne spojrzenie typu Skopany Pies. Kiedy się odzywa, jej głos jest gładki jak krem.

– Halo? Z panem Ledesmą? Tak, oczywiście, a mogę wiedzieć, kto prosi? – Podaje Lally'emu słuchawkę. – Dzwonią z CNN.

Przechwytuję słuchawkę.

– Pani Ledesma?

– Vernon! – krzyczy mama.

– Pamięta mnie pani? Z Martirio?

– Kto mówi? – pyta z wyraźnie nowojorskim akcentem jakaś dziewczyna.

Lally wyrywa mi słuchawkę i odwraca się do ściany.

– Renée? Przepraszam cię, tu jest jakiś kompletny obłęd. Dostałem ten cykl programów? Fan-tastycznie! – Podnosi kciuk w stronę kobiet. – Pod jakim warunkiem? To żadne wyzwanie, mamy jeszcze informację o innej broni, mamy podejrzanego i mieszkańców, którzy próbują się jakoś pogodzić z tą tragedią. Można to rozwijać w tysiącu kierunków.

– Wiecie – mówi mama do przyjaciółek – nie mogę się zdecydować, czy Vanessa, czy Rebecca...

– Dla mnie już Doris jest okropne – mruczy George.

Lally kończy rozmowę. Zawiesza na chwilę słuchawkę nad widełkami, tocząc wzrokiem po obecnych. Kobiety patrzą mu w oczy. Pastor Gibbons grzebie w kieszeni. Potem Lally odkłada słuchawkę.

– Super. – Miętosi jaja przez szlafrok i idzie na środek pokoju. – Zanim otworzymy szampana, musimy stawić czoło innemu, jak uważam, bardziej ludzkiemu problemowi. – Jego wzrok pada na mnie. – Byliśmy świadkami bardzo dziwnego zachowania, Vernon. Można wręcz rzec przerażającego, w świetle faktów.

– Pierdol się – mówię.

– Vernon! – rzuca ostrzegawczo matka.

Lally'emu pojawia się w kącikach ust drobina piany.

– Zwykłe współczucie podpowiada, że pora oddać tego chłopca pod opiekę kogoś, kto mógłby mu pomóc. Jeśli nie zrobimy tego teraz, kiedy potrzebuje profesjonalnej opieki, możemy tylko zaprzepaścić szansę na jego wyzdrowienie.

– To ty potrzebujesz opieki – mówię. – L a l o.

– Ale to ty jesteś pod nadzorem psychiatry. – Robi pauzę, żeby zachichotać i żeby wszyscy sobie to przypomnieli. – Jak ty wysmażyłeś tę całą historyjkę? Chłopaki w Nowym Jorku będą zachwyceni. – Zerka na zegarek. – A skoro już o nich mowa, to siedzą pewnie teraz w Bunty's.

Mama podaje syczącym szeptem przypis:

– To taki bar, Bunty's, pewnie słyszałyście?

– Albo w Velvet Mode, i popijają koktajl z likierem z melona. Mógłbym do nich zadzwonić, zaraz po telefonie do szeryfa.

– Proszę cię, Lally – mówi mama. – Czy nie możemy poczekać z tym do rana, chodzi o to, że bolał go brzuch, a on ma tę, eee... przypadłość...

Znów dzwoni telefon. Wszystkie twarze się rozjaśniają, jakby to była zapowiedź dalszych miłych sensacji. Ale Lally sztywnieje. To jest ten moment, w którym koń na estradzie przestaje liczyć. Sięgam po słuchawkę, ale on mnie ubiega.

– Rezydencja pani Le Bourget. – Próbuje błysnąć uśmiechem równego faceta w stronę kobiet, ale wargi mu drżą. – Przykro mi, to pomyłka. – Oddech ma przyśpieszony.

Daję nurka pod jego nogami i naciskam guzik głośnika. W pokoju rozlega się zawodzenie pani Ledesmy.

– Lalo? O mój Boże, Lalo? Lalo, nie mam już co jeść, Lalo, błagam...

Wargi Lally'ego drżą, oczy błyskają w popłochu.

– Ach, to pani... – mówi trzęsącym się głosem.

– Jak mogłeś zostawić mnie samą na tak długo – płacze kobieta. – *Es que no queda nada Eulalio, hasta mi cama se lo han llevado...*

– Niech pani mówi po angielsku! – wołam w stronę telefonu.

Stopa Lally'ego odrywa się od podłogi i potężny kopniak odrzuca mnie z powrotem na dywan. Lally wyłącza głośnik.

– Ach, biedacy – mówi do słuchawki. – Zostawiłem w telewizji dokładne instrukcje dotyczące wizyt w domu opieki, kiedy mnie nie będzie...

Rzucam się znów w stronę przycisku, ale on odpycha mnie nogą.

– Tak, wiem, kochana, ale choroby umysłowe są uleczalne, dlatego właśnie pomagam, dlatego jestem z wami, z panią i z innymi pięknymi paniami z zakładu...

Udaje mi się od drugiej strony dotrzeć do stolika, na którym stoi telefon, ale Lally mówi pośpiesznie: „Do widzenia" i rzuca słuchawkę. Telefon dzwoni znowu. Lally wyrywa kabel ze ściany. Wszyscy wstrzymują oddech, krew przestaje krążyć w żyłach, ustają wszelkie funkcje organizmów.

Lally zwraca się do obecnych.

– Myślę, że winien jestem wyjaśnienie...

Patrzę przez zasłonę dymu w mrok, w którym siedzą na sofie ciasno stłoczone kobiety. Ściskają kolana.

– Jakiś czas temu postanowiłem podzielić się moimi pieniędzmi z ludźmi, którzy mieli mniej szczęścia w życiu...

– Amen – mówi cicho pastor.

Twarz Lally'ego smutnieje.

– Byłem taki ambitny, taki zapatrzony w siebie... A potem zaangażowałem się w sprawy prawdziwych ludzi, w ich prawdziwe problemy. – Przerywa, żeby podłubać palcem w kąciku oka. – Głos, który słyszeliście, to głos jednej z moich podopiecznych, jednej z moich Słonecznych Duszyczek.

– Ach, wyczuwało się w nim taką więź emocjonalną – odzywa się Leona.

– O Boże, bądź cicho, Loni – denerwuje się George.

– Tragiczne, prawda? – ciągnie Lally. – Przykuta do łóżka, nie ze swojej winy. Jak oni wszyscy.

– Gówno prawda – mówię.

– Vernon, dość tego – ucina matka.

– I ty ich... wspierasz? – pyta George.

Lally wzdycha.

– Może sytuacja byłaby trochę lepsza, gdybym wspierał. Jest tylu nieszczęśliwych ludzi, o których należałoby się zatroszczyć. A ja mam tak niewiele do dania...

– O nie, synu – mówi gorąco pastor. – Dajesz im największy dar, miłość chrześcijańską.

Lally wzrusza bezradnie ramionami.

– Jeśli zauważyliście, że trochę brakuje mi pieniędzy, to już wiecie dlaczego. Mam poczucie winy, że w ogóle cokolwiek posiadam. – Jego wzrok prześlizguje się po sofie, przykleja się na chwilę do wydętych ust siedzących na niej kobiet, ześlizguje się po rzęsach, by w końcu przenieść się na podłogę. Lally potrząsa głową. – Prawdziwa tragedia w tym, że oni już wiedzą, gdzie teraz jestem.

Wystraszony Jeleń potrzebuje całej sekundy, żeby całkowicie zapanować nad mamą, która mruga nerwowo i pyta:

– A dlaczego to jest tragedia?

Lally błyska lśniącym okiem w moją stronę, wzdycha.

– Najsurowiej przestrzeganą zasadą w Domu jest nieujawnianie tożsamości darczyńców. Jeśli się czegoś na mój temat dowiedzą, nie będę mógł łożyć w przyszłości. A nie wiem, czy mógłbym przeżyć miesiąc bez odwiedzenia tych moich szczególnych podopiecznych. Co oznacza, że muszę się stąd wynieść.

Zapada głucha cisza. Potem moja stara wybucha:

– O Boże, Lally, nie, naprawdę... nie, o Boże...

– Przykro mi, Doris. Sprawa jest ważniejsza niż my dwoje.

– Ale przecież możemy wyłączyć telefon, zmienić numer... Lalito? Nie możesz tak sobie odejść po całym miesiącu naszego szczęścia.

– T y g o d n i u szczęścia – poprawia ją Lally. – Przykro mi. Może gdyby Vernon tam nie zadzwonił, gdyby nie czuł do mnie takiej urazy... ale nie. A sytuacja stanie się jeszcze bardziej nieznośna, kiedy zadzwonię do szeryfa.

– Zadzwoń – mówi George. – Sama bym zadzwoniła, gdyby nie to, że on jest teraz na spotkaniu w Barze Be-Cue.

Strumyki, a potem całe strugi krwi uchodzą mamie przez stopy, jej trzewia wydostają się jak pot na zewnątrz przez pory skóry. W końcu zostaje już tylko błagalne spojrzenie kopniętego psa. Czy wręcz rozdeptanego kociaka.

Leona przygląda się, jak jej trzęsionka przechodzi w szloch, a potem zwraca się do Lally'ego:

– U mnie w domu jest miejsce.

– Mój Boże – mówi on. – Och, to czyste miłosierdzie, jakie okazują mi ludzie w tym miasteczku...

Matce wychodzą na wierzch oczy.

– No tak, ale ci z tego twojego Domu mogą cię tam znaleźć równie łatwo. Ta kobieta może cię znaleźć u Leony tak samo łatwo, jak znalazła cię tutaj...

– Mnie nie ma w książce telefonicznej – mówi Leona, wzruszając ramionami. – Mam zabezpieczenie przed podsłuchem i inne blokady.

Matka spogląda na swoje dłonie, na biały ślad po obrączce.

– No tak, ale Vernon mógł tak samo podać pacjentom numer Leony, przecież widzieliście, jak on się zachowuje; no, czy nie mogłeś, Vernon, dać numeru Leony tym ludziom z Domu?

– Mamo, ten facet to cholerny psychol, przysięgam Bogu.

– No widzicie? Mógł do nich zadzwonić, widzicie, jak on się zachowuje? Myślę, że Lally i ja powinniśmy się przenieść na jakiś czas do Seldome... jak myślisz, Lalito? I wtedy mógłbyś dalej robić to, co zamierzałeś, i zostać tu, w miasteczku...

– W motelu mają komplet.

– Tak, ale d l a m n i e zawsze znajdzie się miejsce. Brałam ślub w Seldome.

Leona bierze torebkę z sofy i grzebie w niej w poszukiwaniu kluczyków.

– Moja propozycja pozostaje aktualna.

Matka już jest na środku pokoju.

– Jaki jest numer do Seldome?

Lally wyciąga rękę, żeby ją powstrzymać.

– Doris, to nie wszystko. – Gmera w kieszonce swojej koszuli i wyciąga dwa zmięte dżojnty. – Myślę, że Vernon nie postąpił zbyt rozsądnie, chowając to przed policją.

– Papierosy? – pyta mama.

– Nielegalne narkotyki. Teraz rozumiesz, dlaczego nie mogę być kojarzony z tym chłopcem.

Rzuca z pogardą skręty na stolik i nachyliwszy się do mnie, szepcze:

– Dziękuję ci za cenny materiał.

W tle słychać brzęk kluczyków, które Leona rzuca na podołek George.

– Chyba pojadę z Lallym. Możesz wziąć moje eldorado, trzeba je tylko zatankować.

– U nas jest wolny pokój – mówi Betty. – Nie używamy gabinetu Myrona od jego śmierci.

Stukając obcasami, Lally i Leona wychodzą w zapylone popołudnie. Wraz z obłokiem kurzu do wnętrza domu wdziera się zapowiedź deszczu. Wiem, że dla mamy jest to zapach ich seksu.

– Wrócę po swoje rzeczy – woła Lally.

Skóra mamy roztapia się w oczach. Jej twarz spływa po ramionach na kolana.

Biegnę za nim.

– Skąd wiedziałeś, że na wizytówce jest nazwisko Gutierrez, skurwielu? Skąd wiedziałeś, że tam jest Ledesma G u t i e r r e z, skoro nawet nie spojrzałeś na tę wizytówkę?

Wypadam na werandę i widzę, jak Lally otwiera Leonie drzwi samochodu. Potem widzę, że zasłona w oknie Lechugów uchyla się nieco. Leona, odwrócona do okna plecami, daje do tyłu znak ręką. Zasłona wraca na miejsce.

Jestem chłopcem, którego najlepszy przyjaciel włożył lufę do ust i rozwalił sobie czaszkę, którego koledzy z klasy nie żyją, który został o to wszystko obwiniony, który właśnie złamał serce swojej matce – i kiedy przygnieciony ciężarem tej zapleśniałej prawdy wlokę się z powrotem do pokoju, żeby pogrążyć się w swej mrocznej, brunatnej rzeczywistości, na szczycie tego wszystkiego siada z trzepotem nowa myśl. Myśl, która wygląda na żart i odbiera człowiekowi dech – do końca. Zasłony w oknie Lechugów. To w taki sposób tak zwane przyjaciółki mamy koordynują swoją niesamowitą, zsynchronizowaną napaść na mój dom. Gorąca linia pomiędzy nimi a Nancie Lechugą nadal działa.

11

Stoję w ten niedzielny wieczór na werandzie i usiłuję zmusić Meksyk, żeby pojawił mi się przed oczyma. Próbowałem tak przez cały dzień z okna salonu, ale bez rezultatu. Wyobrażałem sobie kaktusy, fiesty i słony posmak powietrza. Zaśpiewy mężczyzn i przemykające w tle kobiety imieniem María. Zamiast tego mam przed sobą dom państwa Porterów po drugiej stronie ulicy, wierzbę Lechugów i pompę w sąsiedztwie, która udaje modliszkę i stuka pomp, pomp, pomp. Vernon Gamoń Little.

– Panie Boże na niebiosach, spraw, żebyśmy byli razem, żebym otworzyła oczy i żeby tu był...

Szepty mamy sieją księżycowym światłem, spływając na ziemię obok ławeczki życzeń. Na podwórzu pani Parker zaczyna szczekać Kurt. Kurt jest na bakier ze swoją panią. Przez cały dzień był zamknięty po drugiej stronie płotu, za którym stał opiekacz do kiełbasek, i w końcu z wielkiej frustracji zniszczył sofę pani Parker. Pieprzony Kurt. Jego szczekanie zagłusza skrzyp desek, kiedy schodzę z werandy. Dziś wieczorem krąg szczekaczy ujada na całego z powodu imprezy zwanej „Grillowanie na sianie", zorganizowanej przez sieć barów barbecue. Na sianie, niech skonam. Przecież nawet nie mamy tutaj pieprzonego siana, pewnie musieli je kupić przez Internet. Ale tak czy inaczej teraz to jest tradycyjne święto Martirio – Na Sianie.

– O, Panie Boże, oddaj mi Lally'ego, oddaj mi go...

To był bardzo długi dzień. Od czasu gdy Lally się od nas wyprowadził, kamery dosłownie mnie osaczają. Teraz dziennikarze pojechali obsługiwać imprezę. Mama wyczuwa, że zbliżam się do wierzby; zaczyna szlochać głośniej, w jej głosie pojawia się nuta histerii, chce się upewnić, że odczuwam cały dramatyzm sytuacji. Kiedy podchodzę bliżej, za pompą-modliszką przelatuje jakiś wielki żuk.

– Ławeczka jest przekrzywiona – mówię, żeby przełamać lody.

– Zupełnie jakby piach się pod nią zapadał.

– Ach, Vernon, zamknij się! Ty mi to zrobiłeś, ty mnie wpakowałeś w całe to gówno!

Przeklina mnie! Do diabła! Przyglądam się uważnie jej zgarbionej sylwetce. Włosy ma znów ułożone w gładki kask, na nogach zwykłe ranne kapcie z motylkami, których gumowe skrzydełka oderwał jej kot, przejechany później przez Lechugów. Muszę wyciągnąć rękę i dotknąć jej. Dotykam wałka tłuszczu koło pachy i czuję wilgotny ciężar jej nieszczęsnej cielesnej powłoki, rozgrzanej i zmęczonej. Płacze tak, jakby jej ciało było bębnem pełnym łez, które po prostu wylewają się przez otwory.

Siadam obok niej.

– Przepraszam, mamo.

Śmieje się ironicznie; tak to przynajmniej brzmi, kiedy próbuje się śmiać, szlochając jednocześnie. Potem już tylko szlocha. Rozglądam się dookoła w ciemnościach. Powietrze jest przejrzyste, ciepłe i jakby skroplone, śnieżna zamieć ciem i żuków wiruje wokół świateł na werandzie, z dala dobiegają dźwięki muzyki towarzyszącej imprezie.

– Tatuś zawsze powtarzał, że jestem do niczego.

– Nie mów tak, mamo.

– Ale to prawda, spójrz tylko na mnie. To zawsze była prawda. „Po prostu niezguła", mówił. „Prostaczka i niezguła". Wszystkie dziewczyny albo przewodziły cheerleaderkom, albo były królowymi piękności, albo przewodniczącymi klasowymi. Wszystkie były jak Betty, promienne i świeże...

– Jak Betty P r i t c h a r d? Daj spokój.

– Tobie się wydaje, Vernon, że wiesz w s z y s t k o, no nie? Betty była przewodniczącą w czwartej klasie i grała wszystkie najlepsze role w przedstawieniach szkolnych – i nigdy nie przeklinała ani nie paliła jak cała reszta; była promienna jak słoneczko. Dopóki nie zaczął jej bić ojciec, katować tak, że aż krew leciała. A więc skoro jesteś taki krytykant i wiesz wszystko o wszystkich, to nie zapominaj, że wszyscy jesteśmy tylko ludźmi. To kwestia p r z y c z y n i s k u t k ó w, Vernon, ty po prostu nie masz o tym pojęcia, nawet Leona była wyluzowana i słodka, zanim jej drugi mąż, no wiesz, poszedł w tango.

– Ten, co potem umarł?

– Nie, nie ten, co umarł. Pierwszy. I choćby przez wzgląd na to nie powinieneś pytać

– Przepraszam.

Zaczerpuje tchu, ociera oczy wierzchem dłoni.

– Na studniówkę zrzuciłam parę funtów. Dowiodłam tacie, że się myli, ten jeden raz. Den Gurie chciał się ze mną umówić; D e n G u r i e, skrzydłowy! Spałam pod szalem od mojej sukni balowej przez cały tydzień.

– A, tu cię boli!

– Wziął mnie na przejażdżkę ciężarówką brata. O mało nie zemdlałam, taka była podniecona i chyba też trochę z głodu, ale powiedział mi, żebym się rozluźniła. Powiedział, że to będzie tak, jakbym spędziła noc z jakimś krewnym...

Mama zaczyna syczeć, jakoś tak z głębi gardła, jak kotka. To jeszcze jedna odmiana jej płaczu. Wczesna faza zdrowego ryku.

– I co było dalej?

– Wyjechaliśmy za miasto ze śpiewem na ustach, prawie cały czas aż do Lockhart. Potem poprosił mnie, żebym sprawdziła klapę z tyłu. Kiedy wysiadłam, odjechał i zostawił mnie. Wtedy właśnie zobaczyłam tę farmę świńską przy drodze.

Przeszywa mnie ostrym sztychem wściekłość na tych pieprzonych Gurie, na całe to pieprzone miasteczko. Ta wściekłość przedziera się przez fale smutku, przez obraz młodego Jesusa, tego, który przybił się do pieprzonego krzyża, zanim ktokolwiek inny mógł to z nim zrobić. To dlatego miasteczko jest tak rozjuszone. Nie udało im się go zastrzelić. Ale w nich nie było takiego gniewu, jaki wzbiera we mnie. Gniewu, który przebija się przez wiele różnych warstw. Tnie jak nóż.

Po chwili czuję wilgotną dłoń mamy na ręce. Ściska mnie mocno.

– Mam tylko ciebie na tym świecie. Gdybyś widział twarz swojego ojca, kiedy się dowiedział, że jesteś chłopcem. Nie było w całym Teksasie bardziej dumnego mężczyzny. Ach, kim ty nie miałeś zostać w przyszłości...

Mruży zapuchnięte oczy, patrząc w dal, za dom pani Porter, przez całe miasteczko, przez cały świat, sięgając wzrokiem aż do krainy, w której króluje Wielki Tort Marzeń. W przyszłość czy w przeszłość, gdziekolwiek jest ta pieprzona kraina. Potem posyła mi ten dzielny, krótki uśmiech, prawdziwy uśmiech, zbyt krótki, by zdążyło go skazić poczucie, że jest ofiarą, czy jakiś podobny szajs. Kiedy się tak uśmiecha, w powietrzu rozlegają się dobiegające z oddali drżące dźwięki skrzypiec, zupełnie jak w filmie. Nawet Kurt milknie, kiedy solo gitary przebija się przez orkiestrę i teksański głos z zamierzchłej przeszłości niczym pasterz prowadzi nasze dusze w mrok. Christopher Cross zaczyna śpiewać *Sailing*, jej ulubioną piosenkę z czasów, kiedy mnie nie było jeszcze na świecie, zanim jej życie spowiły ciemności. Wzdycha ciężko. Wiem od razu, że ta piosenka będzie mi ją przypominać do końca życia.

Nie tak daleko stąd do raju,
Przynajmniej dla mnie nie jest stąd daleko.
I jeśli wiatr pomyślny, możesz pożeglować,
I znaleźć spokój błogi...

Pieśni Losu. Ta dosłownie rozrywa mi moje pieprzone serce. Siedzimy, słuchając tak długo, jak długo możemy to znieść. Wiem, że piosenka zapada w nią głęboko, tak samo chyba jak we mnie. Skażona krew krąży żywiej w żyłach. Burzą ją dźwięki fortepianu.

– No tak – mówi matka. – George powiedziała, że może powstrzymać szeryfa tylko do jutra. I nie chodzi nawet o tę historię z narkotykami.

– Ale ja jestem niewinny.

– No wiesz, Vernon, he, he...

Ten niedowierzający, rechotliwy śmieszek oznacza, że matka uważa mnie za jedynego dupka na świecie, który wierzy w to, co właśnie powiedział. Zauważcie, jakie powszechne są ostatnio takie pieprzone rechoty. Podejdź do pierwszego lepszego sukinkota i powiedz cokolwiek, na przykład: „Niebo jest niebieskie", a on natychmiast zareaguje tym pieprzonym śmieszkiem, daję głowę. To właśnie w taki sposób ludzie uruchamiają paradygot, tego zdążyłem się nauczyć. Nikt już nie mówi o faktach, wszyscy rechoczą: t a, j a s n e.

– Wiesz, tego nie da się już odkręcić – mówi mama. – Najpierw ten okropny katalog, a teraz znów narkotyki...

Zauważcie: okropny katalog. Jej szafa jest prawdopodobnie pełna takiej bielizny, ale katalog jest nagle okropny. Pomijam sprawę katalogu milczeniem i przechodzę do dragów.

– Do diabła, masa kolesi ma ten towar, a zresztą to nie jest nawet moje.

– Ja wiem, że katalog był m ó j, ale co, do licha, w ciebie wstąpiło? Czy to ten Navarro cię do tego wciągnął?

– Nie, do cholery.

– Nie chciałabym mówić źle o... ale...

– Wiem, mamo, wiem: Meksy są bardziej b a r w n i.

– Chodzi mi o to, że mają... bujniejszą fantazję. I, Vernon, to są Meksykanie, a nie Meksy. Miej trochę szacunku.

Brakuje naprawdę niewiele, żeby w rozmowie pojawiło się słowo „majteczki", którego matka nigdy głośno nie wypowiada. O ile ją znam, prędzej powiedziałaby „figi" albo coś w tym stylu. „Dessous" albo inne pieprzone dziwactwo. Znów ogarnia mnie rezygnacja, gdy myślę, że nie mogę opuścić mojej starej, kiedy jest w takim stanie. Nie od razu, nie tej nocy. Muszę się nad tym zastanowić, w samotności.

– Chyba zaczerpnę trochę świeżego powietrza – mówię i przeciągając się wstaję z ławki. Mama rozkłada ręce.

– Proszę, i jak to nazwiesz?

– No, przejdę się po parku albo co.

– Już prawie jedenasta, Vernon.

– Mamo, na rany Chrystusa, zostałem oskarżony o współudział w zbrodni...

– Nie przeklinaj przy swojej matce po tym wszystkim, co przeszła.

– Ja wcale nie przeklinam!

Następuje pauza. Matka zaplata ramiona i garbi się, żeby otrzeć oko. Różne nocne żuki trzeszczą i brzęczą, co daje taki efekt, jakby jej skrzypiała skóra.

– Słowo daję, Vernon, gdyby tu był twój ojciec...

– A co ja takiego zrobiłem? Chciałem tylko iść do parku.

– Mówię po prostu o tym, że d o r o ś l i ludzie zarabiają p i e - n i ą d z e i trochę p o m a g a j ą w domu, co oznacza, że trzeba wstać wcześnie rano. Przecież w mieście jest pewnie z tysiąc chłopców, ale nie widuje się ich wszystkich w parku w środku nocy.

I w taki to sposób, spokojnie i czule, doprowadza mnie do kresu wytrzymałości, do tego krytycznego, nieznośnego punktu, kiedy człowiek pod wpływem wewnętrznego głosu wykonuje jakąś pieprzoną idiotyczną woltę.

– Tak? – mówię. – Tak uważasz? No to mam dla ciebie nowinę!

– O, naprawdę?

– Nie zamierzałem ci jeszcze mówić, ale skoro tak stawiasz sprawę, to powiem ci, że rozmawiałem już z panem Lasseenem o pracy. No i co ty na to?

– I kiedy zaczynasz?

Cień uśmiechu przemyka przez jej twarz. Wie, że szykuję jej jakąś nową udrękę. Widok jej uniesionych boleśnie jak u Chrystusa brwi prowokuje mnie do dalszego zmyślania.

– Być może od jutra.

– I co będziesz robił?

– No wiesz, będę po prostu pomagał.

– Znałam żonę Tyriego, Hildegard.

Blefuje, sugerując, że może się przypadkiem spotkać z żoną Tyriego. Ale ja się trzymam kursu, jestem gotów powiedzieć wszystko, żeby tylko nie przegrać kolejnej rozgrywki z nożem. Moja matka takich starć nie przegrywa. Tego jeszcze też nie przegrała.

– No a co z doktorem Goosensem? Chyba umrę, jeśli zobaczę tu znów policję...

– Mogę pracować od rana.

– A co powie Tyrie Lasseen na to, że nie będziesz pracował tyle godzin, ile trzeba?

– Już to z nim ustaliłem.

– No to teraz, kiedy jesteś taki dorosły i w ogóle, możesz mi trochę dawać na życie.

– Jasne, mogę ci oddawać większą część tego, co zarobię, albo nawet wszystko, jak chcesz.

Wzdycha, jakbym już zalegał z komornym.

– Przede wszystkim rachunek za prąd, Vernon. Kiedy wypłata?

– Eee, tego... pewnie dostanę zaliczkę.

– Bez jednego przepracowanego dnia?

– Jasne – mówię, popatrując z ukosa w niebo. – No to mogę iść teraz do parku?

Matka mruży w rozmarzeniu oczy, jej brązowe niewinne brwi unoszą się pod niebiosa.

– Przecież nigdy n i e z a b r a n i a ł a m ci iść do parku...

Muszę tu wyznać, że nie mam żadnej pieprzonej roboty. To, co teraz gadam, odrywa mnie od rzeczywistości, zupełnie jakbym się upił musującą mieszanką tequili i ozonu. Kłamstwa rozłażą się wokół mnie jak mrówki.

– No to od dziś będę pewnie musiała szykować ci drugie śniadania – mówi mama.

– Nie, będę przychodził do domu.

– Od Keetera? Przecież to kawał drogi.

– Mnie to zajmie dwadzieścia minut.

– Gadaj zdrów. Dwadzieścia minut jedzie się samochodem.

– Nie, ja znam wszystkie skróty.

– Wiesz, chyba zadzwonię do Hildegard Lasseen i dowiem się, o co w tym wszystkim chodzi, bo to aż śmieszne, co mówisz.

– Okej, będę brał drugie śniadanie.

– Wy tu wszyscy korkujecie z głodu i nawet nie dacie znać?

Pam otwiera kopniakiem drzwi mercury'ego i siedzi jeszcze przez chwilę w samochodzie, dysząc ciężko. Przysiągłbym, że jakaś olbrzymia żaba przeskakuje jej przez nogi.

– Vernie, chodź, pomożesz Palmyrze z tymi torbami. Próbowałam się do was dodzwonić od rana.

Rzuca część toreb na podjazd, a potem idzie w stronę wierzby, rozgarniając gałązki jak zasłony. Pod wierzbą siedzi zapłakana mama.

– Lalito odszedł – mówi, pociągając nosem.

– I tak długo z tym zwlekał – komentuje Pam. – No, chodźcie, bo to jedzenie całkiem rozmięknie.

Zaczyna się holowanie żarcia na werandę. Biorę torby z Baru Be-Cue i wlokę się obok niej.

– Spójrz, Vernie! – wskazuje na niebo.

Patrzę w górę. Pam klepie mnie w brzuch, wydając z siebie krótki dźwięk ćzsz, co brzmi jak lekkie uderzenie w cymbały. Tak właśnie oboje się zachowujemy, ja i Pam.

– No chodźże, Doris, bo zadzwonię do Lally'ego i powiem mu o twojej opryszczce.

– Odwal się, Palmyra. O Boże...

Gromki śmiech wstrząsa cielskiem Pam. Moja stara usiłuje celebrować swe nieszczęście, skręca się i wije na ławeczce. W końcu, ogarnięta szałem, biegnie w stronę werandy.

– Jesteś taka cholernie zadowolona z siebie. W życiu jest bardzo w a ż n e, żeby od czasu do czasu pocierpieć.

– To może zepchnę cię ze schodów, co? He, he, he...

– Zmiłuj się, Palmyra. A tak nawiasem mówiąc, nie potrzebujemy twojego cholernego jedzenia.

– He, he, he. Szkoda, że nie widziałaś Vaine na imprezie. Wrąbała więcej kukurydzy niż ciężarówka wygłodzonych Meksów.

– Ale przecież dieta Atkinsa wyklucza białko...

– Barry baluje gdzieś całą noc.

– Naprawdę?

– Ci z oddziału poszukiwaczy stawiają mu piwo. Znalazł wczoraj strzelbę na polu Keetera.

12

Nie zamierzałem wychodzić przed świtem. Moja stara postanowiła odwiedzić babcię, więc cały dom śmierdzi lakierem do włosów. Domyślacie się, czemu wychodzi tak wcześnie? Żeby nikt nie widział, jak zasuwa przez miasto na piechotę. Chciałaby, żeby wszyscy widzieli, jak jedzie z pełną pompą samochodem. A nie jak przemyka chyłkiem ulicami. Zauważyłem, że tak jest od czasu, jak nie mamy samochodu.

– Po prostu nie mogę uwierzyć, że w całym mieście nie można dostać pary tumbledownów. Muszę zobaczyć, może babcia będzie miała. – Sapie głośno i przegrabia mi palcami włosy. Potem robi krok do tyłu i mówi z zasępioną miną: – Obiecaj mi, że nie opuścisz seansu u psychologa.

Naelektryzowane, fioletowe niebo za pompą sieje gwiazdami, przyzywając ostatnie ćmy. Przypomina mi to ów poranek, kiedy stała tam pani Lechuga, kompletnie załamana. Staram się o tym zapomnieć. Zamiast tego wybiegam myślami naprzód, do tego, co mnie czeka dziś. Wypad na pole Keetera jest bardzo sprytnym pomysłem; jeśli ktokolwiek mnie tam zobaczy, powie: „Widzieliśmy Vernona, jak szedł w stronę Keetera", i nikt nie będzie wiedział, czy chodzi o warsztat, czy o pole. Rozumiecie? Vernon Gmatwacz Little. Pomodliłem się do Losu, żeby w zamian pomógł mi rozwiązać sprawę forsy. Stało się dla mnie jasne, że forsa to jedyny sposób na rozwiązanie życiowych problemów. Upatrzyłem sobie nawet parę rzeczy, które mógłbym zastawić w lombardzie, jakby przyszło co do czego. A wiem, że przyjdzie, więc mam to wszystko z sobą w plecaku: klarnet, deskorolkę i czternaście płyt. Spakowane razem z pojemnikiem na drugie śniadanie, gdzie jest kanapka, dwa skręty i karteczka z internetowym adresem.

Jeśli idzie o skręty i tę karteczkę, to słyszałem w nocy głos Jesusa. Radził mi, żebym to wszystko wypalił, a jeżeli mi się nie uda, wziął dupę w troki i spieprzał. Planuję, że zaszyję się gdzieś na polu Keetera i wymyślę coś nowego, a najlepszy pomysł przyjdzie w trakcie dziarskiego wydalania.

Pędzę po pustych, pokrytych srebrzystym nalotem drogach, od drzew nad moją głową ciągnie chłodny powiew zaprawiony wonią rozgrzanych majtek w pościeli. Liberty Drive jest pusta, nie licząc porozrzucanych strzępów siana i opakowań z Baru Be-Cue. W świetle poranka widać plamy na chodniku obok szkoły. Mijając salę gimnastyczną, wielką i czarną, odwracam wzrok i staram się myśleć o czymś innym.

Muzyka to obłędna rzecz, jak się tak dobrze zastanowić. To ciekawe, których płyt postanowiłem nie oddawać do lombardu. Mogłem zatrzymać trochę muzyki tanecznej, ale to całe ts-ts-ts tylko by mnie niepotrzebnie podgrzewało. Człowiek się podrajcuje, jest przekonany, że wygra w życiu, a potem piosenka się kończy i stwierdzasz, bracie, że, kurwa, przegrałeś. Mówię wam, to właśnie dlatego grają w kółko takie kawałki. To jeszcze jeden Tort Marzeń. Mogłem też zatrzymać trochę metalu, ale taka muzyka z kolei mogłaby mnie doprowadzić do pieprzonego samobójstwa. Tak naprawdę to potrzebuję jakiegoś Eminema, jakiejś gniewnej poezji, ale w Martirio nie kupi się czegoś takiego. Gniewna poezja jest tu niedostępna, zupełnie jakby to była jakaś pieprzona lalka do dmuchania czy coś podobnego. Kiedy powie się tu *gangsta*, wszyscy myślą, że chodzi o Bonnie i pieprzonego Clyde'a. No i nie zgadniecie: zatrzymałem w końcu moje stare płyty z muzyką country. Waylona Jenningsa, Williego Nelsona, Johnny'ego Pay-checka – nawet starą składankę taty z Hankiem Williamsem. Zatrzymałem je, bo te chłopaki widziały już trochę różnego szaj-su – do diabła, przecież całe życie tylko o tym śpiewają. Po prostu się czuje, że niejeden raz budzili się gdzieś na podłodze z poczuciem, że dziewięćdziesiąt rozmaitych kłopotów dobiera im się do dupy. Gitara rozumie twoje problemy. I wtedy pomoże ci tylko piwo.

Silas Benn ma zamiast skrzynki na listy starą pralkę. Trzeba jej wypatrywać, bo kiedy podchodzi się od strony Calavera Drive, zasłaniają ją drzewa. Wspominam o tym, bo może kiedyś zachce się wam wjechać na pełnym gazie na podjazd przed domem Silasa. A wtedy uważajcie na tę pieprzoną pralkę. To tylko jedno z dziwactw starego Silasa. Wiem, że jest za wcześnie na wizytę, ale on zawsze zostawia światło w dużym pokoju, pewnie dla bezpieczeństwa, więc zawsze jest pretekst, żeby powiedzieć: „Cholera, Silas, zobaczyłem, że się u ciebie świeci". Facet zna już na pamięć tę odzywkę, ale podejmuje grę. Pcham rower po podjeździe, podchodzę do okna sypialni i pukam jak zwykle w szybę. Potem cofam się nieco i wstrzymuję oddech. Zasłona uchyla się na palec. Idę cicho do drzwi na tyłach domu. Słyszę chroboty i szczękanie metalu, w końcu Silas otwiera i patrzy na mnie zaropiałymi oczami.

– Niech cię kaczki zdepczą, chłopcze, o której ty mi się tu zwalasz?

– Cholera, Silas, zobaczyłem, że się u ciebie świeci w sypialni...

– Nie widziałeś żadnego światła w mojej cholernej sypialni. Szlag by to trafił...

Silas nie zdążył przymocować protezy. Podpiera się czymś w rodzaju kuli. Bo Silas ma amputowaną nogę.

– Si, mam ci do przekazania coś bardzo ważnego...

Szuka okularów w kieszeniach szlafroka.

– Niech no zobaczę, co tam dla mnie znalazłeś.

– No właśnie, w tym rzecz. Nie mam żadnych ostrych fotek na papierze i tak dalej, bo zabrali mi mój komputer.

– Więc po cholerę...

– Bo wykombinowałem, jak byś mógł sam dotrzeć do tych zdjęć, do całych setek, nawet dziś, po otwarciu Harrisa.

– A niech cię diabli, wyciągasz mnie o tej porze z wyra i nic dla mnie nie masz?

– Słuchaj – mówię, rozkładając papier. – Widzisz te adresy internetowe? To właśnie tam można znaleźć te wszystkie ostre obrazki, całkiem za darmo – nawet Orgię Kalek, to, co najbardziej lubisz. Z tą instrukcją możesz iść do Harrisa, wejść do boksu z komputerem i wydrukować sobie wszystko, co tylko chcesz. Nie żartuję. Jak ci dam tę listę, nie będziesz już nigdy musiał płacić za zdjęcia.

– Kurde, sam nie wiem, nigdy nie miałem do czynienia z tymi całymi kompudrami.

– Nieważne. To bardzo łatwe. Wszystko, co trzeba zrobić, masz tu wypisane.

– Hmm – mówi z wahaniem, gładząc podbródek. – Ile za to chcesz?

– Skrzynkę piwa.

– Zjeżdżaj.

– Mówię poważnie, Si, dzięki tej liście zaoszczędzisz w ciągu lata na ciężarówkę piwa. Na co najmniej cholerną ciężarówkę.

– Dam ci sześć puszek.

– Hm – zastanawiam się. Z Silasem tak trzeba. – No nie wiem, Si, kupa chłopaków będzie mnie chciała zabić, jak się dowiedzą, że zepsułem im taki interes.

– Sześć puszek Coorsa, już po nie idę.

Wykonuje zamaszysty półobrót, zupełnie jak jednonoga małpa. W Martirio nie sprzedadzą człowiekowi piwa, jeśli nie ma dwudziestu jeden lat. Ja nie mam. Poczciwy stary Silas zawsze trzyma trochę browarów w zapasie, żeby wymienić je na zdjęcia. My, chłopaki z Martirio, jesteśmy jego osobistym Internetem. On jest naszym osobistym barem.

Dochodzi wpół do ósmej, siedzę na łasze piachu w krzakach i sącząc piwo, kombinuję, skąd wziąć forsę. Z miejsca, w którym siedzę, widać, jak słońce sika pomarańczowym sokiem, oblewając nim brzegi starych muszli klozetowych. Mam swoje piwo, swoje dżojnty i muzykę country, pompowaną przez słuchawki wprost do mózgu. Chce mi się wyć jak psu. Wykorzystuję to wszystko, żeby się zastanowić nad swoją życiową sytuacją. Oto jestem tu, a Meksyk jest tam. Taylor Figueroa jest pośrodku. Teraz muszę sobie tylko wyobrazić całą resztę. „Uchwyć sedno sprawy", jak mawiał pan Nuckles, zanim mu odebrało jego cholerną mowę. Szczerze mówiąc, jedyne nowe informacje, jakie do mnie docierają, to cały stek kłamstw na temat mojej tak zwanej pracy. Zwróćcie uwagę, jak to jest w takim świecie łgarstw: kiedy już człowiek ugrzęźnie w tym po uszy, kiedy już wymyśli tę robotę i dzień jej rozpoczęcia, i wysokość płacy, kiedy zaangażuje najbliższych w szykowanie śniadań, usłyszy: „O mój Boże, chyba zadzwonię do Hildegard Lasseen" i tak dalej, wtedy nie ma już znaczenia, czy sam przyzna się do kłamstwa, czy zostanie nakryty. Ludzie mówią wtedy: „Ale to wszystko brzmiało tak w i a r y g o d n i e!". Zaczynają sobie uświadamiać, że wciągnąłeś ich do jakiejś równoległej rzeczywistości pełnej takiego zmyślonego szajsu. To wkurzające, wiem, nie mam im tego za złe. Ale jest z tym tak, jakby człowiek nagle zaczął się ubiegać o przynależność do jakiejś Strefy Patologii, nawet jeśli ci sami ludzie odwrócą się i powiedzą: „Nie mogę tego zrobić, Glorio – właśnie przyjechali moi starzy z Denver".

Ugrzęzłem w takim bagnie, że nie warto się nawet z niego wydobywać. Los sprawia, że im głębiej się w czymś takim grzęźnie, tym trudniej się do tego przyznać. Cóż to za cholerny porządek rzeczy! Gdybym był prezesem jakiegoś Komitetu Bagiennego, zrobiłbym coś, żeby ułatwić ludziom wyjście z tego gówna. Jeśli powinnością człowieka jest oczyścić się z tego, to uważam, że powinno mu się w tym pomóc. Dreszcz, który mnie właśnie przebiega, bierze się pewnie stąd, że dostarczyłem ludziom ostatniego gwoździa, żeby mogli mnie ukrzyżować. Jedynym, czego potrzebowali dla zwieńczenia wszystkiego, było wiarygodne kłamstwo. Potraficie sobie z pewnością wyobrazić moją starą w telewizji, kiedy przerywają wiadomości, nie mówcie, że nie. „Nawet wstałam wcześniej, żeby zapakować mu kanapki…".

Wyciągam z kieszeni zapalniczkę i zapalam skręta. Nie pójdę dziś do Goosensa. Pieprzyć to. Matka bezpiecznie siedzi u babci. Znajdę jakiś sposób, żeby się stąd wydostać.

– Bernie?

To Ella Bouchard. Stoi za krzakami na skraju mojej polanki i porusza ustami, mówiąc coś, co zupełnie nie zgadza się z tym, co słyszę, czyli ze słowami „placek z langustą" i „filet gumbo".

Najpierw chcę wyjaśnić, na wypadek gdybyście podejrzewali, że skrycie kocham się w Elli, że znam ją od czasu, gdy miałem osiem lat. Wszyscy chłopcy w miasteczku znają Ellę od czasu, gdy ukończyli osiem lat, i żaden z nich nie kocha się w niej potajemnie. Jej „wyposażenie" ani trochę się nie rozwinęło. Kiedy się na nią patrzy, człowiek podejrzewa, że pewnie już się nie rozwinie. Tak jakby to, co powinna jej dać natura, przeszło na Dolly Parton. Ella jest po prostu chuda, ma piegi i wielką makówkę z wiecznie splątanymi blond włosami, co wygląda tak, jakby pies przez miesiąc tarmosił czuprynę lalki Barbie. Nikt jeszcze nie próbował zadać się z Ellą Bouchard. Dziewczyna mieszka z rodzicami przy drodze prowadzącej do warsztatu samochodowego Keetera. Jej starzy wyglądają jak ostatnia ciemnota; chodząc, nie poruszają w ogóle rękami i wzrok mają cały czas utkwiony gdzieś w przestrzeni. Należą do tych, co to kiedy mówią, powtarzają wszystko osiemdziesiąt razy: „Tak to było, proszę pana, było dokładnie tak, tak a nie inaczej, było tak, jak mówię". Być może to tłumaczy, dlaczego także Ella jest dość dziwna. Przyczyna i skutek.

– Cześć, Bernie. – Wchodzi na polankę powoli, tak jakbym mógł się spłoszyć. – Co tu robisz?

– A tak sobie siedzę.

– Ale co robisz tak naprawdę?

– Powiedziałem ci, tak sobie siedzę. A ty nie powinnaś się tu kręcić.

– Ćpasz tu, kurwa, i opierdalasz się. A przecież coś mi, kurwa, obiecałeś.

Taki język u dziewczyny pewnie was szokuje. Myślicie też z pewnością: dziewucha z plugawym językiem sama z Berniem na polu Keetera. Okej, to prawda, cała masa chłopaków po raz pierwszy w życiu zakosztowała nagości dzięki Elli Bouchard. Wyleczyło nas to z wszelkiego podniecenia, jakie mogliśmy odczuwać; trudno było określić „lodowy" zapach, jaki przenikał czasem przez jej majtki. Można powiedzieć, że opóźniła o całe lata nasze seksualne dojrzewanie. Chciała przeklinać, pluć i pierdzieć razem z nami i chyba jedynym walorem, jaki miała do zaoferowania, było jej żylaste ciało. Wiem, że nie wypada mi już dziś tak mówić o dziewczętach i w ogóle, ale myślę, że Ella już się taka urodziła. Zawsze przewalała się po trawnikach, wymachując rękami i nogami jak wiatrak, i zawsze tak się składało, że jej majtki błyskały w tę stronę, gdzie człowiek akurat stał. Gdyby w miasteczku wylądowali kosmici, to gwarantuję, że Ella witałaby ich pierwsza z kiecką zadartą do góry.

Robi kolejny krok w moją stronę i patrzy na mnie z góry.

– Kurwa, Bernie, chlasz zupełnie jak alkoholik.

– Nie jestem Bernie i nie chlam jak alkoholik.

– No to jak masz na imię? Coś jak Bernie, to wiem na pewno...

– Nie, wcale nie jak Bernie, ani trochę.

– Pójdę i zapytam Tyriego, jak ma na imię ten chłopak, który tu pali trawę i pije piwo.

Przybiera ten niesamowity ton, jakim potrafią przemawiać dziewczęta, ton, który zapowiada burzę nadciągającą z najgłębszych Czeluści Piekieł i który mówi: „Wyrwę cię z tego błogostanu, wyssam ci całe pieprzone powietrze z płuc i splunę tobą do piekła, dobrze o tym wiesz".

– Mam na imię John, okej?

– Wcale nie, nie jesteś John, w ogóle nie jesteś John, nie John...

Od razu widać, że spędza za dużo cholernego czasu ze swoimi starymi.

– Ella, nie chcę sobie dzisiaj niczym zawracać głowy, okej? Próbuję się tylko wyluzować i coś sobie przemyśleć, okej?

– Nie masz na imię John, wcale nie, wcale nie John, bo nie jesteś żaden John, w ogóle...

– Wszystko jedno, okej?

– Wiedziałam, że jesteś Bernie. Mogę się napić piwa?

– Nie.

– Niby dlaczego?

– Bo masz dopiero osiem lat.

– Wcale że nie osiem. Mam, kurwa, prawie piętnaście.

– Więc i tak jesteś za młoda, żeby pić napoje alkoholowe.

– No a ty, kurwa, też jesteś, kurwa, za młody, żeby pić i palić trawę, kurwa.

– Wcale nie.

– A właśnie że tak. Ile masz lat?

– Dwadzieścia dwa.

– Wcale nie, wcale nie masz, kurwa, dwudziestu dwóch lat.

Wszystko to zaczyna się stawać ilustracją Zasady nr 1 w kontaktach z nerwowymi ludźmi. Nie należy w żadnych okolicznościach nawiązywać z nimi rozmowy.

Po minucie zgrzytania zębami z jej strony i ignorowania jej osoby z mojej Ella zaczyna miąć rąbek swojej sukienki. Wydaje przy tym z siebie syczące dźwięki, jak głaskany wąż albo coś takiego, i powtarza: „Kurwa, ale gorąc". Potem zadziera sukienkę, odsłaniając nogi w miejscu, gdzie zaczynają grubieć i przechodzą w uda. Od razu widać, że podłapała to z jakiegoś filmu telewizyjnego. Myślę, że się nie pomylę, jeśli powiem, że wygląda to tak, jakby Japonka tańczyła polkę, czyli cholernie nieprzekonywająco.

– Weź, przestań, Ella, dobra?

Ale nie, sukienka dalej wędruje do góry. Chwytam plecak i chowam do niego cały swój dobytek. Na co ona mówi bardzo grzecznie:

– Pójdę do warsztatu i zacznę wrzeszczeć. I powiem Tyriemu, co mi zrobiłeś po tej trawie i piwie, Bernie.

Nowe spostrzeżenie rośnie mi w mózgu jak tumor. Myślę o tym, jak różni ludzie szukają najlepszego sposobu, żeby zwrócić na siebie uwagę w tym swoim nędznym, pieprzonym życiu. Ta pieprzona, ociekająca nagość, rozpaczliwa bezbronność i wrażliwość kruchego stworzenia, zwanego istotą ludzką, przyprawia mnie czasami, a zwłaszcza teraz, o mdłości. Mama nazywa to kondycją ludzką. Uważajcie na to kurewstwo.

Rzucam plecak i zawieram z Ellą układ. Układ, który pozostaje aktualny do dziewiątego łyku pitego wspólnie piwa. Wiem, że łyk jest dziewiąty, bo Ella liczy.

– Z każdym łykiem nasze uczucie rośnie – mówi.

I co dziwne, na ułamek sekundy przed dziewiątym łykiem zaczynam odczuwać coś w rodzaju sympatii do Elli, sam nie wiem dlaczego. Zaczyna do mnie docierać, jak bardzo musi być zadołowana i jak bardzo pragnie zwrócić na siebie czyjąś uwagę. Jestem naćpany, przyznaję. Ale przez krótką chwilę czuję do niej nawet pociąg, działa na mnie widok jej opadających na twarz słomianych włosów i zapach rozgrzanych zarośli wokół. Moja ręka ociera się nawet o jej nogę, sprawiając, że podnoszą się na niej jedwabiste włoski. Ella aż się wije wśród piachu; miga trójkącikiem majtek. Ale jednocześnie wietrzyk przynosi ostry, drażniący zapach jej nóg, przypominający woń salami albo czegoś podobnego, i natychmiast się wycofuję. Staram się nie krzywić, ale chyba jednak robię to i ona to zauważa. I znów zwija się w kłębek.

– Jak to jest, Bernie, że ty się nie zadajesz z dziewczynami? Jesteś pedzio czy jak?

– Coś ty! Uważam po prostu, że jesteś za młoda.

– Dużo starsi chłopcy chcieliby się ze mną... zabawić.

– Aha. Kto na przykład?

– Na przykład Danny Naylor.

– Akurat. Nie wydaje mi się.

– A właśnie że tak. On i cała masa innych chłopaków.

– Daj spokój, Ella...

- Pan Deutschman by nawet za to zapłacił, wiem o tym, wiem, cholera, bardzo dobrze.
- Ja to pieprzę, Ell, pan Deutschman ma z osiemset lat!
- To nie ma znaczenia, on jest starszy od ciebie i jeszcze za to płaci.
- Powiedzmy. A skąd ty o tym wiesz? Byłaś u niego i prosiłaś go o to?
- Poszłam tam kiedyś i on dał mi colę i trochę mnie dotykał, łapał mnie za tyłek.

Nie myślcie sobie. Człowiek ma swój honor.

Pod koniec dnia wracam swoimi szlakami do domu, bacznie wypatrując, czy nie kręcą się gdzieś gliny albo psychiatrzy. Cieszę się, że mama jest u babci – ma towarzystwo, ma co jeść, nawet jeśli to tylko spaghetti. Nie poszedłem na spotkanie z Goosensem i muszę wyjechać z miasta. Nie mógłbym zostawić mamy, gdyby snuła się po chałupie i szlochała, wykluczone. Tak już jestem zaprogramowany. Nim dotrę do domu, jestem gotów zadzwonić do babci i powiedzieć mamie, że z pracy nici – oczyścić w finalnym geście swoje sumienie. Kiedy jednak wchodzę do domu, słyszę niebudzące żadnych wątpliwości łkania i westchnienia. Wiatr uchodzi mi z żagli i zatrzymuję się za progiem, niczym jakiś dupowaty kolega, który przychodzi do kogoś po raz pierwszy z wizytą. Moja stara jest już w domu. I ryczy. Stoję cicho, w nadziei że mnie nie zauważy. Ale nie udaje się. Teraz jej rutynowe zagrania stają się całkiem przejrzyste: odchrząkuje głośno, po czym jej ryk nabiera nowej jakości i dynamiki. Serce mi pęka, kiedy to słyszę. Głównie dlatego, że musi się uciekać do takich sztuczek, żeby zwrócić na siebie uwagę.
- Co się stało, mamo?
Szloch.
- Mamo, co jest?
Bierze mnie za rękę i patrzy mi w oczy jak kotek z kalendarza przejechany przez traktor, cała zmarszczona, z obślinionymi wargami.

– Och, Vernon, kochany, o Boże...

Ogarnia mnie znajome przejmujące uczucie, jakby w powietrzu wisiała jakaś tragedia. Ale biorę pod uwagę jedno: że mojej starej zawsze zależy na tym, żeby zmrozić mi krew w żyłach; im lepiej ją poznaję, tym bardziej przekonywająco stara się ryczeć, bo próg mojej reakcji wciąż się podnosi. Na obecnym etapie moja staruszka aż się zapowietrza. Krew mi lodowacieje.

– Och, Vernon, musimy teraz naprawdę trzymać się razem.

– Uspokój się, mamo. Chodzi o tę strzelbę?

Oczy rozjaśniają się jej na chwilę.

– No nie, w sobotę znaleźli aż dziewięć strzelb – Bar Be-Cue zdyskwalifikował zwycięzców sobotniego konkursu za gubienie broni wzdłuż trasy, w mieście zrobiło się prawdziwe piekło.

– Więc w czym problem?

Znów zaczyna płakać.

– Poszłam dziś wycofać lokatę, a tu bank zniknął.

– Lokatę Lally'ego?

– Cały dzień wydzwaniałam do Leony, ale nie ma jej w domu...

Tak zwana lokata została założona w jednej z tych firm, w których nazwie jest łańcuszek nazwisk, na przykład „Rectum, Pencherz, Łonow & Krocze". Jeśli chcecie wiedzieć, kto jest prawdziwym psycholem, wystarczy wziąć gościa, który nazywa swój biznes tak, jakby to była kancelaria prawnicza, i jeszcze się dziwi, kiedy ludzie się na niego wypinają.

– Jutro wyłączą nam prąd – mówi mama. – Dostałeś już tę zaliczkę? Czekałam na nią jak na zbawienie, bo za prąd jesteśmy winni tylko pięćdziesiąt dziewięć dolarów, ale kiedy przyszli zastępcy szeryfa...

– Mamo, wolniej, to znaczy, że byli tu zastępcy szeryfa?

– Aha. Gdzieś o wpół do piątej. Ale zachowywali się przyzwoicie. Nie sądzę, żeby Lally zdążył im coś powiedzieć.

– A co ty im powiedziałaś?

– Że jesteś u doktora Goosensa. Powiedzieli, że sprawdzą jutro w klinice.

Kiedy budzę się nazajutrz rano, misiowisko Lechugów wygląda tak, jakby przejechał je walec. Kolejny wtorkowy poranek, dwa tygodnie po tamtym dniu. W cieniu ich wierzby pusto. Kurt nie szczeka, drzwi pani Porter zamknięte. Na Beulah Drive nie ma żadnych obcych, po raz pierwszy od dnia tragedii. Jeszcze nie skończył się czerwiec, ale jest tak, jakby wszelkie upojne nektary lata wyparowały, pozostawiając tylko suchy osad grozy. O wpół do jedenastej dzwoni telefon.

– Vernon, to pewnie z elektrowni. Co mam im powiedzieć, kiedy dostaniesz tę zaliczkę?

– Eee... nie wiem.

– No więc mam zadzwonić do Lasseenów i zapytać, czemu ci jej nie wypłacają? Zdaje się, że obiecali wypłacić pierwszego dnia...?

– Wypłacą mi dziś wieczorem.

– Jesteś pewien? Nie mów, jeśli nie jesteś pewien. Mogę zadzwonić do Tyriego...

– Jasne.

Widzę, że skóra wokół jej ust aż się marszczy z zażenowania i zakłopotania, kiedy podnosi słuchawkę. Mój mózg wykonuje woltę i przywołuje słowa wypowiedziane przez Ellę na polu Keetera. „Pan Deutschman by nawet za to zapłacił". Dowodem na to, że mój mózg uczepił się tego pomysłu, jest fakt, że udawałem niezainteresowanego. Po prostu zmieniłem temat. W ten sposób człowiek poznaje, że diabeł zasiał swoje ziarno.

– Cześć, Grace – mówi mama. – No więc powiedział, że będzie miał pieniądze wieczorem, na mur. Nie, dziś zaczyna później, teraz bada sytuację na rynku pracy. Ach, świetnie, doskonale, Tyrie jest zadowolony z jego postępów, mówi, że może nawet go awansuje! Aha. Tak? Nie, nie, rozmawiałam osobiście z Tyriem i Vern dostanie te pieniądze na pewno. Hildegard to moja stara przyjaciółka, więc nie ma żadnego ryzyka. Ach, tak? Nie wiedziałam, że ją znasz. Ach, świetnie, pozdrów ją ode mnie. – Oczy mamy zapadają się w oczodołach, twarz jej purpurowieje. – Co?

157

Gdybyś mogła ich powstrzymać do popołudnia, byłabym ci bardzo wdzięczna. Samochód już wyjechał? Aha. Ale czy jeśli im zapłacę gotówką, kiedy przyjadą, to nie można ich powstrzymać...

Krew tryska jak klajster z dwóch końców mojego ciała, zastygając w groteskowe jeżowate formy; coś takiego zdarza się tylko kłamcom i mordercom i matka widzi to od telefonu. W mojej głowie tańczą myśli, których nie powinno tam być. Jak by na przykład spieniężyć studebakera. Mama odkłada słuchawkę. Jej spojrzenie odcina linę mojej tratwy.

– Samochód z elektrowni już wyjechał – mówi.

Ryba-piła przecina pieprzoną linę. Brwi mamy opierają się na łokciu, żeby mogła mi się lepiej przyjrzeć.

– Najlepiej zadzwonię do Tyriego.

Zaczyna przetrząsać szufladę w poszukiwaniu notesu z telefonami. Stoję, opierając się brzuchem o telewizor. Nie upadnę w ten sposób na plecy, jeśli mnie szlag trafi.

Między fragmentami nagrań, które odtwarzam z kasety, w telewizji lecą wiadomości.

„Wydarzenia w Środkowym Teksasie przyćmione – mówi dziennikarz. – Źródła oficjalne potwierdzają, że tragedia, jaka rozegrała się dziś rano w Kalifornii, jest największym jak dotychczas takim dramatem w tym roku. Napływają wyrazy współczucia i deklaracje pomocy dla zdruzgotanej społeczności miasta...".

– Vernon, masz numer warsztatu?

– Nie przy sobie.

Nie podnoszę wzroku. Wiem, że można zarobić spore pieniądze, sprzedając nerkę, ale nie mam pojęcia, gdzie mógłbym ją spieniężyć. Może w zakładach mięsnych, kto to, kurwa, wie. Jedyny inny plan, plan B, jest pomysłem desperata. Przeglądam stare kasety ojca w poszukiwaniu jakiejś idei. Jakiegoś wielkiego Tortu Marzeń. Jest wśród tych nagrań program *Dobij targu*. Jednego nie można ojcu odmówić: miał mnóstwo pomysłów, jak się wzbogacić.

– O, jest, Hildy Lasseen – mówi mama.

Idzie, szurając kapciami, do telefonu i podnosi słuchawkę. Akompaniują jej fanfary: kończą się wiadomości krajowe, zaczynają lokalne.

– Pani Lasseen nie pracuje na złomowisku – mówię. – To jest ich telefon domowy.

– Nie, jest tu też numer warsztatu.

Matka zaczyna wykręcać numer. Słyszę tylko głos z telewizora.

„Nie skreślajcie jeszcze Martirio – mówi reporter. – Tak brzmi przesłanie zespołu, który zainicjował nową akcję multimedialną, zainspirowaną walką naszych dzielnych obywateli – akcję, która, jak utrzymuje jej inicjator, pomoże głosić całemu światu ewangelię ludzkiego triumfu nad przeciwnościami losu".

„Martirio to dziś synonim wspólnoty" – mówi Lally. Mama wydaje z siebie histeryczny pisk. Rzuca słuchawkę.

„Wielu najważniejszych lekcji dotyczących straty, wiary i sprawiedliwości możemy się uczyć wspólnie, możemy je uczynić darem – darem nadziei i współczucia dla potrzebującego ich świata".

„A co powiedziałby pan tym, którzy zarzucają panu żerowanie na jeszcze świeżej tragedii?" – pyta reporter.

Lally marszczy brwi.

„Każda tragedia niesie z sobą lekcję. Jeśli z niej nie skorzystamy, akty przemocy będą się powtarzać. Proponujemy, by wspólnie stawić czoło takim wyzwaniom, dzielić się doświadczeniami z naszej walki, w nadziei że inni unikną tych okrutnych lekcji. Jeśli uda nam się ocalić choćby jedno życie, nieważne gdzie – będzie to dla nas sukcesem. Proszę też pamiętać, że jest to projekt interaktywny, który pozwala pojedynczym ludziom na całej planecie obserwować Martirio, oddziaływać na jego mieszkańców i wspierać ich przez dwadzieścia cztery godziny na dobę w ich wysiłkach za pośrednictwem Internetu. Nie sądzę, żeby mogło to budzić jakieś zastrzeżenia".

„Bardzo ładnie, ale czy uważa pan naprawdę, że teraz, po tej tragedii, program ukazujący styl życia miasteczka, które jest w końcu tylko stolicą sosu do barbecue w Środkowym Teksasie, znajdzie swoją widownię?".

Lally wyrzuca przed siebie ramiona.

„A kto mówi, że mamy tę lekcję za sobą? Ona dopiero ma się odbyć, mamy sprawców, którzy muszą stanąć przed obliczem sprawiedliwości, musimy ustalić przyczyny...".

„Ale przecież sprawa została zamknięta?".

„Tak to może wyglądać w relacjach mediów – mówi Lally. – Jeśli jednak wiemy o tym tyle, co moja partnerka w tym przedsięwzięciu, zastępczyni szeryfa Vaine Gurie, to odkrywamy, że rzeczy nie zawsze są takimi, jakimi się na pierwszy rzut oka wydają...".

– Lalito! – zawodzi mama i wyciąga ręce do ekranu.

„A zatem – mówi reporter – nie chce się pan przenieść do Kalifornii i tam kontynuować eksperyment, w świetle dzisiejszych tragicznych wydarzeń?".

„Oczywiście, że nie. Tu jest nasza fundacja. Wierzymy głęboko, że zacni obywatele Martirio sprostają wyzwaniu, oczywiście przy hojnym wsparciu sieci barów Be-Cue i współpracy z miejscową Izbą Handlową".

Na ekran wskakują maślane oczy Leony.

„Ha, jak się czuję? To dla mnie takie wyzwanie, jeszcze nigdy nie prowadziłam programu...".

Mamie opadają ręce. Oboje odwracamy się w stronę kuchennego okna. Przez stukot pomp przebija się warkot silnika nadjeżdżającego eldorado.

– Vernon, jeśli to te pieprzone dziewuchy, to nie ma mnie w domu. Powiedz, że jestem u babci, albo nie, lepiej powiedz, że poszłam do Penneya ze swoją złotą kartą kredytową...

– Ale mamo, nie masz nawet...

– Rób, co ci każę!

Przemyka na górę jak skrzep krwi, a tymczasem Te Dziewuchy zajeżdżają z fasonem przed dom. Drzwi sypialni zatrzaskują się z hukiem. Tego już i dla mnie za wiele. Nie przerywam oglądania kaset ojca. *Pieniądze robią pieniądze* i *Czy widzieliście kiedyś biednego miliardera?* Muszę się nauczyć, jak zrobić z paskudztwa, które mnie wypełnia, legalny biznes, tak żeby stało się to moim prawem w tym wolnym świecie. Lub, jak się dobrze zastanowić, wręcz obowiązkiem. Jedno, czego się zdecydowanie ostatnio nauczyłem, to to, że wszystko zależy od słów, jakich człowiek użyje. Nieważne, co człowiek robi w życiu, trzeba to tylko opakować we właściwe słowa. W każdym razie alfonsi już zostali dziś zaakceptowani, wystarczy obejrzeć dowolny film w telewizji. Niektórzy są wręcz sympatyczni ze swoimi wymoszczonymi lamparcią skórą cadillacami i fioletowymi stetsonami. Ze swoimi dziwkami i tak dalej. Mógłbym daleko zajść z wiedzą, którą zdobyłem dzisiaj rano, przeglądając zbiór kaset ojca. Produkty i Usługi, Rodzaj Towaru, Motywacja. Już wiem, że będę świadczył Usługi. Muszę tylko opanować sztukę eksponowania i pakowania produktu.

– Doris? – George wchodzi kuchennymi drzwiami. Za nią Betty.
– Do-ris?

– Nie ma jej – oznajmiam.

Leona pomyka za nimi.

– Założę się, że jest w swoim pokoju – mówi i zasuwa tanecznym krokiem na górę. Czuję się nagle jak jedna z tych sekretarek z filmów telewizyjnych, kiedy jakiś dupek chce wtargnąć do gabinetu dyrektora. „Nie może pan tam wejść, sir...".

– Ach, witam! – pieje Leona, jakby się spotkały w minimarkecie.
– Słyszałaś, mam swój własny show!

– O rany! – mówi mama, pociągając nosem.

– Jeszcze go nie masz, skarbie – woła George ze swego fotela.
– Dopóki Vaine nie znajdzie funduszy i partnera.

– Ach, gadaj sobie, co chcesz, George, znajdzie na pewno, przecież już w tej chwili ma swój własny Oddział Specjalny!

– Aha. I do tego Barry'ego, tę beczkę sadła, który jest zwykłym strażnikiem więziennym.

– Jesteś po prostu wściekła, bo ci z Baru Be-Cue załatwili to wszystko za plecami szeryfa.

– Jasne, ty pusta makówko, jestem straaasznie załamana – mówi George. – Ja tylko mówię, że samo posiadanie Oddziału Specjalnego nie kwalifikuje Vaine do tej cholernej internetowej akcji i na pewno nie przyniesie jej żadnej forsy. – Przerywa i zaciąga się papierosem tak głęboko, że zostaje z niego połowa. – A zresztą nasza mała tragedia zeszła już z afisza.

Leona wychodzi z pokoju mamy i podpiera się pod boki.

– Nie wylewaj mi zimnej wody na głowę w moim wielkim dniu, Georgette-Ann! Lalo mówi, że nie ma czasu na organizowanie i n f r a s t r u k t u r y w Kalifornii, nawet gdybyśmy się nie wiem jak śpieszyli.

– No tak. – George wydmuchuje słupek dymu w stronę sufitu. – Tak. Otwieram szeroko oczy, żeby tego nie przegapić: już widzę, jak stara Vaine się śpieszy.

– Słuchaj, to musi się udać, rozumiesz?

– Ja tylko mówię, że powinniście zmienić swoją cholerną taktykę.

– George, tak się składa, że Lalo zdaje sobie z tego sprawę. Ha! – Ostatnie słowo Leona wyrzuca z siebie z taką gwałtownością, że aż rzuca nią do przodu. Po czym zwraca się szczebiotliwym głosem do mamy: – Ej, mówiłam ci już, że Lalo urządza swoje biuro w moim małym pokoiku?

Mama wychodzi energicznym krokiem.

– Może napijemy się kawy, bo za chwilę muszę lecieć do Penneya. Vern, czy nie pora jechać do pracy?

– Mogę go podrzucić – proponuje Leona.

– Przestań, Loni – mówi George.

– Ale w ten sposób będzie szybciej...

– Leona! To nie w porządku. – George przekopuje się przez chmurę dymu w stronę mamy. – Kochanie, przykro mi to mówić, ale Bertram już wysłał kogoś po chłopca. Psychiatra oddał go z powrotem pod nadzór policji.

– Ale przecież Vern zaczął pracować, ma dziś dostać pięćset dolarów...

Leona kręci głową.

– Nie powinnaś jej była tego mówić, George.

– Ach, pewnie, żebyś ty mogła napuścić Lally'ego i sfilmować jego aresztowanie. Doris jest naszą p r z y j a c i ó ł k ą, Leona.

162

Twarz mamy spływa w dół i obwisa jak łachman.

– Ale...

Wstaję z podłogi.

– Tak czy inaczej, idę się uczesać.

– No widzicie? To jest już całkiem inny młody człowiek, z dobrze płatną pracą i w ogóle.

Zostawiam panie same i przemykam na górę, żeby przepakować plecak. Wkładam do niego notes z adresami, marynarkę i kilka mniejszych sztuk garderoby. Odtwarzacz CD i kilka płyt. Wyjmuję klarnet i deskorolkę. Nie sądzę, żebym jeszcze raz przejechał na niej przez miasto. Chwytam plecak i wychodzę przez pralnię, nie odzywając się słowem do Zjednoczonych Sił Zła. Wciąż słychać moją starą na werandzie, jak nadyma swój balon:

– No więc muszę jechać do San Tone po nową lodówkę i sprawdzę cenę tego nowego centralnego odkurzacza, który można podłączyć w dowolnym miejscu – myślę, że teraz, kiedy Vern zaczął robić karierę, czas pomyśleć o sobie i o jakiejś odmianie.

Stojąc pod werandą, widzę samochód z elektrowni przejeżdżający wolno obok pompy; kierowca sprawdza numery domów. Dostrzega mnie i dodaje gazu. Naciskam pedały i znikam.

13

Nikt się nam nie będzie przyglądał, tego jestem absolutnie pewien. Chłopak i dziewczyna na rowerze. Chłopak w zwykłych dżinsach i rozczochrana blondynka w granatowej sukience. Nic podejrzanego, jak w telewizji. Mam z sobą plecak, więc może nawet wyglądać na to, że coś sprzedajemy. Sprzedawanie jest tu dobrze widziane.

– Wiesz co? – wrzeszczy mi Ella do ucha.

Staję na poboczu drogi Johnsona, żeby poinstruować ją, jak powinien się zachowywać pasażer na rowerze, żeby nie zabić rowerzysty. Podnosi sukienkę, żeby pokazać mi swoją czystą, białą bieliznę. Patrzę w roztargnieniu, bo mam wrażenie, że będzie to dla mnie burzliwe popołudnie; zrywa się wiatr, grzmi, horyzont nad polem Keetera rozświetlają pojedyncze złote błyski. Ella nie dostrzega tych groźnych oznak, można powiedzieć, że bawi ją sytuacja. Pewnie dlatego, że jedzie ze mną załatwić pewien interes. Pieprzona Ella, jak Boga kocham. Zamierzamy ją dziś rozprawiczyć, choć ona twierdzi, że nie robi tego dla pieniędzy. Taka z niej, kurwa, dziwaczka.

Mam pewne przeczucia. O ile wiem, Deutschman próbuje skończyć z uczennicami i może być wyposzczony, bo dobiera się do nich tylko z rzadka. A tu naraz – Ella! Usiłuję myśleć kategoriami z kaset ojca. Klient ma Niezaspokojoną Potrzebę, a więc zjawia się w porę Odpowiednia i Troskliwa Obsługa. Co więcej, nasza Obsługa jest dyskretna, nikt się o niczym nie dowie. To jest luka rynkowa do wypełnienia, jak Boga kocham. Ale moje sumienie wciąż woła do mnie z Brooklynu: „Nie, Boinie – mówi. – Otwierasz przed tym facetem puszkę pełną robactwa". Potem myślę o mamie, tam, w domu. Prawdopodobnie wyłączyli jej prąd, pewnie szydzą z jej ubóstwa, z tego, że nie ma nawet na pieprzoną pizzę. Nabija się z niej ta stara rura Leona. Gnębi mnie to.

Rower aż furczy, mknąc między obłażącymi z farby szopami i przyczepami mieszkalnymi, po ulicach bez chodników. Jedziemy tak długo, aż światło całkowicie spełza z nieba. Docieramy do tandetnego drewnianego domu, z takich, co to można je postawić w jeden weekend, choć starannie pomalowanego, z małym, ładnie utrzymanym trawnikiem i obramowaniami z cegieł i żwiru. To dom starego pana Deutschmana. Przemykamy obok glinianej figury śpiącego Meksykanina. Kładę ostrożnie rower na wyżwirowanym podjeździe. Pan Deutschman się nas nie spodziewa. Fachowo nazywa się to Zaskoczenie Klienta. Chwytam Ellę za ramiona, żeby udzielić jej ostatnich instrukcji.

– Ella, tylko patrzenie i dotykanie, okej? Nic ostrzejszego – okej? Wołaj mnie, jakby posunął się za daleko.

– Wyluzuj się Bernie, to ja mam bieguny do pokazania, zapomniałeś o tym?

Chryste, ona jest czasem niesamowita. Plan jest taki, że ma być nieśmiała i słodka i pozostawić inicjatywę jemu. Ona się tylko zgadza. Powiedziałem jej, żeby, jeśli się może powstrzymać, nie otwierała nawet ust, ale sami wiecie, prosić o coś takiego Ellę to zawracanie gitary.

Biegnie dookoła domu, do drzwi frontowych, a ja czekam na nią, przykucnąwszy w miejscu, gdzie mnie nie widać. Udaję, że szukam czegoś w plecaku. Dwie grube krople deszczu spadają mi na głowę, czuję się, jakby osrał mnie ptak. Typowe dla tej pieprzonej dzielnicy. Potem słyszę skrzyp otwieranych drzwi. I gruchający głos Deutschmana.

– Kto tam? – pyta bardzo grzecznie i wytwornie.

Ma coś starczego w tym swoim głosie, zupełnie jakby połknął wibrator albo co.

Kiedy słyszę, że już weszli do środka, zdejmuję plecak i pędzę dookoła domu do drzwi, rozglądając się, czy nie widać na ulicy sąsiadów. Ale nie widzę i nie słyszę nic oprócz starego zaparkowanego jeepa i brzęczenia drutów telegraficznych na wietrze. Naciskam klamkę drzwi frontowych – ustępują. Wstrzymuję oddech i słyszę piskliwy głos Elli z głębi domu.

– Mama mi kupuje takie, bo podobno bawełna... au, ale pan ma zimne ręce...

Gra się zaczęła. Zamykam za sobą drzwi i wślizguję się do saloniku. Nowy zapach atakuje mój mózg: woń skisłych marzeń, zakonserwowanych niczym ludzkie organy w słoju. Zapachy cudzych domów czuje się mocniej wtedy, kiedy człowiek nie powinien w nich być. Idę wąskim korytarzykiem w stronę głosu Elli, mijam łazienkę, w której wiszą w powietrzu inne dziwne wonie. W tym momencie słychać na zewnątrz przejeżdżający samochód; tłumię bicie serca, przykładając do niego dłoń, i odczekuję, aż oddali się z szumem – oczywiście samochód, nie moje pieprzone serce. Potem ostrożnie ruszam dalej.

Deutschman i Ella są w pokoju na końcu korytarza. Drzwi pozostały uchylone. Przylepiam się do ściany i wyciągam szyję, żeby zerknąć przez szparę. Pan Deutschman siedzi na staroświeckim, twardym łożu, na które trzeba się wspinać po drabince. Pościel jest symetrycznie udrapowana pod jego symetryczną dupą, która odciska na niej zgrabną zmarszczkę. Obok łóżka stoi wypolerowany stolik, a na nim, na szydełkowej serwetce, lampka nocna. Obok portfel, Biblia i czarno-białe zdjęcie w grubej, mosiężnej ramce. Ze zdjęcia uśmiecha się promiennie sympatyczna pani o jasnym, ufnym spojrzeniu i falistych włosach, rozwianych na wietrze. Najwyraźniej ten wiatr wiał dawno temu. Po przeciwnej stronie pokoju jest jedno niewielkie okienko, które wychodzi na śmietnik na podwórzu; widać tam między innymi zdezelowaną dwuosobową sofę.

Ella stoi u szczytu łoża z sukienką zadartą pod brodę.

– Ha! To łaskocze... chwileczkę, chce pan zobaczyć mój biegun południowy czy północny?

Opuszcza majtki do kolan, nie zsuwa ich stopniowo, tak bardziej seksownie czy co, ale po prostu ściąga je, pieprzona, z takim uśmiechem, jakby spotkała znajomego w minimarkecie. Taka jest Ella.

– O Boże, co to?

Czubki palców Deutschmana drżą na jej gołym zadku, oddech przyśpiesza.

Ja też zaczerpuję nerwowo tchu. Potem wyskakuję z polaroidem mamy. Pstryk!

– Psychopata! – woła Deutschman.

Jego wargi zdają się drżeć zawieszone w powietrzu, głowa opada mu na pierś, pewnie ze wstydu.

– Wszystko w porządku, panie Deutschman – mówię. – Panie Deutschman? Nie przyszliśmy tutaj, żeby pakować pana w kłopoty, ta młoda dama przyszła dobrowolnie, a ja jej po prostu towarzyszę. Rozumie pan?

Podnosi na mnie mętny wzrok i przełyka jakieś niewypowiedziane słowa. Potem znów patrzy na Ellę, która przechyla głowę jak prowadząca teleturniej – i unieruchamia go szerokim uśmiechem. Jak Boga kocham, ona jest walnięta!

– Panie Deutschman – mówię – Jest mi naprawdę przykro, że tak tu wtargnęliśmy. Mam dla pana wiele szacunku. Ale widzi pan, i pan, i ja mamy pewne określone potrzeby i możemy sobie wzajemnie pomóc. – Deutschmanowi opada szczęka, słucha z otwartymi ustami jak typowy Teksańczyk. – Widzi pan tę tutaj młodą damę? Jestem pewien, że chciałby pan z nią spędzić trochę czasu. Pańskie potrzeby zostałyby prawdopodobnie w pełni zaspokojone. – Imituję sprzedawców z kaset ojca, którzy zawsze rozkładają ręce i chichoczą, dając człowiekowi do zrozumienia, że musiałby być kompletnym durniem, żeby nie dostrzec, jakie to wszystko jest proste. – Chcemy za to wszystko tylko trochę gotówki. Pański dzisiejszy wkład wyniósłby powiedzmy trzysta dolarów – jednorazowa, wygodna wpłata – więc zostawiam was oboje, żebyście się trochę zabawili. Nawet tu już nie wrócę. I może pan dostać te zdjęcia, panie Deutschman, i nikt nie będzie już pana niepokoił ani nie piśnie słówka. To nasze uroczyste przyrzeczenie, prawda, panienko?

Ella podpiera się pod boki, szczerząc zęby jak Myszkieter, z majtkami na wysokości kolan. Deutschman wpatruje się przez chwilę w podłogę, potem sięga po leżący na stoliku portfel. Wyjmuje z niego wszystkie banknoty i wręcza mi je bez słowa. Sto sześćdziesiąt dolarów. Robi mi się słabo.

– Czy to wszystko co pan ma? Te tutaj pieniądze? – Patrzę na niego z góry, starego i roztrzęsionego, i ogarnia mnie jeszcze większe przygnębienie. Rozkładam banknoty i biorę dwudziestodolarowy z wierzchu. – Proszę, nie chcemy pana oskubać doszczętnie.

To, co robię, to pieprzony kryminał. Deutschman bierze banknot, nie podnosząc wzroku. Nagle uderza mnie pewna myśl: Ella skupia na sobie zainteresowanie, o czym tak zawsze marzyła, i jeszcze jej za to płacą. Deutschman uruchamia jakieś pasywne, odłożone fundusze i dostaje za nie coś, o czym prawdopodobnie marzył przez całe swoje dorosłe życie. Moja stara uspokoi się co do mojej tak zwanej pracy i ucieszy się skromnym dochodem. A ja mam z tego tylko tyle, że żongluję swoimi łgarstwami i paskudztwem, które we mnie siedzi. To mnie tak dołuje, że chciałbym natychmiast stamtąd spieprzać.

– Zostawiam was teraz samych – mówię i ruszam w stronę drzwi.

Kiedy do nich dochodzę, słyszę za plecami jęk Deutschmana. Robię gwałtownie w tył zwrot i widzę, że stary spuszcza nogi z łóżka. Majtki Elli podjeżdżają w górę.

– Nie przeszkadzajcie sobie – mówi z okna Lally. Odwraca głowę od kamery, żeby zawołać przez ramię: – Leona, chodź, zobacz, jaki mamy materiał do programu!

Chwytam Ellę, której sukienka utknęła z tyłu w majtkach, i ciągnę ją korytarzem, grzebiąc gorączkowo w aparacie mamy i upuszczając go po drodze. Deutschman, z szeroko otwartymi oczami i ustami, wlecze się do łazienki. Wsuwam mu przez szparę w drzwiach zdjęcie.

– Niech pan to zniszczy. I niech pan za żadne skarby nie rozmawia z tym facetem.

Podłoga się kołysze, kiedy pędzimy do drzwi frontowych i wypadamy na stopnie. Deszcz zacina ukośnie, siekąc nas niczym ulewa wściekłej spermy. Ciągnę Ellę za róg; żwir pryska dookoła, kiedy biegniemy w stronę schowanego w cieniu roweru i plecaka. I tam stoi Lally ze swoją kamerą.

– Prrr, kochani, zaczekajcie!

Chwytam Ellę za ramiona i popycham w stronę drogi. Biegnie, młócąc powietrze jedną ręką, a drugą poprawiając przez sukienkę majtki na tyłku. Lally rzuca się w stronę mojego plecaka i staje między mną a rowerem. Chwyta się za jaja.

– Ależ ty ostatnio robisz karierę, chłopie!

Cisną mi się na usta tysiące przekleństw, ale żadne z nich nie pada. Zamiast tego utrwalam sobie w pamięci jego chytry uśmieszek, pochylam głowę i walę go bykiem w brzuch. Łup! Frunie do tyłu, pada na rower, kamera koziołkuje w powietrzu i uderza go z trzaskiem w głowę.

– Ty zasrańcu! – Lally odkleja grzbiet od ramy roweru i chwyta mnie za kostkę. – Chcesz ze mną pograć na serio, złamasie? – warczy.

Chwytam kamerę i wyciągam z niej kasetę. Potem przymierzam się i kopię z całej siły. Trafiam; facet pada z powrotem na rower, oszołomiony i zakrwawiony, w gradzie żwiru.

– Ojej, Lalito – woła Leona, wciąż niewidoczna za domem. – Twoja gwiazda zobaczyła przed chwilą p a j ą k a. To na tym ma polegać moja praca?

Łapię swój plecak i pruję w stronę drogi. Ella wyskakuje zza zaparkowanego po drugiej stronie jeepa i chwyta mnie za wolną rękę. Ciągnę ją energicznie i rozpływamy się w ciemnościach, ścigani chmurami pędzącymi po niebie.

– Lalo – słyszę głos Leony. – Powiedz szczerze, jakie imię wolisz, Vanessa czy Rebecca?

Serca walą nam jak oszalałe przez cały czas: gdy biegniemy wzdłuż koślawych domków, mijając byle jak sklecone werandy oświetlone żółtym światłem, gdy przeprawiamy się przez łożyska strumieni i pokonujemy stromizny. Zasysamy powietrze jak silniki odrzutowe, aż w końcu całkiem tracimy dech. Lally jest już na pewno na drodze i szuka nas. Wkurwiony jak diabli. A przedstawiciele prawa są gdzieś niedaleko za nim. Temperatura rośnie.

– Kurwa mać – parska Ella, kiedy się w końcu zatrzymujemy.

Klękam obok niej w krzakach za jej domem. Widać stąd zarośniętą ścieżkę, która biegnie pomiędzy płotem na tyłach domu a sąsiednią chałupą. Przy końcu dróżki dostrzegam w prześwicie drogę Johnsona. Dalej rozciąga się pole Keetera, a za nim skarpa, stroma i mroczna. Kiedy uspokaja mi się oddech, słyszę pierwsze świerszcze i pulsujący szelest traw na wietrze. Wilgotny oddech Elli owiewa mi twarz. Odwracam się, żeby spojrzeć przez krzaki tam, gdzie najgęściej mrugają światła dzielnicy Crockett. W ciszy słychać lekki szmer jakiejś gorączkowej krzątaniny, potem warkot nadjeżdżającego samochodu. Spływa na mnie łagodne ciepło, czuję się zupełnie tak, jakby mnie głaskało. Uświadamiam sobie, że mam siedem pieprzonych sekund na zaplanowanie całej mojej przyszłości.

– Ell, muszę ci powiedzieć w zaufaniu coś bardzo ważnego.

– Możesz mi zaufać, Bernie.

– Mamy sto czterdzieści dolarów. Wypada po siedemdziesiąt na łebka.

Wyciągam forsę z kieszeni i szukam dziesięciodolarowego banknotu. Chowam tę dychę do kieszeni, resztę oddaję Elli.

– Czy mogłabyś zanieść te sześćdziesiąt na Beulah Drive pod numer siedemnasty? Możesz to dla mnie zrobić? Musisz się jakoś uczesać, przebrać i przemknąć tam jak cień. Możesz to zrobić?

– Jasne. – Kiwa głową jak dziecko, wiecie, jak gorliwie dzieci to robią. Potem patrzy na mnie błyszczącymi oczami. – Co masz zamiar zrobić?

– Zniknąć na jakiś czas.

– Chcę iść z tobą.

– Nie ma mowy. Złapaliby nas w kilka sekund.

Zaciska wargi i patrzy na mnie przez chwilę. Wygląda zupełnie jak kot, kiedy się tak gapi. Po drodze Johnsona przejeżdża z głuchym pomrukiem ciężarówka. Zamieram na chwilę, rozluźniam się dopiero, kiedy cichnie w oddali. Ella wciąż się gapi. Potem gdzieś niedaleko trzaskają drzwi i słychać kobiecy głos:

– E-lla!

Twarz Elli tężeje. Domyślam się, że to, co przed chwilą przeżyliśmy, było dla niej prawdziwą przygodą. Można powiedzieć, że lody między mną i Ellą Bouchard zostały przełamane. Ściskam jej rękę, żeby to potwierdzić, i podnoszę z ziemi plecak.

– Jak zobaczysz moją staruszkę, przeproś ją w moim imieniu i powiedz jej, że będę w kontakcie. Albo nie, lepiej nic nie mów, wsuń tylko pieniądze pod drzwiami. Okej?

Wynurzam się z trawy, ale ręka Elli chwyta mnie za nogę. Patrzę z góry na jej twarz. Mam wrażenie, że nagle ulega deformacji pod wpływem szalonej woli podjęcia ważnej życiowej decyzji, woli, która zdaje się parować wszystkimi porami skóry. Ella nachyla się nade mną i wyciska na moich ustach niezdarny pocałunek.

– Kocham cię – szepcze. – Trzymaj się z daleka od drogi do Keetera, dziś w nocy wysyłają tam Oddział Specjalny.

Bierze mnie za rękę i wciska mi całą gotówkę, oprócz sześćdziesięciu dolarów dla mojej matki. Potem zrywa się i pędzi ścieżką niczym jakiś bawełniany duch.

– Ee-lla!

– Idę!

Wciąż czuję jej ślinę na wargach. Ocieram usta ręką. Kiedy roztapiam się w mroku po tej stronie drogi, gdzie ciągnie się skarpa, widzę w świetle lampy jakiś podskakujący kształt w pobliżu posiadłości Keetera. To wielki łeb Barry'ego Gurie. Nie zbliża się, tkwi w miejscu. Z naprzeciwka nadjeżdża samochód. To samochód Lally'ego. Puszczam się pędem, zanim jego światła omiotą drogę.

Akt III

Przeciw wszystkim

14

Martirio migocze jak rój świetlików ponad polem Keetera. Widać nową tablicę nad motelem Seldome, widać też jeden róg Baru Be-Cue, obok masztu radiostacji. Jeśli zmruży się oczy, można dostrzec ruchliwy kręgosłup miasta, pompy, te oświetlone odnóża stonogi, które ciągną się wzdłuż Gurie Street i stukają – jeb, jeb, jeb. Przebiegam wzrokiem wzdłuż tego kręgosłupa tak daleko, jak się da, aż do Liberty Drive. Moje miasto wygląda stąd pięknie. Zupełnie jakby każde żywe stworzenie w Martirio miało gwiazdę w jego konstelacji, a jeszcze więcej świeciło ich dookoła. Jest tylko jedna ciemna plamka na północnym krańcu miasta, gdzie nie świeci żadna gwiazda. To pewnie mój dom.

Czuję napływające fale emocji. Mój instynkt przetrwania osłabł, kiedy zszedłem z drogi Johnsona. Teraz, wdeptując kasetę Lally'ego w pieprzoną ziemię, czuję słony smak tych fal. Przychodzą wraz z obrazami mamy w ciemnej kuchni; widzę, jak zbiera skrzętnie każdy najmniejszy okruch nadziei, żeby zlepić większą całość. Ale te wszystkie okruchy to szajs. To mnie zabija. Na pewno mruczy pod nosem: „No, przynajmniej ma pracę i oboje czekamy na jego urodziny". A ja jestem w połowie drogi do skarpy, skąd już niedaleko do cholernego Meksyku. Prawdopodobnie zostanę tam na zawsze.

Jest nieco przed dziesiątą. Mogę dojść do autostrady w ciągu paru godzin, potem złapać jakąś okazję, autobus albo coś innego, co jedzie do San Antonio. Spoglądam po raz ostatni na Martirio skrzące się na równinie, na ten mój kosmos, w którym tkwiłem przez tyle lat. Potem ruszam w stronę wzgórz, zgorzkniały i samotny. Mój wewnętrzny mechanizm obronny przywołuje wizje Tortu

Marzeń. Pamiętacie ten stary film z domem przy plaży? Mnóstwo ludzi osiągnęło na pewno podobny cel w rzeczywistości. Nigdzie nie ma mowy o tym, że trzeba być kimś szczególnym, żeby go osiągnąć. Wyobrażam sobie mamę, jak przyjeżdża do mnie, kiedy już wszystko przysycha. Kupuję jej pamiątki. Może z powrotem jedzie już ze służącą, którą jej załatwiłem; mogłaby tym nieźle dopieprzyć tej tłustodupej Leonie. Wniosek: im głębiej człowiek tkwi w bagnie, tym piękniejsze stara się snuć plany.

Jest północ, kiedy smugi pierwszych reflektorów przebijają się przez gałęzie drzew rosnących w okolicach autostrady. Szczerze mówiąc, nie wiem nawet, gdzie jest południe. Mój stary mawiał, że skauting to dobre dla mięczaków, więc nie potrafię nawet określić, z której strony jest południe. Zamiast próbować to odgadnąć, zaczynam myśleć o Glenie Campbellu, który pomógłby mi maszerować dalej, zgorzkniałemu i samotnemu, przedwcześnie postarzałemu wędrowcowi. Przywołuję nie *Galveston*, ale piosenkę *Witchita Lineman*. Przywołałbym Shanię Twain albo kogoś z większym biglem, ale to mogłoby mnie za bardzo podrajcować. Muzyka z biglem sprawia, że człowiek odlatuje, i powrót do rzeczywistości jest wtedy zbyt gwałtowny i bolesny. Nienawidzę tego. Jedynym antidotum jest pozostawanie w stanie przygnębienia.

Dochodzi pierwsza, jest już środa, kiedy światło księżyca zaczyna się wreszcie przesączać przez chmury, żeby zabarwić wszystko szronowatą skrzącą szarością. Teksas jest tak kurewsko piękny! Jeśli jeszcze tu nie byliście, powinniście koniecznie przyjechać. Możecie spokojnie pominąć Martirio, to wszystko. Całe kawalkady samochodów, ciężarowych i osobowych, przejeżdżają autostradą, ale żaden z nich nie przejawia chęci, by się zatrzymać. To znaczy wiem, że się nie zatrzymają, jeśli nie stanę na drodze i nie zatrzymam ich sam. A ja nie lubię po prostu loterii. Lepszym pomysłem jest zaczekać na autobus, który hołduje ustalonej tradycji zatrzymywania się co jakiś czas. Ustawiam się w zakolu autostrady, wyciągam z plecaka marynarkę i robię coś w rodzaju gniazda w krzakach. Siadam i czekam, przetrawiając zdobyte ostatnio doświadczenia.

Jeśli telewizja rozczarowuje człowieka, dochodzę do wniosku, to dlatego, że nie potrafi pokazać przekonywająco, jak naprawdę wygląda rzeczywistość. Czy na przykład autobusy zatrzymują się w dowolnym miejscu przy drodze i zabierają każdego dupka, czy też trzeba stanąć na normalnym przystanku? Człowiek widzi mnóstwo filmów, w których jacyś ponurzy faceci zatrzymują autobusy na środku pustyni albo w podobnych miejscach. Ale może to się odnosi tylko do środka pustyni? Albo też zatrzymują się tylko ci kierowcy, którzy widzieli te filmy? Wszystko to przebiega mi przez głowę i zaczyna mi się kojarzyć z innymi filmami, na przykład z tym, w którym czarny samochód-widmo ściga faceta, żeby się na nim zemścić. Czuję, jak wietrzyk rozwiewa mi włosy, szumiąc w trawach i zaroślach dookoła. Tylko przyroda i ja, i samochód mściciela.

Dreszcze wędrują mi po skórze i to budzi mnie w końcu. Jest już po piątej. Słyszę warkot autobusu na autostradzie, więc idę, wlokąc plecak, w stronę pobocza. Zza zakrętu wyjeżdża z łoskotem autobus, jego wnętrze wygląda na chłodne i jednocześnie przytulne. Wymachuję rękami i staram się sprawiać wrażenie kogoś, kto musiał nagle zdecydować się na podróż. Kiedy autobus mnie mija, kierowca w uniformie wychyla się, żeby przyjrzeć mi się dokładnie w bocznym lusterku. Słychać syk hamulców, autobus zjeżdża na pobocze i zatrzymuje się w odległości trzystu kroków ode mnie. Pędzę jak na skrzydłach w stronę tylnych świateł.

Drzwi otwierają się z sykiem.

– Jakiś problem? – pyta kierowca.

– Muszę się dostać do San Antonio.

– Do Martirio jest stąd tylko kilka mil, tam powinieneś złapać następny autobus. Ja nie mogę się tak po prostu zatrzymywać na każde żądanie.

– No tak, ale utknąłem tutaj i...

– Utknąłeś? – Rozgląda się dookoła. – Przecież są w wyznaczonych miejscach przystanki, nie możemy się zatrzymywać gdziekolwiek na kiwnięcie palcem.

Posyłam mu spojrzenie skrzywdzonego szczeniaka, mówi więc w końcu:

– Będziesz musiał wykupić cały bilet, z Austin – za trzydzieści pięć dolarów.

Wsiadam, nie sprawdzając nawet, gdzie siedzi wiejska dziewucha ani czy w ogóle tam jest. Po prostu wchłaniam aurę zmiętej pościeli, zapach pasażerów oblepionych odpryskami snu, i idę w stronę wolnego miejsca na końcu autobusu. Kiedy ruszamy, mój organizm aż się dławi od nadmiaru adrenaliny; mam niejasne przeczucie, że za chwilę pojawi się Lally czy matka Elli albo nastąpi inna wpadka. Nawet nie chcę myśleć jaka, bo Los zawsze uwzględnia to, co człowiek myśli, i potem przywala ci właśnie tym w twoją pieprzoną dupę.

Wrrrrr! Autobus mknie szosą. Po przejechaniu niezliczonych mil zawisam na cienkiej jak ostrze noża drzemce, a mój mózg przeobraża się w miał kryształowych okruchów. Mijamy pole pokryte obornikiem; czuję tłusty odór, z rodzaju tych, jakich nikt z towarzystwa elegancko nie zauważa, kiedy jedzie się samochodem. I nagle moje zmysły atakuje obraz Taylor Figueroi. Sam nie wiem dlaczego. Wyczuwam ją tam, na tym polu przy autostradzie. Stoi za krzakiem na czworakach, naga, ma na sobie tylko niebieskie szorty, które opinają ciasno jej uda i aż się jarzą od jej lśniących soków. Jestem przy niej. Czujemy się bezpieczni i odprężeni. Wodzę nosem po jej „opakowaniu", wzdłuż kleistego, lśniącego rąbka nogawki, aż docieram do miejsca, gdzie śluzowato-kwaśno-czekoladowy zapach staje się tak ostry, że aż odrzuca mnie od jej cipki. Odrzuca za daleko: widzę, że nagle znaleźliśmy się na polu, na którym rosną duriany, i nagle nie wiem, czy czuję zapach Taylor, czy tych owoców. Garnę się znów do jej rowka, ale wszelkie kontury zacierają się i znikają. Zakazana woń rozpływa się i zamienia w zapach rozgrzanych ciał i wody po goleniu wypełniający autobus. Budzę się, wciągając chrapliwie powietrze. Taylor zniknęła. Za szybą przemyka pustkowie.

Siedzę wyprostowany w nadziei, że uda mi się oszukać samego siebie i wrócić do normalnego stanu. Ale nagle zaczynają mnie zalewać fale, fale grozy czającej się gdzieś w tle mojego pięknego snu. Teraz wokół mnie pojawiają się jaskrawe obrazy Jesusa. Nie patrzy na mnie. Odwraca wzrok i wkłada rozgrzaną lufę do ust, smakuje jej temperaturę. Dookoła niego mleczne oczy pstrzą szkolny dziedziniec jak kwiaty, najpierw rozbiegane, potem coraz bardziej nieruchome, gasnące. Trach! Roztrzaskane powietrze jest aż gęste od kaszlu i charkotu, syku rozpaczliwie wypluwanych skrzepów, od tych ostatnich komunikatów zanikającego życia, których nikt nie słyszy. Widzę też pana Nucklesa, nauczyciela, z twarzą przystrojoną banieczkami młodej krwi. Wraca wspomnienie. Z oczu tryskają mi łzy, opłakuję tych, którzy padli – Maksa Lechugę, Lori Donner, wszystkich, i już wiem, że jestem załatwiony do końca podróży, może do końca życia, przybity za fiuta do największego krzyża. Jak mogli pomyśleć, że zrobiłem to ja? Zadawałem się z kimś gorszym, nie należałem do paczki, stąd to podejrzenie. I teraz zająłem miejsce po nim, teraz, cokolwiek kiedykolwiek powiedziałem lub zrobiłem, kładło się na mnie złowrogim cieniem. Po raz pierwszy go w pełni rozumiem.

– Co z tobą? – pyta starsza pani, podchodząc do mnie.

Musiałem łapać powietrze jak ryba albo coś takiego. Kobieta przykłada mi rękę do policzka i wydaje mi się, że to ręka Boga.

– Nic mi nie jest – bełkocę przez zasłonę napływającej do ust śliny. Ona cofa rękę, ale ja mimo woli podążam za nią spragniony jej dotyku.

– Jakoś żal mi się ciebie zrobiło. Siedzę tu niedaleko – gdybyś potrzebował towarzystwa, jestem tu obok. – Wraca na swoje miejsce.

To chyba anioł z nieba, ta starsza pani, ale ja nie czuję niczego oprócz bólu i ciemności, mroku czyśćca. Kryję twarz w dłoniach i siedzę, dygocząc z bólu, modląc się o to, żeby móc się oderwać od własnych myśli. I wtedy, jak Boga kocham, w autobusie rozlegają się dźwięki muzaku. Najpierw słychać narastający dźwięk skrzypiec.

Sailing, take me away...

Jest widno, kiedy wjeżdżamy do San Antonio, ale zbyt wcześnie, żeby czymkolwiek się zająć. Jestem głodny jak wilk. Wciąż pieką mnie oczy. Czatuję do ósmej pod poczekalnią dworcową, potem idę do telefonu, żeby zadzwonić do rodziców Taylor. Czuję się pusty, jakby uszły ze mnie wszelkie soki życiowe. Logika mojego rozumowania jest taka: mogę zdobyć numer telefonu Taylor i zrobić pierwszy krok w stronę mojego marzenia, to mnie podkręci, może nawet na tyle, żeby zadzwonić do domu i wszystko wytłumaczyć. Jeśli zaś nie zdobędę numeru Taylor, nie będę miał nic do stracenia, zadzwonię więc do domu i tak, bo nie będzie mi zależało na tym, żeby się podkręcać.

Wybieram numer. Kiedy to robię, przychodzi mi do głowy, że może moja stara zaprzyjaźniła się z państwem Figueroa w ciągu dzisiejszej nocy i jest u nich, pije kawę albo, co bardziej prawdopodobne, ryczy. Wiecie, jak jest w Martirio. To wszystko oczywiście bzdura, bo moja stara nigdy w życiu nie była u państwa Figueroa. Ale wiecie, jak jest w Martirio. Słyszę sygnał.

– Halo? – odzywa się chłodnym, głębokim głosem Peaches Figueroa, matka Taylor.

– Pani Figueroa? Mówi kolega Taylor; zgubiłem jej numer, a chciałbym się z nią skontaktować.

– A kto mówi?

– Szkolny kolega, kolega ze szkoły.

– No tak, ale który?

– E... Danny Naylor, przepraszam bardzo.

Tu popełniam wielki błąd. Pani Figueroa natychmiast się rozluźnia i przybiera bardziej poufały ton.

– Ach, witaj, Dan, w ogóle cię nie poznałam. Jak ci tam idzie w A & M?

– Och, wspaniale. Cudownie, naprawdę.

– Widziałam wczoraj w supermarkecie twoją mamę, mówiła, że przyjeżdżasz na wielką degustację.

– Jasne, zna mnie pani przecież.

Pot spływa mi po pieprzonym grzbiecie, w oczach mi się ćmi, jakbym wypił ze czterdzieści kaw.

- Cudownie! - mówi ona. - Zobaczę się z twoją mamą jutro, na zebraniu komitetu organizacyjnego, powiem jej, że dzwoniłeś i że wszystko u ciebie w porządku.

- Świetnie, bardzo pani dziękuję.

- Tay się n a p e w n o ucieszy, jak do niej zadzwonisz. Zaczekaj, dam ci jej numer.

Ja to pieprzę. „Tay się n a p e w n o ucieszy?". Nagle czuję wwiercający mi się w plecy nóż. To typowe dla tego sukinsyna Naylora, dobierać się do mojej dziewczyny. Tak jakby nie wykręcił już dosyć numerów w czasach szkolnych. Mam ochotę powiedzieć: „Chciałem jej tylko przekazać najnowsze wieści na temat mojego raka jąder", albo coś w tym stylu. Pieprzony Naylor.

- Proszę, Dan, zapisz sobie numer. Tay jest wciąż w Houston. Wiem, że umówiła się dziś na lunch, więc jeśli jej nie złapiesz teraz, będziesz musiał zadzwonić trochę później.

Wpisuję numer pod „T" i pod „F", na wypadek gdyby dotknęła mnie amnezja, a potem zapisuję go jeszcze na okładce notesu.

- Dziękuję pani. Życzę wszystkiego najlepszego. I proszę pozdrowić moją mamę.

- Oczywiście, Dan. Do zobaczenia na degustacji.

Odwieszam słuchawkę i potrząsam głową, żeby jakoś ochłonąć z tego wszystkiego. Mogę sobie wyobrazić Danny'ego, jak przychodzi na degustację i wali z grubej rury: „Jaki, kurwa, telefon?". Wyobrażam sobie też, że nagle rozchodzi się wieść, że zabił się w zeszłym tygodniu, tańcząc na linie czy coś podobnego. Zawsze muszę się w coś wpieprzyć. Byli i są na świecie różni pokręceni bandyci, prawdziwi twardziele i tak dalej, ale założę się, że żaden z nich nigdy w życiu nie wdepnął w takie gówno. Założę się na przykład, że takiego prawdziwego drania jak Adult Hitler nigdy nikt nie szukał na żadnej degustacji z tego powodu, że udawał przez telefon pieprzonego Danny'ego Naylora.

Teraz, kiedy zdobyłem numer Taylor, wyglądam, jakbym miał zaburzenia koncentsracji, czy jak to się nazywa, kiedy to człowiek kamienieje nagle w ułamku sekundy albo ni stąd, ni zowąd zaczyna kogoś naśladować czy coś w tym rodzaju. Aby to zamaskować, wymyślam specjalną minę: marszczę z namysłem brwi, jakbym obliczał liczbę pi do ośmiomiliardowego miejsca po przecinku. I pod maską tej nowej miny przetrawiam myśli, które normalnie nadają człowiekowi głupkowaty wygląd. Myślę na przykład, że moja stara pewnie już wstała. I że ludzie z pogotowia, wykrzykując różne komendy, przywracają jej akcję serca czy jak się to nazywa. Powłócząc nogami, idę do wyjścia, przy którym wisi rozkład jazdy. Autobusy do Houston kursują w regularnych odstępach czasu, co oznacza, że mam go dość, żeby zadzwonić do mojej staruszki. A z Houston odchodzą tak samo regularnie autobusy do Browns-ville i McAllen przy granicy z Meksykiem. Korci mnie, żeby kupić dwa bilety do granicy i sprezentować jeden Taylor, jakby to był pierścionek zaręczynowy czy coś takiego. Ale rozum mówi mi: nie, nie kupuj nawet jednego. Daj se na chwilę luz. Potem zaczynam sobie przypominać różne oczywiste fakty dotyczące Odważnych, Do Których Należy Świat i tak dalej. Na przykład fakt, że jeśli nie kupię biletu, to nie nakłonię jej do wyjazdu. Kończy się na tym, że sterczę w tych pieprzonych drzwiach jak kołek i obliczam to cholerne pi.

Powiedzmy, że dwóch facetów chce natychmiast porwać Taylor do Meksyku. Jeden przynosi jej róże, mówi, że planuje wyjazd do Meksyku, i pyta, czy ona z nim pojedzie. A drugi zjawia się z ćwiartką tequili, skrętem i dwoma biletami do granicy. Nie pokazuje jej biletów od razu, tylko mówi: „Mam przed sobą kilka godzin życia – pomóż mi ukoić mój ból". Odurza ją w trzy minuty, całuje tak, że wysysa jej migdałki z gardła, po czym wyjmuje bilety i mówi: „Za dziesięć minut będą tu gliny i aresztują cię jako moją wspólniczkę. Wiejemy". Z którym pójdzie? Znacie pieprzoną odpowiedź, nie muszę wam mówić. I powiem wam, że nie ma tu nic do rzeczy to, że jeden jest miły, a drugi odrażający. Rzecz w tym, że jeden w i e, że ona z nim pojedzie. My, Amerykanie, dobrze wiemy takie rzeczy. Przecież, na Boga, to my wymyśliliśmy tę całą pieprzoną asertywność! Ale wśród wszystkich tych książek i kaset, w całym tym przemyśle związanym z asertywnością – a nie chodzi mi tu o to, jak zabajerować ludzi czy zwiększyć sprzedaż, bo to zupełnie inna, odrębna dziedzina, gdzie wie się na pewno, jak dwa razy dwa cztery, jaki będzie skutek – a więc w całym tym przemyśle nikt nigdy nie mówi, jak to, kurwa, praktycznie zrobić. Na przykład kwestia mojej forsy: od samego pozytywnego myślenia mi jej nie przybędzie. Myślałem pozytywnie przez cały rok i spójrzcie na mnie, kurwa, teraz. Moja stara myślała, że nowa lodówka pojawi się na jej progu, a tej, pieprzonej, jak nie ma, tak nie ma.

Wlokę się z powrotem do telefonów. Nie jestem pewien, czy Taylor podejdzie. Właściwie gdybym miał być całkiem szczery, to myślę, że raczej nie podejdzie. Jest umówiona na lunch i jej życie jest „osobne", upływa wśród pachnących słońcem ciał i koronkowych majteczek. A ja mam tylko swoją przerażającą pieprzoną rzeczywistość, nieproszoną, z zapachem smaru w windzie i krwi, z warkotami i klaksonami, które odzierają człowieka z całego blasku. Marzenia są tak cholernie doskonałe, ale rzeczywistość szarpie i ciągnie w przeciwną stronę. Sam fakt, że nasze dwa różne życia otrą się o siebie przez chwilę wystarczającą, żebyśmy zdążyli powiedzieć sobie: „Cześć!", nie oznacza automatycznie, że coś zaiskrzy. W najlepszym wypadku jej brzoskwiniowo-koronkowe życie unurza się w plugastwie, które mnie wypełnia. Ta świadomość wystarczy, żeby wyć. Zwłaszcza że nie jestem teraz w odpowiednim nastroju, żeby to się stało. To jest nauka, kolego: biada ci, jeśli pomyślisz trzeźwo o rzeczywistości, bo nie możesz już wtedy działać z pełną ufnością, jaką daje otępienie.

W końcu mam dość tych rozmyślań. Olać to wszystko. Kończę ze swoim cholernym filozofowaniem, chowam je głęboko i wyciągam z kieszeni dwudziestopięciocentówkę. Podrzucam ją. Spada reszką na wierzch, co oznacza, że powinienem natychmiast zadzwonić do Houston. Podnoszę słuchawkę i wybieram numer Taylor.

15

H alo? – Głos jak płynna cipka w elastycznych majteczkach.
– Cześć, Taylor, tu Vern.
– Zaczekaj, poproszę ją – mówi nieznajoma dziewczyna. – Tay! Taylor, to Vern.
– Kto? – pyta głos w głębi.
Potem słychać chichoty. Nienawidzę tego, kurwa. W obliczu chichotów szanse człowieka gwałtownie maleją. Wniosek: staraj się nie mieć nigdy do czynienia z więcej niż jedną dziewczyną naraz.
W końcu podchodzi, stukając obcasami.
– Tayla.
– E… cześć, mówi Vern.
– Vern?
– Vern Little, nie pamiętasz mnie?
– Vern Little? Zaraz…
W tle słychać tamtą drugą, jak dostaje histerycznego napadu śmiechu.
– Musiałaś mnie widzieć w wiadomościach. Vernon Gregory Little z Martirio.
– Naprawdę mi przykro. Słyszałam o tej masakrze i w ogóle, ale wiesz, zwykle oglądam tylko kablówkę.
– Kanał Analnej Penetracji – piszczy ta druga.
– Odpieprz się, Chrissie, na Boga.
– No więc ja jestem tym kudłatym facetem, który stał przed budą na imprezie; wziąłem wtedy na przechowanie trochę twojego towaru…

184

– Ach, witaj, Vern. Przepraszam cię, zaopiekowałeś się mną wtedy, bo chyba trochę przeholowałam, no nie?

– Nie ma sprawy – mówię.

Słychać, jak Taylor wykopuje tę drugą z pokoju. Wciąż towarzyszy temu chichot.

– No więc gdyby nie ty, mogłyby mi się wtedy przydarzyć różne rzeczy – mówi po chwili.

Ślina napływa mi do ust, kiedy sobie wyobrażam, jakie dokładnie rzeczy mogłyby się jej przydarzyć.

– Skąd masz mój numer? – pyta.

– To długa historia. Chodzi o to, że będę w Houston. Pomyślałem, że moglibyśmy umówić się na kawę albo coś...

– No wiesz, Vern, jestem... tego... no, rozumiesz... Może następnym razem?

– Co byś powiedziała na to, żebyśmy się spotkali w porze lunchu?

– No wiesz, przyjeżdża moja kuzynka i chcemy pogadać o takich babskich sprawach i tak dalej... Ale bardzo ładnie z twojej strony, że zadzwoniłeś...

Te słowa są sygnałem, że to koniec rozmowy. Następuje niezręczna pauza; Taylor czeka na podobne zakończenie z mojej strony. Ukłucie paniki sprawia, że idę na całość.

– Słuchaj, Taylor, właśnie uciekłem z więzienia. Ukrywam się. Chciałem ci coś powiedzieć, zanim zniknę, rozumiesz?

– Rany boskie! Co się stało?

– Nie mogę mówić przez telefon.

– O Boże, a wydawało mi się, że jesteś... no wiesz, że z ciebie taki spokojny chłopak.

– Widocznie nie taki spokojny, jak ci się wydawało. W każdym razie już nie taki spokojny.

– O Boże, ale przecież ty masz dopiero jakieś czternaście lat, nie?

– Skończyłem właśnie siedemnaście. No więc stało się to, że musiałem podjąć walkę z niesprawiedliwością i tak dalej.

– O Boże...

Stoję przy telefonie, strzelam oczami na wszystkie strony i czekam, aż ona chwyci przynętę. Czekam, bazując na pewnej zgromadzonej od początku istnienia świata wiedzy, która to wiedza podpowiada mi, że dziewczęta nie mogą się oprzeć łajdakom. Wiecie o tym i ja o tym wiem. Wszyscy to wiedzą, nawet jeśli dziś nie wypada mi już o tym głośno mówić.

– Vern, może mogłabym... no wiesz, coś zrobić? To znaczy... o Boże. Wiesz, gdzie jest w Huston Galeria?

– Nie mam pojęcia.

– Słuchaj, będę przed Victoria Secret około drugiej. Moglibyśmy się spotkać, powiedzmy, przy rogu Westheimer albo gdzieś w pobliżu.

– Victoria Secret? – pytam. Język mi się plącze z wrażenia. Taylor chichocze.

– Wiem, że to krępujące, ale muszę kupić trochę bielizny. Sama nie mogę uwierzyć, że się w ogóle z tobą umówiłam.

– Będę w okularach przeciwsłonecznych.

– Dobra – mówi ze śmiechem. – Masz samochód?

– Wezmę taksówkę.

– Nieważne, słuchaj: przed Galerią jest taka nadmuchiwana ośmiornica, bo mają tam właśnie promocję. Będę tam w okolicach drugiej.

Widzicie, jak podziałało? Najpierw jestem dla niej jak odrobina gówna rozmazana na słuchawce i chce zakończyć rozmowę. Ale widzicie, jak to się zmienia, kiedy się dowiaduje, że mam kłopoty. Oto straszliwa potęga kłopotów. Kłopoty, kurwa, wywołują wstrząs.

Autobus do Houston kosztuje dwadzieścia dwa dolce. Jestem głodny, ale zostały mi tylko czterdzieści cztery dolary i pięćdziesiąt centów. Żebyśmy się oboje mogli dostać do Meksyku, potrzeba więcej forsy. Kiedy tuż przed pierwszą ląduję w Houston, idę do telefonów i szukam w książce telefonicznej hasła „Gotówka". Muszę się rozstać ze swoją muzyką. Taksówka zawozi mnie do odległego o całe mile lombardu, gdzie właściciel proponuje mi dwadzieścia pięć dolców za mojego wartego dwieście dolców discmana. Zgadzam się, bo taksomierz stuka i już nabił dychę, którą musiałem zapłacić z góry, jak tylko taksiarz dowiedział się, że mamy jechać do pieprzonego lombardu. Właściciel proponuje mi też po dwadzieścia pięć centów od sztuki za moje płyty, ale tylko uśmiecham się szyderczo, co go tak wnerwia, że aż mu się gotuje w dupie, jak mówimy w tych stronach.

Taksówka wiezie mnie autostradą, a potem obok wielkiego, lustrzanego budynku, do Galerii. Staram się nie wyobrażać sobie, jak Taylor będzie ubrana i jak będzie pachnieć. Lepiej nie przywiązywać się do swoich wizji, bo potem człowiek czuje się jak ostatni frajer, kiedy jest inaczej. Mogę sobie wyobrazić te szorty, które miała kiedyś na sobie, a ona przyjdzie w dżinsach i cały wiatr ujdzie mi z żagli.

Próbuję myśleć o czymś innym, przyglądając się kierowcy. To prawdziwy zawodowiec; jego dupsko przybrało już na stałe kształt szoferskiego siedzenia. Robi sympatyczne wrażenie, jest wielki i wąsaty, uśmiecha się łagodnie. Przypomina Briana Dennehy'ego z dawnych filmów, na przykład z tego z jajkami kosmitów w basenie. Wielu chłopaków w szkole marzyło o tym, żeby Brian Dennehy był ich ojcem, tak samo jak pragnęliśmy, żeby Barbara Bush była naszą babcią. Nie taką jak moja zrzędliwa babka. Ale kiedy oglądałem te filmy, mój stary jeszcze żył, i gdy myślałem, że chciałbym, żeby Brian Dennehy był moim tatą, czułem się, jakbym go zdradzał. Kto wie, może ta moja negatywna energia też przyczyniła się do jego śmierci?

Taksówka skręca w aleję Westheimer, która jest szeroka jak cztery ulice Gurie. Próbuję nie myśleć o moim przyśpieszonym pulsie, ale on i tak przyśpiesza coraz bardziej. Nawiasem mówiąc, nie ma na to, kurwa, lekarstwa. W filmach puls przyśpiesza wtedy, kiedy człowiek sobie tego życzy – a w rzeczywistości w ogóle cię nie słucha. Ten pieprzony puls to grób dla luzu i spokoju. Biorę głęboki oddech i wtedy dostrzegam molocha, przed którym wije się ogromna nadmuchiwana ośmiornica zawieszona na linkach.

– Tu, przy tej ośmiornicy – mówię do kierowcy.

Młoda kobieta stoi na chodniku. Kulę się z nadzieją, że mnie nie spostrzegła. Nienawidzę, kiedy idę się z kimś spotkać i ten ktoś widzi mnie z odległości dwudziestu pieprzonych mil, stoi i gapi się na mnie. Człowiek czuje się, jakby za mocno tupał albo za bardzo wymachiwał rękami i tak dalej. I jeszcze się głupio uśmiecha.

To Taylor Figueroa. Ma na sobie krótką spódniczkę koloru khaki. Jej ciepłe nogi i ręce poruszają się swobodnie, na głowie burza lśniących brązowych włosów. Podnosi raptownie brwi na widok taksówki. Czuję mdlący ucisk w pieprzonym żołądku.

– Należy się siedem osiemdziesiąt – mówi kierowca – a tu jest tylko pięć.

Wystawia banknot przez okno, trzymając go tak, jakby to był kawałek gówna.

Kropelki potu występują mi na czoło. Grzebię w kieszeni w poszukiwaniu drobnych, ale kieszeń jest tak ciasna, że nie mogę poruszać ręką. Van Damme prędzej by sobie zdarł grzbiet dłoni, niżby się miał tak gimnastykować. Rozwaliłby facetowi pieprzone przednie światła. W końcu daję gościowi dychę.

– Reszty nie trzeba – mówię nonszalancko.

Taylor nachyla się, żeby cmoknąć mnie w policzek, ale w połowie tego gestu nieruchomieje, bo cholerny kierowca wysuwa rękę z banknotem i wymachuje nim w moją stronę.

– Pan nie zapomni swojej piątki.

– Powiedziałem: reszty nie trzeba.

– Na pewno? Dziękuję, wielkie dzięki...

Kurwa mać. Teraz Taylor jest zakłopotana. A ja jestem zakłopotany i spłukany prawie do nitki, i na dobitkę Taylor zrezygnowała z całusa. Ale czuję z bliska powiew jej perfum, zapach, który ma w sobie jakiś wabik, taki haczyk prawdziwej kobiety, który dziwnie kojarzy mi się z wymyślnymi majteczkami, pewnie jedwabnymi, rozkloszowanymi, obszytymi koronką i tak dalej. Może bladoniebieskimi albo cielistymi. Ona mnie po prostu zabija.

– Cześć – mówi i prowadzi w stronę ośmiornicy. – Obrabowałeś bank czy co?

– Zgadza się. Widzisz ten plecak?

W moim głosie pobrzmiewa nuta znużenia, jak u normalnego frajera w zwykły, nudny dzień w Houston. Pot kapie mi z nosa. Taylor przygląda mi się bacznie. Mruży swoje piwne oczy.

– Dobrze się czujesz?

– Chyba tak.

Mówię to takim tonem, jakbym już nie chciał na nikim zrobić wrażenia, ale równocześnie z tym nowym przypływem depresji dzieje się coś dziwnego. Coś bardzo życiowego. A mianowicie to, że nawiązujemy prawdziwy kontakt, zupełnie tak jak w filmie. Była właśnie świadkiem tego, jak zrobiłem z siebie prawdziwego durnia, i wie, że ja to wiem. I dzięki temu rozluźnia się trochę, a ja rozluźniam się razem z nią. Jak ten koń, który może już przestać liczyć na estradzie. Myślę, że przez czysty przypadek staję się dzięki temu autentyczny: jestem po prostu spieprzonym kundlem, kompletnie zmaltretowanym. Taylor prowadzi mnie spokojnie do Galerii, respektując tę mgiełkę udręki i łez innych ludzi, w których nurza się moja dusza.

– No więc co się dzieje, ty paskudny draniu? – mówi prowokacyjnie na ruchomych schodach.

– Nie wiem, cholera, od czego zacząć.

– Wyciągnę to z ciebie.

Wsuwa swoją małą suchą dłoń w gniazdo moich wilgotnych serdelkowatych palców i wiedzie mnie przez tłum.

– Sprawdzimy, czy jest moja kuzynka, a potem wypijemy może jakiś soczek, usiądziemy gdzieś, gdzie będzie bardziej intymnie.

Soczek. Intymny soczek. Co za kobieta! Przyglądam się jej zgrabnym pośladkom, napinającym materiał spódniczki, lewy, prawy, lewy, prawy, nie widać zarysu majtek, w każdym razie nie gołym okiem. Jestem w niej tak cholernie zadurzony, że nie mogę ich sobie nawet wyobrazić.

Wchodzimy do działu bielizny, gdzie te wszystkie superseksowne, olśniewające wspaniałości wystawione są na widok publiczny. Szczerze mówiąc, nie jestem aż tak bardzo zainteresowany tymi groteskowymi cudeńkami. Wolę proste, kretonowe bikini, takie, jakie ma na sobie dziewczyna, kiedy się nie spodziewa, że będziesz się do niej dobierał. Rozglądam się dookoła po twarzach kobiet. Widać, kurwa, że aż się modlą, żeby się do nich dobrać.

– Nie widzę jej – mówi Taylor, kręcąc głową na wszystkie strony. – To dla niej typowe. Chcesz pogadać? Zrozumiem, jeśli nie zechcesz...

– Jasne, że chcę, ale będziesz musiała dochować naprawdę wielkiej tajemnicy. Zrozumiem, jeśli nie będziesz mogła.

Dziewczęta wprost uwielbiają sekrety.

– Nieważne. – Marszczy swój mały nosek. – Nie chcę wiedzieć, gdzie są ukryte zwłoki ani nic takiego.

Błyska w moją stronę zębami i prowadzi mnie do szykownej kawiarenki przy końcu sali.

– Do diabła, tu nie ma zwłok ani nic takiego – mówię.

Kiedy sadowi tyłek na stołku barowym, zauważam, że nie jest jednak tak idealna, jak te dziewczęta malowane aerografem – ma parę krzywych zębów, a pod makijażem widać świeży pryszcz. Mięknę jak wosk. A więc jest taka p r a w d z i w a, taka realna!

– No więc co z tobą. Jesteś winny? – pyta.

– Nie, nie sądzę.

– A o co chodzi, o napad czy coś w tym rodzaju?

– O morderstwo.

– Brr – krzywi się z odrazą, jakby wdepnęła w rzygowiny. – Nie uważasz, że byłoby lepiej, gdybyś nie uciekał i stawił czoło oskarżeniom?

– Nie, teraz sprawy zaszły już tak daleko, że muszę na pewien czas zniknąć.

Aż marszczy brwi, tak bardzo mi współczuje. Rozpuszczając się w syropie tego współczucia, uświadamiam sobie, że muszę tak kierować rozmową, żeby skończyć z gadaniem o plugastwie, w jakim tkwię, i zacząć budować płaszczyznę ekscytacji, obudzić w niej pokusę. Zamówić tequilę albo coś takiego, pocałować ją w usta.

– Tay – mówię z poważną miną – może cię to zaskoczy, ale muszę cię poprosić o coś naprawdę ważnego.

Jej twarz tężeje, jak to bywa wtedy, gdy człowiek wyczuwa, że szykuje się coś cholernie nieprzyjemnego. Od razu widzę, że źle wystartowałem.

– O forsę? – pyta. – Bo jeśli chciałbyś pożyczyć...

Zjawia się kelner.

– Co podać?

Upływa chwila, zanim nasze spojrzenia się rozłączają.

– Dla mnie koktajl z gujawy – mówi ona.

– Dla mnie to samo – mówię.

Tequila, kurwa, dobre sobie. Kelner odchodzi, a ja zaczynam z innej beczki.

– Do licha, Tay, myślę tylko o sobie – nawet nie zapytałem, co u ciebie...

Potrząsa obiema moimi rękami.

– O rany, jesteś naprawdę niesamowity. Co u mnie? Siedzę tu, kończę naukę, próbowałam szczęścia w telewizji, ale jeszcze nie dostałam żadnej roli – takie tam różne...

Uśmiecham się, wysysam całe ciepło tej chwili, żeby uformować z niego podstawę do romansu. Potem ona odrzuca włosy i spuszcza wzrok.

– I spotykam się z tym lekarzem, wyobrażasz sobie? Jest dużo starszy, to prawda, ale ja jestem taaaka zakochana! To właśnie dlatego robię tu dziś zakupy: ten mój lekarz i nowy przyjaciel mojej kuzynki mają bzika na punkcie majteczek...

Jej głos brzmi tak, jakby docierał do mnie z daleka, z jakiegoś tunelu, wiecie, jak to bywa. Potem wymyka mi się ulubiony okrzyk mamy.

– O rany!

– Boże, nie mogę uwierzyć, że ci to powiedziałam! No więc on ma corvette, oryginalnego stingraya, i w listopadzie wybieramy się do Colorado, z okazji moich urodzin...

– O rany!

Och-jakże-miękki-i-łagodny-w-dotyku Los sprawia, że umieram, skowycząc z tęsknoty za każdym pikselem jej jestestwa i przy każdym jej uśmiechu, przy każdej oznace tego, jak odległe są moje marzenia od jej myśli, zdycham, kurwa, świadom, że to zaledwie pierwszy zarazek infekcji, która zabije mnie w okrutny sposób jeszcze tysiąc razy.

I wtedy Taylor zsuwa się ze swojego stołka i macha ręką w stronę przejścia między stoiskami.

– Hej, jest moja kuzynka. Leona! Loni! – woła. – Tutaj jestem!

Chryste! Ja pieprzę! To Leona Dunt z Martirio. Nie wiem, czy nie ma z nią Lally'ego. O kurwa! Zeskakuję ze stołka i chwytam plecak. Leona stoi we wdzięcznej pozie przy stoisku z bielizną, jeszcze nie spojrzała w naszą stronę.

– Co się stało? – pyta Taylor.

– Muszę uciekać.

– Ale... Miałeś do mnie jakąś prośbę?

– Proszę cię, błagam, nie mów nic Leonie.

– To ty znasz Leonę?

– Tak. Proszę cię.

Moje najki niosą mnie już ku wyjściu.

– Vern! – woła Taylor, kiedy znikam w tłumie.

Oglądam się przez ramię i zatrzymuję na zawsze w pamięci jej obraz. Stoi jak zabłąkany kociak, wargi rozchylone, brwi załamane.

– Uważaj na siebie – mówią bezgłośnie jej usta. – Zadzwoń do mnie.

Rozkładam się i gniję powoli na tylnym siedzeniu autobusu jadącego do McAllen pod naciekiem chorobliwego światła, pod plazmową lampą nieba, tej skorupy, pod którą kryją się pozbawione znaczenia firmowe nazwy, osłony dla robactwa i czerwi. Vernon Grzesznik Little. I jak się już pewnie domyśliliście, nie zadzwoniłem wcale do mamy. I nawet nie jadłem cały dzień. Jedyne, co zrobiłem, to przybiłem się sam do krzyża.

Na Ekranie numer Jeden w moim mózgu w nieskończoność ciepłe zbliżenia Taylor. Staram się nie patrzeć, staram się stać z boku i ignorować je. Ale obraz się narzuca, wiruje mlecznobiały tyłek. Na Ekranie numer Dwa inny ponadczasowy klasyk, *Mama*, czyli *Jak wydymałem w dupę własną rodzinę*. Tego też staram się nie oglądać. Patrzę tylko na podwójne odbicie mojej gamoniowatej gęby w szybie, a za szybą przewija się bezkresna przestrzeń, gąbczasta, ciemna, jak gruzełki sfilcowanej wełny na wilgotnym sucharze. Przewody wysokiego napięcia i słupki parkanów wyglądają jak zapis nutowy, ale melodia jest gówniana.

Tak wygląda scenariusz, kiedy nagle następuje kulminacja, jakiej się już nie spodziewałem. Otóż z Taylor kojarzy mi się pewna piosenka. Kiedy człowiek myśli, że jest już kompletnie, do ostatecznych granic spierdolony, pojawia się zawsze coś, o czym zapomniał. Znam ten mechanizm. Wszyscy wiedzą, że kiedy piosenka Losu przyczepi się do człowieka, nie można się jej pozbyć. Jest uporczywa jak pieprzona opryszczka. Jedyny sposób, żeby ją z siebie spłukać, to pójść do sklepu, kupić płytę i odtwarzać ją dzień i noc, aż straci wszelkie znaczenie. Potrzeba na to tylko biliona lat. Wszyscy to wiedzą, ale ja nie pamiętam, żeby przekazali mi ten klejnocik wiedzy w szkole, wiedzy o destrukcyjnym działaniu takich piosenek Losu. Poprawcie mnie, bo może byłem wtedy nieobecny albo zamiast siedzieć w klasie, sprzątałem na podwórzu szkolnym za karę, że wypuściłem żaby z laboratorium. Ale nie, o ile pamiętam, byliśmy zbyt pochłonięci przyswajaniem sobie wiedzy o Surinamie, żeby nauczyć się czegoś o tym, co naprawdę ważne w życiu, na przykład o piosence Losu.

Słyszę piosenkę Taylor przez tss, tss, tss dobiegające ze słuchawek chłopaka, który siedzi kilka rzędów przede mną. To *Better Man* zespołu Pearl Jam. Nie znam nawet słów tej piosenki, ale możecie być pewni, że spędzę następne osiemdziesiąt lat w piekle, dopasowując każdą jej linijkę do mojej sytuacji. Nawet jeśli piosenka mówi w zakończeniu o pieprzonych świstakach w kosmosie albo o czymś podobnym.

Najgorsze, że nie jest to nawet piosenka o seksie. Nie ma żadnych brudnych gitarowych riffów wywołujących ciarki na grzbiecie, żadnej pulsacji i szarpaniny, niczego, co można by rozładować przez masturbację. Ta stara melodyjka odrywa wrzeszczącego człowieka od jej majteczek z zabójczą siłą, i robi to dzięki czemuś potężniejszemu niż dziarskie riffy. Dzięki zanodyzowanemu, szorstkiemu pragnieniu i tęsknocie. Śmiertelnemu trunkowi miłości.

Szloch wyrywa mi się z gardła. Tłumię go i rozglądam się za czymś nieszkodliwym, co mogłoby zaprzątnąć moją uwagę, ale widzę tylko krępą młodą kobietę z dzieckiem, siedzącą kilka rzędów przede mną. Dziecko ciągnie ją za włosy, a ona udaje zgrozę.

– Och, nie – mówi. – Jak możesz to robić m a m u s i?

Udaje, że płacze, ale dziecko śmieje się i gulgocze jak jakiś psychol, i szarpie jeszcze mocniej. Jestem świadkiem wbijania nowiutkiego noża w nowiutką duszyczkę. Ćwiczebnego sztyletu. Ostrza macierzyństwa. Oto mateczka spokojnie wykonująca kontrolne, próbne nakłucie, absolutnie niewinna w swojej głupocie.

– Och, nie, z a b i ł e ś mamusię, mamusia n i e ż y j e. – Udaje martwą.

Chłopczyk chichocze przez chwilę, ale tylko przez chwilę. Potem zaczyna wyczuwać, że coś jest nie tak. Mama się nie budzi. Zabił ją, opuściła go, tak po prostu, po pociągnięciu za włosy. Dźga ją palcem, potem szykuje się do płaczu. No i proszę: dziecko ujmuje rękojeść drobnymi rączkami i wbija po raz pierwszy ostrze, aż do końca. Po to, żeby odżyła. I oczywiście wraz z jego pierwszą łzą ona się budzi.

– Cha cha, jestem z powrotem! Cha cha, to mamusia!

Cha cha, taki jest Porządek Rzeczy.

Drrrrr, autobus wbija się w fioletowy zmierzch jak pocisk, wiezie noże i Vernona. Wiem, że gnębię się z jakiegoś gównianego powodu. Powiecie pewnie, że mierzi mnie byle co, dosłownie wszystko. Ale to po prostu tkwi w mojej głowie niczym jakiś Głos Stuleci, który mówi: „Nie tak powinien młody chłopak spędzać swoje szkolne lata".

Taylor pewnie już skończyła zakupy. Pewnie siedzi już w stingrayu tego swojego jebaka, ze spódnicą zadartą wyżej pasa. Wyobrażam sobie, że jej majteczki są teraz bardzo skąpe, żeby mnie po prostu wykończyć. Teraz jest to frywolne bikini, obcisłe, opięte, z maleńką kokardką przy gumce. Myśl o nich tnie mnie i szatkuje na kawałki. Mokra plamka wielkości dziesięciocentówki lśni na jej wzgórku, a gdyby ująć oburącz jej jedwabiście gładkie pośladki, unieść ją lekko na siedzeniu i przybliżyć twarz, wyczułoby się tylko najlżejszy powiew tamaryszkowej woni, nagły jak ukłucie szpileczką. Taka jest teraz niesamowicie czysta, nawet w taki gorący, spieniony dzień jak dziś. Nieskazitelnie czysta, jak lalka. Och, Taylor, pieprzona Tay.

Kiedy autobus wjeżdża do McAllen, zaskakuje mnie cisza panująca w mieście. Kierowca wyłącza silnik, drzwi otwierają się z głośnym pszssss i świat się zatrzymuje. Jest już prawie jedenasta i teraz, kiedy wstaję z fotela, słychać inną ciszę, zakłócaną tylko szelestem ubrania. Czuję się tak, jakbym budził się z gorączki, zwłaszcza po tych wszystkich toksycznych myślach. Idę za innymi podróżnymi na przód autobusu, gdzie wita mnie swąd dymu. Być może to zapach wolności. Do granicy jest stąd niespełna dziesięć mil.

Rozkoszuję się szklistym skrzypem swoich new jacksów na betonie i jednocześnie coraz silniej odczuwam to, że przynajmniej jeszcze żyję, mam wciąż ręce i nogi, i te marzenia, które mnie, kurwa, zabijają. I dwadzieścia jeden dolarów, trzydzieści centów. Prawie pusty dworzec autobusowy aż promieniuje obietnicą komfortu, zasuwam więc, żeby poszukać jakiejś kawy albo może kanapki, czegokolwiek, co powstrzymałoby komórki jelit od poszukiwań innego zajęcia w moim organizmie. Mały Meksykanin zamiata podłogę przy drzwiach, dwie starsze panie drzemią na krzesłach, obok stoją obwiązane sznurkami pudła. Tapicerka popierduje i wydycha obłoczki DDT. Dostrzegam w głębi hali dworcowej telewizor. Właśnie lecą wiadomości. Rozum mówi mi: „Nie chodź tam, kurwa". A ja, kurwa, idę.

„Nowy szok dla mieszkańców Martirio w Środkowym Teksasie", słychać z ekranu. Czerwone i niebieskie światła odbijają się od gładzi jezdni jeszcze mokrej po niedawnej ulewie. Vaine Gurie człapie niezdarnie podjazdem, gdzieś na obrzeżach miasteczka. Ma na sobie gruby dres i osłania oczy przed światłami telewizji. Inna potężna kobieta otwiera jej siatkowe drzwi, po czym odwraca się do kamer. „Mieszkańcy miasteczka są po prostu zdruzgotani. Proszę wszystkich o modlitwę za naszą społeczność w ten bardzo dla nas trudny czas".

Cięcie, biały dzień. Policyjna taśma rozpięta w poprzek drogi Johnsona trzepocze niemrawo w miejscu, od którego zaczęła się wczoraj wieczorem moja podróż. W kadrze pojawia się Lally, idzie w stronę kamery. Rękę ma na temblaku.

„Miałem szczęście, że udało mi się uciec z miejsca zbrodni. Mam złamany obojczyk i poważne obrażenia, ale jestem tylko wdzięczny losowi za to, że mogłem być świadkiem zbrodni, która rozprasza wszelkie wątpliwości co do przyczyny ostatnich wydarzeń w Martirio". Żylasty pracownik kostnicy nachyla się nad owiniętym w folię ciałem. Ludzie w mundurach przenoszą je za plecami Lally'ego do czekającego samochodu. „Barry Enoch Gurie nie miał takiego szczęścia. Padł niespełna sto jardów od obszaru działania elitarnego Oddziału Specjalnego – jednostki, do której miał być wcielony kilka godzin po tym, jak został brutalnie zastrzelony ze swojej własnej broni".

Na ekranie zdjęcie Barry'ego jako kadeta; błyszczące oczy wpatrują się z nadzieją w przyszłość, gdzieś daleko za kamerą. Powraca Lally, jeszcze bardziej nachmurzony.

„Byłem świadkiem, jak strzały przerwały życie człowieka, który przezwyciężył dziecięcy autyzm, aby stać się najjaśniejszą gwiazdą w szeregach stróżów prawa, policjantem określanym przez kolegów i mieszkańców miasta jako prawdziwy człowiek. Do dotkniętego tragedią miasta wkroczyły siły federalne, uwaga wszystkich koncentruje się na tym, gdzie może się ukrywać notoryczny zabójca, Vernon Gregory Little...".

Pokazują moje szkolne zdjęcie, a potem materiał filmowy, na którym widać, jak wychodzę z Pam z sądu. Następnie pojawia się jakiś nieznajomy mężczyzna w kombinezonie i w okularach z grubymi szkłami. Na rękach ma gumowe rękawiczki. „Wyniki oględzin są bardzo satysfakcjonujące – mówi. – Zidentyfikowaliśmy już ślady sportowych butów, nietypowych dla tej okolicy, zabezpieczono również ślady wokół ciała denata".

Powraca Lally. „Policja będzie kontrolować granice stanu i autostrady przez całą noc – władze ostrzegają, że podejrzany może być uzbrojony, w związku z czym lepiej się do niego nie zbliżać...".

Skamieniały toczę okiem po hali dworca. Chłopak zamiata ospale podłogę obok poczekalni. Kasjer przebiera bezgłośnie palcami po klawiaturze. Idę między nimi odmierzonym, równym krokiem do drzwi, po czym rzucam się pędem w mrok, w stronę drogi prowadzącej ku autostradzie.

Przecinam autostradę w najciemniejszym punkcie i biegnę ciężko po nieoświetlonej stronie, niewidzialny; w moich żyłach pulsuje śluzowate plugastwo i ogień. Daleko przede mną widać drogowskaz z napisem MEKSYK. Mija go sznur samochodów. Nie wiem nawet, jaki muszę pokonać dystans, po prostu biegnę do utraty tchu, a potem idę, słaniając się, aż znów odzyskam siły na tyle, żeby biec. Jest już po północy, gdy przestaję krzesać iskry swoimi stopami. Zwalniam, powłóczę nogami, tłumię świszczący oddech. Za moimi plecami piętrzą się fale, zamiast pianą zwieńczone rojami much, które muszę zabić – są to roje moich parszywych myśli o klęsce. Wraz z nimi pojawia się Jesus, macha do mnie ręką, ale zostaje wchłonięty, zatopiony, pożarty przez muchy, które jednoczą się z nocą, by zawłaszczyć wszystkimi jego kolorami i oddać go z powrotem czerni. Staję, zastygam jak skała, która nigdy nie zaznała ruchu. W zwieszonej głowie huczy mi i brzęczy, a kiedy unoszę ją po upływie całego stulecia, widzę przed sobą jarzące się światło.

Potykając się, idę naprzód i widzę, że poświata zamienia się w oślepiający blask, w jakieś laserowe widowisko zainscenizowane w samym środku bezkresnego pustkowia.

MOST MIĘDZYNARODOWY – PUENTE INTERNACIONAL, głosi napis. MEKSYK.

Z mojego punktu widzenia wygląda to jak dekoracja do filmu Stevena Spielberga: eksplozja zimnego, arktycznego światła w oprawie ciemności. Wkładam marynarkę, mimo że nie jest w ogóle zimno, i usiłuję przygładzić włosy. Potem pokonuję ostatnie kilkaset jardów ojczystego kraju.

Długie szeregi ciężarówek giną w mroku po drugiej stronie mostu, samochody przeciążone pasażerami suną środkiem. Jest też mnóstwo pieszych, nawet o tej porze, i nie widzę żadnego szlabanu ani blokady oprócz zwykłych granicznych punktów kontrolnych. Wkraczam na most, świadom tego, że oto wchodzę w rejony moich marzeń, przydeptując ich rąbek nogą, żeby móc się wspiąć na pokład. Odkupienie, pamiątki, majteczki w nagrzanym słońcem, wonnym powietrzu.

Mogę już powiedzieć jedno: gładka, betonowa autostrada kończy się na granicy, dalej jest całkiem inny kraj. Strumień wysokich i niskich ludzi przepływa obok mnie jak natłok sklepowych wystaw; wśród nich pyzate typki w dżinsowych ubraniach, z widocznym poczuciem, że są u siebie w domu. Meksykanie. Ich twarze wydają się czujne, jakby wciąż obawiali się złamania danej im obietnicy. A jest tak dlatego, że rąbek ich marzeń też zwisa z tego mostu. Wyczuwa się to niemal namacalnie. Mijam starszego gościa w okularach przeciwsłonecznych ray-ban, czapeczce à la *Słoneczny patrol*, kurtce z serialu *Wowboys*. Na nogach ma świecące zielone najki, niesie pod pachą pudło z nintendo przewiązane prześcieradłem z *South Park*. Wyglądam przy nim jak jakiś pieprzony kołek, mimo że jestem od nich wszystkich wyższy o sześć cali.

Budynki, w których są punkty kontrolne, stoją po stronie meksykańskiej, celnicy w mundurach zatrzymują samochody i przeszukują je. Stawiam kołnierz marynarki i próbuję wtopić się w strumień ludzi. I prawie mi się to udaje, gdy nagle słyszę głos.

– *Joven* – woła meksykański celnik. Przyśpieszam kroku. – *Joven, Mister!*

Rozglądam się dookoła. Powstrzymuje mnie gestem dłoni.

16

Funkcjonariusz straży granicznej idzie nieśpiesznie w moją stronę. Ma skórę ciemniejszą niż większość stojących tu ludzi; pasemka szpakowatych włosów przylepione są do łysej głowy czymś, co wygląda na smar albo coś podobnego. Typ bezczelnego małego cwaniaczka.

– Paszport proszę – mówi.

Wygląda na to, że jest bardzo zasadniczy, i do tego okazuje się, że ma złote zęby. Spojrzenie jego czarnych oczu aż pali.

– Eee... paszport?

– Tak, paszport proszę.

– Jestem Amerykaninem.

– Prawo jazdy?

– E, tego... nie mam, jestem Amerykaninem, chcę zwiedzić wasz piękny kraj i w ogóle...

Wpatruje się we mnie. Widzę, że myśli o tym, żeby zastosować jakąś perfidną formalną sztuczkę i narobić mi, kurwa, kłopotów. Czuję to nosem.

– Proszę za mną – mówi i prowadzi mnie do głównego budynku.

W środku śmierdzi pastą do butów. Jest to coś w rodzaju parku jurajskiego z wyposażeniem biurowym; pełno tu starych biurek i krzeseł jak z chińskich restauracji, a wszystko jest oświetlone smutnym, zimnym światłem jak w supermarkecie. W jednym kącie terkocze wiatraczek. W sumie wygląda to na coś pośredniego pomiędzy salą sądową, a poczekalnią w przychodni lekarskiej, z tych, jakie widuje się w telewizji – zwłaszcza że roi się tu od meksykańskich kobiet. Ale nie mówcie, kurwa, nikomu, że tak powiedziałem. Nie chciałbym ponosić konsekwencji. Funkcjonariusz prowadzi mnie do biurka, siada za nim, wyprostowany i sztywny, jakby był prezydentem Ameryki Południowej albo kimś takim, zupełnie jak gdyby granica była rowkiem w jego pieprzonej dupie.

– Ma pan jakiś dokument stwierdzający tożsamość? – pyta.

– Nie bardzo.

Rozsiada się wygodniej, rozkłada szeroko ręce, jakby chciał zaakcentować tym gestem najbardziej oczywisty fakt we wszechświecie.

– Nie może pan wejść do Meksyku bez dokumentu stwierdzającego tożsamość. – Zaciska wargi, żeby jeszcze mocniej podkreślić oczywistość tego faktu.

Kłamstwa formują równy szereg w głębi mojego gardła. Postanawiam zastosować starą, wypróbowaną sztuczkę, czyli pojechać numerem Głupi Szczeniak. Szybko montuję sobie w myślach rodzinę.

– Muszę się spotkać z rodzicami. Przyjechali wcześniej, ale ja musiałem zostać i miałem przyjechać później, i teraz oni czekają, i prawdopodobnie bardzo się martwią, i w ogóle.

– Rodzice na urlopie?

– Tak, tak, no wie pan, zamierzamy tu spędzić wakacje.

– Gdzie są rodzice?

– Są już w Meksyku, czekają na mnie.

– Ale gdzie?

Kurwa mać. Najgorzej, jak się trafi na takiego faceta. Rzecz w tym, że gość spycha cały ten kit, wciska go do lejka prawdy. Wiecie, jak kłamstwo staje się wtedy mętne? Można co najwyżej powiedzieć: „Czekają na mnie na północnej półkuli". Widzę, że facet wciska mój kit coraz głębiej, tam gdzie jest coraz węziej, aż w końcu zażąda, żebym mu podał cholerny numer pokoju. Gdzie, do kurwy nędzy, mogą być moi rodzice?

– W Tijuanie – mówię, kiwając z przekonaniem głową.

– W Ti-*juanie*? – Potrząsa głową. – To nie tędy jedzie się do Tijuany. Tijuana jest na drugim końcu Meksyku.

– Tak, to prawda, ale oni przyjechali od innej strony, a ja byłem tu, więc muszę przejechać przez cały Meksyk, żeby się z nimi spotkać, rozumie pan?

Siedzi z pochyloną głową, ale oczy patrzą w górę w taki sposób, jak patrzy się na człowieka, kiedy się nie kupuje jego bajeczki.

– I gdzie są w tej Tijuanie?

– E... w hotelu.

– W którym?

– W... cholera, miałem tu gdzieś zapisane... – Grzebię gorączkowo w plecaku.

– Nie wpuścimy cię dziś do Meksyku – mówi on. – Lepiej zadzwoń do rodziców, niech przyjadą po ciebie.

– Trochę za późno, żeby teraz dzwonić. Miałem już tam być o tej porze. Myślałem, że między naszymi państwami jest jakiś układ czy coś w tym rodzaju. Myślałem, że Amerykanie mogą przekraczać granicę bez przeszkód.

– A skąd mam wiedzieć, że jesteś Amerykaninem? – wzrusza ramionami.

– Do diabła, przecież wystarczy na mnie spojrzeć. Ja jestem Amerykaninem, przecież to jasne.

Wyciągam ręce, usiłując skopiować efekt Najbardziej Oczywistego na Świecie Faktu. Przechyla się przez biurko i mierzy mnie wzrokiem.

– Lepiej zadzwoń do rodziców. Dziś zostaniesz w McAllen, jutro przyjadą po ciebie.

Robię jedyną rzecz, jaką można zrobić w lejku prawdy: udaję, że podsunął mi naprawdę świetny pomysł.

– Jasne, zadzwonię do nich i powiem, żeby po mnie przyjechali. Dzięki, serdeczne dzięki.

Idę ociężałym krokiem do starego telefonu na ścianie i udaję, że wkładam monetę. Potem grzebię w plecaku jak jakiś kompletny palant. Udaję nawet, że rozmawiam przez ten cholerny telefon.

Odwalam coś takiego, że naprawdę można by się zastanawiać, czy nie jestem psycholem. Po rzekomej rozmowie z moimi rzekomymi rodzicami siadam na wolnym kawałku ławki i odpływam do jakiegoś niekończącego się czyśćca, podczas gdy wentylator piszczy jak wór pełen szczurów. Siedzę tak do trzeciej nad ranem, potem do wpół do czwartej, spragniony chłodnej pościeli. Czy znacie ten głos rozsądku rozbrzmiewający w głowie, jakby przemawiała do was jakaś wewnętrzna, mądra babcia czy ktoś w tym rodzaju? Mój mówi mi: „Chapnij hamburgera, zwędź hot doga, a wszystko nabierze trochę więcej sensu".

Moją uwagę przyciąga czerwony błysk za oknem. Potem niebieski. Pod budynek podjeżdża patrolowy wóz. Pojawiają się policyjne kapelusze. Amerykańskie. Zrywam się z ławki i przemykam obok starca, który kima, oparty o szafkę z kartoteką. Chyba drzemie tu tak, kurwa, od dzieciństwa. W krańcowej desperacji wracam do biurka. Funkcjonariusz stoi i rozmawia z innym Meksykaninem w mundurze. Odwracają się do mnie.

– Sir, *señor*, ja naprawdę muszę przekroczyć granicę i przespać się trochę. Jestem Amerykaninem i mam właśnie wakacje...

Widzę kątem oka jeszcze jednego policjanta przechodzącego za oknem. Staje w wejściu, trzymając broń w pogotowiu, i mówi coś do swojego kolegi. Potem zbliża się do nich policjant meksykański i zamienia z nimi parę słów. Policjanci kiwają głowami, po czym się oddalają.

– Rodzice przyjadą? – pyta mnie Meksykanin.

– Tak od razu nie mogą.

Wzrusza ramionami i odwraca się z powrotem do kolegi.

– Pan posłucha – mówię. – Ja jestem w porządku, może pan sprawdzić mój portfel i wszystko...

W jego oczach pojawia się nowy błysk. Wyciąga rękę po mój portfel. Podaję mu go. Wyjmuje kartę, wykłada ją na biurko oficjalnym gestem, potem siada, kładzie sobie portfel na kolanach i przelicza moje dwadzieścia jeden dolarów.

– To są wszystkie twoje pieniądze?

– Aha. No i karta.

Bierze kartę z biurka i obraca ją w palcach, przyglądając się dłużej tej stronie, gdzie jest napisane VG Little. Zagryza wargę. Nagle doznaję wrażenia, że w Meksyku Los działa inaczej niż w Teksasie. Wydaje mi się, że dostrzegam w czarnych oczach Meksykanina błysk, jakby porozumiewawczy sygnał, że jesteśmy starymi wygami, zaangażowanymi w szytą grubymi nićmi grę. To błysk konspiracji. Potem jednym szybkim ruchem wyciąga pieniądze z portfela i wsuwa je do szuflady biurka.

– Witamy w Meksyku.

Słynny aktor Brian Dennehy stałby chwilę nieporuszony, zmrużywszy oczy na znak niemego respektu wobec dyskretnych męskich układów. Mógłby położyć dłoń na ramieniu faceta i powiedzieć: „Pozdrów ode mnie Marię". Ja natomiast chwytam swój plecak i spieprzam ile sił w nogach. Policjanci są o trzydzieści jardów stąd po amerykańskiej stronie, rozmawiają przez radio. Odwracam się i znikam w mroku nocy moich marzeń.

Wyobraźcie sobie ścianę zrakowaciałych chmur przeciętych równiutko jak nożem wzdłuż granicy, rozpłatanych Mieczem Boga, ponieważ meksykański Los nie toleruje żadnego takiego bajzlu tu, na dole. Fala podróżnych, tych nowych braci i sióstr, która niesie mnie, jak bezwolny, lecz dzielny kamyk, szosą na południe najeżoną przyjaznymi dźwiękami.

Miasteczko po meksykańskiej stronie mostu nazywa się Reynosa. Jest duże, brudne, gdzieś w kulisach wyczuwa się atmosferę cyrku z klownami i zebrami, aura jest taka, jakby w każdej chwili mogło się tu zdarzyć wszystko, mimo że po drugiej stronie panuje głucha, martwa noc. W Meksyku noc nie umiera. Gdyby ziemia była płaska, tak by na pewno wyglądał koniec świata. Można powiedzieć, że prawa natury są tu zawieszone. Samochody i ludzie, którzy przekroczyli granicę, wlewają się do miasta; schodzę z autostrady, żeby posuwać się dalej zakosami po bocznych, zacienionych uliczkach. Docieram do zaułka, w którym stragany rozbrzmiewają głośną muzyką i góry jedzenia lśnią w świetle nagich żarówek. Chłopiec na jednym z kramów zgadza się sprzedać mi za dolara parę *tacos*, które nawet nie pozostawiają śladu w przełyku, kiedy je żarłocznie pochłaniam. Widok jedzenia mnie wykańcza. Wlokę się dalej, niczym zabłąkana krowa, i chodzę tak jeszcze przez godzinę, zanim odzyskam zdolność logicznego myślenia. Wiem, że muszę się oddalić od granicy, ale jestem spłukany i słaniam się na nogach. Jesus snuje się wokół mnie jak strzępy mgły, być może szczęśliwy, że jest w ojczyźnie, w kraju przodków, być może pałający żądzą zemsty na obcych, którzy go zabili. Błagam go, żeby się uspokoił.

Znajduję na skraju miasta ciemną niszę, rodzaj bunkra między domami, z widokiem na kępę karłowatych dębów. Opieram się o ścianę, żeby przemyśleć swoją sytuację. W jednym z pobliskich okien wiatr trzepocze zasłoną. Gdy tylko pieprzony pies przestaje ujadać, pojawia się Taylor, spowita w zasłonę jak bogini, jej mleczne ciało prześwituje przez koronki ściśnięte między nogami. I nagle jest już ze mną, w piachu. Włosy ma zmierzwione; to pierwszy dzień naszej wspólnej ucieczki, morzy nas sen podobny do stanu narkozy, czujemy, jak życie wokół nas kruszy się i osypuje.

Budzę się późnym rankiem. Jest czwartek, znajduję się w obcym miejscu, upłynęło szesnaście dni od chwili, która rozdarła moje życie na dwie części. Wiem, że muszę zdobyć pieniądze, żeby kontynuować wędrówkę. Mógłbym spróbować z Taylor, ale najpierw muszę się upewnić, że nie sypnęła mnie przed tą pieprzoną Leoną Dunt. Muszę też zadzwonić do domu i wyjaśnić sytuację, ale telefon mamy jest pewnie na podsłuchu, a zresztą za trzydzieści centów nie zadzwonię, kurwa, nigdzie. Podnoszę plecak i ruszam w stronę autostrady, która prowadzi między innymi do Monterrey. Jestem zadowolony, że idę dalej. To znaczy mogłoby się okazać, że w Reynosie jest na przykład planetarium albo zoo, w którym można karmić zwierzęta i bawić się z nimi, ale między nami mówiąc, bardzo w to, kurwa, wątpię.

Brudne ciężarówki suną w dół po autostradzie z włączonymi wszystkimi światłami; najeżone antenami wyglądają jak jakieś ruchome katedry albo coś w tym rodzaju. Na razie idę obok nich pieszo. Chcę być sam ze swoimi falami przeczuć. Powłóczę nogami, potem biegnę wielkimi susami, wreszcie kuśtykam – i tak do zmierzchu, aż mój cień zaczyna sięgać horyzontu, a maczugowate kaktusy zdają się rozpuszczać w wieczornym świetle. Dochodzę do zakrętu – dalej droga opada stromo w dół i doznaję uczucia, że to granica, za którą rozciąga się moja przyszłość. W górze jest już noc, ale za mną rozciąga się kolorowy pas nieba. Chłód przejmuje dreszczem, ale rozum mówi: zawierz meksykańskiemu Losowi.

Kiedy niebo rozpościera płachtę usianą gwiazdami, pojawiają się ważne omeny. Ciężarówka toczy się ospale, przybrana czterema milionami ozdóbek, pokryta napisami i oświetlona jak choinka w sklepie JC Penneya. Nie przyciąga mojej uwagi, dopóki mnie nie wyprzedzi i nie zobaczę fartuchów nad tylnymi kołami. Na każdym namalowana jest wijąca się leniwie droga, która biegnie między plażą i kępą palm. To moja plaża. Zanim zdążę dostrzec palmy, na których można by wieszać majteczki, ciężarówka zjeżdża na niewłaściwy pas i skręca w stronę jakichś oświetlonych ruder przy drodze. Domyślam się, że to taki meksykański kierunkowskaz, który każe zjechać na niewłaściwy pas. Wniosek: kiedy widzisz kupę rozbitych samochodów przed meksykańską ciężarówką, od razu wiadomo, że to przez pieprzony kierunkowskaz. Biegnę za samochodem po stromym zboczu.

El alacrán, el alacrán, el alacrán te va picar...

Metaliczne dźwięki muzyki dobiegają z baru przy stacji benzynowej. Ciężarówka zatrzymuje się przed barem; patrzę, jak kierowca wychodzi z kabiny. Jest niższy ode mnie, ma bujny zarost, sumiaste wąsiska. Zdejmuje kapelusz i wchodzi do baru, spokojny i wyprostowany, jakby miał u pasa broń. Potem, kiedy już jest prawie w środku, chwyta się za jaja. Za jego plecami wyskakuje z ciężarówki mały chłopiec. Wchodzę do budynku, nie dotykając swoich jaj. Nikt nie zwraca na mnie uwagi. Powietrze wewnątrz jest aż gęste od zapachu oleju. Kierowca stoi przy barze z nieheblowanego drewna i rozgląda się po blaszanych stołach, przy których siedzą nad piwem klienci. Barman ma meksykańskie rysy, ale jest, o dziwo, biały i rudy.

Chłopiec pędzi prosto do stolika, który jest najbliżej przymocowanego do ściany telewizora. Pozostali klienci przyglądają mi się bacznie, kiedy podchodzę do baru z pewnym planem w głowie. Na ladzie pojawia się zimne piwo dla kierowcy. Wyciągam z plecaka płytę, wskazuję na nią palcem, potem pokazuję na piwo. Barman marszczy brwi, ogląda płytę ze wszystkich stron, wreszcie stawia przede mną z rozmachem butelkę piwa. Podaje płytę kierowcy; obaj kiwają głowami. Wiem, że powinienem coś zjeść, zanim się napiję, ale jak powiedzieć po meksykańsku: „Poproszę mleko i jakieś, kurwa, ciastka?". Po chwili obaj mężczyźni wskazują na mój plecak i uważnie przeglądają płyty. Ich oczy wyruszają w nieuniknioną pielgrzymkę ku moim new jackom. W końcu dochodzi do tego, że za każdym razem, kiedy na barze pojawia się piwo dla kierowcy, barman automatycznie spogląda na mnie. Kiwam głową i staje przede mną kolejny browar. Mam otwarty kredyt. Przedstawiam się. Kierowca błyska złotem w uśmiechu i unosi butelkę.

– Sa-*lud!* – mówi.

Nie pytajcie mnie, kurwa, kiedy pojawiła się pierwsza tequila. Nagle, po pewnym czasie, od strony, gdzie bar nie ma ściany, wpływa do środka szkliste niebo z gwiazdami jak kropelki na pajęczynie i stwierdzam, że palę słodkawego, owalnego papierosa, wyjętego najwyraźniej z mojej własnej paczki, na której widnieje napis *delicados*. Jestem w dupę pijany. Wąsiska tych facetów są tam, gdzie powinny być włosy, a pod nimi zieją wielkie pieprzone pieczary, z których wydobywa się wycie, pieczary pełne złota i migdałków. Śpiewają na całe gardło, z całej duszy. Wkrótce dołączają inni, jeden nawet klęka. Cała noc jawi mi się jako rozwłóczone strzępy fantastycznej zabawy. Ryczymy, śmiejemy się, urządzamy korridę, udajemy iguany – daję głowę, że nawalilibyście w portki, gdybyście zobaczyli jednego z nich, Antonia, jak odpieprza iguanę. Faceci ściskają mnie i ryczą coś do mnie, stają się moimi ojcami, braćmi, synami, w przypływie dziwnej beztroskiej namiętności i w tej atmosferze mój dom rodzinny wydaje się jakimś jacuzzi, które ktoś zapomniał podłączyć.

W powietrzu jest ten sam tlen, tak samo działają tutaj i tam siły grawitacji, ale tu wszystko jest podgrzane i podkręcone do takiej temperatury, kiedy ani to, co dobre, ani to, co złe, nie ma żadnego znaczenia. W Martirio aż się roi od Meksykanów, ale nie ma tam w ogóle takich wibracji, jakich doświadczam tutaj. Weźmy Lally'ego: czym różnią się jego geny, że stał się w końcu takim pieprzonym popaprańcem? Jego stary prawdopodobnie też w swoim czasie odstawiał iguanę. Ale nie, Lally złapał bakcyla tamtych stron. Zmutowanego bakcyla.

Takie myśli towarzyszą mi w drodze do kibla, w którym, jak stwierdzam, piętrzą się stosy wyciśniętych zielonych limonek, takich, jakich używają tu do drinków. Nie powiem, żeby był to stuprocentowy dezodorant, którym zapewne mają być, ale cytrusowy zapach jest wyraźny i pobudza do myślenia. Kiedy odpryskuję się na te owoce, dochodzę do wniosku, że tam, w Martirio, działa jakiś układ odpornościowy, który ociosuje człowieka, wypłukuje z niego „dzikie" geny, opakowuje go zgrabnie z jego nożem w plecach. Przepraszam bardzo, może już samo mówienie w ten sposób to przestępstwo, ale pamiętacie mojego adwokata, starego Abdiniego? Jemu nie wypłukali chyba zbyt wielu genów. On najwyraźniej zachował ten sam komplet, który miał, kiedy wyruszał na szerokie wody życia. A wiecie dlaczego? Bo to były geny typu „zrób szybko pieniądze". Nasze ulubione.

A ja tutaj, w innej przestrzeni i w innym czasie, spędziłem noc wśród ludzi z prawidłowo wyskalowanymi genami meksykańskimi.

Tętniący ból w czaszce budzi mnie w piątkowy ranek. Leżę zwinięty w kłębek na podłodze, za stołem. Cegła, którą mam w głowie, łupie mnie od tyłu po oczach, kiedy próbuję się rozejrzeć. Daję za wygraną i staram się skupić na topornym, tandetnie wykonanym drewnianym krzyżu, wiszącym na ścianie nad moją głową. Z krzyża zwieszają się moje najki.

– *Mira que te esta esperando* Ledesma – mówi kierowca od baru.

– *Cual* Ledesma *cabrón* – odpowiada barman.

– *Que* le des *mamones al nabo, buey.*

Kierowca mało nie zesra się ze śmiechu. Słyszę, jak spluwa na podłogę. Siadam i przyglądam im się ukradkiem; usiłują się skoncentrować na telewizorze. Odwracam się w stronę ekranu akurat w momencie, gdy znika Lally i pojawia się moje szkolne zdjęcie. Hiszpańszczyzna grzechocze jak karabin maszynowy. Mężczyźni nie wyglądają na zbyt przejętych.

– *Que le ves al güero?* – pyta barman.

– *Si el güero eres* tu, *pendejo.*

– *Ni madres.*

– *Me cae, tas mas güero que la chingada, tu.*

Wiem, że *chinga* znaczy pieprzyć, nauczyłem się tego w szkole. To przekleństwo musi mieć kilka form, ale *chinga* jest zdecydowanie matką miejscowych bluźnierstw. Nie znam innych. Barman bierze trzy szklanki, wyciera je rąbkiem swej koszuli i ustawia na ladzie. Patrzę, jak moje zdjęcie znika w rogu ekranu, na którym pojawia się teraz mapa Teksasu. Przesuwają się zdjęcia nieznanych mi ludzi. Zapalają się czerwone punkciki, jak pulsujące ogniska bólu w reklamie aspiryny. To pewnie miejsca, w których mnie widziano. Lubbock, Tyler, Austin, San Antonio.

Ale w Houston nie pojawia się żaden punkcik. Boże, jak ja kocham tę dziewczynę.

Z salki w głębi baru wybiega synek kierowcy i przełącza kanał na jakieś kreskówki. Zbieram się roztrzęsiony z podłogi i wlokę się w stronę baru, klucząc między wysepkami stolików, dzięki czemu udaje mi się nie upaść. Nagle dostrzegam na barmanie coś znajomego. Ma na sobie moją pieprzoną koszulę. I moje dżinsy. Odwracam się, żeby sprawdzić, czy to samo jest z moimi najkami, tą moją duszą, która teraz wisi na cudzym krzyżu. A więc tak to wygląda, kurwa. Patrzę na barmana, a on pokazuje na kieszeń moich spodni. Spoglądam po sobie, widzę podkoszulek z nadrukiem „Guchi", jakieś pomarańczowe portki z szerokimi nogawkami i sandały z podeszwami ze starych opon. Moje ciało jest jakimś pieprzonym relikwiarzem. Sprawdzam kieszenie. Znajduję w nich dwieście pesos. Vernon Gates Little, panowie. Oto meksykański Los.

Dają mi lufę, która, jak twierdzą, postawi mnie na nogi. Pali mnie w gardle; kiedy przełykam alkohol, do baru wpada snop oślepiającego słonecznego światła, obrysowuje krzyż na ścianie i rozjaśnia wspomnienia ostatniej nocy. Pelayo, kierowca, zawiezie mnie na południe, do swojego rodzinnego stanu Guerrero. Do pejzażu, który widnieje na fartuchach nad kołami.

Podsadza synka do samochodu, a ja wlokę się w stronę stacji benzynowej, żeby kupić kartę telefoniczną. Po drodze przyglądam się jeszcze raz malowidłom na fartuchach. Istny raj! Pomiędzy fartuchami napis: ME VES Y SUFRES. „Moi weseli surferzy", czy coś takiego. Zaraz powiem o tym Taylor.

Odbiera po pięciu sygnałach.

– Tayla.

– Tay, cześć, mówi Vern.

– Co? Kto? Chwileczkę...

Słyszę jakieś łomoty, niski męski głos, potem wszystko cichnie, jakby Taylor weszła do szafy.

– Tak, kto mówi?

– Vern.

Zapada śmiertelna, kurwa, cisza, która trwa z dziesięć lat, potem słyszę ją znów, jak mówi, przytykając usta do słuchawki:

– O Boże.

– Posłuchaj, Tay...

– Rozmawiam z s e r y j n y m z a b ó j c ą.

– Psiakrew, nie jestem zabójcą...

– Tak, pewnie – znajdują ciała porozrzucane aż do samej Victorii!

– Dawno mnie tam nie ma. To niemożliwe.

– Ale zabiłeś jakichś ludzi, no nie? Coś się stało, prawda?

– Tay, posłuchaj proszę...

– Och, Vern, ty biedaku... Gdzie jesteś?

– W Meksyku.

– Boże, widziałeś, co się dzieje w miasteczku? Zupełnie jak w Miami Beach, wszędzie kamery, bezpośrednie transmisje, na okrągło. Spółka, która to zorganizowała, rozprowadziła akcje i wykupiła sieć barów Bar Be-Cue – mój tata zaproponował uruchomienie baru z sushi, tam, gdzie był sklep Unisex. Jeśli coś z tego wyjdzie, ja będę prowadzić ten bar – wyobrażasz sobie?

Patrzę, jak impulsy spływają z mojej karty niby keczup z miejscowej muchy.

– Tay, rozmawiam z automatu...

W słuchawce pulsująca muzyka i gwar tłumu. Potem słyszę męski głos i głos Taylor, która odkrzykuje:

– To mój przyjaciel, dzwoni z innego miasta, okej?

Trzaskają drzwi. Taylor nabiera powietrza, jakby zabrakło jej tchu.

– Przepraszam cię, jestem strasznie nerwowa.

– Cholera, nie chciałbym...

– Potrzebujesz pieniędzy, tak? Mam jakieś sześćset dolarów odłożone na wakacje.

– To by mi ocaliło moje pierdolone życie.

Sapie chwilę przez nos, potem mówi przyciszonym głosem:

– Takie słówka do mnie, zabójco? – Czuję, że robi mi się ciasno w moich nowych poliestrowych portkach. – Ale jak ci przekazać te pieniądze? Masz jakiś adres? I co będzie, jeśli oni... no wiesz...

– Chyba masz rację, psiakrew.

– Vern, zadzwoń do mnie skądś, z jakiegoś większego miasta albo hotelu; sprawdzę, czy da się przesłać pieniądze przez Western Union.

Jej pieśń Losu rozbrzmiewa mi w uszach, kiedy odwieszam słuchawkę. Za sześćset dolców mógłbym pewnie kupić pieprzony dom przy plaży. Jestem podniecony. Nabieram pewności siebie, postanawiam zadzwonić do Pam. Coś puka na linii. Opędzam się od much, kiedy Pam podnosi do ucha swoją półtonową łapę z słuchawką.

– Ha-lo?

– Pam, to ja, Vern...

– O Boże, V e r n i e? Jesteśmy z a ł a m a n i. Gdzie jesteś?

Wyczuwam obecność mamy. Powinienem był przewidzieć, pewnie pochłaniają właśnie milionowe *burrito*. Słyszę sapanie starej w słuchawce, ale Pam odsuwa ją.

– Czy odżywiasz się właściwie? Nie mów mi, że w ogóle nie jesz, nie mów mi tego. O Boziu...

Mama wyrywa jej słuchawkę.

– Vernon, tu mamusia.

Natychmiast zaczyna po swojemu zawodzić. Łzy napływają mi do oczu, a ona jeszcze je napędza, rycząc coraz bardziej histerycznie. Ciężko mi na sercu jak cholera.

– Mamo, naprawdę mi przykro.

– Vernon, detektywi mówią, że byłoby dla ciebie lepiej, gdybyś po prostu wrócił.

– Chyba nie mogę tego zrobić.

– Ale te wszystkie trupy, Vernon, gdzie ty jesteś? Wiemy, że widziano cię dziś rano w pobliżu Marshall...

– Mamo, ja nikogo nie zabiłem, nie dlatego uciekam. Muszę po prostu zrobić coś dobrego, rozumiesz? Może pojadę do Kanady, do Surinamu albo gdzie indziej.

To było fatalne posunięcie. Mogąc wybierać bez ograniczeń, matka automatycznie wykrywa brakujące słowo.

– Och, Vernon, do Meksyku? O Boże, moje dziecko, do Meksyku?

– Powiedziałem do Kanady albo do Surinamu, mamo.

– No tak, ale im dłużej cię tu nie ma, tym większe czekają cię kłopoty, czy ty tego nie rozumiesz? Vernon? Pan Abdini mówi, że masz możliwość obrony, węszył tu wszędzie, znalazł kilka poszlak i tak dalej i jak Lalito wróci, możemy znów być prawdziwą rodziną, jak dawniej.

– Nie mów, że wciąż czekasz na Lally'ego...

– Ta staruszka, no wiesz, z tego domu, już więcej nie zadzwoniła, więc czemu by nie...? Vernon? To miłość, kobieta wie takie rzeczy.

– Mamo, kiedy z nim rozmawiałaś ostatni raz?

– No wiesz, on jest teraz bardzo zajęty.

Parskam ironicznie. Przynajmniej mam nadzieję, że brzmi to ironicznie, jak powinno brzmieć, kiedy ktoś wciska mi taki totalny kit i wmawia, że to rzeczywistość. Impulsy uciekają z mojej karty, jakbym je wyrywał ze swojej duszy. Jakbym miał wyzionąć ducha wraz z ich wyczerpaniem. Jeszcze jedno spostrzeżenie na temat głębokiego bagna: kiedy człowiek w nim ugrzęźnie, staje się naprawdę kurewsko przesądny.

– Gdzie jesteś? Powiedz mi tylko to... Vernon?

– Zapytaj go, kiedy ostatnio jadł, Doris.

– Mamo, kończy mi się karta; najważniejsze, że jestem zdrów i dam znać, kiedy się jakoś urządzę.

– Och, Vernon. – Znów zaczyna ryczeć.

Strasznie chciałbym ją jakoś pocieszyć, powiedzieć jej o domu przy plaży, o jej rychłej wizycie i tak dalej. Ale po prostu, kurwa, nie mogę. Brutalnie przerywam rozmowę.

17

A j, aj, ajiiiiii, *Lu-pita! Aj, aj ajiiiiii...*
     Melodyjka brzęczy w radiu, kiedy pędzimy ciężarówką na
południe, Pelayo, malec, martwy Meksykanin Jesus i ja. „Prawdziwa zbieranina", jak nazywałby nas ten sukinsyn pan Nuckles.
Chybabyście się zesrali, gdybyście usłyszeli tutejsze kawałki do
tańca: stare polki z gitarą, kontrabasem i akordeonem, z tym
zawodzeniem *aj aj aj* i innym szajsem. Jeszcze lepsze są przerywniki: spikerzy jodłują, aż idzie echo, całkiem jakby zapowiadali
pieprzone walki bokserskie. Siedzę wysoko jak sam Pan Bóg, na
pasażerskim miejscu, wyglądając przez wąski pasek szyby pomiędzy
monstrualną jak świątynia Maryi Dziewicy tablicą rozdzielczą
a firanką z frędzlami, na której dyndają miniaturowe piłki do nogi.
Synek Pelaya prowadzi ze mną coś w rodzaju gry. Ma na imię
Lucas. Za każdym razem, kiedy spoglądam na niego, błyskawicznie
odwraca wzrok. Obserwuję go więc kątem oka, przyzwyczajam
do tego, że wodzę oczami leniwie i powoli, aż usypiam jego
czujność, a potem nagle rzucam mu błyskawiczne spojrzenie
i przyłapuję go na tym, że się na mnie gapi. Ha! Czerwieni się jak
burak i chowa twarz, wtulając ją w uniesione ramię. Nie wiem,
dlaczego ta zabawa tak mnie bierze, naprawdę, roje motyli
trzepoczą w moim sercu i w ogóle. Nie zrozumcie mnie źle. Wciąż
pozostaję dupkiem. Nie wybieram Innej Drogi ani nic takiego. Ale
mówiąc szczerze, to jest jedna z tych Najprostszych Rzeczy pod
Słońcem, o których ludzie tyle gadają, choć nigdy dotąd nie
mogłem zrozumieć, o co im, kurwa, chodzi. Wyobraźmy sobie, że

taki dziesięciolatek robi coś podobnego tam, w Martirio. Ja sobie tego nie wyobrażam. Już by cię dawno zbluzgał, na wszelki wypadek, zanim jeszcze byś na niego spojrzał.

Zagłębiamy się w trzewia Meksyku, mijamy Matehualę i San Luis Potosi, gdzie coraz bardziej zielona sceneria stapia się z moim kacem i uruchamia oszronione rojenia o domu i o Taylor. Próbuję odepchnąć te jedwabne nitki, te wijące się macki ośmiornicy, błyskające fioletem i czerwienią, rozpylające aromatyczną mgiełkę i miód, żeby znów poczuć zatęchłą woń starych, pachnących lawendą myśli o zabitych, jakie nachodzą mnie codziennie. Myśli zbyt potężnych, żeby od nich zadrżeć, spokojnych myśli, które zostaną we mnie już na zawsze jak marszczona atłasowa wyściółka w szkatule. Te myśli stapiają się z pędem ku Mexico City i przynoszą z sobą urywane dźwięki, strzępy dochodzącego zza siatek w drzwiach płaczu tych wszystkich, których znam. „Zdruzgotani, zdruzgotani, zdruzgotani, wiadomości wieczorne, wie-czorne wia-domośśści, wieczorne wia-ści", i tak w nieskończoność, aż wreszcie widzę oczyma wyobraźni, jak uciekam przed pościgiem przez niebo zaciągnięte skłębionymi chmurami żółci, przez czarny, cuchnący wir, który gna jak trąba powietrzna przez wszystkie stany, przez całe pieprzone kraje, żeby mnie rozpłatać, wydrzeć mi pulsujące wnętrzności i rozdeptać je buciorami, rozszarpać ostrogami, jak gniazdo małych grzechotników. „Łap za ten koniec! Depcz! Dźgaj tego pieprzonego sukinsyna, bo jeszcze się rusza".

Vernon Godzilla Little.

Kiedy dochodzi północ w ten egzotyczny, czerwcowy piątek, wszystko wokół przenika dreszcz. Moje ciało zostaje na północnym krańcu Mexico City i tylko włókna mojego układu nerwowego ciągną się ze mną jak makaron na południe. Kilkanaście razy o mało się nie zabijamy. Kiedy w końcu wypadamy z miasta, jesteśmy w takim stanie, że dalsza jazda robi się niebezpieczna. Podobnie jak wszyscy dookoła. Mijamy górskie lasy, uskakujące przed nami monstrualne samochody oświetlone jak kosmiczne wahadłowce, potem tropikalne pejzaże ustępują skalistym pustkowiom z kaktusami, w radiu słychać jałowy zgiełk. Wszystko to razem szarpie mi nerwy. Tylko czekam, aż pokaże się tu sekretarka doktora Goosensa, orkiestra dęta z zakładów mięsnych albo coś podobnego. Próbuję snuć dalej swoje marzenia, ciągnąć wątek Taylor, plaży, piosenki *Sailing*. Ale coraz mi trudniej, wątki plączą się, ich miejsce zajmują żyły.

„Zdruzgotani, zdruzgotani, zdruzgotani...".

W końcu zatrzymujemy się w miasteczku, w którym mają chyba całą farmę hodowlaną z muchami. Walczę z nimi, gdy krążą nad moją zapoconą parówką, aż jedna wpada do musztardy. Meksykańskie muchy są powolne. Rozglądam się dookoła. Jest tu zupełnie jak w tym filmie telewizyjnym, w którym szulerzy z kasyna siedzą w przedsionku śmierci, czekając, czy winda pójdzie w górę, czy w dół. Jak Boga kocham, człowiek spodziewa się zobaczyć kości pianisty z night-clubu w jakiejś szklanej gablocie. Nie muszę mówić, że rozbrzmiewa tu muzak. Widać też szczury. Potem, kiedy wychodzę, żeby się odlać, nim wrócę do ciężarówki, za progiem wita mnie gorący, pomyjowaty świt i w moją stronę wyrywa pieprzony skorpion. Te omeny nie są już dla mnie jasne.

Przed nami rozciąga się Acapulco; schemat jest tu taki sam jak w Martirio – na peryferiach dzielnice luźnej, kolorowej bielizny, potem, bliżej centrum, strefa bielizny o eleganckim kroju i praktycznego obuwia, wreszcie połysk obcisłych jedwabi. Pokonujemy ostatnie wzniesienie przed wybrzeżem i naszym oczom ukazują się krańce miasta. Pelayo musi zostawić ładunek w Acapulco, zanim uda się na północ, do swej rodzinnej wioski. Naszą podróż przez miasto znaczą zmieniające się zapachy. Jeśli jest tu rzeczywiście tak jak u nas, wkrótce powinniśmy dotrzeć do strefy Leczniczego Mydełka dla Naszych Piesków i Kotków, a potem Old Spice'a i Esencji Ziołowych. Na razie przejeżdżamy przez strefę, w której pachnie tak, jakby człowiek wsadził sobie palec do dupy, a potem go powąchał.

Droga biegnie meandrami po zboczu wzgórza, aż wreszcie w oddali otwiera się przed nami błękitny bezkres oceanu. Acapulco jest ogromną, okrągłą zatoką z niezliczonymi hotelami, hotelami, hotelami. Muszę znaleźć największy i zadzwonić do Taylor. Mam świadomość, że ryzyko, iż zostanę rozpoznany, wzrośnie, bo słyszałem już o tym miejscu, do którego przyjeżdżają nasi turyści. Słyszałem i o Acapulco, i o Cuncan, Cancun, czy gdzie tam była kiedyś cholerna Leona. Czuję chłodny powiew na całym ciele. Przeczesuję wzrokiem miasto w poszukiwaniu hotelu o odpowiednim wyglądzie, ale w głębi duszy mam nadzieję, że go nie znajdę. Tak właśnie pracuje mózg, żeby uniknąć tych dreszczy, kurwa. Twarz udaje, że się rozglądam po zatoce, oczy się mrużą, wargi wydymają z wielkiej koncentracji. Prowadzę nawet z sobą pewną grę: jeśli zobaczę niebieski znak na ulicy, poproszę Pelayo, żeby się zatrzymał. Ale wiem, że jeśli rzeczywiście zobaczę taki znak, mój mózg natychmiast znajdzie jakiś wykręt, żeby się nie zatrzymywać. I gra potoczy się dalej: jeśli zobaczę zielony znak, na mur każę zatrzymać. Raz kozie śmierć, kurwa.

Pelayo rozwiązuje problem, zatrzymując się przed małym, przydrożnym barem w okolicach głównego bulwaru. Ostatnim naszym posiłkiem był zimny hot dog, a teraz jest już od dobrych kilkunastu godzin sobota. Pelayo zatrzymuje się na chodniku przed barem i patrzy na mnie. Wyczuwa, że chciałbym z powrotem wtopić się choć na chwilę w swój chemicznie czysty świat. Daje mi do zrozumienia, że jeśli chcę z nim jechać do jego wioski, muszę tu przyjść za dwie godziny, kiedy on rozładuje ciężarówkę. Gdy to mówi, powstaje między nami jakieś podszyte zakłopotaniem współbrzmienie. Tak jakby wiedział, że moim naturalnym środowiskiem jest jeden z tych wieżowców pełnych bogatych ludzi. Wie też, że mógłby tam być co najwyżej jakimś pieprzonym ogrodnikiem. W jego spojrzeniu pojawia się w obliczu owej prawdy onieśmielenie, jakby spóźnione wobec tej niezwykłej przyjaźni, jaka się między nami wytworzyła. Klepie mnie w plecy i rusza w stronę baru ze swoimi niewidzialnymi rewolwerami u pasa.

Lucas idzie za nim, zdezorientowany. Tyle znajomości z Vernonem Gonzalezem Little'em.

Zanim dotrę do plaży przy głównym bulwarze, już jestem zlany potem. Jest fajnie. Chodzenie po piasku nic nie kosztuje, ściągam więc koszulę i swoje klapki z opon. Znów wyglądam jak Amerykanin. Dwaj ochroniarze przyglądają mi się pilnie, kiedy kieruję się w stronę ogromnego hotelu. Machają mi ręką, pewnie mówiąc do siebie: „Jeszcze jeden amerykański palant". Pluję na ręce, przygładzam włosy i brwi i wkraczam do hotelu, jakbym miał rewolwery, tak jak nauczyłem się od Pelayo. Hol ma rozmiary pieprzonego lotniska w Dallas, podłogi są z marmuru, wszędzie kręcą się eleganccy, urodziwi ludzie. Niesamowite miejsce. Boy hotelowy przytrzymuje dla mnie drzwi windy, choć jestem jeszcze daleko.

– Na górę, sir? – pyta.

Staram się nie popuścić w spodnie, choć to cholernie trudne. Widzę siebie w tej knajpie z poprzedniego wieczoru, z muchami i gnijącym trupem tapera. Dziś jest tak, jakbym czekał tylko na dziewczęta z Tahiti, żeby mi zrobiły loda, jak Boga kocham. Leona Dunt mogłaby, kurwa, najwyżej pomarzyć o takim miejscu. Obok mnie przechodzi jakaś amerykańska rodzina; wsiadają do windy – sztywny facet ubrany jak Tony Hilfiger na konwencji golfistów, mama i dwoje dzieci – tradycyjnie jedno dobre i jedno złe. Ten typ ludzi, którzy rozluźniają się przy restauracyjnej orkiestrze i zaczynają rozprawiać o swoim życiu uczuciowym, żeby pokazać, jacy są wyzwoleni. Pieprzona parada sreber stołowych.

– Ależ Bobby, nie zapominaj, co powiedzieliśmy, wiesz, jaka jest umowa – mówi mamuśka.

– No właśnie, Bobby – odzywa się w tle tatuś, jak jakaś pieprzona pacynka.

Córka podnosi brwi.

– Ale ja nie najlepiej się czuję – odpowiada Bobby.

– Planowaliśmy ten rejs po zatoce dużo wcześniej i już za niego zapłaciliśmy – mówi mamuśka.

– Dużo wcześniej – dodaje tatuś.

Chłopiec robi nadąsaną minę. Kobieta zaciska wargi.

– Daj spokój, Trey, wiesz, jaki on jest. Miejmy nadzieję, że nie będzie tak jak ostatnio, kiedy wydaliśmy tyle pieniędzy na kurs nurkowania...

Wbijanie noża na najwyższym, światowym poziomie, chciałoby się powiedzieć. I tylko jedna zadowolona twarz – twarz dziewczynki.

Idę wolnym krokiem tam, skąd dochodzą zapachy kiełbasek i kawy, szukam telefonu. Widzę na zewnątrz olbrzymie patio, na nim bufet z daniami barowymi. Rżnę głupa i studiuję kartę. Najtańsze danie kosztuje więcej niż przejażdżka helikopterem. W pobliżu zaczyna się kręcić kelner, więc idę w stronę kabin z natryskami przy basenie. Po drodze mijam jakiegoś strasznie podnieconego psychola. Mały gruby fiut, którego widziałem wcześniej z rodzicami, stoi z jakimś innym malcem na brzegu basenu; widać, że bardzo się zakolegowali. Jego siostrzyczka skacze do basenu, wzbijając słupy wody. Grubasek zwraca się do niej w pewnej chwili, tak żeby ten drugi nie słyszał:

– Mówiłem ci, skacz na niego, a nie obok niego...

Przyszły senator, to pewne.

Mijam leżaki ustawione frontem do zatoki, mnóstwo tu łodzi i paralotni, maleńkie dzieci piszczą, uciekając przed falą. Zaczynam fantazjować, że jakieś dziecko zaczyna się topić tuż przed moim nosem, więc skaczę do wody i ratuję je. W myślach przepowiadam sobie, co powiem dziennikarzom, widzę już nawet wirujące na ekranie nagłówki gazet. „Młody bohater ułaskawiony" i podobne gówna. Już po minucie uratowane dziecko staje się w mojej wyobraźni synkiem pieprzonego prezydenta. Prezydent płacze z wdzięczności, a ja odchodzę wolnym krokiem. Rozumiecie? Wszystko to przeciąga przez moją głowę jak jakiś pieprzony zardzewiały łańcuch.

Żeby się od niego odciąć, wychodzę na ulicę i znajduję telefon na zewnątrz hotelu. Wybieram numer Taylor.

– Łódźzeszklanydnem? – pyta jakiś chłopiec. Rozdaje ludziom ulotki.

– Co takiego?

- Cieczka łodziozeszklanydnem?
- Tayla - słyszę w słuchawce.

Odganiam malca ruchem ręki.

- Tu Meksyk - mówię.
- Cześć, zabójco.

Wyczuwam, że coś z nią nie tak. Mam ochotę ją rozszarpać, ją i jej bezpieczny, zdezodoryzowany świat, w którym największym problemem jest nuda albo kwestia rozpylenia w domu ładnego zapachu. Prawdopodobnie jej największą tajemnicą jest to, że wyjada smarki z nosa. Od razu zgaduję, że musiała przed chwilą płakać.

- Wszystko w porządku? - pytam.

Pociąga nosem i śmieje się.

- Tak sobie. Wiesz co, ten cholerny gość, z którym się spotykałam...
- Ten doktor?
- Ten tak zwany doktor, właśnie. Chcę od niego uciec. O Boże...
- Znam to uczucie.
- No, a gdzie ty jesteś? - pyta, wydmuchując nos.
- W Acapulco.
- Och, ty draniu. Niech no zerknę na plan... Jesteś gdzieś blisko plaży?
- Tak, przy głównym bulwarze.
- To musi być Costera Miguel Aleman; tam blisko, w banku Commercial Mexicana, jest ajencja Western Union.
- Zrobię tak, jak każesz, Tay.
- Ale słuchaj, jutro jest niedziela i nie mogę wyciągnąć pieniędzy aż do poniedziałku. Ajencja jest w poniedziałek otwarta do siódmej wieczorem, więc gdybyś tam poszedł o szóstej...
- Nie pali się - kłamię, patrząc, jak ostatnie impulsy znikają z wyświetlacza.
- I posłuchaj... mówi ona. Pik. Połączenie przerwane.

Wszystko tu przypomina pieprzony statek z musicalu *Love Boat*. Jak Boga kocham, zupełnie jak w tych starych programach, które ogląda moja mama: jest napalony oficer kulturalno-rozrywkowy i kapitan Stupor i tak dalej. Statek ma na kominie logo podobne do tego z balsamu Welli. Acapulco usiane gwiazdami, mówię wam. Cofam głowę do kabiny, kiedy zatoka odpływa do tyłu. Ciężarówka Pelayo zasuwa z łoskotem przez wzgórza, potem kieruje się na północ i jedzie wzdłuż malowniczego, iście telewizyjnego wybrzeża z palmami kokosowymi, z całymi ich plantacjami. Piasek nie jest tak biały, jak w filmie *Przeciw wszystkim*, a woda nie tak błękitna, ale daj Boże zdrowie! Przez pewien czas równolegle do nas biegnie laguna, całkiem jak z filmu o Tarzanie. Mijamy nawet jakąś blokadę wojskową z pieprzonym gniazdem karabinu maszynowego, nie zalewam. Flaki mi się wywracają ze strachu, ale po chwili żołnierze zamieniają się w malców, którzy w swoich wielkich hełmach wyglądają jak mrówki z kreskówek.

Po kilku godzinach zjeżdżamy z szosy i jedziemy wąską drogą w stronę morza. Droga kończy się kłodami wpuszczonymi w piasek, z boku rozciąga się dżungla. Dojeżdżamy do maleńkiego miasteczka z drewnianymi ruderami, rojącego się od świń, kur i groźnie wyglądających psów. Trudno to nawet nazwać slumsami, miasteczko przypomina bardziej zdjęcia z „National Geographic". Pieprzony raj. Pelayo zatrzymuje się przed sklepem, który trzyma się kupy tylko dzięki billboardom fanty i ma werandę pokrytą suchymi palmowymi liśćmi. Dwóch mężczyzn leży w hamakach, sącząc piwo. Kiedy wysypujemy się z ciężarówki, obstępuje nas gromadka dzieci. Od razu widać, że Pelayo jest tu kimś. Prawdopodobnie tutejszym odpowiednikiem pana Lechugi, tyle że bardziej ludzkim. Teraz ja jestem obcym w jego świecie. Kierowca stara się, żebym poczuł się tu swojsko, odpędza dzieci i woła, żeby mu przynieść piwo. Stoję cicho, z twarzą wystawioną na podmuchy bryzy, wsłuchując się w brzęczenie jakichś nieznanych mi chrząszczy, których nie potrafię nazwać. *Ungaua uakaszinda*, jak Boga kocham. Pelayo otwiera piwo zębami i dumnie prowadzi mnie na kryte patio na plaży. Dwaj starcy siedzą przy stole, za prowizorycznym barem stoi kobieta.

W pewnej chwili przebiega obok półnagi dzieciak, usiłując nabić na szpikulec rannego kraba, leżącego na gruboziarnistym betonie. W końcu trafia go prosto w grzbiet. „Jesssst!", woła i przystaje, by podnieść w górę pięść, jakby przekładał urojoną dźwignię. Pelayo wykopuje kraba, żeby usunąć mi go z drogi, i popycha mnie w stronę stołu na plaży.

Na stole rośnie bateria butelek. Pod wieczór zjawia się jakiś facet, który mówi trochę po angielsku – szczupły, przystojny młodzieniec imieniem Victor, z aparatem na zębach, czyli czymś, czego tu się raczej nie widuje. Mówi mi, jakie to dla niego ważne, żeby osiągnąć coś w życiu, tak żeby potem mógł pomóc biednym mieszkańcom wioski i w ogóle. Czuję się przy nim jak najnędzniejszy pieprzony robak. Tłumaczy mi napis wymalowany na ciężarówce między fartuchami. Znaczy to: „Spójrz na mnie i cierp". *Me ves y sufres.*

Kiedy wszystko wskazuje na to, że zaczynam się upijać, proponują mi ostrygi wielkie jak *burritos*, prosto z morza. Zupełnie nie pamiętam ich smaku. Zjadłem kiedyś w dzieciństwie jedną ostrygę i czułem się tak, jakbym wciągnął do gardła coś z zatok. W pewnej chwili podsuwają mi nawet ostrygę w chwili, gdy właśnie mam wciągnąć smark do gardła. Bez zastanowienia pokazuję na nos, przełykam flegmę, potem wykrzywiam się i pokazuję na ostrygę. W odpowiedzi ryczą tak, że mało się nie posrają. Nie mogą mi potem spojrzeć w twarz przez godzinę z tego powodu. To dla mnie typowe, spaskudzić raj na ziemi plugastwem, które mnie wypełnia.

Po tequili, kiedy lwy i tygrysy zaczynają się wiercić pod powłoką przejrzystego jak silikon wieczoru, próbuję im wyjaśnić, na czym polega moje marzenie o domu przy plaży, historię z fartuchami i Losem. Jestem trochę narąbany. Właściwie kurewsko narąbany. Ale gdy tylko zaczynam mówić, Victor i Pelayo biorą mnie za ramię i prowadzą plażą wśród palm, gdzie zaczynają właśnie orbitować nietoperze, do oddalonego o dziesięć minut drogi miejsca, w którym dżungla zdaje się spychać człowieka do morza. Dzieci idą za nami, ich ciała na przemian błyskają i znikają w fali przyboju. W końcu Victor się zatrzymuje. Pokazuje na coś w gasnącym świetle dnia; mrużę oczy i patrzę w tamtą stronę przez morze piasku. Nieopodal stoi wielki, niemal całkiem schowany w dżungli, stary, biały i pozamykany na wszystkie spusty dom. Mój dom.

Chłopcy mówią, że mogę tu koczować do poniedziałku. Może dłużej. Może, kurwa, do oporu. Kiedy drepczą z powrotem do swojego domu, ja siedzę na balkonie i pozwalam, by wieczór wyłaniający się z morza wsączał się do mojej duszy. Nagle różne moje wewnętrzne fale stapiają się w jedną melodię i łączą się z piórami mojego pierwotnego snu falującymi tanecznie na obrzeżach tej nowej symfonii; widzę moją staruszkę, jak sprawdza urządzenia sanitarne, rozważając na głos, jaki dobry obrót przybrały w końcu sprawy. Mógłbym zmienić nazwisko, stać się Meksykaninem albo kimś w tym stylu. Ale wciąż pozostałbym sobą, tyle że bez śladu otaczającego mnie plugastwa. Wyglądam przez okno, patrzę przez ogród na plażę i widzę Taylor: biegnie w majteczkach, brązowa jak Meksykanka.

Spędziłem w tej Walhalli całą niedzielę, snując leniwie marzenia. Kiedy budzę się w poniedziałek rano, czuję na sobie powiew gorącego, wilgotnego wiatru, a mój ptak jest twardy jak pieprzony zbrojony beton, zupełnie jakby był odłupany od góry Rushmore. Ręka nawet się do niego nie zbliża – on sam jest gościem honorowym na swojej własnej paradzie. Rozglądam się, widzę zachmurzone niebo i szare, strzępiaste pelikany pikujące i nurkujące w wodzie przy brzegu. Czupryny kokosowych palm kołyszą się gwałtownie, z taką energią, z jaką w moich pragnieniach mogłoby się toczyć moje życie, swobodnie i gładko. Po raz pierwszy od dłuższego czasu w moich myślach pojawia się po przebudzeniu błysk zadowolenia. Dziś mam urodziny.

W tej sytuacji, wyruszając po południu do Acapulco, czuję się tak, jakby mi wetknęli w dupę Las Vegas. Mam szesnaście lat i Las Vegas wetknięte w moją pieprzoną dupę. Jestem na nogach na długo przedtem, nim przyjedzie autobus; w głowie mi huczy, kiedy myślę o niezliczonych możliwościach – o tropikalnych rybach i ptakach, o liściach bananowców, o małpach i seksie. Dom przy plaży. Okazuje się, że należy do starego farmera mieszkającego za miastem, który w ogóle nie korzysta z tej siedziby. Victor uważa, że gdybym chciał, mógłbym pewnie mieszkać sobie tu za darmo.

Na bulwarze w Acapulco jest tego wieczoru parno, kolorowe światła jarzą się na całej jego długości jak olśniewające myśli. Victor pożyczył mi słomkowy kapelusz, żebym trochę zakrył swoje sztywne jak kokosowe włókna włosy i podobne do ostryg uszy. Przechodząc obok Commercial Mexicana, widzę w szybie swoje odbicie: istny Huckleberry Finn. Zanim wejdę do środka, przypinam sobie rewolwery, pewnie po to, żeby jakoś zrównoważyć ten kapelusz, potem drepczę przez chwilę w kółko jak pies, który szuka miejsca, gdzie by się położyć. W końcu wypatruję ajencję Western Union, przed którą czeka kilku facetów, w tym czerwonoskórzy i biali jak ja. Urzędnik dostrzega mnie od razu.

– Spodziewam się przelewu z Houston w Teksasie.

– Nazwisko? – pyta urzędnik.

Zaczynam obliczać liczbę pi.

– Eee... Nie jestem pewien, na jakie nazwisko ona...

– A zna pan hasło? – pyta facet. Kurwa mać. Czuję, że za mną staje w kolejce coraz więcej ludzi.

– Pójdę zadzwonić i się dowiedzieć – mówię i odchodzę od okienka, powłócząc nogami.

Ludzie patrzą na mnie dziwnie, więc zasuwam dalej i wychodzę na ulicę – z chłodni z powrotem do pieprzonego pieca. Muszę się skontaktować z Taylor. Może nie wysłała pieniędzy, kiedy dowiedziała się o haśle. Nie mam już impulsów na swojej karcie telefonicznej. Nie mogę zadzwonić nawet do Pelaya. Vegas gaśnie z pierdnięciem w mojej dupie.

Idę bulwarem tak długo, aż znajduję telefon. Nie wiem, czy jest z tym tak, jak to się widzi w telewizji, że można dzwonić z dowolnego telefonu na koszt rozmówcy. Decyduję się spróbować. Strumienie potu przepływają pomiędzy moimi ustami a telefonistką z centrali. Przynajmniej mówi po angielsku. Potem z kolei pot przepływa między moim uchem a telefonistką, kiedy dowiaduję się, że nie można dzwonić na komórkę na koszt abonenta. Kiedy odwieszam słuchawkę, pot, który zebrał mi się za uchem, tryska mi na ramię, a potem spływa z szumem na drogę. Po czym płynie chyba z powrotem do pieprzonego morza.

Wkurwia mnie maksymalnie myśl, że wszyscy łgarze i kombinatorzy z dobrych domów pójdą sobie dziś wieczorem do łóżeczek z jednym tylko zmartwieniem: jak wykołować następnego dnia swoich starych. A ja utknąłem w Surinamie z całą furą oskarżeń o zbrodnie, czekających na mnie w domu. W porywie wściekłości wracam do ajencji i walę do okienka. Tym razem nikogo przy nim nie ma. Urzędnik spogląda na mnie.

– Nie mogę znaleźć hasła – mówię mu.

– Jak się pan nazywa?

– Vernon Little.

Czekam, kiedy jego brwi podskoczą mu tak, że ucieknę z tej jego pieprzonej głowy. Ale nic takiego się nie dzieje. Przygląda mi się tylko przez chwilę.

– Jakiej kwoty pan oczekuje?

– Sześciuset dolarów.

Facet stuka w klawiaturę, sprawdza coś na monitorze. W końcu potrząsa głową.

– Przykro mi, ale nic tu nie ma.

Milczę chwilę, sondując przepastną głębię mojego pieprzonego upadku. Nagle urzędnik wbija wzrok w coś ponad moim ramieniem.

Ktoś chwyta mnie od tyłu wpół.

– Nie ruszać się! – mówi czyjś głos.

18

Dupa skacze mi do gardła. Wyrywam się z uścisku i pruję do wyjścia, nogi pracują jak sprężyny. Klienci gapią się na mnie w osłupieniu.

– Wszystkiego najlepszego z okazji urodzin! – To głos pieprzonej Taylor.

Wykonuję piruet, rozglądając się za gliniarzami, którzy też tu muszą być i dorwą mnie za chwilę. Ale jest tylko Taylor. Urzędnik w okienku uśmiecha się, kiedy dziewczyna obejmuje mnie wpół i prowadzi roztrzęsionego ku wyjściu.

– Nie zaczekałeś na szczegóły, na hasło, ty głupku – mówi.

– A więc przyleciałaś pieprzonym samolotem.

– Uważaj na język, zabójco!

– Przepraszam.

– Przecież nie mogłam cię zostawić na lodzie. W każdym razie jestem spłukana, a to były moje pieniądze na wakacje. Myślę, że nie będziesz miał nic przeciwko temu, żebyśmy się podzielili. Masz tu trzysta dolarów, policzymy się później...

– Jakoś sobie poradzę. Skąd wiesz, że mam dziś urodziny?

– Skąd? Cały świat wie, że dziś twoje urodziny.

Realność tego, co się dzieje, dociera do mojego mózgu i wywołuje w nim mrowienie. Taylor jest tutaj. Znalazłem dom przy plaży, Taylor jest tutaj, z pieniędzmi. Jest też jedna rzecz, z której mogę być dumny: nie reaguję na impuls hormonów radości, który normalnie sprawia, że człowiekowi zachciewa się wąchać kwiatki czy mówić: „Kocham cię". Zachowuję się powściągliwie, jak mężczyzna.

– Zaczekaj, aż zobaczysz, gdzie się zatrzymaliśmy – mówi mi Taylor, ciągnąc mnie ulicą. – O ile cię tam w ogóle wpuszczą. Wyglądasz jak Indianin.

– Wzięłaś pokój w hotelu?

– Dwa pokoje, więc zachowuj się, ty seryjny zabójco.

Kiedy mnie tak ciągnie, zaczynam się opierać.

– Poczekaj... – znalazłem takie miejsce, że nie uwierzysz – na plaży, obok dżungla...

– O rany! Z pająkami i robalami? A niech cię!

– Nie widziałaś filmu *Przeciw wszystkim*?

– O Boże, ja już zapłaciłam za pokój, Vernon.

Niech jej będzie. Kiedy tak idziemy, staram się pamiętać, że jestem w poważnych kłopotach, żeby nie dać dupy i nie zblamować się przed nią. Człowiek może być naprawdę sobą tylko wtedy, kiedy nie ma nic do stracenia. Tego się nauczyłem. Pewnie to zabrzmi głupio, ale niełatwo trzymać fason, kiedy marzenia zaczynają się spełniać. Można poczuć czające się gdzieś w tle dreszcze paniki. I jak wiadomo, samo myślenie o tym jeszcze potęguje mękę. Wniosek: potencjalna dupowatość człowieka w sytuacji, gdy marzenia się spełniają, jest wprost proporcjonalna do ilości czasu, jakie poświęciło się ich snuciu. $PD = CzM^2$ Oznacza to, że mogę się w tej chwili nawet zrzygać.

Tay ma na sobie białe szorty, nie umiem jeszcze powiedzieć, czy widać linię majteczek, bo materiał jest marszczony. Może akurat jedna ze zmarszczek pokryła się z topografią linii majteczek. Ma też na sobie brzoskwiniowy T-shirt z małym skorpionem na piersiach, a na wierzch narzuciła marynarkę, sztywną i grubą. Długie, brązowe nogi i ręce idealnie harmonizują z ciałem. Krzywię się tylko na tę marynarkę. Zauważa to i mówi z uśmiechem:

– W samolocie było zimno jak w lodówce.

Jest prawie ciemno, kiedy docieramy do hotelu, jednego z największych w mieście. Tay ciągnie mnie przez hol, zaczynają się na nas gapić. Kulę się odruchowo. Wszystko wygląda nagle dziwnie, jakbyśmy się znaleźli na jakiejś sklepowej wystawie, na której ja jestem jedynym ruchomym elementem. Tyle, że akurat się w ogóle nie poruszam. I milczę.

Taylor bierze z recepcji klucze; mówi to zbyt głośno, to znów zbyt cicho.

– Chodźmy na górę, spodoba ci się, chodź.

Patrzę na jej idealny nosek, idealną skórę i włosy. Uśmiecha się krzywo, lubieżnie i bierze mnie za rękę. A właściwie najpierw ujmuje mnie za palce, za ich koniuszki, i pieści je, wsuwając coraz głębiej swoją dłoń w moją. Czuję elektryczny wstrząs w moim ptaku. Wsiadamy do windy i jedziemy na górę, do jej pokoju. Pokój jest piękny, z widokiem na zatokę. W łazience połyskują w białym świetle lamp maleńkie flakoniki szamponu.

– Witam w domu – mówi.

Wyciąga z minibarku miniaturowe buteleczki tequili, a ja stoję jak palant. Potem Tay zwija się w kłębek na łóżku przy oknie. W zapachowej kompozycji powietrza z klimatyzacji wyczuwam domieszkę woni lizanej skóry, coś, co przywodzi na myśl natrętny owocowy aromat, woń wilgotnego od słonej wody i oblepionego piaskiem brzeżka elastycznych majteczek i słonych, pełnych warg pachnących piżmem i octem. Rozpraszam te zapachy, podchodząc do łóżka. Jej pachnące słońcem włosy – puszyste, zwykłe i niesforne – kojarzą się ze zwykłym wakacyjnym dniem i pewnie tak powinien wyglądać dzień szesnastych urodzin. Ale moja staruszka siedzi chyba teraz w domu, duma, że dziś moje urodziny, i stara się uciec od tych swoich myśli. Pewnie kupiła tort, kiedy jeszcze tam byłem, żeby wyczekiwać dzisiejszego dnia. Wyobrażam sobie ten samotny tort na stole i szlochającą nad nim mamę. „Boziu, przecież ten tort cały rozmiękł!" – powie Pam. Nawet świadomość, że matka najprawdopodobniej siedzi z nią teraz w Barze Be-Cue, nawet to głęboko mnie zasmuca. Także Taylor musiał wciągnąć wir moich myśli, bo rzuca mi buteleczkę tequili.

– Łyknij sobie.

Łapię niezdarnie butelkę.

– Tay, przyjechałaś tu, żeby się przekonać, że ja nikogo nie zamordowałem, prawda? Będziesz moim świadkiem?

– Chwileczkę, przyhamuj trochę, ja nie chcę nawet... Jestem tu, bo jestem.

– Ale jeśli w sądzie... To znaczy, jeśli...

– Chyba nie pękasz, co, zabójco? – Klepie w pościel obok swego uda. – No chodź tu do Tay-Tay, ty draniu.

Podnosi butelkę i oboje wypijamy tequilę do dna. Kładę się na łóżku z uczuciem, jakbym miał u pasa rewolwery. Taylor wychyla się z łóżka, żeby sięgnąć po piwo, i kiedy to robi, jej wypięty tyłek unosi się do góry. Linia majtek. Bikini. Czuję, kurwa, że umieram. W moich marzeniach byliśmy zawsze sami, blisko siebie, w jakimś odludnym, bezpiecznym miejscu, ale nigdy w miejscu tak wytwornym, jak elegancko umeblowany pokój. Zawsze w jakichś zaroślach albo w polu, gdzieś, gdzie Tay wchłania mnie jak ameba, czuję zapach pocałunków, widzę jej uda, czuję, jak jej usta spijają pot z mojej skóry. W marzeniach pojawiało się wprawdzie pragnienie, aby znaleźć się z nią sam na sam w zamkniętym na cztery spusty pokoju, ale nigdy do tego nie dochodziło. Aż do teraz.

Po czterech drinkach leżę podparty na łokciu i czuję się jak prawdziwy jubilat. Cudownie się popija w takiej sytuacji. Taylor zrzuca sandałki, jeden z nich ląduje za telewizorem. Wodzi palcem po szyjce swojej butelki i przygląda mi się uważnie wzrokiem czarownicy.

– Vernon, opowiedz mi o tym wszystkim, co zrobiłeś – prosi głosem małej dziewczynki.

No i co mówiłem niedawno o kłopotach? Turla się w moją stronę, aż dzieli nas już tylko cal oddechu, alkoholowej mgiełki z jakąś daleką, niklą nutą sera. Nie dotykamy się, trwamy w zawieszeniu, wietrząc swoją chemię jak dwa rozdygotane psy. Potem z czubeczka jej nosa przeskakuje na mnie ładunek elektryczny. Nasze usta stapiają się, odnajduję ręką krągłą wypukłość jej tyłka, przesuwam po niej dłonią, palec lokalizuje brzeg majtek, ale nie wsuwa się pod spód ani go nie podnosi – tylko drażni i prześlizguje się w górę, wyczuwając zmianę aury towarzyszącej jej nagłemu buntowi – i wszystko to dla Verna.

– Ty brutalny draniu. Powiedz, że zabiłeś dla Tayli.

Jej szept przeobraża się w nitkę w koronce, włóknistą i spieczoną od desperackiego żaru.

Wyślizguje się z szortów, odrzuca je nogą na podłogę obok minibaru. Teraz majtki – ostatnia bariera. Zniżam twarz, aż znikają zmarszczki na jej wzgórku i rozpostarta przed moimi oczami gładka, napięta wspaniałość poddaje się mojemu dotykowi, skłaniając moją dłoń, by położyła się płasko i wycisnęła przez jedwab nektar laguny, który tryska przez elastyczny materiał i spływa po udach.

– Wirus śmierci... B o ż e, morderstwo – o Boże...

Próbuje z powrotem zewrzeć nogi, wije się gwałtownie, ale przegrywa, jestem rozpalony, jeszcze bardziej zawzięty teraz, kiedy wstydzi się swojej piżmowej wilgotności. Odciągam jej wilgotne majtki i oto mam tuż przed oczami trójkąt z błyszczącymi od potu fałdami skóry, pokryty korzennymi, zakodowanymi osadami z jej tyłka, oliwką, cynamonowym pyłem i krwistą czerwienią chili. Poddaje się, pokonana, odarta z tajemnicy w tym zwierzęcym świecie. Podnosi kolana i przyjmuje mój język, palec, całą moją twarz, krzyczy i wierzga, rąbki, falbanki i szorstkości wsysają mnie, zasysają mnie z powrotem do tej cuchnącej mokrej prawdy ukrytej pod majtkami, prawdy pieniędzy, sprawiedliwości i plugastwa, wypalając w moim mózgu ścieżki jak kwas w maśle. Różowa pieprzona amfa.

– Kurwa mać! Powiedz mi, co zrobiłeś im wszystkim, powiedz, że to uwielbiasz.

Milczę.

– Powiedz! Powiedz mi, że zabiłeś!

Zaczyna zaciskać nogi, odsuwać się ode mnie, a ja szepczę tak długo, aż się z powrotem rozluźnia i przyciąga mnie do swojej cipki. Słyszałem o takich dziewczynach.

– Czy ty, Vern, czy zrobiłeś to wszystko dla mnie... dla nas...?

Czuję nieuchronną wibrację główki mojego ptaka, przyciskam go do prześcieradła, trę jego żyłami o szwy.

– Taak – jęczę. – Zrobiłem to dla ciebie.

Szepczę dalej, ale wsącza się do mojego mózgu nowa rzeczywistość, ciężka jak początki infekcji. Nagle wzgórek Taylor zamienia się w gumę, jej oddech nabiera ostrego metalicznego zapachu krewetek i masła. Coś jest nie tak. Umyka mi na brzeg łóżka. Kiedy schyla się znów, po raz ostatni, jej szpara uśmiecha się szyderczo przez jedwab majtek. Wiem, że to pożegnanie z Taylor Figueroą. Mój świat rozpływa mi się pod brzuchem w wytrysku, który wygląda tak, jakby wąż strzykał jadem. Potem zapada cisza. Tylko ocean faluje powoli, a jej pachnące curry soki stygną i zasychają na mojej twarzy. Taylor wciąga szorty, zapina sandały, poprawia włosy przed lustrem.

– Okej – mówi do swojej kieszonki na biuście.

Drzwi się otwierają i wchodzi czterech mężczyzn. Osłaniam oczy przed światłami kamery.

– Vernon Gregory Little? – pyta jeden z nich.

Odkrył Amerykę.

Mógłbym znieść to, że wszyscy w holu się na mnie gapią, gdyby jedną z patrzących była Taylor. Ale ona się nie gapi, nawet nie rzuci na mnie okiem. Przykucnęła przy uśmiechniętym techniku i słucha czegoś w słuchawce podłączonej do przewodów w jej marynarce.

Potem, chichocząc, mówi do mikrofonu:

– To takie podniecające. Naprawdę myślisz, że mogę zaczepić się w tym programie? O Boże, Lalito...

Wyprowadzają mnie, odciągają od jej tyłka, który ledwie zdążył obeschnąć z mojej śliny i marzeń. Odprowadza mnie jej beztroski śmiech. Ludzie przy wyjściu z hotelu milkną, kiedy przechodzę ze skutymi rękami i nogami. Jest tak cicho, że słychać wręcz szelest stojących w holu palm, poruszanych powiewem z klimatyzatora. Cicho i, nie muszę chyba dodawać, lodowato. Na lotnisku czeka samolot. Od razu widać, że zainwestowano w ten interes jakieś pieniądze. Będzie trudno przekonać pewnych gości z telewizji, że to wszystko jest jedną wielką pomyłką. Komentatorzy całej Ameryki posraliby się ze śmiechu, gdyby człowiek próbował im to powiedzieć. Podejmuję wysiłek myślenia o czymś przyjemnym, o wielkim Torcie Marzeń. Ale nie mogę, kurwa, nie mogę. Zamiast tego, krztuszę się spalinami i słucham pożegnalnego wycia silników, jak wtedy, kiedy babcia odlatywała na Północ. Przez całą drogę patrzę na zestresowanych pasażerów samolotu, którzy wybrali los imigrantów. W ich głowach pustka, ważny jest tylko połysk ich nowiutkiego, świeżo nabytego bagażu. Jeśli chodzi o mnie, siedzę zamknięty w metalowej rurze z dwoma policjantami, którzy jakby specjalnie rozmawiają o rzeczach, ostro kontrastujących z tym gównem, w jakie wpadłem po uszy. Rozmawiają o swoich samochodach, o befsztykach, o piłce. Jeden z nich popierduje.

Siedzę i przyglądam się światełku na końcu skrzydła, migającemu w ciemnościach. Po kilku długich godzinach tego migotania przebijamy się przez warstwę skłębionych, tumorowatych chmur, wiszących nad Houston. Międzykontynentalne lotnisko. Kiedy samolot podchodzi do lądowania, widać na ziemi osiem tysięcy samochodów patrolowych, światła odbijają się od mokrego od deszczu betonu, prawdopodobnie wyją syreny i inne gwizdki. Wszystko dla małego Vernona, Vernona Little'a. Po wylądowaniu samolot kołuje w stronę ławek ustawionych wokół pustej przestrzeni na obwodzie lotniska. Zwalniamy i zatrzymujemy się obok tych ławek; natychmiast zalewa mnie przez szybę powódź świateł telewizyjnych reflektorów i lamp błyskowych. Fizycznie wręcz wyczuwa się alarmowy impuls, który krzyczy: „Mają go!".

Jest czwartek, upłynęły dokładnie trzy tygodnie od chwili, gdy wpadliśmy w tę piekielną wirówkę. Choć jest czwarta nad ranem, wiadomo, że w każdym domu w Ameryce nastawione są radia i telewizory. „Jest, pieprzony!".

Policjanci sprowadzają mnie po schodkach samolotu. Idziemy wzdłuż ławek. Za ławkami jest ogrodzenie, a za ogrodzeniem dziki tłum rozwścieczonych ludzi, takich, którzy zawsze stawią się tam, gdzie potrzeba rozwścieczonego tłumu. Pakują mnie do białego mikrobusu, przy którym czekają na mnie ludzie w białych fartuchach i kaskach. Przypinają mnie pasami do fotela, w drodze do miasta towarzyszy nam eskorta złożona ze stu tysięcy samochodów policyjnych. Wszystkie helikoptery świata lecą nad nami, świecąc punktowcami jak na jakiejś hollywoodzkiej premierze, jakichś pieprzonych, gównianych Oscarach. Jedno spostrzeżenie, którym chciałbym się z wami podzielić: samochody policyjne nie roztrzaskują się tak łatwo. Wcale nie. Człowiek nie ma też najmniejszego pojęcia, jak odciągnąć uwagę gliniarzy, żeby prysnąć z takiego samochodu i żeby one powpadały na siebie albo zleciały z mostu i tak dalej. Co więcej, kiedy już człowiek znajdzie się w samochodzie policyjnym, od razu ma całkowitą pewność, że coś takiego się nie zdarzy. Jadą cholernie gładko, rozumiecie?

Wszyscy mają dziś w nocy kurewską zabawę, kiedy telewizja pokazuje jakimś przyszłym, bezstronnym przysięgłym, jaki muszę być niewinny. A potem wtrącają mnie z powrotem do piekła. I to nie w Martirio, ale do aresztu w Harris, gdzie toczą się przed sądem grubsze sprawy.

Zamykam w celi oczy i dokonuję przeglądu swojego życia. W mojej wersji w ogóle nie tkwię w bagnie. Natomiast jestem chłopakiem, który słyszy o c z y i c h ś kłopotach; może to ktoś i n n y przyniósł zabójczą broń na lekcję i rozwalił połowę swoich kolegów. Bóg świadkiem, że takie rzeczy się zdarzają. Może jestem kimś, kto tylko o tym s ł y s z y. Słyszy o jakimś małym pojebie, prawdopodobnie z tych cichych i jednocześnie elokwentnych, z tych, co to często się zamyślają i tak dalej, co to siedzą w ostatniej ławce. Do chwili, gdy zjawia się w szkole broń. A ja jestem kimś, kto tylko s ł y s z y o tym i ma podniecający luksus decydowania, czy będzie współczuł, czy popadnie w rozpacz, czy też w ogóle wszystko zignoruje, tak jak to robią ludzie, kiedy dzieje się coś koszmarnego, co ich nie dotyczy. Tak wygląda dzień, który odtwarzam sobie od nowa w głowie. Pełen innych, wymieszanych z sobą zdarzeń, psów i tak dalej, ale ze mną „na zewnątrz", jedzącym na ulicy loda, beztroskim, jak to zwykle bywa, po prostu znudzonym i najzwyklejszym w świecie.

Próbuję zasnąć, gdy inni aresztanci na moim korytarzu akurat się budzą. Jeden z nich słyszy, jak wzdycham, i rzuca zza drzwi:
– Little? Jesteś pieprzoną gwiazdą!
– Tak, wiem – odpowiadam. – Powiedz to prokuratorowi.
– Cholera, dostaniesz najlepsiejszych pieprzonych adwokatów, słyszysz?
– Mój adwokat nie umie nawet porządnie mówić po angielsku.
– Nie – mówi facet. – Kopnęli go w dupę, to już historia. Widziałem, jak gadał w telewizji, że wciąż pracuje nad sprawą, ale to kit, w ogóle go nie wzięli. Teraz masz prawdziwych pistoletów, słyszysz?

Gość w końcu milknie, udaje mi się ukraść godzinkę parszywego snu. Potem przychodzi strażnik i prowadzi mnie do telefonu na końcu korytarza. Paraduje ze mną dumnie wzdłuż innych cel, jak na defiladzie; wszyscy tłoczą się za kratami, żeby zobaczyć, jak idę.
– Ej, Burn! Burnem Little!

Siadam przy telefonie. Strażnik wkłada sobie do ucha słuchawkę, potem wykręca numer do mojego domu. Telefon jest wyłączony. Mówię mu, żeby zadzwonił do Pam.
– Ehe – bełkocze Pam z pełnymi ustami.
– Pam, to ja, Vern.
– Vern? O Boziu, gdzie ty jesteś?
– W Houston.
– Racja, do diabła, widziałyśmy przecież w telewizji. Dają ci tam jeść?

Strażnik nachyla się ku mnie i szepcze:
– Jajka i kiełbaska chorizo, za pół godziny.
– Aha. Będzie jajko i kiełbaska.
– Co? Tylko tyle? Jajko i kiełbaska?

Strażnik marszczy brwi. Pokazuje na migi tacę z całą masą różnych dodatków.
– I cała masa dodatków – mówię.

Strażnik unosi kciuk do góry. Mama rwie się do telefonu, słychać gdzieś w tle jej głos. W końcu wygrywa walkę o słuchawkę.

– Vernon?

– Siemasz, mamo.

– Wszystko w porządku?

– Chyba tak. A co u ciebie?

– No więc po pierwsze Lally odstawił Leonę, co było zresztą do przewidzenia. Założę się, że przyczołga się tu do mnie z powrotem, z podwiniętym ogonem – prycha pogardliwie.

– Daj spokój, mamo.

– Wiem, ty tego nie rozumiesz. On potrzebuje silnej kobiety, zwłaszcza teraz, kiedy spadła na niego taka odpowiedzialność i kiedy wyeliminował z gry Vaine...

– Odpowie-dzialność?

– Musiałeś przecież słyszeć, dostał wyłączność na relację z twojego procesu i w ogóle. Jego firma prowadzi negocjacje w sprawie zakupu zakładu karnego w Huntsville i Lally jest po prostu wykończony, a nikt go naprawdę nie rozumie i nikogo to nie obchodzi. – Słucha przez chwilę mojego kamiennego milczenia, a potem próbuje wsączyć trochę słodyczy: – No więc jak, miałeś przyjemne urodziny?

– Nie za bardzo.

– Nie zamawiałam w tym roku tortu, bo nie wiedziałam, czy będziesz w domu. Zresztą gdybyś się pojawił, mogłabym kupić u Harrisa, u nich jest teraz otwarte codziennie aż do dziesiątej, choć Marjorie nie jest zbyt zadowolona z tej zmiany, przynajmniej na razie. Myślę, że musi upłynąć trochę czasu.

Wciąż się zastanawiam, czy to dobrze, czy źle, że najbliżsi unikają mówienia o bagnie, w jakim człowiek się znalazł. To okropnie krępujące, kiedy na człowieku usadowi się taki widoczny dla wszystkich, ociekający i cuchnący robal. I nikt o nim nie mówi. Być może on mówi sam za siebie.

Kiedy kończę rozmowę, podają mi solidne śniadanie, z grzanką, z kaszą i pieczonymi ziemniakami jako dodatkiem do jajka i *chorizo*. Potem przychodzi mój nowy obrońca, wyznaczony z urzędu. Obsadzili w tej roli Briana Dennehy, nie żartuję, facet jest tak samo niedźwiedziowaty i mądry. Pewnie rzeczywiście wywalili starego Królika Bugsa. Kolejny kundel został zamieniony na rasowego psa. Ten Brian budzi we mnie prawdziwą nadzieję, bo widać od razu, że wygrywa wszystkie sprawy. Jestem więc pełen jak najlepszych myśli i już wiem, że przysięgli będą nim zachwyceni, zobaczą w nim swojego tatę, szorstkiego i dobrotliwego zarazem. W długiej rozmowie wyjaśniam staremu Brianowi, jak się to wszystko spiętrzyło.

– Więc mówisz, że jesteś niewinny? – pyta. – Nawet cię przy tym nie było?

– No nie, byłem, na przykład, w szkole i nawet pewnie przechodziłem dokładnie tam, gdzie potem upadł Barry Gurie, ale...

Marszczy brwi i podnosi rękę.

– Możesz nie przekonać przysięgłych. Zgadzasz się ze mną?

– Jasne.

– To poważna sprawa – mówi już od drzwi. – Nie prowokujmy losu. To ważne dla ciebie i ważne dla mnie.

– Dziękuję, że pan to mówi.

– Jasne – kiwa głową. – Sprawy o zabójstwo to samo ostrze wymiaru sprawiedliwości.

– A więc panie Little, będzie pan mógł jako pierwszy o s ą d z i ć, jaka jest wartość nowego systemu – przepraszam za ten żarcik.

Facet z sądu chichocze i odwraca wzrok. Za każdym razem, kiedy się uśmiechnie, odwraca głowę. A uśmiecha się często, gdy tak siedzi rozparty wygodnie na mojej pryczy.

– Zanim pan zdecyduje, powinien pan wiedzieć, że nie ma żadnej presji, żeby pan uruchamiał brzęczyk, który zostanie zainstalowany w pańskiej... w pańskiej zabezpieczonej kabinie. Kamera będzie do niego podłączona cały czas, żeby zapobiec nieprzewidzianym wypadkom. Ale jeśli w jakimś momencie procesu odczuje pan potrzebę zmiany zeznań lub w jakikolwiek sposób będzie chciał skorygować udzielone informacje, brzęczyk umożliwi panu natychmiastową akcję, a także będzie dla widzów na całym świecie bezcenną wizualną pomocą w zrozumieniu, jak działa system sprawiedliwości.

– A czy istnieje jakiś przycisk dla niewinnych?

– Vernon, pan j e s t niewinny. Dopóki nie zostanie panu dowiedziona wina. Pamięta pan o tym? – Facet podchodzi i uśmiecha się do mnie z bliska, jakbym był małym dzieckiem. – Zapewniam pana, że projektując system, uwzględniono wszelkie zabezpieczenia. Zarówno przycisk, jak światło, które on włącza, są zielone, żeby uniknąć nieprzyjemnych skojarzeń, jakie wywołuje kolor czerwony. I choć żartobliwie nazwaliśmy to brzęczykiem, dźwięk przypomina raczej kuranty...

Akt IV

Jak zostałem spędzony przez moje
letnie wakacje

19

C o czterdzieści trzy błyski migające światła na samochodach policyjnych, które eskortują nas do Houston, idealnie się synchronizują. Najpierw błyskają kilkanaście razy oddzielnie, potem w seriach, jak światła identyfikacyjne. Potem przez sekundę rozbłyskują jednocześnie.

Kiedy wiozą mnie pod nawisem nieruchomych chmur i w asyście helikopterów do Houston, na pierwszą rozprawę, dochodzę do wniosku, że życie przebiega w podobny sposób. Przez większość czasu człowiek odczuwa potencjalną możliwość synchronizacji, ale tylko z rzadka do niej naprawdę dochodzi. I może to być dobra albo zła synchronizacja. Weźmy mój przykład. W krótkim czasie pomiędzy ucieczką z domu a dniem, w którym wzięli mnie za dupę i przywieźli z powrotem, zostałem oskarżony o wszystkie morderstwa w Teksasie. Myślę, że od kiedy moja twarz pojawiła się w mediach, ludzie zaczęli mnie widzieć wszędzie. Nazywają to „przywołaniem na pamięć". Uważajcie na to kurewstwo. I wciąż jestem oskarżony o tę tragedię. Wszyscy po prostu zapomnieli o Jesusie. Wszyscy oprócz mnie.

A więc minęło całe lato od czasu, kiedy ostatni raz zawracałem wam głowę swoim truciem. Tak, spędziłem lato w pudle, czekając na rozprawę. W pewnym sensie towarzystwa dotrzymywał mi Jesus. Nie mogłem mówić. Myślę, że życie stało się dla mnie czymś zbyt realnym. Może po prostu dorosłem. Na to cholerstwo też trzeba uważać, wierzcie mi.

Odwracam się do maleńkiego bocznego okienka i patrzę, jak prześlizgują się za nim słupki ogrodzenia. Październikowa wilgoć zawładnęła krajobrazem i starła z niego cały blask. Może to i lepiej. Tak właśnie myślę, kiedy wspominam ostatnie tygodnie. Na przykład moja staruszka usiłowała popełnić samobójstwo. Pam zadzwoniła w tajemnicy, żeby prosić mnie o dodanie jej otuchy w sprawie Lally'ego, lodówki i tak dalej. Powiedziała mi, że mama zamknęła się któregoś dnia w domu, włączyła kuchenkę na ful i usiadła przy otwartych drzwiczkach piekarnika. Mimo wszystko było to Wołanie o Pomoc, nawet jeśli zważyć, że nasza kuchnia jest elektryczna. Teraz Pam dożywia mamę.

Co do mnie, sam czuję się jak lodówka, zatęchła, pusta, nawet niepodłączona. Moje ciało uświadomiło sobie, że aby przeżyć, nie potrzebuje już bodźców sensorycznych, tylko odrobiny skoncentrowanego logicznego myślenia. Tylko tyle, żeby móc grać w warcaby i oglądać telewizję – ludzki organizm jest na tyle sprytny, że nawet zredukowany do takiego cyfrowego, logicznego układu potrafi to robić. I wiecie co? Musiałem zacząć nosić okulary. Odkryli, że mam bardzo słaby wzrok, więc państwo wyposażyło mnie łaskawie w szkła. Początkowo nie byłem pewien, czy mi pomagają, bo były wielkie, grube, z przezroczystymi plastikowymi oprawkami. Ale przy ogolonej i wypolerowanej głowie wyglądały, musiałem to przyznać, całkiem okej, zwłaszcza kiedy się człowiek przyzwyczaił. Całość była naprawdę super: jasnoniebieskie ubranie i te moje okulary z elastycznym paskiem dookoła głowy. Pasek miał być na szyi, ale skróciłem go i założyłem na głowę, bo inaczej zaczepiał o krzyżyk. No właśnie – pan Abdini dał mi krzyżyk na łańcuszku. Nie mogłem w to wprost uwierzyć – taki był miły i w ogóle. Stary Abdini przejechał kawał drogi, żeby przywieźć mi ten krzyżyk z maleńkim facecikiem. No, nie z jakimś tam zwykłym facecikiem – z ukrzyżowanym Jezusem. To znaczy trudno zobaczyć szczegóły, ale po prostu się wie, że to musi być Jezus.

Odbyłem tu rozmowę z psychologiem, powiedziałem mu, że nie mam żadnych zalet, takich jak na przykład jakieś szczególne umiejętności czy coś w tym rodzaju. Ale on powiedział, że to nieprawda, że mam rozwiniętą spostrzegawczość i dużą wrażliwość na losy bliźnich. W pewnym sensie chyba mam jakieś talenty, potrafiłem przecież zwietrzyć kłopoty, zanim cokolwiek się stało – myślę, że to musi być sprawa talentu. Musi to być coś warte. Inna wielka nowina to to, że przestałem bluźnić, możecie mi wierzyć albo nie. Chyba dlatego, że zająłem się głównie oglądaniem telewizji i nie rozmyślam o żadnych złych stronach rzeczywistości. Moja nadmierna koncentracja na jej negatywnych stronach została rozpoznana jako główny obszar moich problemów psychicznych – to oraz moja fiksacja na punkcie, przepraszam za wyrażenie, odbytu, czyli to, że wszystkie moje myśli kończą się na sprawach wydalania, bielizny i czego tam jeszcze. To wielki obszar, ale jak twierdzą psychologowie, uświadomienie sobie problemu jest pierwszym krokiem na drodze do jego rozwiązania. Nie mogę sobie nawet wyobrazić intymnych zapachów, naprawdę. Oglądam mnóstwo starych filmów, myślę, że dlatego, żeby sprawdzić, w czym błądziłem. Wczoraj zakręciła mi się nawet w oku łezka, kiedy oglądałem taki film.

Tłum ludzi żądnych linczu zapełnia ulice wokół budynku sądu; kiedy przejeżdżamy, rzucają różnymi przedmiotami, wrzeszczą i walą pięściami w samochód. Widzę ich przez małe okienko – ich i kamery, które ich obserwują. Chociaż ci z tyłu robią wrażenie moich zwolenników. Fronton sądu przekształcił się w wielką Kopułę Astronawigacyjną, z kamerą, baterią reflektorów oraz mobilnymi studiami, z których przeprowadzają wywiady z różnymi osobistościami życia publicznego. Są też samochody cateringowe, stoiska z hot dogami, samochody z prądnicami, garderoby na kołach, stoiska z T-shirtami i plakietkami, sprzedawcy baloników.

Nie idę od razu na salę sądową, ale do charakteryzatorni na zapleczu sądu, pewnie dlatego, że sala jest „skąpana w jasnym, rozproszonym świetle", jak wyjaśnia facet, który każe mi usiąść, żeby przygładzić mi włosy. Jest tu już paru ludzi ze składu sędziowskiego, którym wzmacniają rumieńce. Uśmiechają się do mnie, jakbym był ich kolegą z pracy, i rozmawiają o tym, co będzie za chwilę, jak o meczu piłkarskim. Zauważam, że mój makijaż jest raczej blady. Bladoszary.

W końcu prowadzą mnie długim jak lufa strzelby korytarzem. Jaskrawe światło wypełnia drzwi na jego końcu, przez które wprowadzają mnie na salę. Zaczyna się. Muszę powiedzieć, że wchodzę tam jako niewinny człowiek i jestem przekonany, że kiedy wysłuchają mojej wersji zdarzeń, wyjdę stamtąd frontowymi drzwiami. Bo wiadomo, że prawda zawsze zwycięża. Rozglądam się po obsadzie filmu całego mojego życia, która siedzi wśród zapachu szkolnych malowanek i wyklejanek z kukurydzy, oblepiającej wycięte z kartonu owieczki pasterza Józefa. Kamery obracają się na statywach, a głowy ludzi razem z nimi – wszyscy patrzą, jak prowadzą mnie niczym zwierzę do klatki z mikrofonem i z wielkim zielonym przyciskiem z przodu. Klatka ma lśniące czarne pręty rozstawione w dziesięciocentymetrowych odstępach i jest prawie o metr wyższa ode mnie, kiedy stoję. Jeden ze strażników otwiera drzwiczki z tyłu, a drugi wprowadza mnie do środka. Plakietka na klatce głosi, że została ona wykonana z nowego, praktycznie niezniszczalnego stopu. Obrzucam spojrzeniem salę i widzę mamę z ustami zaciśniętymi jak u muppeta albo jakiegoś podobnego stwora. Przeguby ma zabandażowane, domyślam się, że to efekt kolejnego Wołania o Pomoc. Obok niej siedzi Pam z twarzą, zdradzającą, że zjadły przed chwilą w motelu „plastikowe" śniadanie, którego składniki są dopasowane do siebie tak, jakby zostały odlane w jakiejś glinianej formie. One po prostu uwielbiają szpitalne żarcie, motelowe śniadania i podobne paskudztwa. Dziś mama ma przypisaną osobną kamerę. Ale wiadomo, dziś nie będzie obracania noża w plecach. Ostatnio, kiedy wydoroślałem, mój nóż obraca się sam. W końcu przeobraził się w coś, co psycholog nazywa s u m i e n i e m. Według niego ten nóż to największy dar, jaki człowiek dostaje od rodziców.

Mój nowy obrońca, stary Brian, robi naprawdę dobre wrażenie, jest pewny siebie i spokojny. Przystaje na chwilę, żeby do mnie mrugnąć, potem wyjmuje z pudła akta i układa je na pulpicie. Jest też cały komplet nowiutkich oskarżycieli. I przepraszam, że to mówię, bo może się to wam skojarzyć z moim psychofizjologicznym problemem, ale główny oskarżyciel ma nawet na sobie luźne, workowate spodnie. Takiej spodziewa się cholernej zabawy po dzisiejszej rozprawie. Wysoko za stołem prezydialnym stary sędzia składa ręce i kiwa głową do obrońców. Zapada cisza.

– Panie i panowie przysięgli – mówi oskarżyciel. – Otwieramy dziś jeden z najbardziej oczywistych przewodów sądowych, jakie widział ten stan. Oto stoi przed wami człowiek, który pozbawił życia trzydziestu czterech porządnych obywateli, w tym wiele dzieci, nawet swoich kolegów. Człowiek, który otwarcie przyznaje, że uczestniczył w szkolnej masakrze, i który został ponad wszelką wątpliwość rozpoznany przez naocznych świadków jako sprawca szesnastu innych zbrodni. Człowiek, którego dziecięce fantazje obracały się wokół rozlewu krwi i śmierci. Człowiek, którego perwersyjne skłonności seksualne związane były nierozerwalnie z innym uczniem-zabójcą. Panie i panowie, dziś stajecie oko w oko z człowiekiem – a używam tego terminu umownie – który w niebezpiecznym wieku szesnastu lat przyćmił sławetnego Johna Wayne'a Gacy'ego pod względem absolutnej i bezgranicznej pogardy dla najbardziej elementarnych praw innych ludzi.

Szerokim gestem, którym omiata cały zgromadzony tłum, pokazuje na moją klatkę. Wszystkie twarze odwracają się, by zobaczyć moją lśniącą głowę i moje wielkie oczy pływające za grubymi szkłami. Stoję nieruchomo. Prokurator uśmiecha się, jakby przypomniał sobie jakiś stary dowcip.

– I wyobraźcie sobie, panie i panowie – mówi – że podobnie jak Gacy, ten chłopiec domaga się głośno, by uznać go za niewinnego. Nie jednej jedynej zbrodni, w wypadku której został być może błędnie rozpoznany. Ale trzydziestu czterech ohydnych morderstw, jakich dopuścił się na obszarze naszego stanu.

Całe moje ciało się kurczy, ale teraz przejmuje inicjatywę Brian. Przez chwilę kroczy po skrawku wolnej podłogi, kiwając głową.

Potem staje przed ławą przysięgłych i patrzy w przestrzeń, jakby coś rozpamiętywał.

– To święta prawda – mówi – że jest przyjemną rzeczą odpocząć po ciężkim dniu przed telewizorem. – Pociera podbródek i wraca na środek sali. – Obejrzeć sobie na przykład film. – Tu nieco się zasępia. – A jednak dla gwiazd tego filmu to, że wszyscy rozpoznają je na ulicy, musi być bardzo uciążliwe. Dlaczego o tym mówię? Mówię o tym dlatego, że na terenie, który jest rzekomo obszarem działania mojego klienta, popełnia się co tydzień cztery i trzy dziesiąte morderstwa. Cztery i trzy dziesiąte morderstwa popełniono, zanim zaistniały zbrodnie, o które go oskarżono – cztery i trzy dziesiąte morderstwa miało miejsce w okresie, gdy rzekomo siał on w okolicy grozę. I cztery i trzy dziesiąte zostanie popełnione w tygodniu, kiedy on przebywa tutaj z nami. – Odwraca się i przygląda się po kolei przysięgłym. – Odkryliśmy, panie i panowie, że nie obwiniano mojego klienta o żadne morderstwo, dopóki nie pokazano jego zdjęcia w telewizji. Od tej chwili dosłownie każde morderstwo popełnione w środkowym Teksasie i okolicach zaczęto przypisywać jemu. Oznaczałoby to, że w s z y s c y „n o r m a l n i” m o r d e r c y wzięli sobie urlop, a Vernon Gregory Little wyręczył ich, popełniając c a ł y o d n o t o w y w a n y k o n t y n g e n t m o r d e r s t w, przy czym część z nich popełniał niemal równocześnie, przy użyciu różnych narzędzi, na przeciwległych krańcach stanu. Zadajcie sobie, proszę, pytanie: w jaki sposób? Za pomocą telewizyjnego pilota? Nie sądzę.

Mój adwokat podchodzi do klatki. Patrzy na mnie w zadumie, potem chwyta za pręt i odwraca się znów do przysięgłych.

– Otóż tym, co zamierzam zademonstrować podczas tego procesu, panie i panowie, jest skala ludzkiej podatności na sugestię. Media przybywają na miejsce każdej zbrodni z gotowym obrazem jednego tylko podejrzanego: obecnego tu podsądnego. I to nie wszystkie media, tylko ta telewizja, którą kieruje ktoś czerpiący profity z takiego stawiania sprawy. Ktoś, kto zbudował cały system, więcej, całe wirtualne imperium, bezlitośnie prześladując tego jednego, nieszczęsnego chłopca. Człowieka, który przed tragicznymi wydarzeniami z dwudziestego maja był nikim. Człowieka, którego poznacie i osądzicie sami podczas tego procesu.

Brian podchodzi nieśpiesznie do ławy przysięgłych, podciąga lekko mankiety koszuli i przechyla się poufale przez barierkę. Zniża głos.

– Jak do tego doszło? To proste. W blasku telewizyjnych świateł stworzono oszołomionej i zbolałej publiczności szanse uczestniczenia w największym medialnym cyrku od czasu sprawy O.J. Simpsona. „Czy to jest podejrzany?", zapytano tych ludzi. Widok tej twarzy działa jak dzwonek alarmowy. Z pewnością go gdzieś widzieli, nawet niedawno. Rezultat? Nawet c z a r n i świadkowie morderstw popełnionych na c z a r n y c h z ich własnego środowiska rozpoznają w tym szesnastoletnim białym uczniu mordercę.

Patrzy uważnie po twarzach przysięgłych, mrużąc oczy.

– Przekonacie się, obywatele, że ten potulny, nieśmiały młodzieniec z czystym dotychczas kontem, miał nieszczęście zostać ż y w ą o f i a r ą tragedii w Martirio. Te wydarzenia zwaliły się na niego w tym ważnym momencie jego życia, jakim jest delikatny proces wchodzenia w wiek męski. Nie potrafił wyartykułować swojego głębokiego żalu, nie potrafił przyswoić świata, który rozpadał się wokół niego. Pokażę wam, że jedynym, i to wielkim błędem tego chłopca było to, że nie wołał od razu i dostatecznie głośno: Jestem n i e w i n n y!

Tu prokurator, za przeproszeniem, rozkracza się szeroko. Ale mnie podoba się to, co mówi Brian. Rozglądam się po sali i nie mogę się nadziwić, że oto wkracza na nią sprawiedliwość, tak jak powinna, jak oczekiwany Święty Mikołaj. Bo jest to specjalne miejsce, zarezerwowane dla prawdy. Jasne, wszyscy robią wrażenie bardzo z siebie zadowolonych, ale może to wynikać z ich głębokiego przekonania, że oto nadchodzi sprawiedliwość. Weźmy sądową sekretarkę, jak podsłuchałem, s c e n o t y p i s t k ę, która nie wiem, po co jest im potrzebna. Czy dlatego odrzuca tak dumnie głowę do tyłu, że oto zbliża się sprawiedliwość, czy dlatego, że cofa się przed odorem słów-plam, które musi wystukiwać na swojej odpiłowanej maszynie? I dlaczego jej maszyna jest odpiłowana, dlaczego w sądzie nie może być całego alfabetu? Człowiek się zastanawia, czy ona lubi, a może nawet uwielbia nurzać się w tym bagnie. Może opowiada o tym koleżankom po pracy i wszystkie zaciskają usta, słuchając tych opowieści. Albo wzdychają: „O, Boże" lub coś w tym rodzaju. I może prawnicy mają te półuśmiechy na twarzach przez cały czas, nawet w domu. Może właśnie dlatego stali się prawnikami, żeby doskonalić umiejętność wydawania z siebie tych pogardliwych śmieszków, które sugerują, że człowiek jest jedyną na świecie istotą na tyle ciemną, by wierzyć w to, co sam powiedział. Może parskali tak już jako niemowlęta i ich rodzice mówili: „Popatrz, kochanie, urodzony prawnik".

Do południa pierwszego dnia rozprawy moje zadziwienie tym wszystkim słabnie. Potem już tylko siedzę jak zombie, mijają kolejne dni wypełnione mapami i wykresami, śladami stóp i włóknami. Pojawia się sportowa torba Jesusa z moimi odciskami palców. Zajmuje wszystkich naukowców świata przez tydzień. A ja po prostu siedzę, bierny, niewzruszony, i w głowie kłębią mi się nielogiczne myśli, między innymi taka, skąd do cholery można wiedzieć, czy dane włókno zostało znalezione na bucie, czy na skarpetce. Przysięgli czasem podrzemują, chyba że właśnie przychodzi z charakteryzatorni nowy świadek.

– Czy rozpoznaje świadek osobę, którą widział na miejscu zbrodni? – pytają oskarżyciele.

A świadkowie, ludzie całkiem mi nieznani, wbijają we mnie wzrok i jeden po drugim wskazują na mnie palcem.

– To ten w klatce – mówią. – To jego widzieliśmy.

I tak jak w dramatach sądowych pojawiają się po kolei wszyscy z pierwszego aktu, żeby opowiedzieć swoje wersje. Człowiek czeka, czy pomogą mu się z tego wykaraskać, czy też go pogrążą. Kiedy listopadowe chłody sprowadzają koce na moją pryczę, całe postępowanie zmierza do końca.

– Sąd wzywa na świadka doktora Olivera Goosensa.

Goosens podchodzi do stanowiska dla świadków. Jego policzki falują jak jedwabne sakiewki wypełnione śmietaną. Składa przysięgę i wymienia powściągliwy uśmieszek z prokuratorem.

– Panie doktorze, jest pan psychiatrą specjalizującym się w zagadnieniu zaburzeń osobowości.

– Tak jest.

– I staje pan dziś przed sądem jako bezstronny świadek i ekspert, bez związku z jakimikolwiek profesjonalnymi kontaktami z podsądnym w przeszłości?

– Tak.

Sędzia podnosi palec, patrząc wymownie na oskarżyciela, co oznacza „stop". Potem zwraca się do mojego obrońcy:

– Panie mecenasie, czy pański sprzeciw zaginął gdzieś na poczcie?

– Nie, Wysoki Sądzie – mówi Brian, nieporuszony.

– Jest to lekarz pańskiego klienta. Czy mam wnosić, że pomija pan tę sprzeczność?

– Jeśli Wysoki Sąd tak to odbiera...

Przewodniczący zagryza wargę. Potem kiwa głową.

– Kontynuujmy.

– Doktorze Oliverze Goosens – pyta prokurator – jaki typ człowieka popełnił pana zdaniem, jako profesjonalisty, te wszystkie zbrodnie?

– Sprzeciw! – woła mój adwokat. – Nie dowiedziono, że te zbrodnie są dziełem jednego człowieka.

– Podtrzymuję – mówi sędzia. – Najpierw sąd musi tego dowieść.

– Zapytam inaczej – mówi oskarżyciel. – Doktorze Goosens, czy te zbrodnie zostały pana zdaniem popełnione według jakiegoś schematu?

– Zdecydowanie tak.

– Schematu często spotykanego przez pana, jako eksperta?

– Widzę tu związek z socjopatycznymi zaburzeniami osobowości.

Prokurator szczypie podbródek kciukiem i palcem wskazującym.

– Ale czy można powiedzieć, że są to cechy właściwe jednej osobie?

Goosens chichocze cichutko.

– Inaczej należałoby przypuszczać, że mamy do czynienia ze skoncentrowaną w jednym punkcie epidemią socjopatii, która trwała dokładnie sześć dni.

Oskarżyciel uśmiecha się.

– A co przede wszystkim różni cierpiących na te zaburzenia od nas, całej reszty?

– Takie osobowości potrzebują natychmiastowego zaspokojenia, nie potrafią się pogodzić z najmniejszym niepowodzeniem w realizacji swoich dążeń. Są manipulatorami i mają szczególny stosunek do samych siebie, co czyni je obojętnymi na prawa i potrzeby innych.

– Czy słusznie wnioskuję, że nie jest to choroba psychiczna w ścisłym znaczeniu tego słowa i że nie zmniejsza poczucia odpowiedzialności u cierpiących na takie zaburzenia?

– Absolutnie tak. Zaburzenia osobowości są przejawem charakteropatii, zakłóceniami w mechanizmach pozyskiwania nagrody.

Prokurator pochyla głowę, kiwa nią w zamyśleniu.

– Wspomniał pan o zaburzeniach osobowości o charakterze socjopatycznym. Czy istnieje jakiś bardziej potoczny termin na określenie ludzi cierpiących na takie zaburzenia?

– Socjopaci to... no tak, są po prostu klasycznymi psychopatami.

Stłumiony szmer przebiega przez salę. Czuję, że moje okulary robią się grube i ciężkie.

– A czy morderstwa należą do powszechnie znanych manifestacji takich zaburzeń?

– Sprzeciw – mówi Brian. – Większość morderców nie jest psychopatami i nie wszyscy psychopaci popełniają morderstwa.

Sędzia patrzy zmęczonym wzrokiem na oskarżyciela.

– Panie prokuratorze, ja bardzo pana proszę...

Widać, że chciałby użyć mocniejszych słów, ale mówi tylko „proszę". Jestem pewien, że to właśnie różnica między tym, co c h c e, a tym, co m o ż e powiedzieć, sprawia, że jego spojrzenie jest takie krowie. Prokurator zaciska usta, po czym znów zwraca się do doktora Goosensa.

– A zatem, doktorze, czy słusznie wnioskuję, że cierpiący na takie zaburzenia, o jakich pan wspomniał, są obojętni wobec rezultatów swoich działań? Że nie czują skruchy?

– Sprzeciw! Brak skruchy może się logicznie wiązać z niewinnością!

Oskarżyciel zwraca się do przysięgłych i uśmiecha się sztucznie. Ja zachowuję kamienny spokój.

– Oddalam – mówi sędzia. – Pytanie nie odnosiło się do pańskiego klienta.

Kiwa głową Goosensowi, żeby ten odpowiedział.

– Cierpiący na takie zaburzenia mają o wiele wyższy próg pobudzenia – mówi Goosens, miotając sakiewkami policzków w stronę prokuratora. – Ich zapotrzebowanie na dreszczyk emocji może ich popchnąć do najbardziej ryzykownych czynów, bez oglądania się na konsekwencje.

– Na taki dreszczyk emocji, jakiego może dostarczyć morderstwo?

– Tak.

Prokurator pozwala, by odpowiedź doktora rozsiadła się na podłodze sali sądowej. Jej odór płynie ku ławie przysięgłych. Oskarżyciel patrzy na mnie, zastanawiając się nad kolejnym pytaniem do Goosensa.

– A proszę nam powiedzieć, czy w takim zachowaniu odgrywa jakąś rolę czynnik seksualny?

– Seks to najpotężniejszy popęd. Jest to naturalnie główna sfera zachowań skierowanych na uzyskanie i utrzymanie władzy nad innymi. A w świadomości socjopaty śmierć i seks dzielą łoże.

– I jak mogą się te cechy wykształcić, mówiąc prostymi słowami?

– No cóż, taka mania może się rozwinąć w dzieciństwie…

– Mania na punkcie, powiedzmy, kobiety? – Oskarżyciel pochyla głowę, ale jego wzrok umyka ku stanowisku dla świadków.

– No tak, obiektem męskiej manii staje się najczęściej kobieta.
– Czy socjopata może zabić kobietę dla dreszczyku?
– Owszem. Albo może zabić d l a   n i e j.
– Nie mam więcej pytań.

Na drugie śniadanie jest dziś makaron z serem. I chleb. Później, kiedy mój adwokat podchodzi z uśmiechem do stanowiska dla świadków, wszystko to rośnie mi w brzuchu.
– Jak się pan dzisiaj miewa, doktorze Goosens?
– Dziękuję, świetnie.
– Proszę mi powiedzieć, doktorze, czy te socjopatyczne postawy zaostrzają się z wiekiem?
– Niekoniecznie. Aby je w ogóle za takie uznać, muszą się pojawić przed ukończeniem piętnastego roku życia.
– Czy to jest uleczalne, kiedy chory ma piętnaście lat?
– Większość takich zaburzeń można leczyć w dowolnym wieku, choć w przypadku prawdziwej socjopatii rokowania są raczej niepomyślne.
– To znaczy, że nie można ich skutecznie wyleczyć?
– Na to wskazuje większość dotychczasowych doświadczeń.
Mój obrońca odbywa krótki spacer po sali, chodzi zamyślony, z opuszczoną głową. W końcu zatrzymuje się.
– W swoim raporcie dla sądu w Martirio zalecał pan, żeby mój klient był leczony jako pacjent dochodzący, a nie w zakładzie zamkniętym?
Goosens patrzy na sędziego. Ten kiwa głową, żeby odpowiedział.
– Tak – mówi Goosens.
– Dość niefrasobliwe podejście w stosunku do nieuleczalnego psychopaty, nie uważa pan?
Na twarzy lekarza pojawia się irytacja.
– Takie przypadki trudno zdiagnozować podczas jednej wizyty.
– Ale z sugerowaniem sądowi tego, że oskarżony jest psychopatą nie miał pan problemu. – Brian śmieje się krótko. – A poza tym,

panie doktorze, w świetle tych seksualnych konotacji, o których pan wspomniał, czy nie jest tak samo możliwe, żeby taka aspołeczna jednostka cierpiała na manię na punkcie mężczyzny – lub chłopca?

Zaczyna zataczać wokół Goosensa coraz mniejsze kręgi.

– Oczywiście. Dobrym przykładem jest tu Jeffrey Dahmer...

– Ale co odróżnia zwykłe homoseksualne pożądanie od patologicznej manii?

– Hm, tego... to kwestia przyzwolenia. Dewiant zastosuje wobec obiektów swojej żądzy sztuczki lub przemoc, nie zważając na ich życzenia.

– A zatem osoba, która wyładowuje swoje żądze na chłopcu wbrew jego woli, jest psychopatą?

– Tak, oczywiście.

Goosens nie jest już tak pewny siebie. Mój obrońca przerywa krążenie po sali i przygważdża lekarza spojrzeniem, które mówi: „No to rozegrajmy sobie mały mecz".

– Doktorze Oliverze Goosens – zaczyna w zadumie. – Czy zetknął się pan z nazwiskiem Harlan Perioux?

Goosens blednie.

Brian zwraca się do przysięgłych:

– Panie i panowie, panie przewodniczący, proszę mi wybaczyć język, jakiego będę używał. – Podchodzi do stanowiska dla świadków i zbliża twarz do twarzy Goosensa. – A jeśli się pan nie zetknął, to może słyszał pan o witrynie internetowej *Homuś – kram z tyłeczkami*?

– Słucham?

– Człowiek nazwiskiem Harlan Perioux stawał przed sądem w stanie Oklahoma oskarżony o stręczenie i kupowanie kilkunastoletnich chłopców do tej witryny. Proszę nam powiedzieć, pod przysięgą, czy coś panu o tym wiadomo?

– Nie muszę odpowiadać na to pytanie.

Na twarzy Briana pojawia się leniwy uśmiech. Bierze ze stolika jakieś dokumenty i podnosi je do góry.

– Mam tu dowody na to, że pan, Oliverze Goosens, występował wcześniej pod nazwiskiem Harlan Perioux.

Głośny szmer przechodzi przez salę.

– Otóż sugeruję, doktorze, że pięć lat temu został pan pod tym nazwiskiem postawiony w stan oskarżenia. Zarzut: werbowanie chłopców do pańskiej pornograficznej witryny.

– Zarzuty nie zostały nigdy potwierdzone.

– Ponadto twierdzę, doktorze, że nadal ma pan i prowadzi tę witrynę, teraz pod nazwą *Serenada Sodomy*.

Ktoś w głębi sali parska zduszonym śmiechem. Sędzia marszczy groźnie brwi.

– Czy mam rację, doktorze? – pyta Brian powoli i wyraźnie. – Tak czy nie?

Goosens kieruje spłoszone spojrzenie w stronę sędziego. Ten daje mu skinieniem głowy znak, żeby odpowiedział.

– Nie, absolutnie nie.

– I ostatnie pytanie: czy to prawda, że leczył pan także Jesusa Navarro Rosario, mniej więcej w tym czasie, kiedy zdarzyła się ta tragedia, czyli w maju tego roku?

Goosens wbija wzrok w podłogę.

– I że podarował mu pan intymną damską część garderoby, zakupioną, jak ustaliło dochodzenie, przy wykorzystaniu pańskiej karty kredytowej?

Brian podnosi w górę plastikową torebkę. W środku są majteczki, które Jesus miał na sobie w ostatnim dniu swego życia.

20

Siedzę na więziennym sedesie, szczerze mówiąc, bez większej nadziei, i pozwalam, aby samo moje wewnętrzne ciśnienie, trzeszcząc, przepchnęło co trzeba przez odbyt. Wiem, że nie powinienem tego mówić, ale ćwiczenie układu wydalania jest jednym z największych hitów, słowo wam daję. To jeszcze jedna z prawd życiowych, których człowieka nie uczą. W gruncie rzeczy nie tylko nie uczą, ale jeszcze wmawiają człowiekowi coś odwrotnego, że to dzieło szatana czy coś w tym rodzaju. Jak się dobrze zastanowić, to można by dojść do wniosku, że wszelkie cholerne reguły rządzące tym światem zostały wymyślone przez moją mamę.

Ale teraz w ogóle o tym nie myślę. Jest ranek i powietrze ma w cieniu tę mgielną wilgotną rześkość, jaka występuje zimą. Mam tylko trochę czasu, nim zapakują mnie do samochodu i zawiozą znów do sądu, więc siedzę w toalecie najbliższej więziennego podwórza. I mam nawet camela do zapalenia, nowiutkiego, bielutkiego camela z filtrem, od Detiveaux, którego sądzą za wielki skok. Jest teraz bardzo hojny, bo jego przyjaciółka przyniosła na widzenie ich nowo narodzone dziecko. Powiedziałem mu, że jest podobne do niego, i była to prawda, mimo że to dziewczynka. I oto siedzę, sztacham się głęboko niebieskim dymem i strząsam popiół między nogami, uważając, aby sobie nie przypalić mojej aparatury reprodukcyjnej. Wszystkie kłopoty wyskakują mi z odbytu jak szczury z samolotu i staję się z sekundy na sekundę lżejszy, bardziej oczyszczony. Snuję plany jak jakiś obłąkaniec. Sprawa układu wydalniczego, panowie, niech to jasna cholera.

Podróż do sądu jest szara i monotonna. Siedząc w charakteryzatorni, słyszę helikoptery krążące z warkotem nad gmachem sądu, na wypadek gdybym uciekł albo coś takiego. Ha. No tak, jasne. Oni by chcieli, żebym uciekł, żeby mogli uniknąć bolesnego dźgnięcia żalu, kiedy wyjdzie z dumą na jaw moja niewinność. Będą musieli zjeść tę żabę. Podczas pudrowania siedzę sztywno, przepełniony optymizmem wynikającym z poczucia swojej prawości, i wcinam frytki. Musieli poczuć powiew prawdy, czającej się tuż za rogiem, skoro nagle zaczęli mnie paść frytkami. Jedynym problemem jest to, że prowadząc mnie do mojej klatki, skuli mnie bardzo ciasno i muszę wtulić głowę w ramiona, żeby wytrzeć usmarowany keczupem policzek. Kiedy próbuję to zrobić, widzę smugę światła krążącą po podłodze sali sądowej; po chwili zatrzymuje się na stanowisku dla świadków, oświetlając je niczym górę Synaj. Słychać skrzyp wytartej skóry wędrujący po schodach w górę, a potem w głąb sali, do wyjścia. Nawet nie patrząc, wiem, że to mama. Opuszcza salę. Przychodzi co rano, żeby mogli pokazać ją w prasie i telewizji, ale nie może stawić czoła bebechom dnia. Na zewnątrz z obiema nogami na pedałach czeka w mercurym Pam.

Zjawia się sędzia, wita wszystkich skinieniem głowy. Siadam, żeby przyglądać się, jak mój Los rozgrywa się tuż przed moimi oczami.

– Sąd wzywa panią Taylor Figueroę.

Taylor przedziera się przez tłum; ma na sobie szary kostium z krótką spódniczką. Odrzuca do tyłu włosy, przyciąga kamery swoim uśmiechem „swojskiej dziewczyny", potem prostuje się jak doboszka na paradzie, żeby złożyć przysięgę. Boże, jaka ona piękna! Czuję posmak tego, jak mogłoby być. Tłamszę to w sobie.

– Proszę podać swój wiek i zawód – mówi prokurator.

Taylor zagryza wargę, jakby się zastanawiała nad odpowiedzią. Kiedy mówi, jej głos wznosi się i opada, potem, ku końcowi, znów się wznosi, jak warkot samochodu przy zmianie biegów. To też zatrąca szkołą.

– Skończyłam właśnie dziewiętnaście lat i byłam studentką, ale teraz próbuję sił w mediach.

Oskarżyciel kiwa ze zrozumieniem głową, potem marszczy brwi.

– Nie chciałbym świadka niepotrzebnie stresować, ale zdaje sobie świadek sprawę z tego, że w takim procesie nie da się uniknąć pewnych delikatnych pytań. Proszę podnieść rękę, kiedy staną się dla świadka zbyt kłopotliwe.

Taylor przygryza wargę jednym zębem.

– W porządku, jestem przygotowana.

– Jest pani bardzo dzielna. – Prokurator skłania głowę. – Proszę nam powiedzieć, czy była pani kiedykolwiek ukradkiem śledzona?

– Śledzona?

– Chodzi o to, czy ktoś całkiem nieznajomy lub znajomy tylko z widzenia okazywał nadmierne zainteresowanie pani osobą?

– Chyba tak. Jeden chłopak.

– Co było według pani niezwykłego w jego zainteresowaniu?

– No więc pojawił się ni stąd, ni zowąd i zaczął mi wyznawać swoje zbrodnie i w ogóle...

– Czy znała go pani wcześniej?

– Aha. W pewnym sensie. To znaczy widziałam go kiedyś, jak wyszłam z imprezy.

– Z imprezy?

– Tak, był na zewnątrz, chyba go nie wpuścili na tę imprezę.

– Czy był przy tym ktoś jeszcze?

– Nie.

Prokurator kiwa głową ze wzrokiem wbitym w podłogę.

– A więc ten ktoś był sam i stał przed budynkiem, bo nie mógł wejść na imprezę? Zagadnął panią?

– Aha. Pomógł mi wsiąść do samochodu.

– Pomógł pani wsiąść do samochodu? I co było dalej?

– Zjawił się mój bliski przyjaciel, który wyszedł z imprezy, i ten chłopak sobie poszedł.

Patrzę po przysięgłych, zastanawiając się, kto z nich może mieć córkę w wieku Taylor. Ich brwi unoszą się teraz pod nowym kątem.

Oskarżyciel odczekuje, aż wszystko dotrze do ich świadomości i usadowi się tam na dobre.

– I gdzie spotkała go pani ponownie?

– W Houston.

– Czy on mieszkał w Houston albo w ogóle gdzieś w Harris County?

– Nie. Przejeżdżał przez Houston w drodze do Meksyku.

– Skąd jechał?

– Z Martirio.

Prokurator posyła przysięgłym znaczące spojrzenie.

– Z Martirio do Meksyku przez Houston? Nadłożył kawał drogi.

– No tak. Nie mogłam w to uwierzyć, ale on przyjechał, żeby się ze mną zobaczyć i wyznać te zbrodnie, i w ogóle...

– I co stało się później?

– Zjawiła się moja kuzynka i on uciekł.

Taylor spuszcza teraz głowę i wszyscy wstrzymują oddech, spodziewając się, że zaraz się rozpłacze albo coś w tym stylu. Ale nic takiego się nie dzieje. Oskarżyciel odczekuje, żeby mieć całkowitą pewność, że łez nie będzie, potem wytacza największe działo.

– Czy widzi świadek tę osobę na sali sądowej?

Taylor nie podnosi głowy, wskazuje tylko na klatkę. Nachylam się lekko, próbuję uchwycić jej spojrzenie, ale ona wbiła wzrok w swoje stopy. Prokurator zaciska usta i prostuje się z namaszczeniem, żeby wbić mi ostatnie gwoździe.

– Odnotujmy, że świadek zidentyfikowała obwinionego, Vernona Gregory'ego Little'a. Obrona utrzymuje, że w czasie gdy popełnione zostały ostatnie morderstwa, Vernon Little był w Meksyku. Twierdzi, że pani o tym wiedziała. Czy wiedziała pani, że on tam jest?

– No tak, on tam był, kiedy przyjechałam.

– Czy może pani powiedzieć z pełnym przekonaniem, jak długo przebywał obwiniony w Meksyku?

– Góra trzy godziny.

– A więc nie może pani potwierdzić zeznania obwinionego, że nie było go tam przez ten cały czas, kiedy popełniano morderstwa?

– Chyba nie.

Prokurator podchodzi do stanowiska świadka, opiera rękę na barierce i uśmiecha się współczująco do Taylor.

– To już niedługo – mówi łagodnie. – Proszę nam tylko powiedzieć, spokojnie, bez pośpiechu, co się zdarzyło w ciągu tych paru godzin w Meksyku?

Taylor sztywnieje. Bierze głęboki oddech.

– Próbował... próbował się ze mną kochać.

– Czy już po tym, kiedy wyznał, że jest mordercą?

– Aha.

Wszyscy wstrzymują oddech – na sali i prawdopodobnie na całym świecie. Potem słychać narastający gwar. Moja dusza krzyczy z bólu, ale adwokat nakazuje mi wzrokiem, żebym siedział cicho. Zielony przycisk brzęczyka w mojej klatce zaczyna mnie kusić, gdy ludzie na sali, kamery, cały świat, zwracają się w moją stronę, aby przyjrzeć mi się dokładniej. Oskarżyciel uśmiecha się lekko, podchodzi do swojego stołu i naciska klawisz magnetofonu.

„Tak – rozlega się mój skrzekliwy głos. – Zrobiłem to dla ciebie".

I powtarza w nieskończoność:

„Zrobiłem to dla ciebie, dla c i e b i e, d l a c i e b i e. Z r o b i - ł e m to".

Zanim Brian weźmie Taylor w krzyżowy ogień pytań, przybiera naprawdę srogi wyraz twarzy. Wkłada ręce do kieszeni i staje przed nią, zupełnie jakby był jej tatą albo kimś takim. I patrzy na nią tak, jakby już wiedział, że to, co ona za chwilę powie, będzie najgłupszym usprawiedliwieniem, jakie w życiu słyszał. Ona opuszcza na moment wzrok, potem patrzy na niego szeroko otwartymi oczami, jak gdyby pytała: „Co takiego?".

– Widziała pani oskarżonego w Meksyku przez trzy godziny?

– Aha.

– A zatem jeśli nie liczyć tych trzech godzin, to pani zdaniem mógłby być gdziekolwiek indziej?

– Pewnie tak.

– Po co Vernon Little spotkał się z panią w Meksyku?

Taylor przewraca oczami – prymitywne dziewczęce zagranie.

– Bo ja wiem? Żeby się kochać albo coś wyznać, nie mam pojęcia.

– Zapłaciła mu pani, żeby się z panią kochał?

Taylor sztywnieje.

– Ależ skąd!

– A więc żadne pieniądze nie przechodziły tego dnia z rąk do rąk?

– N-no... tego...

– Tak czy nie? Proszę odpowiedzieć, czy dawała mu pani jakieś pieniądze.

– No więc...

– Tak czy nie?

– Tak.

– A więc dała pani oskarżonemu pieniądze, dokładnie trzysta dolarów. – Brian zwraca się do publiczności, unosi jedną brew.

– Musi być cholernie dobry.

Słychać chichoty w głębi sali.

– Sprzeciw! – warczy prokurator.

– Podtrzymuję – mówi sędzia.

Brian puszcza do mnie oko, potem zwraca się znów do Taylor i patrzy na nią najbardziej ojcowskim spojrzeniem, na jakie może się zdobyć.

– Czy Vernon Little wiedział, że będzie pani tego dnia w Meksyku?

– No więc... tego...

– Zaskoczyła go pani, prawda? Posłużyła się pani pieniędzmi, żeby zwabić go; oszołomionego, niewinnego, zdesperowanego nastolatka, zwabić go do pewnego miejsca, w którym zjawiła się pani ni stąd, ni zowąd. Czy to prawda?

Usta Taylor poruszają się przez chwilę bezgłośnie.

– Tak, ale powiedziano mi...

Mój adwokat podnosi rękę, potem krzyżuje ramiona.

– Uświadamiam pani, że posłużono się panią, żeby zwabić tego biedaka. Została pani wykorzystana, żeby ściągnąć obwinionego do pułapki, nie na prośbę policji i niekoniecznie za pieniądze, ale skuszona obietnicami sławy przez człowieka, który stoi za tą całą szaradą.

Taylor tylko patrzy na Briana.

– Taylor Figueroa, proszę podać sądowi nazwisko człowieka, który przywiózł panią do Meksyku.

– Eulalio Ledesma.

– Nie mam więcej pytań.

Na szczycie schodów pojawia się Lally, cały w bieli. Ma woskową twarz. Zgrzyta zębami, guzy wściekłości napinają mu skórę po obu stronach żuchwy. Publiczność ogląda się za nim, kiedy idzie przejściem między krzesłami ku światłom. Ja odwracam głowę, żeby spojrzeć na tłum. Od razu widać, że go uwielbiają. Pierwszy przesłuchuje go oskarżyciel.

– Eulalio Ledesma, miał pan wyjątkową okazję przyjrzeć się obwinionemu, najpierw jako przyjaciel rodziny, a później jako, jestem o tym głęboko przekonany, zatroskany obywatel...

– Czsz... Przepraszam – mówi Lally – ale jestem umówiony z Sekretarzem Stanu. Czy to potrwa długo?

– Nie mogę odpowiadać za obronę, ale ja uwinę się szybko – mówi prokurator. – Proszę nam powiedzieć: gdyby miał pan scharakteryzować obwinionego jednym słowem, jak by ono brzmiało?

– Psychopata.

– Sprzeciw! – woła Brian.

– Podtrzymuję. Pytanie i odpowiedź zostają wykreślone. – Sędzia mierzy surowym spojrzeniem prokuratora. – I proszę pamiętać, że ten młody człowiek może być w wyniku procesu stracony.

Prokurator zwraca się w stronę przysięgłych i wykonuje gest, jakby miał związane ręce, ale sędzia groźnym spojrzeniem zniechęca go do takich demonstracji. Oskarżyciel wraca więc do Lally'ego.

– Może powie pan Wysokiemu Sądowi, panie Ledesma, czy obwiniony mówił panu coś prywatnie o tragedii, jaka rozegrała się w szkole?

Lally ściąga wargi w taki sposób, jak to robi najlepszy kolega, kiedy chce się poskarżyć swojej mamie, że zjadłeś mu ostatnie ciasteczko.

– Czy cokolwiek w jego zachowaniu sugerowało jego udział w tej zbrodni?

Lally nabiera tchu. Patrzy na mnie czarnymi, zapuchniętymi oczami i potrząsa głową.

– Czasami mówił przez sen. – Dolna warga zaczyna mu drżeć. – Mruczał przez sen, mówił „Bum!", coś w tym rodzaju. „Bum!".

Z gardła wyrywa mu się szloch. Śmiertelna cisza zapada nad światem.

Prokurator pochyla z szacunkiem głowę i odczekuje chwilę. Potem mówi:

– Przykro mi, że muszę poddać pana takim...

Lally podnosi drżącą rękę, przerywa mu w pół zdania.

– Zrobię wszystko, co mogłoby przynieść spokój tym udręczonym biedakom.

Na sali rozlega się szloch. W zachowaniu prokuratora nie ma już śladu dawnej swady, nawet najmniejszego. Po chwili długiej jak wieczność pyta:

– Czy widział pan również, jak obwiniony zabił policjanta Barry'ego Gurie?

– Leżałem na ziemi, ranny, i z dołu widziałem, jak obwiniony biegnie w stronę policjanta. Usłyszałem odgłosy szamotaniny, a potem trzykrotny huk wystrzału...

Prokurator kiwa głową, potem zwraca się do mojego obrońcy:

– Świadek jest do pańskiej dyspozycji.

Brian poprawia krawat i podchodzi do stanowiska dla świadków. Cisza chrzęści jak kości jaszczurki.

– Panie Ledesma, od jak dawna jest pan dziennikarzem telewizyjnym?

– Niedługo będzie piętnaście lat.

– Gdzie pan praktykował?

– Głównie w Nowym Jorku i w Chicago.

– A nie w Nacogdoches?

Lally pochmurnieje.

– Nie-he – mówi z przydechem.

– Nigdy pan tam nie był?

– Nie-he.

Brian posyła mu znaczący uśmiech.

– Czy pan lubi kłamać, panie Ledesma?

– Czsz...

– Tak czy nie?

– Nie-h-he.

Mój adwokat kiwa głową i zwraca się do przysięgłych. Podnosi w górę wizytówkę.

– Panie i panowie, pokażę teraz świadkowi bilet wizytowy. Jest na nim napisane: „Eulalio Ledesma Gutierrez. Szef Działu Serwisowego, Care Media, Nacogdoches". – Brian przesuwa Lally'emu wizytówkę przed oczami. – Czy to pańska wizytówka, panie Ledesma?

– Ach, p-roszę... – mówi wyniośle Lally. Nagle upodabnia się do staroświeckiego parowozu.

Brian mierzy go najsurowszym spojrzeniem, na jakie może się zdobyć.

– Mam świadka, że wręczał pan tę wizytówkę jako swoją. Pytam jeszcze raz: czy to pańska wizytówka?

– Powiedziałem, że nie.

– Wysoki Sądzie, czy mogę powołać nowego świadka w celu identyfikacji...?

– Proszę – zgadza się sędzia.

Mój adwokat daje znak głową. Dwuskrzydłowe drzwi w głębi sali otwierają się ze skrzypem i dwaj sanitariusze wprowadzają drobną, starszą Meksykankę. Brian odczekuje, aż kobieta dodrepcze do stopni, i zwraca się do Lally'ego:

– Panie Ledesma, czy to jest pańska matka?

– Niech pan nie będzie śmieszny – warczy Lally.

– Lally! Mój Lalo! – woła starsza pani.

Wyrywa się sanitariuszom, ale zaczepia nogą o jakiś występ i osuwa się bezwładnie na ziemię. Sędzia wstaje z miejsca i patrzy ze zmarszczonymi brwiami, jak sanitariusze pomagają jej się podnieść. Kobieta zawodzi i stara się zlokalizować Lally'ego, który stoi w milczeniu. Żuchwy chodzą mu teraz w przyśpieszonym tempie.

Brian czeka, aż sala się uspokoi, po czym pyta starszą panią:

– Pani Gutierrez, proszę powiedzieć sądowi: czy to jest pani syn?

– Tak, to on.

Wlecze za sobą sanitariuszy, znów się potyka i zawisa na ich ramionach. Sędzia zasysa wargi, jakby go rozbolała śledziona. Patrzy z ukosa na kobietę, potem potrząsa głową.

– Proszę pani, czy może pani wskazać swojego syna?

Cały świat wstrzymuje oddech.

– Lalo? – woła kobieta. – Eulalio?

Lally nie odpowiada. W tym momencie jeden z prawników zakłada ręce na piersiach i choć szelest rękawów jest ledwie słyszalny, starsza pani drga i wskazuje na niego.

– Lalo?

Oskarżyciel wyrzuca ręce w górę w desperackim geście. Wzrok sędziego pada na mojego adwokata.

– Czas ucieka. Czy mam rozumieć, że świadek jest ociemniały?

– Każda kobieta rozpozna głos swojego dziecka, Wysoki Sądzie.

– Lalo? – szlocha kobieta, wyciągając tym razem ręce do scenotypistki.

Sędzia wzdycha ciężko.

– Jak pan chce, na miłość boską, doprowadzić do przekonywającego rozpoznania?

– Wysoki Sądzie... – zaczyna Brian, ale sędzia zdejmuje zdecydowanym ruchem okulary i rozkłada szeroko ręce.

– Panie mecenasie, ta kobieta nie widzi.

Spokojny, krzepiący sen nie przychodzi tej nocy. Rzucam się i zmagam z koszmarami z udziałem Jesusa, świadom, że uczestniczę w loterii i lada chwila mogę do niego dołączyć. Kiedy nazajutrz rano zamykają mnie w mojej klatce, uwaga wszystkich skupiona jest tylko na mnie. Jasne, Brian wstaje i spiera się, argumentuje, mówi, że to osaczanie i tak dalej. Ale ma się wrażenie, że wszyscy już wiedzą, iż Lally był ostatnim gwoździem do mojej trumny. Mówią o tym subtelne zmiany na sali sądowej; na przykład scenotypistka zadziera głowę o stopień wyżej.

Przez cały czas czuję wibracje płynące od Jesusa. Podpowiada mi, żebym próbował zapobiec dalszym stratom, zapomniał o swoich rodzinnych sekretach; mówi, że byłem dotąd aż za bardzo lojalny, że powinienem pomóc im znaleźć broń. Nakłania, żebym powiedział o przymusie wypróżnienia, jaki poczułem tego dnia. Chodzi o to, że gówno może dostarczyć wielu ważnych dla człowieka dowodów. Prawdopodobnie można by z niego stworzyć masę klonów i spytać je, dlaczego to zrobiły. Jeden z moich palców dotyka zielonego przycisku w klatce, muska jego powierzchnię. Kamery terkocą w pobliżu. Człowiek po prostu wie, że tłumy na ulicach, ludzie na lotniskach, rodziny tkwiące w swojskim zaduchu swoich domów, mężczyźni u fryzjera w Japonii, dzieci wagarujące we Włoszech – wszyscy oglądają telewizję, wstrzymując cholerny oddech. Wyczuwa się miliardy skumulowanych godzin ludzkiego życia skracanego właśnie przez nagły skok ciśnienia. To prawdziwa potęga, wierzcie mi. Wydymam wargi i wodzę palcem wokół cienkiej linii okalającej przycisk, bawię się nim, udając, że mam coś bardzo ważnego do powiedzenia. Nagła cisza, jaka zapada na sali, każe Brianowi odwrócić się raptownie. Widząc moją rękę na przycisku, idzie niezdarnie w moją stronę, ale sędzia syczy za jego plecami:

– Proszę go zostawić!

Nie naciskam guzika po to, żeby zmienić moją historię. Naciskam go dlatego, że moja historia nie została w ogóle opowiedziana. Od jakichś dziesięciu lat wysłuchiwałem całej masy paradygotów i gawędziarzy, którzy zamęczali mnie swoją cholerną gadaniną o ekspertach od włókien z dywanów, psychiatrach i tak dalej. A ja już wiem, że władze stanowe nie przyślą mi żadnych ekspertów. Doszedłem do wniosku, że człowiek potrzebuje tego całego przemysłu, całej tej pompy i mocnych wrażeń. Bo chociaż nie wolno tego mówić, i mam nadzieję, że robiąc to, nie przykładam ręki do Dzieła Szatana, to Uzasadnione Wątpliwości nie znajdują już zastosowania. W każdym razie nie w praktyce. I nie próbujcie mnie przekonać, że jest inaczej. Może uwzględnia się je tylko wtedy, kiedy wasz kot pogryzie chomika sąsiada i sprawa trafi do kącika porad prawnych Pani Mecenas Judy. Ale jeśli już wyślą dodatkowe wozy patrolowe i zbudują klatkę jak w zoo, to nie ma o czym mówić. Trzeba przedstawić prosty, szczery i mocny dowód niewinności, w który uwierzy każdy, kto ogląda telewizję. W przeciwnym wypadku uczepią się dziewięciuset lat dowodów rzeczowych, jak na jakiejś tysiącletniej nieprzerwanej lekcji matmy, i w ten sposób w ogóle wyeliminują Uzasadnione Wątpliwości.

Nie mając nic do stracenia, naciskam guzik. Słychać dźwięk, jakby ktoś wyrzucił ksylofon z samolotu, i nagle oślepia mnie palba lamp błyskowych i innych świateł. Ostatnią rzeczą, jaką widzę, jest opuszczona szczęka Briana Dennehy'ego.

– Wysoki Sądzie – zaczynam.

– Ćśś! – Brian aż się dławi.

– Proszę, mów, synu – mówi sędzia. – Czy mamy wszcząć postępowanie odwoławcze?

– Nie, nie o to chodzi, ja po prostu myślałem, że będę miał szansę powiedzieć, jak wszystko naprawdę wyglądało, ale oni pytają tylko o to, co może świadczyć, że jestem złym człowiekiem. Chodzi mi o to, że mam świadka, od samego początku tej tragedii.

– Wysoki Sądzie – mówi prokurator. – Władze stanowe mają nadzieję, że zostanie zachowana podstawowa struktura tego procesu, w której przygotowanie włożono tak wiele wysiłku.

Sędzia patrzy na niego wzrokiem bez wyrazu.

– A ja mam nadzieję, panie prokuratorze, że władze stanowe, podobnie jak ten sąd, interesuje przede wszystkim ustalenie prawdy.

Uśmiecha się ciepło do kamery i mówi:

– Proszę zaprzysiąc tego chłopca.

– Wysoki Sądzie… – Brian podnosi bezradnie rękę.

– Cisza – mówi sędzia. Kiwa głową w moją stronę. – Proszę, panie Little.

Nabieram tchu i odprawiam cały niezbędny rytuał z Biblią. Brian siedzi z głową w dłoniach. Potem przechodzę do sedna sprawy i mówię drżącym głosem:

– Nie miałem żadnych kłopotów. Mój nauczyciel, pan Nuckles, dobrze o tym wie, wie też, gdzie wtedy byłem. Nie było mnie w klasie, bo posłał mnie po świecę potrzebną do jakiegoś doświadczenia. Gdyby wysłał mnie wcześniej, nie byłoby wobec mnie żadnych podejrzeń.

Sędzia patrzy na prokuratora i obrońcę.

– Dlaczego ten świadek nie został wezwany?

– Lekarze uznali go za niezdolnego do stawienia się przed sądem – wyjaśnia Brian. – Poza tym stwierdziliśmy, że w świetle zebranych dowodów jego zeznania dotyczące wydarzeń w szkole mogą być pominięte.

– A ja uważam, że powinniśmy wysłuchać tego waszego pana Nucklesa – mówi sędzia. Patrzy w stronę kamer. – Myślę, że świat będzie się domagał, byśmy go wysłuchali. – Daje ręką znak woźnym. – Proszę doprowadzić świadka do sądu. Jeśli będzie to konieczne, my sami odwiedzimy go na łożu boleści.

– Dziękuję, Wysoki Sądzie – mówię. – Następna sprawa…

– Powiedziałeś swoje, synu. Teraz gwoli porządku powinienem pozwolić, żeby zadał ci kilka pytań prokurator.

Wydaje mi się, że słyszę płacz mojego obrońcy. Prokurator przywołuje na twarz uśmiech i podchodzi do mnie.

– Dziękuję, Wysoki Sądzie. Vernonie Gregory Little, jak się oskarżony dzisiaj miewa?

– Chyba dobrze... Chciałem tylko powiedzieć, że...

Oskarżyciel podnosi rękę.

– A więc twierdzi oskarżony, że nie widział szesnastu ofiar, czy tak?

– Rzecz w tym, że...

– Proszę odpowiadać tylko „tak" lub „nie".

Patrzę na sędziego. Potwierdza skinieniem głowy.

– Tak – mówię.

– I nigdy nie widział oskarżony przyszłych ofiar w szkole? Dopiero jako martwe albo w agonii, tak?

– Tak.

– Ale przyznaje oskarżony, że był obecny przy tym morderstwie?

– No tak.

– I zeznał oskarżony pod przysięgą, że był obecny na miejscu zbrodni, gdzie zginęło osiemnaście osób, ale nie widział, jak to się stało.

– Aha. – Oczy mam rozbiegane, staram się nie pogubić w tej całej matematyce.

– I zeznał oskarżony pod przysięgą, że nie widział żadnej z szesnastu najnowszych ofiar – ale jak się okazało, oni wszyscy też nie żyją.

Oskarżyciel oblizuje wargi, marszczy brwi. Na wszelki wypadek wyjaśniam, iż jest to wyższy stopień pogardy. Potem uśmiecha się do przysięgłych i mówi:

– Czy nie uważa oskarżony, że jego problemy ze wzrokiem zaczynają przysparzać miastu trochę kłopotów?

Na sali słychać perlisty śmiech.

– Sprzeciw!

– Oddalam. – Sędzia daje mi znak ręką, żebym odpowiedział.

– Nawet mnie tu nie było, kiedy popełniano te morderstwa.

– Nie? A gdzie był oskarżony?

– W Meksyku.

– Rozumiem. A czy był jakiś konkretny powód, żeby oskarżony znalazł się w Meksyku?

– No... Ja uciekałem.

– Uciekał oskarżony.

Prokurator zaciska wargi. Patrzy na przysięgłych, z których większość to właściciele półciężarówek i ludzie podobnego pokroju. Jest też kilka pań o surowym wyglądzie i paru pewnych siebie facetów. I jeden szpaner, który z pewnością prasuje skarpetki i bieliznę. Wszyscy dosłownie chłoną ruchy warg prokuratora.

– A więc postawmy sprawę jasno: twierdzi oskarżony, że nie popełnił żadnej zbrodni i że nigdy nawet nie widział połowy ofiar. Czy tak?

– Tak.

– Ale przyznaje oskarżony, że był obecny przy pierwszej masakrze, i został rozpoznany jako osoba, którą widziano na miejscu innych morderstw. Czy oskarżony przyjmuje do wiadomości, że trzydziestu jeden świadków rozpoznało oskarżonego na tej sali jako osobę widzianą w miejscu, w którym popełnione zostały późniejsze morderstwa?

– Sprzeciw – mówi Brian. – To nieaktualne informacje, Wysoki Sądzie.

– Wysoki Sądzie – mówi prokurator – próbuję ustalić, jak postrzega oskarżony fakty.

– Oddalam sprzeciw. – Sędzia daje mi znak głową. – Proszę odpowiedzieć na pytanie.

– Ale...

– Proszę odpowiadać „tak" lub „nie" – mówi oskarżyciel. – Czy został oskarżony rozpoznany na tej sali jako podejrzany o morderstwa przez trzydziestu jeden obywateli?

– No... chyba tak.

– Tak czy nie?!

– Tak.

Wbijam wzrok w podłogę. I w chwili kiedy uświadamiam sobie, że to robię, ogarnia mnie fala paniki. Czuję uderzenie gorąca gdzieś u nasady nosa. Prokurator milknie na chwilę: daje mojemu ciału czas, aby mogło mnie zdradzić przed kamerami telewizyjnymi.

– A więc teraz, kiedy już ustaliliśmy, że oskarżony był obecny przy trzydziestu czterech morderstwach, sam oskarżony potwierdza, że uciekał. – Wytrzeszcza oczy w stronę ławy przysięgłych. – Nie mogę pojąć, d l a c z e g o.

Na sali rozlegają się chichoty.

– Bo wszyscy mnie podejrzewali – mówię.

Oskarżyciel rozkłada ręce.

– No, nie dziwię się: po popełnieniu trzydziestu czterech morderstw!

Stoi przez chwilę nieruchomo, ale ramiona trzęsą mu się od bezgłośnego śmiechu. Kręci głową. Ociera skroń. Ociera łzę w kąciku oka, bierze głęboki oddech, idzie powoli, w stronę mojej klatki, wciąż aż wibrując rozbawieniem. Ale kiedy patrzy mi w oczy, jego wzrok pali.

– Czy był oskarżony w Meksyku dwudziestego maja tego roku?

– To był dzień tej tragedii, więc nie…

– Ale powiedział oskarżony sądowi, że był w Meksyku w czasie, kiedy popełniano te morderstwa.

– Miałem na myśli te najnowsze.

– Ach, rozumiem wreszcie – wyjeżdżał oskarżony do Meksyku w czasie, gdy popełniano niektóre z tych morderstw, taka jest teraz wersja oskarżonego?

– Chodzi po prostu o to…

– Może ja pomogę oskarżonemu – mówi prokurator. – Teraz oskarżony utrzymuje, że pojechał do Meksyku na czas niektórych morderstw, czy tak?

– No tak.

– A gdzie przebywał oskarżony poza tym, kiedy nie był w Meksyku?

– W domu.

– Który jest w obrębie posiadłości Amosa Keetera, czy tak?

– Tak, proszę pana. Mniej więcej.

– To znaczy tam, gdzie znaleziono ciało Barry'ego Gurie?

– Sprzeciw – protestuje mój obrońca.

– Wysoki Sądzie – mówi prokurator – chcemy ustalić, czy wszystkie morderstwa zostały popełnione przed ucieczką oskarżonego.

– Proszę, ale niech pan zmierza do sedna.

Prokurator zwraca się do mnie.

– Chodzi mi o to, że był oskarżony najbliższym kolegą mordercy Jesusa Navarro. Był oskarżony obecny przy siedemnastu zabójstwach. Rozpoznano go we wszystkich siedemnastu wypadkach. Podczas pierwszego przesłuchania zbiegł oskarżony z biura szeryfa. Po aresztowaniu i późniejszym zwolnieniu za kaucją uciekł do Meksyku. – Prokurator opiera się o pręty, niedbale, jakby był tym wszystkim znużony, głowa opada mu na pierś, tylko oczy patrzą w górę. – Proszę się przyznać – mówi łagodnie, rzeczowo. – To oskarżony zabił tych wszystkich ludzi.

– Nieprawda, nie zabiłem.

– A ja utrzymuję, że oskarżony ich zabił i stracił rachubę, tyle uzbierało się tych trupów.

– Nie.

– Nie stracił oskarżony rachuby?

Prokurator zaciska wargi i wypuszcza powietrze przez nos, jakby nagle, już po ogłoszeniu fajrantu, pojawiła się dodatkowa robota.

– Proszę podać pełne imię i nazwisko.

– Vernon Gregory Little.

– I gdzie dokładnie zatrzymał się oskarżony w Meksyku?

– W Guerrero.

– Czy ktoś to może poświadczyć?

– Tak, mój przyjaciel Pelayo...

– Kierowca ciężarówki z wioski na wybrzeżu? – Prokurator podchodzi nieśpiesznie do swojego stołu i bierze z niego jakiś urzędowy dokument. Podnosi go w górę. – Złożone pod przysięgą zeznanie Pelayo Garcii Madero ze wsi wymienionej przez obwinionego – mówi. Pieczołowicie odkłada papier i toczy wzrokiem po sali, czekając, aż wszyscy skupią na nim uwagę. – Pan Garcia Madero stwierdza, że spotkał w życiu tylko jednego młodego Amerykanina, autostopowicza, którego poznał w barze w północnym Meksyku i zawiózł swoim samochodem na południe. Autostopowicza nazwiskiem D a n i e l   N a y l o r.

21

Życie miga mi przed oczami, ten czternasty listopada i jakieś przebłyski dziwacznej egzystencji, która przypomina dwutygodniowe życie komara. Ostatnia minuta tego życia jest wypełniona wieściami, że w ostatnim dniu rozprawy, czyli za pięć dni, będzie zeznawał pan Nuckles. Obserwatorzy mówią, że teraz tylko on może mnie uratować. Przypominam sobie, kiedy widziałem go ostatni raz. Dwudziestego maja tego roku.

– Jeśli nic się nie dzieje, dopóki człowiek tego nie widzi – powiedział Jesus – to czy coś się jednak dzieje, jeśli człowiek tylko pomyśli, że to się stanie, ale nie mówi o tym nikomu...?

– Wygląda na to, że nie, dopóki nikt cię nie widzi, jak tego nie mówisz – zastanawiam się.

– Pieprzyć to, Vern. Mniejsza z tym.

Wzrok mu ucieka w stronę nacięć nożem, nogi naciskają pedały. Wydaje mi się, że nie zniesie kolejnego tygodnia, jeśli będzie on taki sam jak ten, który właśnie mija. Jego pragnienie posiadania choć odrobiny jakichś zdolności czasami mnie zatrważa. Nie jest mistrzem sportu ani wybitnym mózgowcem. Co najgorsze, nie może sobie pozwolić na nowe modne buty marki Brand. Nie dla niego licencjonowane aleje prawości i cnoty. Nie zrozumcie mnie źle, chłopak jest bystry. Wiem to na podstawie milionów długich minut spędzonych na wspólnym polowaniu na insekty, budowaniu samolotów, oliwieniu broni. Kłótniach i pogodzeniach, kiedy się wie, że on wie, że ja wiem, że on ma miękkie serce. Wiem, że Jesus jest człowiekiem w takim wymiarze, jaki nikogo nie obchodzi. Tylko ja to wiem.

Tego wtorkowego ranka klasa jest jak piec do pieczenia pizzy, wszelkie zwykłe wonie są spieczone tak, że w rezultacie powstaje posmak śliny na metalowej powierzchni. Promienie światła przeszywają wybranych gamoni w ich ławkach. Jesus zastygł w swojej zwykłej szkolnej pozie, oświetlony największym promieniem. Wpatruje się w swoją ławkę, plecy ma obnażone, demonstruje wbity tam nóż. Prawdopodobnie każdy ma w plecach taki nóż, który najbliżsi mogą przekręcić w dowolnej chwili ot tak, dla kaprysu. Człowiek musi uważać, żeby nikt inny nie odkrył, gdzie ten nóż tkwi. Jesus jest dowodem, że powinno się na to cholernie uważać.

– Ej, Dżejzus, ciekłnie ci z dupy – mówi Max Lechuga.

Max jest klasowym osiłkiem, znacie ten typ. Prawdę mówiąc, to po prostu tłuścioch z odętą gębą.

– Trzymajcie się z daleka od dupy Dżejzusa, bo ostatniej nocy zginęło tam czterech strażaków.

Bliźniacy Gurie orbitują skuleni wokół niego, podpuszczają go. Lechuga przestawia się na mnie.

– No jak, Vernie, odbyt był rano w akcji?

– Pierdol się, Lechuga.

– Zrób mi loda, pedale.

– Nie jestem pedałem, tłusta dupo.

Lorna Speltz jest trochę zapóźniona w rozwoju w stosunku do całej reszty. W końcu łapie, o co chodziło w pierwszym dowcipie.

– Może zniknął tam cały wóz strażacki – chichocze.

To upoważnia pozostałe głupie cipy do rechotu: „He, he he".

Szkoła nigdy nie uczy człowieka o plugastwie, jakie go wypełnia, i to jest dla mnie straszne. Trawi się mnóstwo czasu na wkuwaniu, co jest stolicą Surinamu, a w tym czasie te matoły wycinają ci nożem inicjały na plecach.

– Skupcie się trochę, miłośnicy nauki.

Do klasy wchodzi Marion Nuckles w chmurze talku Calvina Kleina, cały dziarski i wyprostowany. Jest jedynym facetem, który przy takim upale nosi sztruksowe spodnie. Wygląda na to, że bez mrugnięcia okiem włożyłby skórzane gatki.

– Kto pamiętał, żeby przynieść świecę? – pyta.

Stwierdzam nagle, że muszę sobie zawiązać sznurowadło. Jak prawie wszyscy oprócz Dany Gurie, która wyjmuje pudełko złotych świec do aromaterapii.

– Ups! Zapomniałam zdjąć cenę!

Macha pudełkiem na wszystkie strony, ale bardzo powoli. Wygląda na to, że nawet podkreśliła cenę markerem. To cała Dana. Jej główne zajęcie to donoszenie, kto z klasy ostatnio rzygał. Szkolni doradcy do spraw preorientacji zawodowej twierdzą, że będzie świetną dziennikarką.

Lechuga wstaje z miejsca.

– Mnie się zdaje, że świeca Jesusa jest używana, panie psorze.

Klasa krztusi się ze śmiechu. Nuckles sztywnieje.

– Mógłbyś to rozwinąć, Max?

– Chciałem tylko powiedzieć, że może wolałby pan nie dotykać świecy Jesusa.

– A gdzie ona była twoim zdaniem?

Max ocenia, na jak życzliwą reakcję może liczyć.

– W jego tyłku.

Klasa parska zduszonym śmiechem.

– Panie profesorze – mówi Dana – jesteśmy tutaj po to, żeby się uczyć, a ta rozmowa nie jest chyba zbyt kształcąca.

– No właśnie, panie profesorze – popiera ją Charlotte Brewster. – Mamy konstytucyjne prawo do ochrony przed wpływami dewiantów seksualnych.

– A pewni ludzie mają prawo do tego, by ich nie prześladować, panno Brewster – odpowiada Nuckles.

Max Lechuga przybiera minę niewiniątka.

– O rany, przecież to tylko żart!

– Zapytaj Jesusa, czy to dla niego takie zabawne – mówi Nuckles.

– To zależy – wzrusza ramionami Charlotte. – Jeśli tylko wytrzymuje temperaturę płomienia...

– Wysiadaj z samochodu! – szczebiocze Lorna Speltz.

Fatalnie, Lorna. Głupota.

Nuckles wzdycha.

– A dlaczego wszyscy uważacie, że konstytucja chroni bardziej was niż Jesusa Navarro?

– Dlatego, że on jest edzio-pedzio – mówi Beau Gurie. Nie ma o czym gadać.

– Dziękuję ci, Beauregard, za to wnikliwe i zwięzłe ujęcie zagadnienia. A co do pani, panno Brewster, to mam nadzieję, że kiedyś zrozumiesz, iż nasza znakomita konstytucja nie upoważnia cię do odbierania ludziom ich podstawowych praw.

– My nikomu nie odbieramy praw – mówi Charlotte. – My, Naród, postanowiliśmy sobie trochę pożartować i mamy do tego prawo. I ten ktoś ma prawo pożartować sobie z nas. Albo nas zignorować. A jeśli nie może wytrzymać tego płomienia...

– Uciekajcie, pali się!

Znów fatalnie, Lorna. Beznadziejnie.

– Tak jest, panie psorze – wtrąca Lechuga. – To nam gwarantuje konstytucja.

Nuckles przemierza salę.

– Nigdzie, w żadnych aktach państwowych, d o k t o r z e Le-chuga, nie znajdzie pan zdania: „A jeśli nie potrafi wytrzymać tego płomienia".

Nauczyciel rozsmarowuje te słowa jak gęstą śmietanę. To wielki błąd taktyczny wobec Charlotte Brewster, zwłaszcza kiedy jest aż tak wzburzona jak teraz. Ona nie zniesie przegranej, absolutnie. Wargi układają jej się tak, że przypominają odbyt. Oczy zamieniają się w paciorki.

– Coś mi się zdaje, panie psorze, że poświęca pan mnóstwo czasu na obronę Jesusa Navarro. Masę czasu. A może my nie mamy pełnego obrazu...?

Nuckles sztywnieje.

– Co masz na myśli?

– Jak sądzę, nie surfuje pan zbyt często po sieci, panie psorze? – Lechuga toczy szelmowskim spojrzeniem po klasie. – Pewnie nie widział pan tych... tych witryn dla chłopców.

Nuckles rusza w stronę Maksa, dygocząc z wściekłości. Jesus zrywa się z hałasem i wybiega z klasy. Lori Donner, klasowa bogini, biegnie za nim. Nuckles odwraca się gwałtownie do drzwi.

– Lori! Jesus!

Wybiega za nimi na korytarz.

Widzieliście ojca Jesusa, starego Rosario? On by nigdy tak nie zostawił sprawy. A wiecie, dlaczego? Bo został wychowany po tamtej stronie granicy, gdzie mają całkiem sensowną tradycję totalnego odjazdu przy pierwszym lepszym impulsie. Jesus natomiast złapał już tę „białą" chorobę tłamszenia wszystkiego w sobie.

Wiem, że muszę go znaleźć.

Klasa beztrosko dostosowuje się do całej sytuacji, czyli stwarza pozory układu, w którym oni są niewinnymi obserwatorami przypadkowego zdarzenia. Kiwają z powagą głowami. Bliźniacy Gurie tłumią chichot. Potem Max Lechuga wstaje z krzesła i podchodzi do komputerów ustawionych szeregiem pod oknem. Po kolei uruchamia monitory. Na ekrany wskakują zdjęcia przedstawiające nagiego Jesusa schylonego nad czymś, co przypomina szpitalne łóżko na kółkach.

Podchodzę na korytarzu do Nucklesa. Nie widział jeszcze monitorów.

– Czy mam poszukać Jesusa, panie psorze?

– Nie, zanieś te notatki do laboratorium i postaraj się o świecę.

Biorę stertę papierów z jego biurka i wychodzę. Już z korytarza widzę otwartą szafkę Jesusa; nie ma w niej jego sportowej torby. Nuckles wraca do klasy. Domyślam się, że zobaczył zdjęcia, bo warczy:

– I wy, kanibale, śmiecie mi mówić o konstytucji?

– Konstytucja – mówi Charlotte – jest narzędziem, które rządząca w danym czasie większość dostosowuje do własnych potrzeb.

– No i?

– To my jesteśmy większością. I to jest nasz czas.

– *Homuś, Homuś!* – podśpiewuje Max Lechuga.

Krople rosy spływają delikatnie, na paluszkach, po policzkach Lori Donner i padają bezgłośnie na ścieżkę przed laboratorium.

– Wziął swój rower. Nie wiem, dokąd pojechał.

– A ja wiem – mówię.

Domyślam się, że Lori nie zaszokowało odkrycie, jaki jest Jesus. Ona mu naprawdę współczuje. Ja wciąż nie jestem pewien, jak traktować tego nowego Jesusa. Robi wrażenie, jakby oglądał za dużo telewizji i został zahipnotyzowany, dał się w coś bezwiednie wciągnąć. Jakby świat zamienił mu się nagle w Kalifornię.

– Lori, muszę go znaleźć. Będziesz mnie kryła?

– Co mam powiedzieć Nucklesowi?

– Powiedz, że się przewróciłem albo coś takiego. Powiedz, że wrócę na matematykę.

Chwyta mnie za czubek palca i ugniata go.

– Vern, powiedz Jesusowi, że można wszystko zmienić, jeśli się trochę do siebie zbliżymy, powiedz mu... – zaczyna płakać.

– Lecę – mówię.

W moich new jackach odrywam się dosłownie od ziemi. W filmie swojej wyobraźni przeskakuję, przesadzam budynek szkoły. Odjechałem jakieś sto kroków od Lori, gdy przypominam sobie o świecy i o notatkach Nucklesa, które wciąż trzymam w ręku. Ale nie chcę psuć mojego efektownego odlotu krzyżowca w opończy. Wpycham notatki do tylnej kieszeni spodni i gnam dalej.

Zapach rozgrzanej psiej sierści i dziegciu uderza mnie w nozdrza, kiedy pruję jak na skrzydłach w stronę pola Keetera. Chwytam także powiew nagrzanej, dziewczęcej bielizny, luźnych, bawełnianych majtek z dziurkami dla przewiewu. Nie twierdzę, że to prawdziwy powiew, nie zrozumcie mnie źle. Ale składniki tego spienionego poranka tak mi się kojarzą. Jak by powiedział Nuckles, bielizna jest e w o k o w a n a. Jadę przez tę mgiełkę woni, wymijając znane sobie kępy krzaków rosnących wzdłuż drogi do Keetera. Arkusz blachy zgrzyta w podmuchach wiatru, jakby akcentując ważność tego dnia, dnia decydującego. Ale ja jestem zakłopotany, bo moje podniecenie sytuuje mnie wśród szkolnych dupków, szprycujących się narkotykiem cudzego dramatu. Tragedia twojego sąsiada staje się wielką sprawą; jest tak, jak sądzę, dlatego, że czegoś takiego nie kupi się za pieniądze.

Wypatruję świeżych śladów na piasku drogi. Świadczą o tym, że Jesus pojechał do jamy. Zarośla trzeszczą, kiedy przedzieram się do naszej polanki. Ale nie ma go tam. To niezwykłe, że nie siedzi i nie rozmyśla ponuro ani nie rąbie do puszek z jednej ze strzelb. Rzucam rower i gramolę się w stronę zamkniętego na kłódkę włazu. Wejście jest zaryglowane. Klucz mam w domu, w pudle po butach schowanym w szafce, ale udaje mi się na tyle podważyć rygiel, żeby zajrzeć do jamy. Strzelba taty wciąż tam jest, ale broń Jesusa zniknęła. Idę jego śladami, rozglądając się po całym horyzoncie. Nagle nabieram powietrza: oto hen, daleko, widzę jadącego Jesusa, maleńki punkcik, jak stając na pedałach, pruje z powrotem do szkoły ze swoją torbą sportową. Ruszam z piskiem opon za nim, pędzę jak chłopiec w tym starym filmie *Jeździec znikąd*. Shane – wróć! Ale jego już nie ma.

Krew zaczyna krążyć żwawiej w moich żyłach. Jelita odbierają to jako sygnał, jako okazję dla siebie. Dzięki. Mój mózg skupia się na krzyżowym ogniu zewnętrznych komunikatów, ale niewiele mogę zrobić. Wierzcie mi. Wyciągam z kieszeni notatki z fizyki, które dał mi Nuckles. To jedyny papier, jaki mam do podtarcia. Postanawiam go wykorzystać i wrzucić do jamy. Jakieś mgliste przeczucie mówi mi, że kiedy wrócę do klasy, nie te papiery będą najważniejsze.

Kiedy jadę do szkoły, ściga mnie i w końcu wchłania gęsty obłok, mulisty niczym bagno, w które się pakuję. Wiatr smaga mi twarz, wypełnia nozdrza zapachem ścierki, gotów mnie szarpnąć i przewrócić, kiedy przyjdzie odpowiedni moment. Poważne tarapaty mają swoje własne hormony. Oglądam się przez ramię, żeby zobaczyć, jak słoneczny dzień kurczy się i zanika. Przede mną jest ciemno, zaczęła się już lekcja matmy. Zapada mrok, jestem spóźniony, a moje życie toczy się ku nowej i obcej rzeczywistości. Nie zdołałem pojąć starego obcego mi świata, a teraz jest on znów nowy.

Kiedy wracam, w szkole unosi się zapaszek kanapek, które nie zostaną zjedzone, pojemników na drugie śniadania, pakowanych z czułością, wśród żartów, niedbale, śniadań, które do wieczora rozmiękną od zimnych łez. Nurzam się w tym zapaszku, nim zdążę zawrócić. Potem padam plackiem na ziemię obok sali gimnastycznej i przez zarośla widzę, jak młode życie rozpryskuje się w oślizłym, śluzowatym powietrzu. Kiedy przychodzi czas katastrofy, świadomość posypuje zmysły okruchami lodu. Nie po to, żeby znieczulić mózg, lecz po to, by odrętwiała ta jego część, która nauczyła się oczekiwać. Tego właśnie się dowiaduję, kiedy padają strzały. Brzmią całkiem zwyczajnie, jak terkot wózka w samoobsługowym sklepie.

Znajduję zwiniętą w kłębek szmatę, wepchniętą w ciemny kąt sali gimnastycznej. To szorty Jesusa, te, które trzymał na dnie swojej szafki. Ktoś wyciął dziurę z tyłu i pomalował brzegi brązowym flamastrem. Nad dziurą napis „Homuś". Kilka kroków dalej leży jego sportowa torba. chwytam ją. Jest pusta, jeśli nie liczyć opróżnionego do połowy pudełka z amunicją. Nie podnoszę wzroku. Nie patrzę na drugą stronę trawnika. Siedemnaście ciał na trawie już wyzionęło ducha. Te puste ciała brzęczą, jakby roiły się w nich pszczoły.

– Mierzył do mnie, ale trafił Lori... – Nuckles wypełza zza rogu na brzuchu, wyrzucając z siebie wielkie, masywne porcje powietrza. – Powiedział, żebyś nie... druga strzelba na polu Keetera...

Jeden z palców Jesusa zdradził go. Zastrzelił Lori Donner, swoją jedyną przyjaciółkę, jedyną bliską mu osobę prócz mnie. Patrzę w stronę głównego wejścia do szkoły i widzę go, jak pochylony nad jej skręconym ciałem krzyczy, szpetny i samotny. Nigdy już nie zobaczę jego twarzy takiej, jaką znałem. On wie, co

ma zrobić. Odwracam się gwałtownie, gdy mój niegdyś gamonio-
waty przyjaciel dotyka językiem lufy. Wyciągam rękę do Nucklesa,
ale on się odsuwa. Nie rozumiem dlaczego. Patrzę na niego.
Kąciki ust opuściły mu się jak w tragicznej masce, cieknie z nich
ślina. Przeszywa mnie dreszcz. Podążam wzrokiem za spojrzeniem
Nucklesa ku sportowej torbie i nabojom, które wciąż ściskam
kurczowo w dłoni.

22

N uckles ma twarz bladą i ziemistą, kiedy idzie przez salę. Włosy w rzadkich kępkach. Kiedy się na niego patrzy, można się domyślić, że przeżył coś więcej niż załamanie nerwowe. Jest wychudzony i wycieńczony pod całymi tonami makijażu.

– Marionie Nuckles – mówi prokurator. – Czy może świadek wskazać na sali Vernona Gregory'ego Little'a?

Zapadnięte oczy Nucklesa przewiercają salę jak robaki. Zatrzymują się na mojej klatce. Potem z wysiłkiem, jakby zmagał się z huraganem, nauczyciel podnosi palec i wskazuje na mnie.

– Proszę odnotować, że świadek rozpoznał oskarżonego. Panie Nuckles, czy może pan potwierdzić, że we wtorek dwudziestego maja tego roku prowadził pan rano lekcję w klasie oskarżonego?

Oczy Nucklesa pływają, nie rejestrując niczego. Pot występuje mu obficie na twarz, nauczyciel kuli się nad barierką stanowiska dla świadków.

– Wysoki Sądzie, muszę zaprotestować – odzywa się Brian. – Świadek nie jest w stanie…

– Ćśśś – ucisza go sędzia. Patrzy na Nucklesa spojrzeniem ostrym jak brzytwa.

– Byłem tam – mówi Nuckles. Wargi mu drżą, zaczyna płakać.

Sędzia niecierpliwie macha dłonią w stronę prokuratora.

– Do rzeczy proszę! – syczy.

– Marionie Nuckles, czy może pan potwierdzić, że w trakcie tej godziny lekcyjnej dał pan oskarżonemu własnoręcznie sporządzone notatki i polecił mu je gdzieś zanieść?

- Tak, tak – mówi Nuckles, dygocząc gwałtownie.
- I co się stało później?

Nuckles zaczyna czkać nerwowo.

- Pogardził miłością Jesusa, usunął jego woń ze świata...
- Wysoki Sądzie, proszę! – woła Brian.
- Skąpał wszystko we krwi niewiniątek...

Oskarżyciel zastygł, jakby zawieszony w czasie, z otwartymi ustami.

- Co się stało? – woła. – Co dokładnie zrobił Vernon Little?
- Zabił ich, zabił ich wszystkich...

Nuckles dostaje napadu płaczu, łka, skowyczy jak wilk, a ja ze swojej klatki w nowym świecie odpowiadam mu takim samym łkaniem i skowytem, wyrzucam je przez pręty jak kości. Moje łkanie rozbrzmiewa podczas przemówień końcowych obu stron, skrapiane łzami towarzyszy mi w drodze do celi i trwa nadal, gdy przychodzi strażnik, żeby mnie poinformować, że przysięgli udali się do hotelu, by rozważyć kwestię mojego życia lub śmierci.

Piątek dwudziestego pierwszego listopada jest mglistym dniem, wibrującym poczuciem, że lita, stała materia może przeniknąć przez człowieka jak powietrze. Patrzę, jak przewodniczący ławy przysięgłych wkłada okulary i podnosi kartkę papieru do oczu. Mama nie mogła dziś przyjść, przyszła za to Pam z Vaine Gurie i Georgette Porkorney. Vaine jest nachmurzona, robi wrażenie nieco szczuplejszej. Georgette wodzi porcelanowymi oczami po sali, stara się myśleć o czymś innym. Drży lekko. Nie wolno tu palić. Ach, ta Pam. Kiedy nasz wzrok się spotyka, wykonuje całą serię trzepotliwych gestów, które najwyraźniej mówią, że wkrótce zjemy razem solidny posiłek. Odwracam głowę.

- Panie przewodniczący, czy przysięgli uzgodnili werdykt?
- Tak jest, Wysoki Sądzie.

Jakiś urzędnik sądowy odczytuje przysięgłym pierwszy zarzut.

- Jak brzmi orzeczenie? Winny czy niewinny?

– Niewinny – mówi przewodniczący.

– Jak brzmi orzeczenie w punkcie drugim aktu oskarżenia, dotyczącym zamordowania Hirama Salazara w Lockhart w Teksasie? Winny czy niewinny?

– Niewinny.

Serce mi wali cały czas, kiedy pada pierwsze pięć odpowiedzi: niewinny. Sześć, siedem, dziewięć, jedenaście. Siedemnaście orzeczeń niewinny. Usta oskarżyciela zwijają się w podkówkę. Mój adwokat siedzi dumny, rozparty w swoim krześle.

– Jak brzmi orzeczenie w punkcie osiemnastym, dotyczącym morderstwa pierwszego stopnia, popełnionego na osobie Barry'ego Enocha Gurie w Martirio, w stanie Teksas? Winny czy niewinny?

– Niewinny – mówi przewodniczący.

Urzędnik odczytuje listę moich zabitych kolegów szkolnych. Świat wstrzymuje oddech, gdy urzędnik podnosi wzrok, czekając na werdykt.

Przewodniczący mruga nerwowo, potem opuszcza oczy.

– Winny.

Jeszcze zanim to wypowiada, czuję, jak zamykają się różne działy w instytucji mego życia: akta zostają zmielone, arkusze wrażliwości zapakowane do starannie oznaczonych pudeł, światła i systemy alarmowe wyłączone. Kiedy pusta powłoka mojego ciała zostaje wyprowadzona z sądu, czuję, jak jakiś mały człowieczek sadowi się na dnie mojej duszy. Garbi się nad karcianym stolikiem, pod gołą, słabą żarówką, i sączy zwietrzałe piwo z plastikowego kubka. Wyobrażam sobie, że musi to być mój dozorca. Wyobrażam sobie, że muszę to być ja.

Akt V

Me ves y sufres

23

Drugiego grudnia zostałem skazany na śmierć przez zaaplikowanie zastrzyku. Boże Narodzenie w celi śmierci! Gwoli sprawiedliwości trzeba powiedzieć, że Brian Dennehy robił, co mógł. Ostatecznie nie wygląda na to, żeby mieli obsadzić prawdziwego Briana w tym filmie telewizyjnym, pewnie dlatego, że on nie przegrywa swoich spraw. Ale moja apelacja wydobędzie na wierzch prawdę. Pojawiła się możliwość przyśpieszenia procedury apelacyjnej, co oznacza, że do marca wyszedłbym na wolność. Zreformowali cały system, więc niewinni ludzie nie muszą spędzać całych lat w celach śmierci. Nie będzie źle. Jedyne nowiny związane z moją osobą to to, że od wyroku przytyłem dziewięć kilo. Chroni mnie to przed styczniowymi chłodami. Poza tym moje życie jakby znieruchomiało, podczas gdy pory roku przemykają w zawrotnym tempie.

Oczy Taylor skrzą się na ekranie. To telewizja je tak rozświetla, ale poruszają się dziwnie, jakby trzymała je na jakiejś niewidzialnej smyczy. Uśmiech ma zastygły, jak wyjęty z formy do galaretek. Patrzę na nią, wydaje mi się, że niby spogląda na mnie, a jednak nie, aż w końcu, po minucie, uświadamiam sobie, że czyta coś, co jest za kamerą. Musi tam mieć napisane swoje kwestie. Potem uprzytamniam sobie, że czyta coś na mój temat. Kiedy to do mnie dociera, robi mi się zimno.

„Potem, gdy nadejdzie ten wielki dzień – mówi Taylor – wszyscy, łącznie ze świadkami, zgromadzą się o godzinie piątej pięćdziesiąt pięć w salce obok pokoju widzeń. Ostatni posiłek zostanie podany pomiędzy trzecią trzydzieści a czwartą po południu, potem, przed szóstą, skazaniec będzie mógł wziąć prysznic i przebrać się".

Zabłąkana beznamiętna myśl bulgocze mi w mózgu: że moim ostatnim posiłkiem będzie się musiała zająć Pam. „O Boziu, to całkiem rozmiękło...".

„Tuż po szóstej – ciągnie Taylor – zabiorą go z celi do komory egzekucyjnej i przywiążą pasami do specjalnego łóżka na kółkach. Lekarz wprowadzi do żyły na przedramieniu cewnik i wstrzyknie przez niego roztwór soli. Potem zostaną wprowadzeni do komory świadkowie. Kiedy już wszyscy zajmą miejsca, strażnik zapyta skazanego, czy chce wygłosić ostatnie oświadczenie...".

Prowadzący show chichocze przy tych ostatnich słowach.

„O, do diabła – mówi – wyrecytowałbym jako swoje ostatnie oświadczenie *Wojnę i pokój*". Taylor śmieje się. Wciąż ma ten sam zabójczy śmiech.

Właściwie napatrzyłem się na nią w ciągu tych ostatnich tygodni. Najpierw widziałem ją w magazynie „Today", potem w programie Lettermana, który podziwiał jej odwagę i rozmawiał z nią o naszych wzajemnych relacjach. Nie miałem pojęcia, że byliśmy sobie tak bliscy, dopóki nie zobaczyłem, jak o tym mówi. Pojawiła się też w listopadowym numerze „Penthouse'a" – naprawdę piękne zdjęcia, zrobione w muzeum więziennym. To tam trzymają Stary Opiekacz, pierwsze krzesło elektryczne w więzieniu stanowym. Taylor pozowała właśnie przy tym krześle i zdjęcia były naprawdę odlotowe, jeśli tak można powiedzieć. Jedno mam na ścianie w celi, nie całe ciało ani nic takiego, tylko jej twarz. Widać też na nim kawałek krzesła. Pewnie sceneria egzekucji z zastrzykiem nie byłaby tak dobra do pozowania, na przykład Taylor ułożona na łóżku dla skazańca czy coś takiego.

Na ławce w mojej celi mam jeden z tych gadżetów z metalowymi kulkami, które wiszą rzędem na żyłkach i uderzają o siebie wzajemnie. Obok leży mój ręcznik, a pod nim schowane są narzędzia do pracy nad moim projektem artystycznym. A tak, wciąż chowam różne rzeczy pod ciuchami i szmatami. Niektórych nawyków trudno się pozbyć. Obok ręcznika stoi miniaturowy telewizorek, który pożyczyła mi Vaine Gurie. Wyciągam rękę i zmieniam kanał.

„Ten cały Ledesma zły człowiek, kreminalista, oni mają więcej faksów schowanych, niż pokazują w sądzie". To mój stary adwokat, Abdini, podczas dyskusji panelowej z udziałem kilku kobiet w lokalnej telewizji. No i popatrzcie na starego Rykoszeta, mojego wykolegowanego obrońcę. Wystroił się jak na turecką dyskotekę.

„W tej chwili jest rozpatrywana apelacja Vernona Little'a, prawda?" – pyta prowadząca.

„Owszem – mówi jedna z kobiet. – Ale nie wygląda to za dobrze".

„Policja nigdy nie znaszła drugiej szczelby na ten przykład" – ciągnie Abdini.

„Słucham?" – pyta jedna z kobiet.

„Chyba chodzi o to, że policja nie znalazła drugiej strzelby" – śpieszy z wyjaśnieniami inna.

Wszystkie panie śmieją się uprzejmie, ale Abdini patrzy ponuro w obiektyw.

„Ja ją znajdę…".

Znów przełączam kanał, żeby zobaczyć, kto jeszcze się załapał na tę chałturę. W innym programie dziennikarz mówi do Lally'ego:

„Ale co powiesz tym, którzy oskarżają cię o wyprzedaż tanich sensacji?".

„Czsz, bzdura – odpowiada Lally. – Po pierwsze, program jest przedsięwzięciem niekomercyjnym. Wszelkie dochody idą od razu do skarbu państwa, a więc nie wydaje się pieniędzy podatników na wspieranie jednego z największych zbrodniarzy w tym kraju. Po drugie, dzięki temu programowi realizujemy nasze podstawowe prawo do tego, aby sprawiedliwości stało się zadość".

„A więc proponujesz, żeby zasilać państwowy system penitencjarny, sprzedając prawo do transmisji z egzekucji? Chodzi mi o to, czy ostatnia godzina życia skazanego nie jest czymś raczej intymnym?".

„Absolutnie nie. Nie zapominajmy, że przy wszystkich egzekucjach obecni są świadkowie, nawet dzisiaj. My po prostu powiększamy widownię o wszystkich tych, którzy są zainteresowani właściwym funkcjonowaniem prawa". Lally podpiera się pod boki. „Wiesz, Bob, jeszcze nie tak dawno wszystkie egzekucje były publiczne – wykonywano je nawet na rynku. Zbrodnia była pognębiona, publiczna satysfakcja zaspokojona. Zawsze na przestrzeni dziejów było prawem społeczeństwa wymierzać przestępcom karę »osobiście«. Postulat, by przywrócić społeczeństwu to prawo, wydaje się całkiem rozsądny".

„I stąd ten plebiscyt w sieci?".

„Tak jest. I nie mówimy tutaj tylko o egzekucjach – mówimy o telewizyjnym programie typu *reality*, w którym widzowie mogą monitorować przez telewizję kablową lub przez Internet życie skazańców w celach śmierci. Mogą żyć wśród nich, że tak powiem, i przemyśleć sobie, czy skazany zasłużył na karę. I potem co tydzień widzowie na całym świecie mogą oddawać głosy i decydować o tym, który więzień zostanie stracony jako następny w kolejności. To jest humanitaryzm w działaniu – następny logiczny krok na drodze ku prawdziwej demokracji".

„Ale przecież o losie więźnia decyduje stosowny proces?".

„Zdecydowanie tak, i my nie zamierzamy się tu wtrącać. Ale nowa szybka ścieżka apelacji oznacza, że ostatnia możliwość odwołania się do organów sprawiedliwości zostaje wyczerpana znacznie szybciej i wtedy, jak uważam, w tej końcowej fazie, inicjatywę powinno przejąć społeczeństwo".

Lally śmieje się arogancko i rozkłada szeroko ręce. „Jeśli potraktować to w kategoriach doniosłego postępu, rzecz jest prosta jak słońce, Bob: utrzymywanie kryminalistów kosztuje pieniądze. Program telewizyjny, który jest oglądany, przynosi pieniądze. Kryminaliści w telewizji przysparzają jej popularności. Połączmy to i problem zostaje natychmiast rozwiązany".

Dziennikarz robi pauzę, bo gdzieś w tle siada helikopter. Potem pyta:

„A co powiesz tym, którzy ci zarzucą, że zostały naruszone prawa więźniów?".

„Ach, przepraszam cię bardzo – więźniowie z definicji mają ograniczone prawa. Zresztą skazani mogą tkwić w zakładach penitencjarnych całymi latami, nie znając dnia ani godziny – czy nie powiedziałbyś, że raczej t o jest okrutne? My ostatecznie dajemy im to, co im w majestacie prawa obiecano, a czego im nigdy nie dano, czyli pewne przywileje. Co więcej, zapewnimy im duchowe wsparcie i większy wybór motywów muzycznych, które będą im towarzyszyć w ostatnich chwilach życia. Zainscenizujemy nawet specjalną wstawkę związaną z ich ostatnimi słowami, z całą wybraną przez nich samych ikonografią w tle. Wierz mi, więźniowie będą zachwyceni tymi zmianami".

Dziennikarz uśmiecha się i kiwa głową.

„A co z doniesieniami, że zamierzasz startować w wyborach do senatu?".

Wyłączam telewizor. Nie tęsknię za tym, żeby zainstalowali tu kamery. Mamy toalety bez drzwi. Podejrzewam, że telewizja zrobi na tym wielkie pieniądze. Widzowie internetowi będą mogli wybrać sobie celę do obserwacji, zmieniać ustawienia kamery i tak dalej. W normalnej telewizji będą pokazywać wybór najatrakcyjniejszych materiałów z danego dnia. Potem wszyscy będą głosować, telefonicznie lub przez Internet. I decydować, kto ma umrzeć jako następny. Im sympatyczniej będziemy się zachowywać, im bardziej będziemy zabawni, tym dłużej pożyjemy. Słyszałem pewnego starego skazańca, jak mówił, że właściwie będzie to życie prawdziwego aktora.

Zanim zgaszą światła, siadam, żeby pobawić się metalowymi kulkami; ostatnio robię to bardzo często. Czasem czytam też pomeat, który przysłała mi Ella Bouchard, o szczerych sercach i takich tam. Wiem, że mówi się „poemat", ale ona tego nie wie, przynajmniej na razie. Dziś nie ruszam pomeatu i tylko bawię się moimi przyczynowo-skutkowymi kulkami. Potem Jones, strażnik, przynosi mi telefon do celi. Telefon komórkowy to jeden z pożytków, jakie wiążą się z akcją Lally'ego. Telefon i drzwi w kabinach z natryskami. I jeszcze elektroniczne zapalniczki do papierosów, mimo że nie dają płomienia.

Biorę telefon od Jonesy'ego.

– Halo?

– Słuchaj – odzywa się głos mamy – nie wiem, kto rozmawiał z Lallym...

– Raczej zapytaj, kto z nim nie rozmawiał.

– Nie wściekaj się, Vernon, na litość boską. Tak tylko mi się powiedziało. Przychodzą tu różni węszyć w sprawie twojego ojca. Zamęczają też dziewczęta. Lally ma pewnie mnóstwo roboty. A ja tu muszę skądś wytrzasnąć pieniądze i zrobić coś z tą cholerną ławką, bo zapada się coraz bardziej...

– Węszą?

– No wiesz, wypytują, dlaczego nie znaleziono ciała twojego taty i tak dalej. Lally zrobił się taki drażliwy, od kiedy rzucił Georgette; nawet Pam i Vaine to zauważyły.

– To Vaine jest teraz w twoim klubie?

– No wiesz, ona tu dostała za swoje po tym, jak w Lalicomie powyciągali różne rzeczy od ludzi z Oddziału Specjalnego. Szeryf wyładowywał się na niej, odgrywał się za swoje problemy w domu i ona była naprawdę stłamszona... Ty w ogóle nie masz współczucia dla ludzi, Vernon.

– Niewiele mogę na to poradzić, mamo.

– Ja wiem, tak sobie mówię. Gdyby on tylko wrócił, byłoby całkiem inaczej.

– Nie czekaj na niego.

– Tam się szykuje jakiś romans, kobieta wyczuwa takie neanse.

– Niuanse, mamo.

– Ups! Muszę lecieć, przyjechała Pam i Vaine, a ja nie wszyłam suwaka do spodni Pam. Harris otwiera dziś sklep i mają mnóstwo specjalnych atrakcji. Obiecaj mi, że przynajmniej u ciebie będzie wszystko okej...

– Palmyra chodzi w s p o d n i a c h...?

Odkłada słuchawkę. Głos Taylor sączy się z telewizora w sąsiedniej celi, wracam więc do zabawy kulkami, skupiając się na ich obserwowaniu. Zbyt wiele we mnie w tej chwili bólu, żebym myślał o swoim projekcie artystycznym. Może później.

– O Jezu, Little! – wrzeszczy więzień w celi obok. – Skończ, kurwa, z tym pierdolonym trzaskaniem!

Facet jest w porządku. Właściwie oni wszyscy są super. Wszyscy planują, że napiją się razem piwka i zjedzą po befsztyku, kiedy już znajdą się w niebie. Czy gdzieś tam. Ja, szczerze mówiąc, planuję, że zrobię to jeszcze tu na ziemi. Prawda jest wciąż gdzieś na zewnątrz, dziewicza i wyczekująca. W każdym razie nie zauważam specjalnie tego, co się dzieje w innych celach. To jest zaleta tych kulek, jak już się je wprawi w ruch. Człowiek się na nich skupia. Puści się dwie kulki z brzegu i dwie z drugiej strony odskoczą – tylko jedna w środku nie reaguje na wstrząs.

– Pierdol się, Little, ty skurwysynu w dupę jebany – wrzeszczy tamten.

– Jezu Chryste! – woła Jonesy – Zamknijcie się wreszcie, dobra?

– Jones – mówi więzień. – Przysięgam, że dostanę szmergla, jak on nie przestanie z tymi pieprzonymi kulkami.

– Bez nerw, chłopak ma prawo trochę się rozerwać – mówi strażnik. – Wiesz, jak to jest, kiedy się czeka na wynik apelacji.

Ten cały Jonesy to równy gość, choć niezbyt bystry. Od czasu do czasu przystaje przed moją celą, żeby mi powiedzieć, że przyszło moje ułaskawienie. „Little, twoje ułaskawienie przyszło", mówi i śmieje się. I ja odpowiadam śmiechem.

– Jonesy, ja nie żartuję – woła więzień. – To pieprzone stukanie słychać cały dzień i całą pieprzoną noc. Chłopakowi kompletnie odbiło. Na miłość boską, ucisz go choć na krótko, przyślij mu Lasalle'a.

– No tak, ty tu, bracie, rozkazujesz. Daj mi, kurwa, milion dolców, a zastanowię się nad tym – mówi Jones. – A zresztą on nie potrzebuje Lasalle'a W ogóle go nie potrzebuje. A teraz zamknij się, kurwa.

– Little! – wrzeszczy więzień. – Niech cię, kurwa, szlag trafi. Jak nie przestaniesz z tymi kulkami, wsadzę ci w dupę przepychacz do rur kanalizacyjnych.

– Hej! – warczy Jones. – Co ci powiedziałem?

– Jonesy, ten szczeniak jest załamany, potrzebuje Lasalle'a, żeby go przygotował na spotkanie z Bogiem.

– Tu trzeba czegoś więcej niż Lasalle'a, żeby wyprostować tego chłopca – mówi Jones. – Prześpijcie się trochę, no już.

– Mam chyba, kurwa, jakieś cholerne podstawowe prawa człowieka w tym pierdolonym pudle! – wrzeszczy tamten.

– Idź spać, do cholery – warczy Jones. – Zobaczę, co się da zrobić.

Uciszam się. Kto to jest Lasalle? Idea spotkania z Bogiem uczepiła się mózgu jak rzep.

Po śniadaniu przychodzi po mnie strażnik i każe mi iść z sobą.

– No właśnie, bardzo dobrze – mówią inni skazańcy, kiedy, szurając nogami, idę korytarzem.

Schodzimy piętro niżej; korytarz jest jak, przepraszam za wyrażenie, jelito i kończy się ciemną, wilgotną odnogą, przy której są tylko trzy cele. Nie mają krat ani okienek, tylko drzwi grube jak w skarbcach bankowych, ze wzmacnianymi judaszami.

– Jakbyś nie był, kim jesteś, tobyś tu nie zeszedł – mówi strażnik. – Tylko najsławniejsi mordercy mogą tu schodzić.

– A co tu jest? – pytam.

– Cóś jak kaplica.

– I mają tu pastora?

– Jest tu pastor Lasalle.

Strażnik zatrzymuje się przed ostatnimi drzwiami, wyjmuje wielki pęk kluczy i otwiera.

– Trzymacie go zamkniętego? – pytam.

– Nie, zamknę tu ciebie.

Naciska wyłącznik przy drzwiach i bladozielone światło rozjaśnia półmrok celi. Jest pusta, jeśli nie liczyć dwóch metalowych rozkładanych prycz, przymocowanych do dwóch przeciwległych ścian.

– Siednij se. Lasalle zara przyjdzie.

Wycofuje się na korytarz i rzuca okiem w głąb mrocznej studni schodów. Po chwili słychać brzęk kluczy i szuranie nogami i pojawia się starszy czarnoskóry mężczyzna w wytartym kaszkiecie, zwykłej szarej koszuli i takich samych spodniach. Ma przylepiony do twarzy lekko nieprzytomny uśmieszek. Wyczuwa się, że gości on na jego obliczu już od dłuższego czasu.

– Wielebny zapuka, jak będzie chciał wyjść – mówi strażnik, zamykając drzwi na klucz.

Mężczyzna rozkłada jedną z prycz i kładzie się ze skrzypem na gołych sprężynach, zupełnie jakby mnie nie było. Potem ściąga kaszkiet, zakłada ręce na brzuchu i z westchnieniem prawdziwej ulgi zamyka oczy.

– A więc jest pan kaznodzieją? – pytam.

Nie odpowiada. Po minucie słychać cichy poświst przez nos i widzę język, oblizujący leniwie wargi. Potem głowa pastora opada na piersi. Zasypia. Obserwuję go przez jakieś sześćdziesiąt lat, aż wreszcie zaczyna mnie nużyć ta ciemność i wilgoć celi, zsuwam się z pryczy i idę, żeby zapukać na strażnika.

Lasalle porusza się za moimi plecami.

– Zły, zgorzkniały młody wyrzutek – mówi. – Dzielny, lecz samotny, nad wiek dojrzały...

Nogi wrastają mi w ziemię.

– Wskakuje do autobusu i daje dyla z miasta. – Odwracam się i widzę żółte oko, które otwiera się raptownie i jarzy się, patrząc na mnie. – Tylko jeden autobus odjeżdża z tych okolic, i dobrze wiesz, dokąd on jedzie.

– Przepraszam?

Wpatruję się w ten bezwładny kształt, przyglądam się obwisłej wardze.

– Wiesz, dlaczego tu ze mną jesteś? – pyta.

– Nie powiedzieli mi.

Siadam z powrotem na pryczy i pochylam się nisko, żeby dostrzec cokolwiek w cieniu daszka jego czapy. Oczy jarzą mu się w ciemnościach.

– Tylko z jednego powodu, chłopcze. Boś nie gotów na śmierć.

– Chyba nie – potwierdzam.

– Boś próbował całymi latami coś rozwikłać i jeszcze bardziej wszystko pogmatwałeś.

– Skąd pastor wie?

– Bo jestem człowiekiem. – Lasalle przesuwa się ze skrzypem na brzeg swojej pryczy. Wyjmuje z kieszonki koszuli wielkie okulary i wkłada je na nos. Wielkie księżyce oczu pływają za szkłami. – Co ty myślisz o nas, ludziach?

– Cholera, naprawdę już nie wiem. Wszyscy tylko ryczą na całe gardło o swoich prawach i tak dalej. I wciąż powtarzają: „Miło cię widzieć", a woleliby zobaczyć człowieka w rzece, z odciętą głową. Tyle wiem.

– To nieprawda, chłopcze – mówi Lasalle, chichocząc.

– Nie? Ludzie kłamią bez zastanowienia, to chleb powszedni. „Obudziłem się z silną gorączką, szefie", a potem przez całe życie mówią t o b i e, żebyś nie kłamał...

Lasalle potrząsa głową.

– Amen. Wygląda na to, że nie chcesz mieć więcej z ludźmi nic wspólnego, wolałbyś się do nich w ogóle nie zbliżać.

– Właśnie.

– No cóż – mówi, wodząc wzrokiem po celi. – Więc jest dokładnie tak, jak chcesz.

Wali mnie to jak obuchem. Siadam. Prostuję się na swojej pryczy.

– Czego jeszcze chcesz, synu? Założę się, że chciałbyś, żeby twoja mama się wreszcie zamknęła, że marzyłeś o ucieczce z domu.

– Chyba tak...

– No proszę – mówi, rozkładając ręce. – Wygląda na to, że ci się poszczęściło.

– Chwileczkę, to całkiem inna logika...

Jego oczy przewiercają mnie na wskroś, w głosie pojawia się twarda nuta.

– Aaa, więc ty myślisz l o g i c z n i e. Jesteś taki wyczulony na kłamstwa innych i na ich znienawidzone nawyki, bo rozumujesz l o g i c z n i e. Założę się, że nie potrafisz mi wymienić jednej rzeczy, którą k o c h a s z.

– Eee...

– A to dlatego, że jesteś taki cwaniak, twardy i niezależny? Albo zaraz, niech zgadnę, to pewnie przez twoją staruszkę, założę się, że ona jest z tych, co to budzą w człowieku poczucie winy w najdrobniejszych sprawach. I daje ci pewnie na urodziny zawsze takie same kartki z pieskami i parowozami...

– No właśnie.

Lasalle kiwa głową i wypuszcza powietrze, wydymając wargi.

– Chłopcze, ta kobieta musi być naprawdę głupią cipą. Musi być najgłupszą pieprzoną kuciapą, jaka kiedykolwiek chodziła po tej ziemi, prawdopodobnie straszną piczką-zasadniczką...

– Hej, hej, ty na pewno jesteś pastorem?

– Chłopcze, to samolubna, pieprzona klabzdra...

– Chwileczkę, do cholery!

Za drzwiami słychać jakiś hałas, w judaszu robi się czarno.

– Trochę ciszej – mówi strażnik.

Uświadamiam sobie, że stoję z zaciśniętymi pięściami. Kiedy patrzę znów na Lasalle'a, ten się uśmiecha.

– Nie ma miłości, co, synu?

Siadam z powrotem na pryczy. Włochate robaki pełzną mi po krzyżu.

– Pozwól, że ci coś powiem, i to za darmo: miałbyś naprawdę słodkie życie, gdybyś kochał ludzi, którzy pokochali cię pierwsi. Czy widziałeś kiedyś, jak twoja mama wybiera kartkę urodzinową dla ciebie?

– Nie.

Lasalle śmieje się.

– A to dlatego, że w rozkładzie zajęć chłopców nie ma takiej godziny, którą poświęciliby na przyglądanie się jej, jak stoi i czyta każde najmniejsze słówko na tych kartkach i jak porusza wszystkie czułe struny w swojej duszy. Kiedy chowasz taką kartkę do szafki, jesteś pewnie zbyt pochłonięty czymś innym, żeby przeczytać te słowa o słoneczku, które zaświeciło, kiedy przyszedłeś na świat. Co, Vernonie Gregory?

Oczy mnie pieką.

– Spieprzyłeś sprawę, synu. Miej odwagę to przyznać.

– Ale ja nie chciałem, żeby to się stało...

– To się musiało stać, chłopcze. Wszystko potoczyło się inaczej, niż chciałeś. Po prostu nie stanąłeś twarzą w twarz z Bogiem.

Lasalle sięga do kieszeni spodni i podaje mi jakąś szmatę, żebym wytarł sobie oczy. Wycieram je rękawem. Wyciąga rękę i zaciska pomarszczoną dłoń na mojej dłoni.

– Synu – mówi – stary Lasalle powie ci, na czym to wszystko polega. Lasalle zdradzi ci tajemnicę ludzkiego życia i zdziwisz się, że tego wcześniej nie dostrzegłeś...

Kiedy to mówi, słyszę jakieś poruszenie na korytarzu. Odgłos kroków. A potem głos Lally'ego.

24

Sprawą kluczową dla tego pierwszego publicznego głosowania – mówi Lally – jest to, żeby nie dawać widzom zbyt wielkiego wyboru. Musimy wziąć krótką listę więźniów, dobrze ją nagłośnić, potem uruchomić linie telefoniczne do głosowania i zobaczyć, co z tego wyjdzie.

Wygląda na to, że towarzyszy mu co najmniej trzech mężczyzn. Strażnik puka natarczywie w nasze drzwi, ale ich nie otwiera, tak jakby chciał nas tylko uciszyć.

– Mamy stu czternastu gotowych do podróży – mówi inny mężczyzna. – Chciałby pan poddać pierwszemu głosowaniu ze czterdziestu?

– Czsz, ależ skąd. Myślę najwyżej o dwóch, trzech. Naświetlić ich sylwetki publiczności, przeprowadzić wywiady, zrekonstruować ich zbrodnie, pokazać łzy rodzin ofiar. Potem, w ostatnim tygodniu, dać kandydatom dostęp do kamer, do mediów, umożliwić im bezpośrednią walkę o współczucie, jeden na jednego.

– Rozumiem – mówi facet. – Coś w rodzaju Big Brothera, tak?

– Dokładnie, tak właśnie sprzedaliśmy to sponsorom.

– Ale jak wytypujemy tych dwóch pierwszych? – pyta trzeci.

– To naprawdę nie ma znaczenia, jeśli zbrodnie są dostatecznie „mocne". Choć wczoraj usłyszałem coś, co mnie nawet zainteresowało; to był jakiś teleturniej czy coś takiego. „Ostatni będą pierwszymi", tak się to nazywało. Brzmi nieźle, nie sądzicie panowie?

– Świetne – mówi czwarty mężczyzna. – Natychmiastowe skojarzenie.

– Otóż to.

Zwalniają, zbliżając się do celi, słychać, jak strażnik pręży się na baczność.

– Stoicie tu z jakiegoś konkretnego powodu? – pyta Lally.

Strażnik szura nogami, przez judasz przesuwa się cień.

– Otwórzcie te drzwi – mówi Lally. Słychać zgrzyt przekręcanego klucza i Lally zagląda do środka. – I co my tu mamy? – Odwraca się do strażnika. – Czy ci ludzie nie powinni być odizolowani?

– Ach, jasne, jasne – przytakuje strażnik, bawiąc się nerwowo kluczami. – To jest cóś ala zajęcia terapeutyczne, wie pan. Trochę dobrych rad, żeby podnieść skazanych na duchu.

Lally marszczy brwi.

– Ten chłopak jest wielokrotnym zabójcą. Trochę chyba za późno na dobre rady. A poza tym te cele są wyłączone, bo będzie tu studio dźwiękowe do nagrywania postsynchronów.

– Jak tam twoja mamusia? – pytam Lally'ego. Słowa padają z moich warg jak plwocina. – Ty skurwysynu.

– O Jezu, chłopcze! – Strażnik aż się krztusi.

Lally opanowuje pokusę, żeby mi przyłożyć, jego przydupasy z branży uspokajają go. Mierzę go spojrzeniem, które zabija.

– Nie ma tyle modlitw w niebie, żeby mnie powstrzymały przed odpłatą, ty w dupę jebany – słyszę własny szept.

Nawet Lasalle aż się kurczy.

Lally uśmiecha się tylko głupkowato.

– Rozdzielcie ich.

– Tak jest, proszę pana – mówi strażnik.

Prostuje się i macha ręką w naszą stronę. Próbuję napotkać wzrok Lasalle'ego, ale on już odchodzi, szurając nogami.

– Lasalle, jaki to sekret? – syczę.

– Później ci powiem, chłopcze, później.

Lally uśmiecha się do mnie, kiedy wychodzę z celi.

– Wciąż próbujesz coś z tego zrozumieć, co, Little? – mówi i parska astmatycznym rechotem. Jego głos odbija się echem, gdy odchodzą wszyscy w głąb korytarza. – A więc czternastego lutego przeprowadzimy pierwsze głosowanie.

– W dzień świętego Walentego? – pyta jeden z facetów.
– Właśnie.

Nigdy byście nie zgadli: siedząc w celi śmierci, można dostawać druki reklamowe. Na tydzień przed pierwszym głosowaniem dostałem list, w którym zawiadomiono mnie, że wygrałem milion dolarów, tak przynajmniej było napisane na kopercie. Myślę, że aby ten milion odebrać, trzeba kupić encyklopedię albo coś takiego. Dostałem też bon do Baru Be-Cue na kurczaka z sałatką dla dwojga w każdej z placówek na obszarze stanu. A tak, sieć tych barów obejmuje już cały stan. A jutro obejmie pewnie cały świat.

Pracuję właśnie nad swoim projektem artystycznym, kiedy słyszę że Jonesy idzie korytarzem do mojej celi. Po hałasie w innych celach mogę poznać, gdzie akurat jest. Niesie mi telefon. Sztywnieję i przerywam robotę. Tak się jednak składa, że sensacyjne wiadomości docierają do mnie, zanim Jonesy poda mi telefon. Słyszę je z telewizora gdzieś w głębi korytarza.

„…ciało Amerykanina zostanie dzisiaj przetransportowane samolotem do kraju. W potyczce zginęło także czterdziestu uchodźców" – mówi lektor wiadomości. „Po przerwie – koniec drogi seryjnego mordercy Vernona Gregory'ego Little'a. Przekażemy wiadomość z ostatniej chwili na temat jego odrzuconej apelacji, a także pokażemy kaczora i chomika, które nie znoszą sprzeciwu".

Jones nie patrzy na mnie, podaje mi tylko telefon.

– Vernon, bardzo mi przykro – skrzeczy w słuchawce głos mojego adwokata. – Nie znajduję słów, żeby ci powiedzieć, co czuję.

Milczę.

– Nie da się nic więcej zrobić.

– A co z Sądem Najwyższym? – pytam.

– Obawiam się, że w twoim przypadku tryb przyśpieszony wyklucza taki wariant. Naprawdę mi przykro…

Kładę telefon na pryczy, każda zmarszczka na kocu zgrzyta przy tym w moich uszach jak żwir.

Wieczorem instalują w mojej celi kamery i usuwają wszystkie telewizory i radia z całego oddziału. To dlatego, że nie wolno nam patrzeć, jak przebiega głosowanie. Siedzę przyczajony w najciemniejszym kącie i myślę o różnych sprawach, nie bawię się nawet moimi trzaskającymi kulkami. Przyszły do mnie tryliony walentynkowych kartek od świrów z całego świata. Ktoś w centrali był uprzejmy przesłać mi jedną, od Elli Bouchard. Zostawiłem jej nazwisko na liście mailowej, sam nie wiem dlaczego. Ale nie otwieram listu. Na oddziale jest dziś wyjątkowo cicho, pewnie przez szacunek dla mnie. Nazywają ich najgorszą szumowiną, ale moi współtowarzysze z korytarza śmierci wiedzą, co znaczy szacunek.

Chciałbym się jeszcze raz spotkać z Lasalle'em. Kiedy się zaczyna pierwsze publiczne głosowanie, łapię się na tym, że rozmyślam intensywnie nad jego słowami. Nie żeby było w tym wiele sensu wtedy, kiedy jeszcze miałem szanse przeżyć. Ale to, co powiedział, jest jak złożone w moim mózgu jajeczko, które zaczyna rosnąć. Stanąć twarzą w twarz z moim Bogiem. Pozostali skazani, handlując i wymieniając się reklamowymi drukami, rozmawiają o aktualnym głosowaniu, robią zakłady, kto pójdzie na pierwszy ogień. Oto co ich pochłania w przerwach pomiędzy nasłuchiwaniem wiadomości z radia i z telewizorów. Nie zakładają się wprawdzie o nikogo z naszego oddziału, ale wiecie, jakie to uczucie, kiedy człowiek jest ostatni w poczekalni u dentysty. Dokładnie tak się czuję. Problem z głosowaniem polega na tym, że człowiek nie wie do ostatniej chwili, czy padło na niego. Trzeba być przygotowanym. Czasami snuję wspaniałe plany, że zaświruję podczas mojej egzekucji, powieszę sobie skarpetki na uszach czy coś w tym rodzaju albo powiem coś dziwacznego w ostatnim słowie. Trochę też popłakuję. Ostatnio coś za często płaczę jak na mężczyznę, wiem.

Kiedy myślę o ostatnim dniu głosowania, nie mogę już tego wszystkiego znieść. W ciągu godziny świat się dowie, kto ma umrzeć. Wykłócam się jak wściekły z Jonesym, żeby pozwolił mi się jeszcze raz spotkać z Lasalle'em, ale jego to nie interesuje. Spiera się z innym strażnikiem o to, kto będzie dyżurował podczas pierwszej egzekucji przy telefonie gorącej linii do gubernatora. Od czasu do czasu warczy na mnie z daleka.

– Pan Eulalio Lebiega nie życzył już sobie więcej wizyt – mówi.
– Zresztą lada chwila może być tak, że nie będziesz się już niczym przejmował.

W końcu zaczynam się znów bawić kulkami, aż wreszcie inni skazani włączają się do kłótni. To tylko jeszcze bardziej rozjusza Jonesa.

– Który z was, pojeby, ma milion dolarów, żeby zapłacić za specjalną przysługę?

– Spieprzaj – wrzeszczą więźniowie.

Ja tylko wzdycham. Szeleszczą leżące na ławce papiery, poruszone jakimś zawirowaniem zatęchłego powietrza. Jednocześnie w mojej głowie rodzi się pewien pomysł.

– Jonesy – mówię, chwytając listy loteryjne. – Tu masz swój milion.

– Tak, jasne – śmieje się.

– Ja nie żartuję, popatrz. – Podnoszę w górę kopertę.

– Myślisz, że ja się urodziłem wczoraj? – parska Jonesy. – Muszę co rano odgarniać łopatą ten szajs z mojego podjazdu.

Próbuję roześmiać się pogardliwie.

– No dobra – szarżuję – ale to jest całkowicie formalne, gwarantowane zobowiązanie do wypłaty miliona dolarów, wiesz, że nie mogliby tego napisać, gdyby to nie była prawda. I to jest tu napisane czerwono na białym.

– Hej, Little – woła jakiś skazaniec. – Mówisz, że masz ostatni list loteryjny?

– Zgadza się.

– Jak wypisany: czarnymi czy czerwonymi literami?

– Czerwonymi.

– O Boże. Chryste! Dam ci za niego dwie stówy – mówi.

– Pokaż no mi ten list. – Jonesy chwyta list przez pręty. Studiuje go przez chwilę uważnie, po czym mówi: – Tu jest twoje nazwisko, dla mnie to nie ma wartości.

– Strażniku Jones – mówię jak jakiś belfer albo ktoś taki.

– W papierach, które zostawię, jest moja ostatnia wola, mój testament. Mogę panu zapisać ten list, rozumie pan?

– Zaczekaj, Little! – woła jakiś inny skazany. – Dam ci za ten list trzy stówy!

– Pierdol się – ryczy inny. – Ja daję p i ę ć stów!

– Przymknijcie się, do kurwy nędzy – woła Jonesy. – Nie słyszeliście, że daje ten list m n i e? – Spogląda na zegarek, potem pokazuje przez kratkę na moje kapcie. – Przygotuj się.

Kiedy brzęk jego kluczy oddala się i cichnie, w naszym korytarzu rozlega się chóralny chichot.

– Chrrr, chrrr, chrrr, pieprzony Jonesy – chrząkają skazańcy.

– Little – mówi skazaniec z sąsiedniej celi – wreszcie się nauczyłeś, jak sobie trzeba radzić.

Strażnik Jones prowadzi mnie osobiście przez oddział, a potem po schodach w dół, na spotkanie z Lasalle'em. Po drodze musimy przepuścić wózek załadowany telewizorami i radiami, które wracają do cel. Oznacza to, że głosowanie zostało zakończone. Za wózkiem kroczy dumnie facet w ciemnym garniturze, który niesie dokumenty związane z egzekucją. Jego zadaniem jest dostarczyć papiery komendantowi straży, tak aby ten mógł je wręczyć skazańcowi. Kiedy gość w garniturze nas mija, zauważam, że Jonesy mruga do niego, prawie niedostrzegalnie. A tamten odpowiada równie niedostrzegalnym ruchem głowy, po czym nas wymija.

– Żaden z moich chłopaków dziś nie umrze – mówi Jones.

Ucisk w dole brzucha ustępuje. Na razie jeszcze żyję. Kiedy docieramy na dół, na inne piętro niż za pierwszym razem, strażnik zagląda do jakiegoś pomieszczenia, ale nikogo tam nie ma. Jones woła do strażnika na końcu korytarza:

– Jest tu gdzieś Lasalle?

– W kiblu – mówi tamten. – Wali kupę.

Jonesy prowadzi mnie do łaźni piętro niżej. Wchodzimy do środka.

– Nie zaczekamy na niego, aż wyjdzie? – pytam.

– Nie ma czasu, dziś jest dzień egzekucji, muszę zejść na dół. Masz pięć minut.

Obrzuca pomieszczenie badawczym spojrzeniem i zostawia mnie z rozbrzmiewającym echem pluskiem kapiącej, rdzawej wody. Sam wychodzi, żeby poczekać na mnie na zewnątrz.

Przykucam na mokrej betonowej podłodze i wypatruję w szczelinach pod drzwiami kabin jakichkolwiek oznak życia. Drzwi dwóch kabin są zamknięte, choć oczywiście nie na zasuwkę i nie na haczyk. Pod jednymi widać więzienne kapcie i takie same spodnie. Pod innymi parę wyglansowanych czarnych butów i granatowe spodnie od garnituru. Pukam do tych drugich drzwi.

– Lasalle, to ja, Vern.

– O Jezu. A cóż ja mogę dla ciebie zrobić tu, w tej pieprzonej więziennej ubikacji?

– Pomóc mi stanąć przed Bogiem.

Mówię to z ironią. To znaczy wydaje mi się, że kiedy mówię aroganckim tonem w więziennym kiblu, w dniu, w którym mają stracić jakiegoś nieszczęsnego sukinsyna, to jest w tym ironia.

– Szlag by to… – mruczy Lasalle przez zaciśnięte zęby.

Wszyscy są dziś spięci. Napięcie wibruje i przenika z buczeniem nawet przez drzwi kibla, zupełnie jakbyśmy się spotkali na jakimś oddziale zamrażarek w Supermarkecie Śmierci. Fale napięcia rosną, by mnie w końcu całkiem pochłonąć.

– Naprawdę chcesz się spotkać z Bogiem? – pyta Lasalle. – No to padnij na swoje pieprzone kolana.

– Eee, tego… Trochę tu jakby mokrawo, Lasalle…

– No to pomódl się, kurwa, do Świętego Mikołaja. Poproś go o coś, czego najbardziej pragniesz na tym cholernym świecie.

Myślę przez chwilę, głównie o tym, czy nie powinienem sobie stąd iść. Potem, po chwili, słyszę szelest ubrania Lasalle'a w kabinie. Szum spuszczanej wody. Drzwi się otwierają. Pojawia się jego indycza szyja stercząca z kołnierzyka przewiązanego krawatem. Dolna warga obwisa.

– No więc? – mówi, rozglądając się dokoła. – Jesteś wolny?

Ja też rozglądam się na wszystkie strony jak jakiś głąb, a tymczasem on poprawia krawat i podnosi z uszanowaniem rękę w stronę drzwi.

– Strażniku Jones – woła – czy są jakieś wieści na temat ułaskawienia tego chłopca?

Jonesy tylko się śmieje i jest to śmiech naprawdę paskudny. Lasalle patrzy na mnie szeroko otwartymi oczami.

– To tyle, jeśli chodzi o pieprzonego Świętego Mikołaja.

– Dobry z ciebie kaznodzieja – mówię.

Odwracam się w stronę drzwi, ale on chwyta mnie i odwraca gwałtownie do siebie. Gruba żyła nabrzmiewa mu na szyi, pulsuje jak na narządzie do reprodukcji.

– Ty ślepy, głupi gówniarzu – wyrzuca z siebie głosem zgrzytliwym i ostrym jak papier ścierny. – Gdzie jest ten B ó g, o którym mówisz? Myślisz, że jakaś troskliwa i czuła istota pozwoliłaby, aby dzieci zdychały z głodu, przyglądałaby się, jak przyzwoici ludzie krzyczą, płoną i krwawią w każdej sekundzie dnia i nocy? Nie ma Boga. Są tylko pieprzeni ludzie. Ugrzęzłeś z całą resztą w tym żmijowisku ludzkich tęsknot, tęsknot zwapniałych i sprowadzonych do postaci potrzeb, bolesnych i prymitywnych.

Ten nagły wybuch odbiera mi mowę.

– Każdy ma jakieś potrzeby – mamroczę w końcu.

– A przeto nie przychodźcie do mnie z płaczem, bo przeszkadzacie komu innemu w jego dążeniach.

– Ależ Lasalle…

– Jak myślisz, dlaczego świat pożera sam siebie? Bo są pewne dobra, ale nie możemy ich zdobyć. A dlaczego nie możemy ich mieć? Bo nie życzy sobie tego rynek obietnic. To nie jest sprawa żadnego Boga. To sprawa ludzi, tych zwierząt, które wymyśliły sobie zewnętrznego Boga, żeby wytrzymać trawiący je żar. – Lasalle dźga mnie w twarz swoją wystającą wargą. – Zmądrzej wreszcie, kurwa. To plątanina pomieszanych potrzeb wprawia ten świat w ruch. Oddaj się temu chaosowi, a twoje potrzeby zostaną zaspokojone. Słyszałeś kiedyś powiedzenie: „Dajcie ludziom to, czego potrzebują"?

– Jasne, ale gdzie w tym wszystkim Bóg?

– Chłopcze, do ciebie nic nie trafia. Wyłożyłem ci to kawa na ławę, tak że nawet ty, kurwa, powinieneś zrozumieć. Ojczulek Bóg opiekował się nami do czasu, kiedy zaczęliśmy nosić długie spodnie, potem udzielił licencji na zamieszczanie jego imienia na banknotach, zostawił na stole kluczyki od samochodu i wyniósł się, kurwa, z miasta. – Łzy napływają mu do oczu. – Nie wypatruj pomocy z nieba. Popatrz tu na nas, na pokręconych marzycieli. – Ujmuje mnie za ramiona, obraca i popycha w stronę lustra na ścianie.

– Ty jesteś Bogiem. Weź na siebie odpowiedzialność. Okaż swą moc.

Czterech mężczyzn pojawia się w drzwiach: dwaj strażnicy, kapelan i facet w czarnym garniturze.

– Czas na finał – mówi garnitur.

Mój wzrok ucieka w stronę kabiny, w której spokojnie wali kupę jakiś inny więzień, ale mężczyźni mijają ją i chwytają Lasalle'a. Warga mu znów obwisa, opadają ramiona. Widzę kącikiem oka, że Jonesy przywołuje mnie do siebie.

– Lasalle? To ty jesteś skazańcem? – pytam.

– Już niedługo – odpowiada cicho. – Wygląda na to, że niedługo.

– Chodź, Little – woła Jones od drzwi. – Lasalle zwyciężył w pierwszym głosowaniu.

– Ale Lasalle, czy to jest ta tajemnica życia?

Cmoka i potrząsa głową; mężczyźni prowadzą go ku wyjściu.

– Powiedz mi, jak w praktyce...

Podnosi rękę, żeby zatrzymać strażników. Przystają.

– To znaczy jak to zrobić? Wznieś się ponad to, obserwuj zwierzęta. A jeśli chodzi o nas, ludzi, wypróbuj coś takiego... Wyciąga z kieszeni zapalniczkę i daje znak, żebyśmy się uciszyli. Pstryka zapalniczką raz, cicho, i nadstawia ucha w stronę kabin, gdzie wciąż siedzi niewidoczny więzień. Po chwili w jednej z nich słychać szelesty. Potem pstryka zapalniczka. Widzimy ulatujący w górę obłoczek dymu; więzień zaciąga się papierosem, choć jeszcze przed chwilą nie wiedział, że ma na niego ochotę. Potęga sugestii. Lasalle odwraca się do mnie z uśmiechem i jeszcze raz pstryka swoją zapalniczką.

– Uświadamiaj sobie ich potrzeby, a będą tańczyć do każdej pieprzonej melodyjki, jaką im zagrasz.

Jonesy chwyta mnie za ramię, a tymczasem cała grupka wychodzi na korytarz. Wyswobadzam się i biegnę kilka kroków za Lasalle'em, ale Jonesy wykręca mi ręce do tyłu i unieruchamia mnie. To jest właśnie to, czego on potrzebuje. Nie wyrywam się.

– Dzięki, Lasalle – wrzeszczę.

– Drobiazg, Vernonie God – pada odpowiedź.

– Chłopcze – mówi Jonesy, prowadząc mnie w stronę schodów.

– Widzę, że ty naprawdę kupiłeś ten jego kit.

– Ktoś mi powiedział, że to kaznodzieja.

– Akurat. To Clarence Lasalle, pieprzony morderca. Mordował ludzi siekierą.

Tego wieczoru leżę na pryczy z otwartymi oczami; w telewizorach na całym oddziale brzęczy relacja z egzekucji Lasalle'ego. Spodziewam się, że usłyszę głos Taylor, ale jeden ze współwięźniów informuje mnie, że odeszła z programu, żeby spróbować roboty reporterskiej na własną rękę. Pewnie ma teraz rozległe kontakty. Potrzebuje tylko jakiejś jednej dużej sprawy. Zresztą my możemy oglądać tylko ostatnią godzinę całego widowiska. Lasalle nie wygłasza żadnego ostatniego oświadczenia, co wydaje mi się super. Jako ostatnią melodię wybiera *I Got You under my Skin*. Co za facet!

Przez całą resztę tygodnia widok sufitu mojej celi staje się coraz bardziej znajomy; nawet nad moim projektem artystycznym pracuję, leżąc na wznak, przykryty ręcznikiem. Cały sprzęt znika znowu zaraz po egzekucji Lasalle'ego i zaczynam rozmyślać o jego ostatnich słowach. To wszystko brzmiało mi zbyt prosto, jak jakaś kwestia z serialu telewizyjnego albo coś podobnego. Jak te stare kawałki, pod które podkładają muzykę skrzypcową. A jednak skłania mnie to do myślenia o moim cholernym, zmarnowanym życiu. Nie mają nawet w wykazie prac żadnego opisu takiej roboty, jaką mógłbym wykonywać przy swoich talentach. Cała tragedia, moim zdaniem, w tym, że powinienem występować jako prokurator albo nawet Brian Denne-hy – bo potrafię wyczuwać ludzi, sytuacje i tak dalej. Jasne, nie jestem prymusem ani mistrzem sportu, ale ten jeden talent mam, jestem tego pewien. Podejrzewam, że to przewaga ich paradygotu nad moim decyduje, że oni się nadają, a ja nie. Płynie stąd jeden wniosek: moją wielką wadą jest strach. W świecie, w którym człowiek p o w i n i e n być psycholem, ja nie wrzeszczę dostatecznie głośno, żeby się przebić. Jestem zbyt nieśmiały, żeby odgrywać Boga.

„Obserwuj zwierzęta", powiedział Lasalle. Daj im to, czego chcą, i obserwuj je. Mogę zrozumieć, o co chodzi z tym dawaniem, ale spędziłem wszystkie noce aż do id marcowych i przeżyłem jeszcze dwa, a potem trzy plebiscyty egzekucyjne, usiłując rozgryźć tę kwestię zwierząt. Skończyło się na obserwowaniu tych bezuży-tecznych brązowych ciem, które trzepoczą wokół światła w mojej celi, tych filcowych strzępów nocy, zagubionych i zdezorientowa-nych. Domyślam się, że to też zwierzęta. Słyszę, że ćmy są właściwie zaprogramowane tak, żeby latać po liniach prostych, a steruje nimi Księżyc. Ale to oświetlenie à la supermarket zakłóca ich nawigację. No i spójrzcie na nie. Przyglądam się jednej, uwięzłej pod kloszem, jak strząsa chmurki pyłu ze skrzydeł. A potem pff wirując, spada na podłogę, martwa. Lampa brzęczy dalej. To tyle, jeśli chodzi o Księżyc. Mogę się porównać do ćmy, jak słowo daję.

W snach nawiedzają mnie zwierzęta fantastyczne, lniane spaniele igrające z Jesusem, ale za dnia usiłuję znaleźć jakiś sens w tym, co mówił Lasalle. Dochodzę do wniosku, że jedynym zwierzęciem, z którym miałem stały kontakt, jest stary Kurt, i nie jestem pewien, czy on się liczy, jeśli chodzi o Tajemnicę Wszechrzeczy. Stary Kurt, który dostaje szmergla, kiedy doleci go zapach barbecue z pobliskiego baru, Kurt, który podtrzymuje dobre mniemanie o sobie dzięki temu, że jest prezesem kręgu szczekaczy. Wiadomo, że nie byłby żadnym prezesem, gdyby krąg wiedział, jaka z niego cholerna parszywa łajza. Psy wygnałyby go wśród szyderstw z miasta, gdyby o tym wiedziały. Ale nie wiedzą.

Siadam na pryczy. Kurt jest akceptowany tylko dlatego, że szczeka jak o wiele większy pies.

25

No dobrze, Vernon, ale czy korzystasz codziennie z toalety?
— Do diabła, mamo!

— Chodzi o to, że w tym tygodniu stajesz przeciw temu uroczemu kalece, który podobno zabił swoich rodziców. I on cały czas płacze. Cały czas.

— Chcesz powiedzieć, że ja wyglądam na winnego?

— W telewizji zawsze leżysz i wpatrujesz się w sufit. Vernon, ty potrafisz być taki o b o j ę t n y.

— Ale ja nic nie zrobiłem.

— Nie zaczynaj od nowa. Nie chciałabym, żebyś nie był, no wiesz, gotowy, kiedy nadejdzie ten dzień. Jutro jest dwudziesty ósmy marca, to znaczy odbędzie się kolejne głosowanie, tym razem pod mostem...

Nasz oddział zawsze cichnie, kiedy dzwoni moja staruszka. Myślę, że podobnie wypada w telewizji, wiecie, jaka ona potrafi być rozrywkowa.

— Czy dostałaś to, co posłałem dla Pam? — pytam.

— Tak, tak. Dziękujemy obie. Wiesz, nawet tak sobie rozmawiałyśmy...

— Mamo, myślę, że powinnaś to wykorzystać, no wiesz, kiedy...

— No właśnie o tym mówiłyśmy... — Czekam na urwany szloch i siąkanie nosem. Mnie również oczy zachodzą mgiełką. Matka odkłada na chwilę słuchawkę, żeby doprowadzić się do porządku, potem podnosi ją z westchnieniem. — I wtedy przypominamy sobie, jaki kiedyś byłeś, wyobrażamy sobie, jak jeździsz na rowerze...

– Jasne – mówię. – Właśnie dlatego posłałem jej ten bon – jest ważny w każdym barze.

– Jesteśmy ci bardzo wdzięczne, zwłaszcza że cena kurczaka z sałatką ostatnio bardzo podskoczyła. Pam i ja będziemy brać na bon, a Vaine może za siebie zapłacić...

– I mamo, powiedz babci, że nie musi tu przychodzić.

Zapada na chwilę cisza.

– No wiesz, Vernon, ja nie powiedziałam babci o... o tym całym kłopocie. Jest stara, a zresztą ogląda tylko telezakupy i nie widziała jeszcze żadnych wiadomości, więc myślę, że to powinno pozostać naszą małą tajemnicą, dobrze?

– A jak się nie pokażę tej wiosny, żeby skosić trawnik?

– O cholera, Vernon, właśnie przyjechały dziewczyny, a ja nie skończyłam spódnicy Vaine.

– Vaine nosi spódnicę?

– Posłuchaj, kochanie, zbieramy głosy dla ciebie, więc się nie martw, niektórzy umierają śmiercią naturalną, czekając w celi śmierci na egzekucję.

Po telefonie kładę się na pryczy i przetrawiam różne sprawy. Potrzeby, chłopcze, ludzkie potrzeby. Mama powiedziała kiedyś, że Palmyra dlatego myśli tylko o jedzeniu, bo to w jej życiu jedyna rzecz, nad którą ma jakąś kontrolę. Nie może uciec jej z talerza ani się jej postawić. Myślę o tym i widzę Leonę, upajającą się uwagą otoczenia jak promieniami słońca. I starego pana Dutschmana chłonącego duszne zapachy. I widzę, jak krople współczucia wsiąkają jak w gąbkę w moją zbolałą staruszkę. Widzę roztopiony ser i Vaine Gurie. Trzeba im dać wszystko, czego potrzebują, mówię sobie.

Wiem, że dla Palmyry najlepszy jest ten bon do baru, ale powinienem obmyślić jakąś specjalną potrzebę dla mamy, choć pewnie kolejna śmierć w rodzinie utrwali jako jej prawdziwą potrzebę pragnienie współczucia ze strony innych. Choć szkoda, że padło akurat na mnie. I wiecie co? Wiecie, kogo jeszcze chciałbym usatysfakcjonować, nim odejdę? Starą panią Lechugę.

Przeżyła ciężkie chwile i żałuję tego wszystkiego, co mówiłem o Maksie. Wiem, że prześladzam, że robię się melodramatyczny z tym obdarowywaniem potrzebami i tak dalej, ale co do cholery, w końcu umiera się tylko raz. Co dziwne, mam wrażenie, że powinienem czymś obdarować także stare, poczciwe, czujne media. Można się tylko domyślać, czego one naprawdę potrzebują.

No i jest jeszcze Taylor. Och, Tay. Ona jest teraz za pan brat z tymi typkami z mediów, reporterami i tak dalej, oswojona z helikopterami i całym tym biznesem, więc niełatwo będzie jej obmyślić potrzebę. Tym, czego jej naprawdę potrzeba, jest jakaś nowa historia, która nada impet jej karierze. Może sprawę załatwiłaby po prostu szczera, sympatyczna rozmowa albo coś w tym rodzaju. Może właśnie to rozwiązałoby kwestię tych tak trudnych do określenia potrzeb – zwykła, miła telefoniczna rozmowa.

Przedzieram się tak przez tę listę potrzebujących, aż zderzam się z Vaine Gurie. Vaine najwyraźniej dogadała się teraz z Pam, lepiej się w to nie zapuszczać. Jedynym jej pragnieniem, które przychodzi mi do głowy, jest pojawienie się jakiegoś maniakalnego zabójcy, żeby jej Oddział Specjalny mógł sobie poćwiczyć. Trudna z nią sprawa. Szczerze mówiąc, myślę o jej potrzebie tak długo tylko dlatego, żeby uniknąć myślenia o potrzebie Lally'ego. Wiem, że obdarowanie jakąś potrzebą właśnie jego byłoby aktem prawdziwie boskim, aktem przebaczenia, mimo że on ma prawie wszystko. Chciałbym mu ofiarować taki mały bon, rozumiecie?

Sprzęt radiowo-telewizyjny wraca wcześnie tego sobotniego poranka, wprowadzając znaczne ożywienie. Marzec, dwudziesty ósmy. Dzień egzekucji dla któregoś ze skazańców. Technicy nastawiają telewizory na odbiór ciągły i instalują urządzenie, które wyłącza je na czas głosowania. Emocje wyją w mojej duszy jak sfora psów, kiedy razem ze śniadaniem przynoszą mi na tacy plik papierów. Na wierzchu jest broszurka, która poucza, jak zachowywać się przed kamerami i czego nie należy mówić ani robić. Cały oddział dostaje coś takiego, bo wszyscy zawsze mówią albo robią coś nie tak. Pod broszurą jest ulotka z karykaturami skazańców, którzy mają strzałki na więziennych strojach, i z propozycjami ostatnich oświadczeń. Jeszcze inny formularz zawiera wykaz melodii do wyboru na ostatnią drogę: należy wybrać piosenkę na początek, zanim wpuszczą świadków, i drugą, która ma iść podczas egzekucji. Na liście są głównie stare kawałki. Już wiem, że kiedy nadejdzie ta chwila, będę żałował swojego wyboru. Muszę dzielnie stawić czoło tej ostatniej fali.

Kiedy tak to wszystko przetrawiam, zwykły sobotni spokój powraca na oddział. Słychać szelest papieru. Potem jakiś skazaniec woła cicho:

– Burnem, wszystko z tobą okej, chłopie?

Przewracam ostatnią kartkę z mojego stosiku. Leży pod nią nakaz przeprowadzenia mojej egzekucji, dziś, dokładnie o szóstej po południu. Patrzę na to, jakby to była serwetka albo coś w tym rodzaju. Potem osuwam się na kolana, ryczę jak burzowa chmura i modlę się do Boga.

26

W to popołudnie mojej śmierci ludzie są wobec mnie bardziej przyjaźni. Współwięźniowie okazują to, nie robiąc mi awantur, zwłaszcza ten, któremu dałem kulki. Wszyscy pozostali starannie unikają tematu. Dzień robi wrażenie wypełnionego zajęciami, jak jeden z tych dni w domu, kiedy mama piecze w pośpiechu ciasto i nic się jej nie udaje, a ja mam wrażenie, że jestem całkiem zaniedbany i że czegoś zapomniałem, że zostawiłem włączony piekarnik albo nie zamknąłem drzwi. I jednocześnie poczucie, że będę mógł to zrobić, kiedy wrócę.

Kiedy moje skromne mienie zostaje schludnie ułożone na stole, a pościel zdjęta z pryczy, przychodzi czterech urzędników i człowiek z kamerą. Powłócząc nogami idę korytarzem, a moi współtowarzysze kiwają mi palcami przez kratki i pozdrawiają mnie głośno:

– Ty, Burnem, pierdol ich, bracie, olej tych skurwysynów...

Niech ich Bóg błogosławi. Idziemy korytarzem, w którym niedawno zniknął mi Lasalle, nie po to, żeby jechać do Huntsville, ale by przejść do nowej komory egzekucyjnej, która tu, w Ellis, znajduje się na dole. Jest to teraz piękne pomieszczenie, wyposażone we wszystko, co niezbędne, z wykładziną na podłodze i w ogóle, i z pięknymi malowidłami na ścianach. Tracę szansę ostatniej przejażdżki samochodem, ale przynajmniej w komorze są okna. Wygląda na to, że na zewnątrz jest szaruga i chłodno, widać tylko jakieś pojedyncze żuczki uderzające o szybę. Pewna część mojej jaźni jest zawiedziona, że w wieczór mojej śmierci nie ma huraganów ani łun pożarów, ale w końcu kim takim ja niby jestem, no nie?

Pam, zgodnie z obietnicą, zajęła się moim ostatnim posiłkiem. Jest to kurczak z sałatką, specjalna porcja, z frytkami, sałatką z kukurydzy i podwójną porcją surówki z białej kapusty. Jaka ona sprytna, kazała włożyć chleb do pojemników, żeby wchłonął nadmiar pary i żeby to, co jest na dnie, zachowało kruchość. Domyślam się jednak, że ta surówka to nie jest pomysł Pam – to na pewno wymyśliła mama, bo zdrowe. One będą jadły to samo dziś wieczorem, kiedy ja będę leżał na łóżku na kółkach. Tak właśnie chcą: wyobrażać sobie, że poszedłem przejechać się na rowerze, a nie, że mnie akurat uśmiercają.

O wpół do piątej idę, żeby się wypróżnić w oddzielnej toalecie. Dają mi nawet numer „Newsweeka" do poczytania i marlboro do zafajczenia. Jestem odrętwiały, jakby znieczulony czy coś takiego, ale wciąż jeszcze doceniam takie drobiazgi. W „Newsweeku" piszą, że Martirio ma najwyższy w świecie wskaźnik wzrostu gospodarczego i że przybywa tu rocznie więcej milionerów niż w Kalifornii. Na okładce gromada różnych Gurie ze śmiechem wyrzuca w powietrze banknoty. Ale nie ma róży bez kolców: kiedy się poczyta dalej, można się dowiedzieć, że obwinia się ich, iż upowszechniając swoje statystyki, sprowokowali tragedię kalifornijską. Trzeba powiedzieć, że to typowe dla Martirio.

Na godzinę przed moją egzekucją idę przeprowadzić parę prywatnych rozmów telefonicznych. Najpierw próbuję połączyć się z domem, potem z Pam. Nikt nie odbiera, pewnie dzwonię za późno. Mama wiele ostatnio przeszła, podobnie zresztą jak Pam. Niech je Bóg błogosławi. Nie mają sekretarek, więc nie mogę się nagrać i powiedzieć: „Kocham cię" ani nic podobnego. Jednak w pewnym sensie ośmiela mnie to do podjęcia dalszych prób.

Najpierw próbuję dodzwonić się do Lally'ego, żeby załatwić z nim sprawy ostatecznie. Jego sekretarka o mało nie odkłada słuchawki; muszę jej dopiero wyjaśnić, o co mi chodzi. Lally jest na imprezie z okazji otwarcia nowego centrum handlowego. „A, to ty, ważniaku!", wykrzykuje, słysząc mój głos. Mówię mu to, co chciałby wiedzieć i informuję go, gdzie jest ukryta moja strzelba. Przyjmuje mój gest z wyraźną wdzięcznością.

Potem dzwonię do pani Lechugi. Ależ jest zaskoczona! Próbuje nawet zmienić głos, żebym pomyślał, że to pomyłka. „O Boże!", wzdycha.

– Słucham? – mówię.

Przeszła wiele, biedaczka. Wydaje mi się, że mój telefon ją ucieszył. Znając jej głód informacji i wiedząc o jej dawnej pozycji preseki tego klubu starych rur, domyślam się, że jest zachwycona potrzebą, jaką ją obdarzyłem. Wyznaczyłem ją szefową centrum dowodzenia potrzebami tego wieczoru.

Następny pomysł, jaki przychodzi mi do głowy, to zadzwonić do Vaine Gurie, która jedzie, żeby spotkać się z mamą i z Pam w Barze Be-Cue. Daję jej to, czego naprawdę chce – czego naprawdę potrzebuje, jak się tak dobrze zastanowić. Jest naprawdę wzruszona, słysząc mój głos, i obiecuje, że przekaże dziewczynom wyrazy mojej miłości. Bo myślę, że to w końcu miłość, choć może dziwaczna, jak to u nas, istot ludzkich, bywa.

W końcu postanawiam, że moją ostatnią rozmową przez telefon na tym świecie będzie rozmowa z Taylor Figueroą. Odbiera telefon osobiście i samo brzmienie jej głosu przenosi mnie natychmiast do innego czasu i miejsca – wilgotnego i soczystego, jeśli nie zabrzmi to zbyt nieprzyzwoicie. I wiecie co? Daję jej dokładnie to, na co czekała. Aż piszczy z zachwytu i mówi, żebym dbał o siebie. I brzmi to całkiem serio.

Kiedy odkładam słuchawkę, pojawiają się dwaj strażnicy z kapelanem i prowadzą mnie do garderoby.

– Nie przejmuj się, skarbie – mówi pani od makijażu. – Lekki rumieniec nieco cię ożywi.

Inna kobieta szepcze:

– Chcesz pasty do zębów czy uważasz, że poradzisz sobie sam?

Parskam śmiechem w odpowiedzi, a ona patrzy na mnie, zmieszana. Potem jakby chwyciła, w czym rzecz, i też się śmieje. Bo nie wszyscy łapią tę całą ironię sytuacji, taki nasuwa mi się wniosek. Następnie przychodzi dziewczyna z notatnikiem i każe mi podpisać oświadczenie, że rezygnuję z ostatniego oświadczenia. Odchodzę w milczeniu, tak samo jak Lasalle. Proszę ją, żeby zgodziła się w zamian na coś innego, specjalnego. Dzwoni do producenta programu, żeby sprawdzić, czy on wyrazi zgodę, potem mówi, że okej, że mogę zdjąć koszulę podczas egzekucji. Prowadzi pastora, funkcjonariuszy więziennych i mnie jasno oświetlonym korytarzem do komory straceń. Kolana mi się uginają, robi mi się słabo, zupełnie jak od zapachów szpitalnych. Kiedy dociera do mnie melodia rozbrzmiewająca gdzieś w końcu korytarza, pastor musi mnie nawet podtrzymać za ramię.

Galveston, oh Galves-ton – I am so afraid of dying…

Mijamy pokój kontrolny telewizji i zgadnijcie, co słyszę? Prawdopodobnie wykupili prawa do motywu muzycznego z prognozy pogody do całego widowiska. Nienawidzę tego motywu. Zatykam uszy i nie słucham, aż dochodzimy do zwykłego białego pomieszczenia z szybą na całą długość jednej ściany i rzędami krzeseł ustawionych jak w teatrze.

Before I dry the tears she's crying…

Zdejmuję koszulę. Skóra już mi się wygoiła po całej pracy nad projektem artystycznym. Przez pierś biegnie wielki, niebieski napis: *Me ves y sufres* – spójrz na mnie i cierp. Sanitariusz pomaga mi wejść na łóżko, które ma kształt dopasowany do ludzkiej sylwetki, zupełnie jak dziura wybita w murze przez jakąś postać z kreskówki. Widzę kątem oka Jonesy'ego w pomieszczeniu na tyłach. Chyba on obsługuje gorącą linię od gubernatora. Gubernator jest jedynym człowiekiem, który może wszystko teraz zatrzymać. Musi mieć jakiś cholernie przekonywający dowód niewinności, żeby to zrobić. Jonesy po prostu się odwraca na mój widok. Nie stoi przy telefonie. Strażnicy przypinają mnie do łóżka grubymi, skórzanymi pasami z metalowymi sprzączkami, potem sanitariusz robi mi małą igłą zastrzyk dożylny, pewnie z jakiegoś środka znieczulającego. Następnie mocuje inną, długą igłę do rurki, która biegnie przez ścianę z pomieszczenia na zapleczu. Odwracam wzrok, kiedy wkłuwa się w żyłę. Po chwili zaczyna do niej wpływać jakiś chłodny roztwór.

Za szybą, która oddziela mnie od pomieszczenia dla świadków, pojawia się hostessa i ludzie zaczynają zajmować miejsca. Jedyną osobą, którą rozpoznaję, jest filigranowa pani Speltz. Pomijając ten smutek, jaki dostrzegam w jej nawiedzonych oczach, czuję ulgę, że to właśnie ona przykuwa moją uwagę w salce dla świadków. Nic nie wskazuje na to, że będzie mi kogoś brakowało, kiedy odejdę z tego świata. I nagle, akurat w chwili, kiedy o tym myślę, staje się coś niesamowitego: na wolne miejsce w ostatnim rzędzie przeciska się wysoka piękna kobieta w jasnoniebieskim kostiumie, pobudzając do życia moje uśpione lędźwie. Nawet strażnicy odwracają się, żeby zobaczyć, jak siada, skromnie obciągając spódniczkę. Potem patrzy na mnie. To Ella Bouchard. Boże, ależ ta natura wyposażyła ją w końcu! Jej oczy jak bławatki wprost krzyczą do mnie przez szybę.

Teraz z głośników płyną dźwięki *Sailing*, bo kiedy Los daje o sobie znać, wypala z obu luf naraz. Próbuję przełknąć ślinę, ale mam usta jak z drewna. Dociera do mnie ostatnia nauka: że przy wszystkich tych syrenach, teleturniejowych brzęczykach, werblach życia, dla mężczyzny jest czymś naturalnym umierać spokojnie. No bo i cóż to było za życie? Trochę filmów, trochę ludzi mówiących o filmach i trochę programów telewizyjnych o ludziach mówiących o filmach. A jednak coś mi się wydaje, że sam się o takie życie prosiłem. Przez swoje negatywne, destrukcyjne nastawienie. Pamiętam, jak kiedyś zadzwoniłem do ojca, żeby zabrał mnie z miejsca, w którym akurat byłem, ale potem żałowałem, że mnie zabiera, bo tymczasem zdążyłem pokochać to miejsce. Śmierć zabiera mnie właśnie w ten sposób.

Czuję swędzenie skóry wokół igły i zamykam oczy. Głosy wokół cichną i czuję, że odpływam, unoszę się nad łóżkiem i odlatuję w rejony sennych marzeń. Patrzę w dół, po sobie, ale zamiast paniki, jaka powinna towarzyszyć nagłej śmierci, doznaję uczucia, że wyfruwam z komory straceń i płynę nad krajobrazem, a moje zmysły wypełnia woń świeżo skoszonej trawy. Przenoszę się, z umysłem jasnym jak biały dzień do domu przy Beulah Drive. Oto dom pani Porter, oto nasz trawnik przed domem. Jest ten sam, bieżący dzień, obecna chwila. Modliszkowata pompa pracuje w rytmie zgodnym z rytmem mojego serca, gdy pod dom podjeżdża bezszelestnie czarny mercedes-benz. W oknie pani Lechugi porusza się zasłona. Mamy, co dość niezwykłe, nie ma dzisiaj w domu. Wyszła coś zjeść z Pam. Patrzę, jak z samochodu wysiada Lally. Niech piekło pochłonie tego skurwysyna. Niech mu pogruchocze kości i wepchnie mu je w jego pieprzone, zarzygane ślepia, niech jego usta mi obciągną druta i wyciągną ze mnie żółć, żeby go zabiła i żeby mimo to pozostał przytomny, połamany i zimny jak lód, niech dygocze wśród pieprzonego robactwa i ohydnego śluzu z gnijących organów, a ja się będę śmiał.

Wydaje się, że potrzeba, jaką go obdarzyłem, bardzo go podnieca. Wiedziałem, że kwestia drugiej strzelby dręczyła go zawsze niesamowicie. Wchodzi do domu przez kuchnię i kieruje się do schowka w mojej sypialni, gdzie, zgodnie z moimi instrukcjami, znajduje pudełko po butach, a w nim klucz od kłódki. Obok klucza leży buteleczka z żeń-szeniem. Można nawet zobaczyć w środku perełki LSD, które włożyłem tam tyle księżyców temu. Lally sięga po nią z uśmiechem.

Dźwięk, którego nie można pomylić z żadnym innym, każe mi wyjść z domu. To warkot silnika eldorado sunącego wolno ulicą. Po raz pierwszy w życiu Leona parkuje przy niemodnym końcu Beulah Drive. Ani ona, ani George i Betty nie odzywają się słowem, nie poprawiają też makijażu. Ani zipną. Siedzą w samochodzie zaparkowanym pod wierzbą i czekają. Nikt, ale to nikt nie narusza instrukcji Nancie Lechugi. Patrzę razem z kobietami, jak

Lally wsiada do samochodu i odjeżdża. Kobiety jadą za nim w dyskretnej odległości. Zasłona w oknie wraca na swoje miejsce. Pani Lechuga, niech ją Bóg błogosławi, znów dowodzi brygadą. Mama i Pam kłócą się tymczasem nad kurczakiem, a stara piosenka przerobiona na muzak traci całą parę. Dwucalowy plik serwetek nasiąka ich łzami, spryskiwany mżawką soli i okruchów.

Głęboko mnie porusza to, że jestem duchem z nimi, jak za dawnych dni, kiedy nasze wspólne wyjścia były jak puszczanie ulubionej starej płyty i przywoływanie dreszczyku, który towarzyszył jej pierwszemu słuchaniu. Ani mama, ani Pam nie nawiązują bezpośrednio do sprawy, i to właśnie jest piękne. Nie wiem, czy ludzie robią to z premedytacją, czy też mają to już w genach, że kiedy zaczyna się prawdziwa afera, zawsze uciekają w błahą, rutynową rozmowę.

Mama mówi po prostu:

– Ojej, jak tu się zmieniło od ostatniego razu.

– O rany, masz rację – odpowiada Pam. – Kasa była tam.

Mogę tylko powiedzieć, że musieli to wszystko pozmieniać w ciągu pięciu sekund, kiedy one były poza barem. Ale gdzie jest Vaine? Ona jest zawsze taka p u n k t u a l n a, kiedy chodzi o k u r c z a k i.

Pędzę jak wicher przez moje ulubione trasy włóczęg, przez Crockett Park, w stronę posiadłości Keetera. Lally nie może powstrzymać chichotu, kiedy dociera do rogatek. Nie może przestać się śmiać, mknąc w podskokach po ścieżce, i dosłownie wyje ze śmiechu, nim jeszcze zobaczy jamę, zupełnie jakby jego zdolność percepcji zaburzyła końska dawka halucynogenów. Ostatnią wykonaną w miarę pewnie czynnością jest wetknięcie klucza do kłódki, odciągnięcie rygla i porwanie strzelby mojego starego. Podarowała mi ją moja staruszka, pod warunkiem że nie będę jej trzymał w domu. Musiałem działać bardzo szybko tego dnia, kiedy tato zniknął. Mama była naprawdę zdenerwowana. Dopiero zakup krzeseł ogrodowych trochę ją uspokoił.

Ogłuszający warkot nadlatującego helikoptera pobudza Lally'ego do ostatecznych granic. Wszystko zaczyna mu się rozpływać przed oczami. Jest jak naćpany, oszalały morderca grasujący swobodnie wśród mieszkańców naszego miasteczka. Odwraca się od promieni zawieszonego nisko nad skarpą słońca, tylko po to, by stwierdzić, że z drugiej strony przyszpila go strumień światła z punktowca.

– Rzuć to – rozkazuje szczekliwy głos.

To Vaine ze swoim Oddziałem Specjalnym. Osłania oczy przed pyłem wzbijanym przez siadający helikopter.

Lally wykonuje gwałtowny piruet. W pomieszaniu ściska kurczowo strzelbę w dłoniach, ścierając z niej odciski palców mamy i jej niepokoje, na zawsze. Kiedy Taylor Figueroa wyskakuje z helikoptera z kamerzystą wiadomości, Lally podnosi strzelbę i woła upiornym głosem:

– Ma-mo!

Jednocześnie chwyta obiema rękami za spust.

– *Mamá!*

Uważaj, Taylor! O Boże!

– Ognia! – woła Vaine do swej brygady.

Patrzę z zachwytem, jak twarz Lally'ego zamienia się w zastygłą w czasie maskę, gdy pociski ze świstem przecinają wieczorne niebo. Lally tańczy przez chwilę w ulewie strzępów własnego ciała, a potem jego ciężkie cielsko wali się z łoskotem, wśród drgawek, na ziemię. Eldorado Leony Dunt musi zrobić gwałtowny unik, żeby się z nim nie zderzyć.

– O rany, to to było schowane... w gównie? – pyta Leona, wylewając się z samochodu w chmurze dymu z papierosa.

– Myślę, że dla Nancie ta historia z gównem jest w tym wszystkim najcenniejsza – mówi Betty, pokasłując, i strząsa popiół z papierosa na piach. – Dowód w postaci gówna uprawomocnia tę historię...

– Kochana – zauważa George – złota żyła to złota żyła, bez względu na to, czy jest w samym gównie, czy wiąże się z gównem, a teraz daj mi tę latarkę...

– O Jezu – woła Betty, przedzierając się przez krzaki koło mojej jamy. – Wygląda na to, że ktoś już tu był...

Wzrok mi się mąci, wracam rozwibrowaną myślą do łóżka w komorze straceń i stwierdzam, że wciąż żyję, a moja twarz zastygła w sztucznym uśmiechu. To pewnie efekt jakiegoś pieprzonego środka znieczulającego. Rozglądam się i widzę, że strażnicy kiwają do siebie głowami, gotowi. Kiedy na zewnątrz słychać trzask pierwszego pioruna tego dnia, odwracam się, żeby mrugnąć przez szybę do Elli. Potem zamykam oczy. Czekam, aż pochłonie mnie otchłań, a chłód w moim ramieniu przeobrazi się w zlodowacenie albo po prostu przestanie się w cokolwiek przeobrażać i zniknie we wszechogarniającym blasku razem ze wszystkim, włącznie z tym niezgułowatym sukinsynem, jakim jestem.

Żegluję, odpływam
Ku nieznanym brzegom
I tylko marzenie i wiatr mnie niesie
Wkrótce będę wolny...

Nagle przez okna wdziera się odgłos jakiejś kanonady i trzasków, a na schodach i korytarzach więzienia rozbrzmiewają tysięczne głosy, słychać łomot pięści i tupoty wyzwolone przez jakiś niewidzialny znak. Wytrzeszczam oczy, żeby zobaczyć, czy to Bóg, czy diabeł przyszedł zabrać moją zbrukaną duszę. A tymczasem do salki dla świadków wpada Abdini, a za nim gromada ludzi z kamerami. Całe więzienie musi to widzieć na żywo w telewizji. Abdini ma w jednej ręce usmarowaną na brązowo kulę papieru, a w drugiej na pół stopioną świecę. Podnosi to wszystko i przykłada do szyby, śpiewając i podskakując. To notatki Nucklesa, te same, którymi podtarłem sobie tyłek tego feralnego dnia.

– Testy potwierdziły autentyczność! – wrzeszczy Abdini.

W głębi dzwoni telefon. Po chwili widzę, jak Jonesy tupta do komory, kręcąc głową. Pochyla się nad wezgłowiem łóżka i przykłada dłonie do ust.

– Little, przyszło ułaskawienie.

27

P anie studiują kopertę, jakby to było ciało zmarłego noworodka.
    – Zdecydowanie któryś z tych włoskich samochodów, Romeo i Julia czy jakoś tak – mówi George.
    – Wiem – kiwa głową Betty. – Ale dlaczego przysłali tę broszurę Doris?
    – Kochanie, na kopercie nie jest napisane Doris, ale Leona. Tylko a d r e s jest Doris.
    – Ale d l a c z e g o?
    George potrząsa głową.
    – Pewnie Loni chce, żebyśmy się dowiedziały, że kupuje jeden z tych sportowych samochodów.
    Betty zaciska wargi, potem cmoka.
    – W i e m, ale dlaczego po prostu nie przyjdzie jak zawsze czy przynajmniej nie zadzwoni? Może pojechała w końcu zrobić sobie te implanty...
    George wydmuchuje pióropusz dymu, zwieńczony kółkiem, które płynie w stronę centralnego odkurzacza stojącego na dywanie.
    – Nie wnerwiaj mnie, Betty, dobra? Przecież doskonale wiesz dlaczego.
    – O Boże – pochmurnieje Betty. – Ale to tylko jej były mąż, ta tragedia nie ma nic wspólnego z nią samą...
    George przewraca oczami.
    – Wiem, wiem, ale niektórzy mogą zwątpić w jakość małżeństwa, w którym mąż ugania się za nastoletnimi chłopcami – musisz

przyznać, że to coś niesamowitego, nawet dla Mariona Nucklesa, nie mówiąc już o tym pseudopsychiatrze, z którym się spiknął. I niech cię diabli porwą, Betty, ty mi teraz mówisz: „Wiem".

– W i e m.

George zaciska zęby. Potem ich wzrok się spotyka i obie zaczynają wręcz kipieć od niepowstrzymanego śmiechu.

– Dziewczęta, przyszła! – woła mama z kuchni. – Dwudrzwiowa! Usiłuje zachować smutny wyraz twarzy, bo przecież opłakuje Lally'ego, ale zdradzają ją oczy. Moja staruszka po prostu uwielbia żałobę. To jedna z jej większych potrzeb. Załamana stara kocica.

Słyszę wrzaski Brada w przedpokoju, więc wynoszę się chyłkiem do kuchni, gdzie na ławce piętrzy się stos czasopism i korespondencji, w tym przysłane przez mojego agenta umowy. Na samym wierzchu leży przefaksowana kopia okładki następnego numeru tygodnika „Time". Nagłówek głosi: „Stolec na stół!". Zdjęcie przedstawia spoczywające w jakimś laboratorium zaschnięte resztki mojego gówna zawiniętego w notatki Nucklesa. W głębi stoi Abdini, dzierżąc dumnie karteczkę, pozostawioną przez Jesusa Nucklesowi i Goosensowi, swoim kochankom i internetowym impresariom. „Mówiliście, rze to miłość, wy skurwysyny", nabazgrał na niej swoim dziecinnym pismem. Ronię łezkę, myśląc o Jesusie. Jedno jest jednak pewne: ta karteczka jakby mimochodem obdarowała wielką potrzebą Nucklesa i Goosensa. Teraz, w więzieniu, będą mieli wszystkich chłopców, jakich zechcą. Choć wyczuwam niejasno, że zrobiliby w sumie trochę więcej, biorąc, niż dając. Zresztą diabli z nimi. Jak powiedziałby sam Nuckles: „Żebracy nie mogą wybredzać".

Nieco dalej leży na ławce dzisiejsza gazeta z nagłówkiem: „Stare, znajome fekalia". Na zdjęciu widać Leonę na polu Keetera, z kawałkami gówna w rękach. Niżej jest jeszcze artykuł o Taylor. Wydobrzeje. Może tylko nie będzie wypełniać swoich majtek tak jak kiedyś. Kto wie, może zrobią jej silikonowe implanty pośladków? Mama popycha mnie na werandę i dalej, w stronę ławeczki życzeń, przy której kręci się facet z kostnicy.

– Pozwól, że uścisnę ci dłoń, synu – mówi. – Twój ojciec byłby z ciebie naprawdę dumny.

– Dziękuję – odpowiadam, wdychając rześkie powietrze jasnego, pogodnego dnia.

– Tak, tak, to była niesamowita wolta. Na czym polega twoja tajemnica?

– Padłem na kolana i modliłem się, proszę pana.

– Fantastycznie – mówi i zwraca się do mamy: – Aha, proszę pani, myślę, że możemy teraz wznowić procedurę wypłaty świadczenia ubezpieczeniowego – ciała najwyraźniej nie uda się znaleźć.

– Ach, dziękuję ci, Tuck – mówi mama, przeciągając dłonią po ławeczce życzeń.

– Panie Wilmer – woła George z werandy. – Niech pan jeszcze zobaczy, co pan może zrobić dla tej biednej kobiety z Nacogdoches...

– Z przyjemnością, pani Porkorney. A na razie powierzam ją pani opiece, dobrze?

Odwraca się i odchodzi; mama patrzy ze zmarszczonymi brwiami na lodówkę, którą wtaczają na wózku po podjeździe. Marszczy te brwi wyjątkowo groźnie, nie tylko jako podwójna wdowa, ale także dlatego, że Leona pouczyła ją, żeby nie okazywała nadmiernej radości, kiedy kupi sobie coś nowego. Należy udawać, że to się w ogóle nie liczy, tak ją pouczała i jeszcze pokazała, jak ma odrzucać głowę do tyłu, kiedy się śmieje. Ale mnie to nie zwiedzie.

Przechylam się przez ławkę i sycę się lepkim ciepłem mamy. Kiedy dołączają do nas pozostałe panie, po drugiej stronie ulicy podchodzi do okna pani Lechuga. Kiwa nam dłonią i w tym momencie uświadamiam sobie, kogo brakuje do fula w moim życiowym rzucie kośćmi – Palmyry. Ale też zdaję sobie sprawę z tego, że nie codziennie ma się okazję zagrać w bilard w programie Oprah Winfrey.

– Vern – mówi Betty – Brad chciałby ci koniecznie pokazać swój urodzinowy prezent.

Próbuję uprzejmie skinąć głową, ale mój wzrok przyciągają przebłyski różowego ciała między wierzbami w górze ulicy. To

Ella, z walizką. Ma na sobie wełniany sweter i luźną kretonową sukienkę, która powiewa w miodnie pachnącym wietrzyku. Uśmiecha się szeroko, widząc, że ją obserwuję. Powiedziałem jej, że poślę po nią samochód, ale uparła się, szalona, że zrobi sobie ostatni spacer przez miasto. Zresztą wrócimy. Meksyk nie jest tak daleko.

– Kurt, stój! – Stara pani Porter wychodzi z hałasem przez siatkowe drzwi i idzie niezdarnie po trawniku, niosąc stolik, na którym leżą zabawki z włóczki. Kiedy wychodzę na spotkanie Elli, za moimi plecami wpada na werandę Brad.

– Bum! Kurwa w dupę pierdolona mać!

– Lepiej żeby była niezaładowana – mówi Betty. – Bradleyu Pritchard! Przestań celować albo natychmiast odsyłam to do sklepu!

Ignoruję go i daję Elli całusa w usta. Potem oboje odwracamy się, żeby popatrzeć na panią Porter, która ustawia przy drodze swój stół z zabawkami. Rany boskie, przecież ona szykuje jakiś pieprzony stragan! Oboje tłumimy chichot.

– Proszę pani – wołam przez ulicę. – Pani Porter!

Przechyla głowę i macha nam niemrawo dłonią.

– Nikogo już nie ma, pani Porter. Wszystko wróciło do normy...

Spis treści

Książkę wydrukowano na papierze
Amber Graphic 70 g/m²

 Amber
BY ARCTIC PAPER

www.arcticpaper.com

Warszawskie Wydawnictwo Literackie
MUZA SA
ul. Marszałkowska 8, 00-590 Warszawa
tel. (0-22) 827 77 21, 629 65 24
e-mail: info@muza.com.pl

Dział zamówień: (0-22) 628 63 60, 629 32 01
Księgarnia internetowa: www.muza.com.pl

Warszawa 2004
Wydanie I

Skład i łamanie: MAGRAF s.c., Bydgoszcz
Druk i oprawa: P.U.P. ARSPOL, Bydgoszcz